СЕРИЯ «ШАРМ»

ДЖОЗИ ЛИТТОН

Вернись ко мне

РОМАН

АСТ ИЗДАТЕЛЬСТВО ЕРМАК
Москва
2003

УДК 821.111(73)
ББК 84 (7Сое)
Л64

Серия основана в 1994 году

Josie Litton
COME BACK TO ME
2001

Перевод с английского Э.Г. Коновалова

В оформлении обложки использована работа, предоставленная агентством Fort Ross Inc.

Печатается с разрешения автора и Jane Rotrosen Agency LLC c/o Toymania LLC.

Подписано в печать 24.04.03. Формат 84x108 1/32. Усл. печ. л. 16,8. Тираж 7000 экз. Заказ № 1186.

Литтон Д.

Л64 Вернись ко мне: Роман / Д. Литтон; Пер. с англ. Э.Г. Коновалова. — М.: ООО «Издательство АСТ», 2003. — 319, [1] с. — (Шарм).

ISBN 5-17-014040-1

Самого смелого и самого безжалостного из викингов, прозванного Драконом, обожали братья по оружию и страшились женщины... все, кроме юной Рикки, вынужденной бежать от смертельной опасности. Рикка должна просить у Дракона помощи и защиты... однако дерзкая гордячка не умеет умолять. Гораздо проще покорить сурового норманна душой и телом — и пробудить в его сердце неведомое доселе пламя жгучей, истинной, НЕОДОЛИМОЙ СТРАСТИ!..

УДК 821.111(73)
ББК 84 (7Сое)

Глава 1

Оттесняя ночь, над миром поднимается ободок зари. Небо постепенно окрашивается в алый цвет. Дракон Хаконсон наблюдает за сменой красок, приветствуя рассвет. Он идет по мягкой земле, не обращая внимания на оленя, который, завидев человека, бросается в чащу леса.

Но грозный викинг и воин пришел сегодня в эссекский лес не ради охоты. В предрассветном безмолвии он ищет совсем другое. Перед тем как предпринять шаг, которого невозможно избежать, Дракон отправил своих спутников вперед, чтобы дать себе возможность поразмыслить.

Однако его одиночество, похоже, будет нарушено. Из-за деревьев за ним следят золотистые глаза. Стройная гибкая фигурка не шевелится и, кажется, не дышит. Потом медленно пытается отползти в сторону. Раздается хруст надломленной ветки...

За годы борьбы и опасностей чувства Дракона обострились до предела. Его реакция мгновенна. Он бросается в сторону звука и через мгновение извлекает из кустов упирающееся, визжащее создание, чтобы повнимательнее его рассмотреть.

Так быстро! Скорость, с которой незнакомец схватил ее, ошеломила Рикку. Некоторое время она наблюдала за ним, стоя на коленях на подушке прохладного мха, где до этого проспала несколько часов, а потом все произошло в мгновение ока. Она почувствовала себя в таких тисках, что едва могла дышать. Боль распространилась вдоль рук и ребер. Еще чуть-чуть, и они треснут, как предательски треснула под ней сухая ветка.

Рикка не имела понятия, кто этот человек, да ее это и не интересовало. Главное — освободиться от его хватки. Подрастая, она часто становилась жертвой шуток своих братьев и благодаря этому научилась кое-каким приемам. Она нагнулась к могучей руке державшего и впилась в нее зубами. По своему опыту она знала, что обычно от неожиданности обидчик тут же ослабляет хватку.

Однако неожиданность, вызвавшая едва ли не шок, поджидала и ее. Мужчина лишь крякнул и сжал ее с такой силой, что Рикка лишилась возможности сделать хотя бы вдох.

Тем не менее она не разжала зубы. Противостояние продолжалось до тех пор, пока у нее перед глазами не поплыли цветные круги и она не почувствовала, что сейчас потеряет сознание. Лишь тогда, испугавшись мысли о том, чего может ей стоить полная отключка, Рикка выпустила изо рта руку. Однако мужчина не сразу ослабил хватку, и девушка почувствовала, что погружается в небытие. Нелепо, но она прильнула к той же самой руке, словно к спасительному якорю. Когда легкие готовы были взорваться без воздуха, он был ей дарован. Рикка сделала несколько жадных, глубоких, судорожных глотков.

— Дурачок, — сказал мужчина. Голос у него был низкий, рокочущий. Рикка спиной ощутила вибрацию его грудной клетки, испытав при этом странное приятное ощущение. Он взял ее за плечи и повернул лицом к себе. — Что ты такое подумал, мальчик? Я хотел лишь взглянуть на тебя. Человек всегда хочет знать, кто прячется у него за спиной.

Рикка посмотрела на воина сквозь густую бахрому ресниц... выше, еще выше. Мужчина был очень высок. Она поняла это, увидев его возле реки, когда он склонился к воде, однако лишь сейчас сполна осознала его мощь, отчего у нее снова перехватило дыхание. Плечи и грудная клетка у викинга были массивными и состояли из сплошных мышц, которые бугрились под кожаной туникой без рукавов. Лицо у него было квадратное, крупнорубленое. Его оживляли глаза, похожие на полуспрятанные золотые слитки. Над ними образовывали дугу густые брови — того же оттенка, что и светло-каштановые волосы, собранные в узел на затылке. Кожа мужчины была отполирована ветрами и лучами солнца. Золотистого оттенка волосы, золотистые глаза и кожа — это был поистине самый красивый мужчина, какого Рикка когда-либо видела. Он был похож на языческого идола, отлитого в горниле первоклассным кузнецом. Воин давно не брился, потому что отпускал бороду. От него пахло дымом костра, морским воздухом и сосной — не столь уж неприятные сочетания. Это был вполне реальный человек, к тому же в такой непосредственной близости.

Спасибо небесам, он принимал Рикку за мальчика. Поспешно убегая, она схватила одежду Торлоу, которую тот оставил, когда уезжал в Нормандию. Одежда была мала для брата-близнеца. Он несколько опередил ее в росте в последние годы. Одеяние скрывало ее девические формы, равно как и волосы, упрятанные под войлочной шапочкой. Рикка даже измазала лицо грязью, чтобы скрыть нежную белизну кожи. Однако она была не столь наивна, чтобы слишком доверять этой личине. При более внимательном рассмотрении подвох мог быть обнаружен.

Молчание мальчика и его кажущаяся покорность удивили Дракона. В его возрасте — мальчишке, судя по всему, было лет тринадцать — он приходил в ярость и готов был бросаться на каждого пришельца, вторгшегося на его территорию. Именно так росли и взрослели в этом диком и яростном мире. Откуда этот подросток приобрел такую «мудрость» не оказывать никакого сопротивления? Ясно, что маленький щенок способен кусаться, но сейчас он, кажется, слишком ошеломлен и не способен ни на что иное, кроме как сверлить его глазами.

— Я снова спрашиваю, — сказал Дракон на саксонском наречии, полагая, что именно этот язык понятен мальчишке. Родным языком викинга был норвежский, а кроме того, его понимали датчане и шведы. Во время своих путешествий он мог разговаривать с франками, немцами и даже маврами. Языки давались ему легко, может быть потому, что ему нравилась музыка слов. — Ты зачем прятался в кустах и подглядывал за мной?

Дракон посмотрел на парнишку повнимательнее и обратил внимание на его добротную одежду, сшитую из тонкой шерсти и чуть великоватую для него, что было неудивительно. Вещи для детей обычно шьют с расчетом на вырост. Мальчишка явно не из крестьян, скорее всего это был молодой лорд, отданный на воспитание местному феодалу. Но почему он в таком случае находится в лесу один, без сопровождения, и к тому же путешествует пешком?

Эссекс пребывал в мире в это солнечное утро, и об этом счастливом обстоятельстве нельзя было забыть в силу того, что подобный покой установился совсем недавно после десятилетий войн. Все это произошло благодаря мудрости великого короля Альфреда и железной воле благородного лорда Хоука из Эссекса. Лорд был братом леди Кимбры, которая стала женой родного брата Дракона — норвежца Вулфа. Семейные узы были подкреплены искренней дружбой, об этом Дракон постоянно напоминал себе, когда размышлял о причине своего присутствия в Эссексе. Тем не менее полностью полагаться на мир и покой не приходится, а посему даже этот совсем юный мальчишка должен объяснить свое нахождение в лесу.

— Почему ты здесь? — снова спросил Дракон. И, поскольку мальчишка не спешил с ответом, основательно встряхнул его.

У Рикки клацнули зубы. Она мысленно обругала себя за то, что отважилась на такой риск. Если бы она затаилась, не пыталась бы убежать, вполне вероятно, что осталась бы незамеченной. Но теперь поздно размышлять об этом, как и о многом другом. Нужно думать лишь о том, как освободиться. Не рассказывать же ей о двух оболтусах — старших братьях и о любимом брате-близнеце, который научил ее защищаться.

— Главное, не пугайся, — советовал Терлоу, когда, не обращая внимания на ее раскрасневшееся лицо, продолжал обучать сестру способам самозащиты. — Ни о чем не предупреждай и действуй очень быстро. А затем беги быстрее ветра. Боль, какой бы сильной она ни была, через некоторое время проходит...

Ей еще не приходилось пользоваться его наукой, поскольку Терлоу тут же сообщил старшим братьям, отравлявшим им обоим существование, что Рикка владеет приемом, которым лучше бы не владела ни одна женщина.

— Я пришлю людей за тобой, когда обоснуюсь в Нормандии, — пообещал брат Рикке. — У нас там есть родственники по линии матери. Ждать придется недолго.

Недолго — и в то же время слишком долго, поскольку на Рикку нежданно-негаданно обрушился вал событий, которые грозили сокрушить все ее надежды. Девушку охватил ужас. Ей никогда не выбраться из западни. Она оказалась в ловушке. Рикка могла вынести все, что угодно, но только не то, что ей уготовила семья.

Она продолжала молчать. Незнакомец начал сердиться. Похоже, он не привык к столь дерзкому неповиновению. Вероятно, это будет полёзным уроком для него.

Сделав глубокий вдох и закрыв глаза, Рикка изо всех сил ударила коленом между ног.

Незнакомец оцепенел. Подняв на него взгляд, она по выражению его глаз поняла, что он пребывает в шоке. Он не взвыл, как уверял Терлоу, от боли. Однако глухо застонал и оторвал от нее руки. Его ноги подкосились, и он медленно опустился на колени, напомнив Рикке сцену, когда рухнул могучий дуб, который повалил вол.

Оказавшись свободной, она вдруг замешкалась, почувствовав внезапную потребность помочь мужчине. Поймав себя на мысли, что, если она поведет себя так глупо, ей вовек не увидеть Нормандию, Рикка забыла о жалости. Мгновенный порыв миновал, восторжествовал инстинкт самосохранения. Бежать быстрее ветра, говорил Терлоу, — и она побежала. Ноги у нее были тонкие, но мускулистые.

Она одолевала препятствия с грацией великолепного жеребенка. Ее дыхание было глубокое и ровное. Испытав страх и избежав опасности, она почувствовала прилив уверенности. Спустя некоторое время, убедившись, что незнакомец теперь вряд ли ее догонит, она стала бежать просто потому, что это доставляло ей удовольствие. Рикка неслась по тенистым долинам и освещенным солнцем полям, через сосновые и дубовые рощи, вдоль усыпанного ракушками берега. И наконец, испытывая чувство умиротворения и полной безопасности, она замедлила бег и остановилась.

Рикка находилась на опушке леса неподалеку от сверкающего под лучами солнца моря. Над головой лениво кружили чайки, едва шевеля крыльями. Прикрыв ладонью глаза, Рикка посмотрела вдаль, где море и небо образовывали линию горизонта. До прибытия в Эссекс она не видела такого количества воды. Море потрясло ее. Ей сделалось страшно, потому что Рикка не умела плавать. Где-то далеко за горизонтом была Нормандия, которая открывала возможность новой жизни. Оставалось только переплыть море.

Ей бы раскрыть крылья, как это делают чайки, и воспарить в небо. Впрочем, цель, которую она себе поставила, была не менее трудной. И отступать Рикка не намерена.

Отбросив подобные мысли, девушка стала любоваться морем и отражающимся в нем солнцем. Она плохо спала, желудок был пуст. В стране, где ей ничего хорошего ожидать не приходится, она была одна, без поддержки. Ее могут выследить и жестоко наказать. И все же, несмотря на это, на душе у Рикки было светло и ясно. Она была *свободна*.

Когда в своей жизни она чувствовала себя свободной или хотя бы дерзнула подумать, что может испытать это блаженное ощущение? Всю жизнь ей приходилось скрывать свое истинное «я» под маской спокойствия и терпения. Лишь с Терлоу она позволяла себе слегка расслабиться, но даже ему Рикка не открывала до конца всей глубины своих душевных страданий.

Свободна! Рикка широко раскрыла руки и неожиданно засмеялась. Ей захотелось бегать, кружиться, кричать, рассказать об этом небу. Это так славно, так здорово — чувствовать себя свободной! Как бы ни было трудно в будущем, ничто не может сравниться с этим неповторимым, блаженным мгновением!

Ничто, абсолютно ничто не удержит его от страшной мести. Дракон заставил себя отвлечься от боли, волны которой все еще не затихали, и стал думать о более приятных вещах — о том, каким будет наказание. Никого, даже совсем зеленого мальчишку, нельзя простить за подобное нападение. Вопрос лишь в том, как наказать.

Конечно, прежде всего беглеца нужно поймать, но это не проблема. Если бы это исчадие ада захотело сознательно обозначить свой маршрут, вряд ли оно сделало бы это лучше. Конечно, Дракон был редкостного таланта охотник, но чтобы проследить путь мальчишки, особого таланта не требовалось.

Путь беглеца был обозначен сломанными ветками, помятой травой, даже кусочками шерсти на колючках. Судя по ширине его шага, он бежал так, словно за ним гнались черти. По крайней мере это доказывало, что мозги у него все-таки имеются.

Дракон не стал бежать, поскольку в этом не было необходимости. Ноги у него были гораздо длиннее, чем у мальчишки. Викинг остановился лишь однажды — попить из звонкого прозрачного ручья, где мальчишка некоторое время отдыхал. Затем продолжил путь к востоку, по направлению к морю, и вскоре увидел берег.

Дракон почти всю свою жизнь прожил у моря и немало времени провел в морских путешествиях, так что при виде чарующей синевы не замер в восхищении. Он продолжил путь, примечая перевернутые скользкие камни и примятый шиповник. Ему даже повезло увидеть на песке отпечаток маленькой ноги. В этом месте ширина пляжа сузилась, над ним поднимались отвесные скалы. Дракон обнаружил кусты, за которые мальчишка хватался, карабкаясь вверх, едва не упал, а затем, после некоторого колебания, продолжил путь. Солнце почти достигло зенита, когда викинг поднялся на скалу и, повернувшись спиной к морю, огляделся. Краем глаза он уловил какое-то движение на опушке леса. Осторожно, прячась за деревьями и валунами, Дракон направился в сторону леса.

Мальчишка, видимо, все больше уставал — это было видно по тому, что шаг его становился все короче, он все чаще спотыкался. Однако останавливаться, похоже, не собирался. Шел куда-то целенаправленно? Куда именно?

Дракон прикинул, какой путь он проделал сам за это утро, и пришел к выводу, что находится поблизости от Хоукфорта — крепости его хозяина Хоука из Эссекса. Она была построена, чтобы противостоять датчанам, которые, впрочем, в последнее время не проявляли былой активности. Хоукфорт защищал процветающий город и порт. По всей вероятности, мальчишка держал путь туда. К счастью, это было местом назначения и для Дракона. А коли так, то мальчишке со своей свободой придется распрощаться.

Дракон решил оставить мрачные мысли на другое время. Интересно, почему мальчишка путешествует один? Впрочем, это не важно. Довольно скоро парню придется самому все объяснить.

Рикка свалилась с покрытой мохом скалы и поморщилась от боли. Ноги болели. Она основательно устала, однако была преисполнена решимости идти вперед. Родников здесь было предостаточно, однако девушка была страшно голодна, а за все время ей удалось отыскать лишь несколько горстей ягод. Мешочек с едой, который она взяла в дорогу, остался лежать на том месте, откуда она убегала от золотоволосого великана. Глупо думать о нем! Очевидно, усталость парализовала мысли. Он был всего лишь мужчина, притом причинивший ей неудобства. И вообще нет никаких причин вспоминать о нем. Даже если он и захотел бы ее догнать, не смог бы — она убегала быстро. Он где-то очень далеко, скорее всего в лесу, должно быть, ругает ее на чем свет стоит. И вряд ли когда-либо снова встретится на ее пути.

А жаль.

Рикка вскинула бровь и рассердилась. С какой стати в ее бедную голову приходит подобный вздор? Конечно, она устала как собака, но это не оправдывает подобную глупость. Ей нужно думать о серьезных вещах, о том, как ей жить дальше. Сейчас нет ни времени, ни сил, чтобы предаваться мечтам о каком-то мужчине.

Самом красивом мужчине, которого она когда-либо видела.

— Стоп! — Рикка с удивлением осознала, что произнесла это слово вслух, и плотно сжала губы. Довольно! Нужно по-настоящему заниматься важными вещами.

Трусиха!

Вовсе нет! Женщину, которая отвергает уготованную семьей судьбу и избирает свой путь, исполненная решимости достичь отдаленного берега, о котором она почти ничего не знала, — нельзя назвать трусихой.

В таком случае — дурочка.

Проклятие и снова проклятие! Эта противная привычка преследовала ее всю жизнь, начиная с самого нежного детства. Как ей не хотелось быть отличной от других, как она ненавидела это постоянное *знание правды!* Она была бы счастлива, если бы могла поверить в то, чего нет, была бы в полном восторге, пусть люди кривят душой, привирают и плутуют. Быть в блаженном неведении, ничего не знать, во всяком случае, не знать больше положенного о том, говорит ли кто-то правду или лжет, — это была ее заветная мечта наряду с мечтой о свободе. Если бы ей разделаться с этим ощущением правды!

Он был обыкновенным мужчиной — и не более того. Незнакомец, представляющий угрозу. Она была рада разделаться с ним.

Скептически скривив рот, Рикка отделилась от покрытой мохом скалы и пошла лесом. Она достигнет Хоукфорта до наступления темноты. Затем сядет на купеческий корабль, который идет в Нормандию. Там она разыщет Терлоу, и вместе они начнут новую жизнь, в которой не будет омерзительной угрозы, нависшей над ней, когда она по глупости осталась в Англии.

И это было правдой.

Установилась тишина. Словно природа смолкла перед ее непреклонной решимостью. Упрямо кивнув головой, Рикка прибавила шаг. Ей не пришло в голову оглянуться назад или даже прислушаться к звукам, долетающим до ее слуха. Впрочем, это ничего не изменило бы. Даже если бы Рикка это сделала, она ничего бы не заметила. Дракон скользил по земле подобно дыму, невесомый и неуловимый.

Он догнал мальчишку меньше чем через час после того, как обнаружил признаки передвижения. Можно было бы сделать это и быстрее, но он специально слегка отстал, чтобы дождаться такого момента, когда беглеца можно захватить врасплох. Он намерен был сделать это мгновенно, чтобы мальчишка не повредил себе что-нибудь в пылу борьбы. После этого будет достаточно времени для обмена любезностями.

Так все и было бы, не случись нечто такое, что невозможно предвидеть. Под кустами находилось гнездо куропаток. При появлении Дракона они сочли необходимым встать на защиту потомства. Самец, громко кудахтая, бросился прочь от гнезда, отчаянно хлопая крыльями. Самка выгнула шею, распустила крылья, прикрывая малышей, и, в свою очередь, угрожающе загоготала.

Этот шум вспугнул других птиц, которые поднялись в воздух. Некоторое время в лесу слышались пронзительные птичьи крики, клекот, гуканье и тревожный писк. Звуки дошли даже до усталого сознания Рикки, которая в недоумении оглянулась назад.

Удивление быстро сменилось шоком.

Красивейший мужчина, какого она когда-либо видела.

В это трудно было поверить. Тем не менее она не стала мешкать и предаваться размышлениям о том, как это может быть. Девушка бросилась бежать с такой быстротой, на какую только было способно ее утомленное тело.

Дракон рванул следом. Нужно поскорее разделаться с этим делом, а затем они разберутся, почему мальчишка оказался один и куда он направляется. Дракон сопроводит его, независимо от того, идет ли он в Хоукфорт или в другое место и хочет ли того мальчишка или нет. Дело не только в необходимости защитить подростка. Тут примешивалось также любопытство. Викинг чувствовал, что за этим скрывалась какая-то тайна, а интересные и загадочные истории он любил. В самом деле, люди говорили, что у Дракона такая коллекция сказаний, что он может соперничать с любым скальдом или бардом. Иные даже считали, что викинг принадлежит к этому счастливому братству, путешествующему от замка к замку и рассказывающему самые удивительные легенды. Но судьба уготовила ему другой образ жизни — воина и начальника. Тут ничего не поделаешь. Тем не менее Дракон любил проводить вечера у костра, когда щедро лился эль, а перед ним располагались слушатели, зачарованные магией его слов...

Мальчишка и в самом деле был какой-то отчаянный, потому что бежал гораздо быстрее, чем мог предположить его преследователь. Покачав головой, Дракон прибавил ходу. Подросток обладал силой и выносливостью, в этом не приходилось сомневаться, но и Дракон был не промах — здоровый взрослый мужчина в расцвете сил, тренированный и приспособленный к тяготам войны. Ноги у него были словно железные. Он бежал без усилий, легко преодолевая препятствия.

Похоже, мальчишка понял неотвратимость печального исхода, когда бросил взгляд через плечо. Дракон находился настолько близко, что смог разглядеть в широко открытых, обрамленных густыми ресницами глазах ужас. В его голове мелькнула внезапная мысль. Возможно, у мальчишки были особые причины для бегства. Внезапно на ум пришло воспоминание из далекого прошлого. Будучи почти ребенком, он вынужден был из-за превратностей войны покинуть отчий дом и уйти в море вместе со своим старшим братом. И вот в трюме корабля, ночью, какой-то мужчина... Даже сейчас Дракон скорчил гримасу отвращения. Он отчаянно сопротивлялся, однако ему вряд ли удалось бы отбиться. Его спас Вулф, достаточно крупный для своего возраста и овладевший умениями, которые сделали его одним из самых знаменитых воинов современности. Он нанес несколько ударов насильнику и, оставив его корчиться в предсмертных муках, обнял Дракона и поклялся, что они переживут всех своих врагов и преодолеют все опасности.

Так и произошло, они достигли большого богатства и власти, однако Дракон не забыл, каково быть молодым, беспомощным и очень напуганным.

Слегка досадуя на себя за эти воспоминания, он тем не менее окликнул мальчишку.

— Нет нужды убегать! Я не собираюсь обижать и наказывать тебя. Остановись — и мы поговорим!

Судя по всему, мальчишка решил, что у преследователя, помимо нижней части тела, пострадала также голова. Еще раз бросив взгляд назад, он припустился еще быстрее.

Дракон вздохнул. Он сделал несколько широких шагов, подпрыгнул и, взлетев, настиг свою жертву. Они покатились по земле, при этом викинг принял удар о землю на себя. Подросток стал брыкаться и пытался укусить обидчика.

— Не надо, не делай этого! — воскликнул Дракон. — С меня достаточно! — Он встал на ноги, приподнял мальчишку и хорошенько встряхнул его. — Успокойся! Все, чего я хочу, — это лишь поговорить с тобой!

Результат был нулевым. Раскрасневшийся мальчишка продолжал изо всех сил сражаться. Из предосторожности Дракон удерживал его на расстоянии вытянутой руки и внимательно следил за тем, как малец размахивал руками и ногами. Дождавшись, когда у того больше не осталось сил, Дракон дружелюбно спросил:

— Теперь ты готов поговорить?

Мальчишка тяжело дышал и, по всей видимости, был не в состоянии что-то сказать, однако у него хватило сил бросить на викинга полный злобы взгляд.

— Нет? Я могу подождать. — Дракон продолжал держать свою жертву в нескольких дюймах над землей. Затем спокойно сказал: — Я не собираюсь причинять тебе боль. —

Когда на лице мальчишки выразилось явное недоверие, викинг добавил: — Я все обдумал. Да, ты заслужил порку за содеянное. Но я допускаю, что твои действия — это способ самозащиты. Как и мои, когда я схватил тебя. Каждый человек имеет право защищать себя.

Теперь при ближайшем рассмотрении Дракон подумал, что мальчишка выглядит даже моложе, чем казался вначале. Раскрасневшиеся во время бега щеки быстро бледнели, на гладкой коже не было ни малейшего признака юношеской бороды. Черты лица подростка отличались тонкостью и изяществом, нос был прямой и тонкий, рот припухлый, подбородок слегка закруглен. Но причиной внезапно родившегося подозрения стали огромные, янтарного цвета миндалевидные глаза.

Без предупреждения Дракон протянул свободную руку и сорвал шапочку с головы чертенка.

— Не-ет!..

Но слишком поздно тонкие пальцы взметнулись к голове. Густые шелковистые волосы медного оттенка упали на плечи. Дракон ошеломленно смотрел на них, не веря своим глазам. Девчонка! Его поставила на колени девчонка! Ничего подобного за всю его богатую событиями жизнь не случалось. При всей своей скромности он должен был признать, что ни одна женщина не смотрела на него иначе, как поощрительно и с любовью. Возможно, это объяснялось его внешностью, хотя он никогда не задумывался, как выглядит. Вероятно, играли роль его богатство и положение. Но Дракон подозревал, что объяснялось это скорее всего тем фактом, что он обожал женщин. Обожал безоговорочно, безусловно, откровенно. Женщины были величайшими творениями богов, драгоценнейшим подарком, наилучшей из услад на земле, которая выпадет мужчине, в том числе и ему персонально. Женщины были нежные и сильные, от них исходил приятный аромат, у них были обворожительные улыбки, они дарили жизнь. Они доставляли удовольствие на ложе и вне ложа. Старые, молодые, среднего возраста — их присутствие служило постоянным источником уюта и удовольствия. И тот факт, что одно из этих милых созданий могло причинить ему боль, он никак не мог переварить.

Нельзя сказать, что он обвинял ее. Должно быть, она была страшно напугана. И какого дьявола эта бестия путешествует одна? Неудивительно, что она вырядилась в мальчишескую одежду. Если бы он посмотрел на нее сразу хотя бы в течение нескольких секунд, то тут же понял бы, что это девушка.

— Все в порядке, милочка, — мягко сказал Дракон. С величайшей осторожностью он опустил ее на землю, проследив за тем, чтобы она, будучи весьма утомленной после погони, не упала. — Тебе нечего бояться. Никто не собирается тебя обижать. Я провожу тебя до того места, куда ты направляешься, и...

Тут же, повернувшись, она, подобно молодой лани, бросилась прочь. Дракон с изумлением уставился на убегающую девушку. Да откуда у нее берутся силы? Это было поистине поразительно и могло служить еще одним свидетельством удивительной тайны женщины. Конечно, он не мог позволить, чтобы она ускользнула. Она может потеряться, или не сможет найти пищу, или замерзнет, когда наступит ночь, или же столкнется с мужчиной, который к женщинам относится совершенно иначе.

Нахмурившись, он снова бросился в погоню.

Рикка дышала судорожно и натужно. Ее ноги сделались свинцовыми. Это был не бег, а настоящее мучение. И только безрассудная отвага удерживала ее от того, чтобы упасть на землю и признать свое поражение. Один из самых безжалостных ударов судьбы. Она сбежала от жестокости семьи и кошмарных планов, связанных с ее будущим, чтобы попасть в руки невероятно могучего воина, которого никогда в жизни не видела.

И красивейшего мужчины.

Если бы у нее оставалась хоть капля сил, она посмеялась бы над собой. Даже сейчас, когда речь шла о жизни и смерти, ей могла прийти в голову подобная мысль. Должно быть, она одержима какими-то демонами.

Но ведь это правда.

К черту правду! Из-за нее жизнь наносит ей одну рану за другой. Она не поддастся ни воину, ни своей собственной слабости. Она будет бежать до тех пор, пока не разорвется сердце в груди. Сдаваться — удел малодушных и покорных. Она не из их числа. Несмотря на слезы усталости и страха, которые струились по щекам, Рикка продолжала бежать. Она не заметила, как изменилась местность, как поредели деревья, не обратила внимания на то, что впереди блеснуло море, а перед ней возникла скала. Не слышала она и отчаянного крика Дракона. Из последних сил, потеряв надежду на спасение, подгоняемая одним лишь отчаянием, она вскарабкалась на скалу...

Из ее груди вырвался сдавленный крик. Хватаясь за кусты, она попыталась остановить свое падение. Попытка успехом не увенчалась, и Рикка с криком ужаса увидела, что на нее накатывают белопенные буруны.

Дракон видел, как девушка исчезла за скалой, и с трудом сдержал крик отчаяния. Он не мог предположить, что погоня приведет к столь печальному исходу. Вполне возможно, что в это мгновение девушка погибла или гибнет. Застонав, он взбежал на скалу, с трудом удержавшись от падения, и заскользил вниз к берегу.

От увиденного к горлу подкатил комок. Она лежала на границе песка и суши, возле самого валуна, который и задержал ее. В волнах плескались локоны волос. Стройное изящное тело не шевелилось. Тоненькая струйка крови сочилась из раны на лбу, стекая в море.

Через несколько минут начнется прилив и вода поглотит беззащитное создание.

Сдерживая дыхание, Дракон поднял девушку и отнес на безопасное расстояние. Он осторожно уложил ее на песок и на мгновение заколебался, не зная, что делать. Человек, который видел бессчетное количество ран на полях сражений, который сам спас себя, быстро обработав смертельную рану, сейчас пребывал в замешательстве. Проглотив комок в горле, Дракон открыл маленький пакет, висящий у него на поясе, которым его снабдила невестка, сама известная целительница. Он прижал мягкую чистую тряпочку ко лбу девушки и остановил кровотечение. Затем ощупал руки и ноги и с облегчением убедился, что никаких переломов нет. В процессе проверки он не мог не обнаружить, что под мешковатой мальчишеской одеждой скрываются крепкие, аппетитные формы. Поспешив выбросить из головы мысли об этом, викинг скользнул дрожащей рукой под рубашку и удостоверился, что ребра у девушки тоже целы.

Сделав глубокий вдох, первый за пару минут, он отпрянул назад и осторожно посмотрел на лицо. Похоже, единственная ее рана была на голове. Она может скоро прийти в себя... или может так и не очнуться и просто погрузиться в вечный сон. Он знал, что это случается с мужчинами, у которых такое же ранение. Только время все определит.

К счастью, раньше, чем Дракон успел задаться вопросом о том, как ему перенести девушку в более удобное место, она тихонько застонала. Усомнившись, уж не послышалось ли это ему, он наклонился пониже, затем еще чуть пониже и наконец ощутил, как легкое дыхание овеяло его заросшую щетиной щеку. Ее глаза дрогнули и стали медленно открываться...

Глава 2

Болит голова... Рикка поморщилась. Инстинкт подсказывал ей, что надо вскочить и бежать, даже если она не в состоянии вспомнить, от чего она убегает. Она попробовала подняться, но ее тут же снова вынудили лечь на песок.

— Спокойно, милочка. Ты упала и здорово ушиблась. Кости ты не поломала, но тебе нужен покой.

Голос был рокочущий, успокаивающий, сладостный и... знакомый. Его голос. Это он все сделал — преследовал ее, загнал на скалу. Он чуть не убил ее, а сейчас считал беспомощной. Можно не сомневаться, что у него на уме.

Но его поджидает неприятный сюрприз.

К сожалению, придется подождать, пока перестанет кружиться голова. Рикка издала тихий стон и затихла. Дракон насторожился и наклонился к ней.

— У тебя что-нибудь болит, кроме головы? Я проверял, мне показалось, что с твоими костями все в порядке, но я могу и ошибаться.

Он проверял! Что это означает?

Рикка посмотрела в его глаза, которые заблестели так, словно на древнее золото внезапно упали солнечные лучи. Хуже всего то, что звуки его голоса вызвали легкий трепет в ее теле, она испытала некое странное удовлетворение.

Его рука легонько дотронулась до ее брови. Рикка едва обратила внимание на это прикосновение, загипнотизированная взглядом, в котором читались нежность и обеспокоенность. Нельзя сказать, что она была одурачена этим. Она знала воинов, поскольку всю свою жизнь жила среди них. Это были грубые, невоспитанные люди, которые брали то, что хотели, заботясь только о том, чтобы удовлетворить собственные желания. Свалиться с головокружительных высот свободы прямо в руки подобного человека было даже хуже, чем упасть со скалы. Тут она по крайней мере выжила.

Длительный опыт научил ее, что непростительно глупо выказывать страх или сомнение. Поэтому Рикка, несмотря на странное замирание сердца, встретила взгляд воина открыто.

— Убирайтесь от меня, — сердито сказала она.

Дракон вздохнул. Он нисколько не осуждал ее за то, что она сердится. У нее есть на это право. Викинг сожалел лишь, что не может исполнить ее желание.

— Прошу прощения, — искренне сказал он, — но я не могу уйти. Ты поранилась и нуждаешься в помощи.

Нет, этого не может быть! Мужчины не извиняются, по крайней мере перед женщинами. И никому не помогают, если не ожидают получить что-то взамен. Его доброжелательность и сочувствие насквозь фальшивы. Внезапно возникла мысль: возможно, падение со скалы стало причиной того, что у нее появилось странное, нежелательное качество. Возможно, она более не отличается повышенной по сравнению с другими людьми способностью отличить правду от лжи. Ради этого она готова была упасть со скалы хоть десяток раз.

Однако все еще оставалась волнующая возможность того, что воин имел в виду именно то, что говорил. Рикка осторожно проговорила:

— Мне не требуется помощь. Позвольте мне встать, и я пойду своей дорогой.

Викинг покачал головой:

— Женщине небезопасно путешествовать одной.

— Я чувствовала себя в полной безопасности, пока на моем пути не встретились вы.

— Но если бы не я, у тебя были бы сейчас большие неприятности.

Если бы не болела голова, Рикка бы рассмеялась. А так удовлетворилась гримасой.

— О, вы хотите сказать, что загнали бы меня на скалу?

Воин покраснел, но не от гнева, а скорее по причине испытываемого сожаления.

— Я думал, что ты мальчишка, которого нужно научить хорошим манерам. Если бы я знал, что ты девушка... — Дракон замолчал и пожал плечами. — Я все равно последовал бы за тобой, потому что тебе нельзя быть без сопровождения. Но я попытался бы застать тебя врасплох, чтобы ты не убежала и не ушиблась.

— Да, это прекрасно, но теперь нет нужды беспокоиться. Я собираюсь встретиться со своим... своим братом совсем недалеко отсюда.

Строго говоря, путешествие в Нормандию — это далекое путешествие. Но были еще более далекие расстояния, например, путь в сказочную Византию или в земли, лежащие к востоку и югу. Если этого недостаточно, то существуют сказания о стране на западе, где горы покрыты расплавленной лавой и струи пара поднимаются над землей. Некоторые из тех, кто видел эти места, рассказывали также о стране, которая находится еще дальше к западу, что у нее изрезанная береговая линия и она покрыта бесконечными лесами. Так что в сравнении с этим на Нормандию можно смотреть как на соседнюю деревню. И значит, она не лжет... во всяком случае, лжет не так чтобы уж слишком...

— Прекрасно, — сказал воин. — Я сопровожу тебя к нему.

Рикка в отчаянии закрыла глаза. Когда она открыла их снова, то увидела, что он собирается приподнять ее своими могучими руками.

— Не надо! Я сама могу пойти пешком. И потом... — Рикка огляделась вокруг. — У вас нет лошади.

Викинг улыбнулся — и когда он это сделал... О небо, это так несправедливо! Он был самым неотразимым мужчиной на белом свете, эту истину она более не могла отрицать. Улыбнувшись, он полностью обезоружил ее. У Рикки появилось безумное желание отдать все, чего ему только захочется. Единственным объяснением этому могло быть лишь то, что с головой у нее сейчас было не все в порядке.

Он встал, отряхнул песок со своих крепких бедер, выглядывающих из-под короткой туники, и спросил:

— Где ожидает тебя твой брат?

— Мой кто? — Во рту у Рикки пересохло. Вероятно, это объяснялось тем, что она упала, а вовсе не его близостью. Сердце учащенно билось, вероятно, по той же самой причине. Падение может причинить немалый ущерб здоровью.

— Брат, с которым ты собираешься встретиться? — Дракон снова наклонился к девушке и внимательно посмотрел ей в лицо. — У тебя какие-то проблемы с памятью?

— Нет! Я чувствую себя прекрасно. — Если, конечно, не считать того, что она не могла сказать мужчине, где находится ее брат, опасаясь, что он решит сопровождать ее до самой Нормандии. Она ни в коем случае не поддастся этому искушению.

Она *ничего* не могла ему сказать. Если он узнает, кто она и почему путешествует одна, он может вернуть ее как раз туда, откуда она с таким трудом вырвалась. Этот воин наверняка находится на службе у какого-нибудь влиятельного господина. При этой мысли у Рикки заныло под ложечкой. Он наверняка связан клятвой верности, что обязывает его действовать вполне определенным образом, как бы она ни пыталась уговорить его поступить иначе.

Медленно, превозмогая шум и боль в голове, она заставила себя сесть, причем сделала это настолько быстро, что Дракон не успел ей воспрепятствовать. Глядя в его красивое лицо, она внезапно задала вопрос, который больше всего занимал ее в этот момент:

— Кто вы?

Вопрос совсем простой, и при нормальных обстоятельствах Дракон ответил бы на него не задумываясь. Сейчас же он решил не спешить с ответом. Девушка что-то скрывает, в этом он был совершенно уверен. Но что именно? Она не рассказала ему о себе ничего, упомянув лишь о брате, в существовании которого Дракон сомневался. Кто она?

Она молода. Сейчас, когда мальчишеское одеяние больше не вводило его в заблуждение, он определил, что ей от силы лет семнадцать либо восемнадцать. Она могла быть обвенчана и могла бежать от мужа, которого сочла недобрым и суровым. Либо она могла сбежать из монастыря, решив, что монашеская жизнь ей не по вкусу. Если посмотреть на ситуацию честно, то можно также предположить, что она скрывается от наказания за какое-то преступление.

Можно довести ее до Хоукфорта — пусть Хоук сам разбирается с этим. Однако ему не хотелось этого делать. Отчасти по причине ее красоты. Но и не только. Викинга привлекали ее отвага, ее нежелание заискивать перед ним, как это всегда делали другие женщины.

Было очевидно, что она весьма озадачила его. Почти в такой же степени, в какой Дракон любил женщин и интересные истории, он любил всевозможные загадки. Вряд ли это было случайностью. Он планировал выкроить несколько дней, чтобы поохотиться и отвлечься от событий, которые сгущались над его головой. Но сейчас он подумал даже о более приятной перспективе. Он сделает доброе дело для девушки и одновременно отвлечется. Если она поймет, что ей не следует его бояться, она расскажет о своих секретах, а он проводит ее до безопасного места в качестве компенсации за то, что напугал и причинил ей неудобства.

Это было справедливым решением. Он ни за что не позволит дорогому созданию продолжить путь одной. Ему не требовалось других доказательств того факта, что она путешествует в одиночестве и что ее заявление не слишком рассудительно. Он защитит ее даже от самой себя.

Дракон стал действовать быстро и решительно.

— Я скажу тебе, кто я, после того, как ты скажешь мне, кто ты.

Она рассердилась.

— Это такой простой вопрос! Почему вы не можете на него ответить?

— А почему ты не можешь?

После короткого замешательства Рикка нашлась:

— Я спросила вас первая!

Дракон усмехнулся. Ему это определенно нравилось. К тому же это отвлекало ее от боли в голове, которая, он полагал, была достаточно мучительной. Девушка оставалась бледной, под глазами ее обозначились тени. Чем скорее она даст согласие на то, чтобы он позаботился о ней, тем лучше.

— Я думаю, что ты не помнишь, кто ты.

— Помню!

— Тогда скажи.

Рикка начала было отвечать, но спохватилась и захлопнула рот. Он очень тонко завлек ее в ловушку. Чем дольше она будет отказываться себя назвать, тем больше у него будет оснований заподозрить ее в самом худшем и доставить властям. Но если заставить его поверить, что она основательно пострадала во время нападения, он преисполнится еще большей решимости не покидать ее. Так или иначе, Рикка была в проигрыше. Наилучшим выходом будет идти с ним и дожидаться шанса на побег.

— У меня болит голова, — сказала Рикка. Это не было ложью, поскольку в голове у нее сильно шумело и стучало.

Однако она не сомневалась, что воин воспримет это как признание того, что с мозгами у нее не в порядке.

Девушка не успела сделать вдох, как руки викинга сомкнулись вокруг ее тела. Он поднял ее легко и без видимых усилий. Она не была слишком миниатюрной женщиной, но сейчас ощутила себя легкой, словно пушок чертополоха. Может, и в самом деле что-то не в порядке с ее мозгами?

— Куда вы меня несете? — По крайней мере на это он мог ей ответить.

Дракон шел, чувствуя себя гораздо счастливее. Он шагал осторожно. Рикка пыталась держать голову прямо, но так продолжалось недолго. Вскоре она прислонила голову к его плечу.

— Недалеко. Там можно будет разместиться удобнее.

— Это ваша собственность?

— Принадлежит другу, но я пользуюсь этим жильем. Там ты сможешь поправиться.

— Значит, вы отсюда.

Викинг улыбнулся:

— Разве я это сказал?

Она поморщилась — ей было не до шуток. Он заметил это и, как бы раскаиваясь, проговорил:

— Довольно разговоров. Тебе нужен покой.

Рикка затихла, но вскоре ей пришел в голову очередной вопрос. Он сказал, что жилье недалеко отсюда, однако он нес ее уже, пожалуй, с полмили. И делал это без малейшего напряжения.

— Почему у вас нет лошади?

— У меня есть лошадь.

— Где же она?

— Дома. А теперь помолчи.

Она повиновалась, но вовсе не потому, что у нее не было выбора. Испытанный ею шок в конце концов начинал сказываться — Рикка почувствовала страшную усталость. Решив закрыть глаза всего на несколько мгновений, девушка провалилась в сон.

* * *

Лицо Рикки разгладилось, ноющая боль в теле исчезла. Это хорошо. Ей бы поспать еще. Возможно, тогда ее самочувствие значительно улучшится.

До места стоянки было еще час ходьбы, если идти тем шагом, которого придерживался Дракон. По его понятиям, расстояние совсем небольшое. Если говорить откровенно, викинг мог бы нести это хрупкое создание гораздо дольше. Это такое удовольствие! Конечно, он предпочел бы обнимать ее пробудившуюся и любящую, но об этом не стоило и думать.

Дракон размышлял о том, какую тайну скрывала незнакомка. Очевидно, она куда-то целенаправленно шла, и Хоукфорт был наиболее вероятным местом назначения. Какие цели могла преследовать эта девушка, родом, вероятно, из хорошей семьи? Может, она собиралась подать прошение Хоуку с просьбой о возмещении какого-то ущерба? Возможно. Но почему сразу не сказала об этом? Неужели она и в самом деле потеряла память? Скорее всего нет, ее янтарного цвета глаза смотрели на него вполне осмысленно. Дракону хотелось бы верить в существование брата. Вероятно, она планировала встретиться с ним в Хоукфорте, но почему бы не признаться в этом? По каким причинам она скрывает имя брата и свое собственное?

В одном из своих последних писем Хоук писал о подавлении мятежа некоего мерсианского лорда. Мерсия была присоединена к Уэссексу, управляемому великим Альфредом. В последнее время король расширил свои владения и в других направлениях, включая Эссекс, и люди здравого смысла, среди которых был и Хоук, были рады признать его своим монархом. Мерсия сделала то же самое, но, по-видимому, не без раздоров. Не была ли семья девушки причастна к этому?

При этой мысли Дракон нахмурился. С тех пор как его брат Вулф женился на сестре Хоука, Дракон несколько раз посещал Эссекс. Теперь он знал этот край достаточно хорошо, чего нельзя сказать об остальной части Англии. Если ему не изменяет память, Мерсия была со всех сторон окружена сушей. Всякий, кто собирался ее покинуть, должен был идти на юг в Уэссекс. Любой другой путь означал проход по территории, которой пока владели датчане.

Викинг посмотрел на спящую девушку. Рано или поздно он выяснит, в какую беду она попала. Он не позволит ей уйти.

Осознание того, что за этот час он пришел к подобному заключению, не удивило Дракона. Не беспокоил его и тот факт, что, завидев викинга в компании красивой саксонской девушки, кто-то по меньшей мере вскинет брови. Он был готов исполнить свой долг. Будет очень плохо, если это кого-то не устроит.

Мысленно выработав план действий, Дракон слегка повеселел. Не ускользнуло от его внимания и то, что для человека, которому лишь несколькими часами раньше двинули ногой между ног, он был даже в слишком хорошем настроении. Он чувствовал себя гораздо лучше, чем все последние месяцы с тех пор, как понял: ему не уклониться от того, что уготовано судьбой. Ничего, в сущности, не изменилось, тем не менее он вдруг ощутил себя хозяином судьбы. Непонятно почему после многих миловидных, услужливых женщин, которых ему довелось знать, эта медноволосая злючка смогла улучшить ему настроение. Можно ли ее поведение расценивать как вызов? Если это так, то он рад этому.

Впрочем, она была ранена. Порядочность требовала, чтобы он отложил все свои поползновения до того времени, пока незнакомка окончательно не выздоровеет...

Наконец Дракон увидел, что впереди среди сосен показалась крыша жилья, к которому он держал путь.

Это было небольшое строение из грубо сколоченных досок, крытое соломой. Неподалеку находилось еще одно, размерами поменьше, предназначенное для лошадей, которые, как он и надеялся, уже прибыли. Его слуги должны были кормить и поить животных.

Дракон толкнул дверь плечом и вошел внутрь дома. Там была лишь одна комната, но зато просторная и удобная. В центре на полу находилась большая железная жаровня прямо под дымоходом в крыше. Дрова были уже приготовлены и дожидались лишь того, когда будут добавлены тлеющие угли, которые находились в металлической коробке рядом с очагом. Тут же вдоль стены располагалась лежанка с пуховым матрацем, покрывалом из тонкой шерсти и роскошной меховой накидкой. Все это служило убедительным доказательством того, что жилище было собственностью весьма состоятельного лорда. О том же свидетельствовали также щиты и знамена, висевшие на стенах.

Стол с тонкой резьбой, окруженный стульями, несколько сундуков довершали меблировку. По предыдущим визитам Дракон знал, что позади был склад для хранения пищи и вырытая в ближайшем холме сауна. Хоук построил охотничий домик в подарок своей любимой жене — леди Кристе. Они пользовались им вместе со своими детьми, когда удавалось сбегать на несколько дней от обязанностей и наслаждаться обществом друг друга. Они позволяли пользоваться жильем и друзьям, включая Дракона.

Викинг пересек комнату и осторожно положил девушку на лежанку. Рикка едва пошевелилась. Чуть помедлив в нерешительности, Дракон снял с нее сандалии, оставив в неприкосновенности остальную одежду. Укрыв незнакомку, он вышел, чтобы проведать лошадей.

Как он и ожидал, слуги обиходили животных. Дракон лишь внимательно все проверил. Здесь были два гнедых жеребца, шерсть которых лоснилась настолько, что отливала серебром. Это были братья, родившиеся с разницей в год от одной и той же кобылы. Огромные и сильные, они могли неутомимо скакать целый день и сразу же вступать в бой. Они до сих пор выделывали такие курбеты, на какие способны разве лишь совсем молодые жеребята. Бывало, Дракон подходил к ним с яблоками, и животные просто сходили с ума. Успокаивались они лишь тогда, когда он угощал их фруктами, гладил их бархатные носы и говорил, какие они удивительные создания.

И тем не менее он не любил их, он просто не любил иметь с ними дело. Он не любил ездить верхом и чувствовал себя не слишком удобно на лошади. Хотя ездил так же здорово и с той же грацией, как привык делать все остальное, однако отнюдь не ставил это себе в заслугу. Боги одарили его необычным ростом и силой; он был благодарен им за это и спокойно занимался своими делами. При каждом удобном случае Дракон предпочитал передвигаться пешком. Ноги никогда его не подводили, к тому же для них не нужно искать корм.

Завидев человека, лошади начали тереться об него головами. Дракон вытерпел их ласки, удостоверился, что у животных есть все, что нужно, и вернулся в дом.

Девушка все еще спала. Дракон снял со стены лук и колчан со стрелами и снова вышел на улицу.

Рикка проснулась, когда солнце склонялось к горизонту. Она сладко зевнула и перевернулась на бок. Какое это счастье — спать на удобной кровати! Поистине она не могла вспомнить, когда последний раз чувствовала себя настолько отдохнувшей. Конечно же, не дома, потому что она сбежала оттуда и...

Рикка широко раскрыла глаза. Резко сев на кровати, она огляделась вокруг. *Его* нигде не было, с облегчением отметила она. Не было и тревоги. Абсолютно никакой. Голова по-прежнему побаливала, но это не шло ни в какое сравнение с тем, что было.

Должно быть, это тот самый охотничий домик, о котором упоминал незнакомец. Рикка огляделась. Обстановка была гораздо более роскошной, чем она ожидала. Рикка потрогала одеяло, определив, что оно соткано из тонкой шерсти. Недалеко от очага стоял большой стол. Он был хорошо отполирован, его массивные ножки украшала художественная резьба. Два стула с высокими спинками поражали своим великолепием — они напомнили ей стулья отца, которые предназначались для почетных гостей. На стульях для большего удобства лежали подушки, на которых были вышиты яркие цветы.

Рикка встала с постели. В домике было несколько окон, оборудованных шторами из воловьей кожи, которые могли подниматься вверх, чтобы пропускать свет и воздух. Под ними находились украшенные резьбой сундуки. Она подошла к одному из них, взялась за крышку и очень удивилась, когда она открылась. В нос ударил аромат жимолости и лилий. Рикка наклонилась пониже и увидела деревянный поднос, на котором было...

Мыло? Идеальной формы куски испускали пьянящий запах цветов. Взяв в руки один, Рикка понюхала его. Было такое впечатление, что она перенеслась на летний луг. Словно обжегшись, она выронила мыло и захлопнула крышку. Однако это не удержало ее от того, чтобы заново оглядеть помещение и увидеть множество признаков того, что здесь бывала женщина. Со стропил свисали засохшие цветы. Кровать была задрапирована вышитыми занавесками. Железные скобы в стенках предназначались не для дымящих факелов, а для дорогих свечей.

Здесь жила не простая женщина, а леди. Должно быть, она обитала где-то поблизости, потому что сундук не был заперт. Внезапно Рикка вспомнила о своем грязном лице, грубой одежде, о том, что у нее лоб в синяках, и смутилась. Осознав, что сделать с этим все равном ничего нельзя, она решилась и приоткрыла дверь.

Свежий ветер шумел в верхушках деревьев. Рикка шагнула с порога и огляделась по сторонам. Никакого движения, ни звука шагов, позволяющих определить, где может находиться леди. Зато до ее слуха донеслось тихое ржание со стороны строения, которое она определила как конюшню.

Решив проверить свою догадку, девушка направилась в ту сторону. Вдруг из окна выглянула гнедая лошадиная голова. На Рикку уставилась пара симпатичных карих глаз. Девушка ахнула и издала восторженный стон, когда показалась и вторая лошадь. Их двое! Пара великолепных гнедых! Животные приветствовали ее радостным ржанием.

— Вы только посмотрите на них! — проворковала Рикка при виде стройных могучих жеребцов. Она обожала лошадей с тех пор, как, будучи малышкой, впервые взобралась на жеребца, воспользовавшись тем, что этого никто не заметил. То, что это был боевой конь, предназначенный для очень сильных мужчин, ее не остановило. Сидя на лошади, она чувствовала себя в полной безопасности, защищенной от любых неожиданностей, которые ее окружали. Ничего лучшего небеса предложить не могли.

Какими удивительными событиями наполнен этот день! Сначала Рикка проснулась, чтобы увидеть самого неотразимого по красоте мужчину, затем убегала от него, свалилась со скалы, и вот теперь встреча с этими потрясающими животными.

Позабыв обо всех своих невзгодах, Рикка улыбнулась:

— Разве это не чудо? Разве это не самые замечательные лошади в мире?

Животные, покачивая головами, принялись дружелюбно обнюхивать девушку, и она рассмеялась:

— До чего милые создания! Кто вами владеет? Кто заслужил честь иметь такую замечательную пару?

Он сказал, что лошадь поджидает его в охотничьем домике, но в конюшне находились лишь эти два красавца. Либо его лошади здесь не было, либо...

Ее улыбка растаяла. Только воин в звании лорда может владеть подобными лошадьми. Они могли быть подарком весьма знатной особы в благодарность за оказанные услуги. В этой части Англии был лишь один подобный тан — лорд по имени Хоук. Дрожь пробежала по телу Рикки. Она слышала, с каким страхом и завистью говорили о нем ее отец и братья. Мощь его была такова, что люди не задумываясь переходили на его сторону. Его крепость Хоукфорт сделалась оживленным портом и торговым городом, купцы процветали под его покровительством. Да и она ведь тоже стремилась туда попасть, потому что это давало шанс добраться на корабле до Нормандии. Однако Хоукфорт таил в себе немалую опасность, если ее инкогнито будет раскрыто.

Воины Хоука, по слухам, были самыми грозными в стране. *Он* наверняка соответствует этим описаниям. И вполне вероятно, что он один из тех людей, которые присягали Хоуку. Хвала небу, что она ничего ему не рассказала!

Осознание того, насколько она была близка к катастрофе, помогло Рикке стряхнуть некоторую неуверенность, которая овладела ею с момента пробуждения в незнакомой кровати. Она должна быстро убраться отсюда, пока не вернулся *он*. К тому же наличие лошадей усилило искушение. Верхом на одном из этих красавцев она может очень быстро преодолеть много миль. Правда, это привлечет внимание. Одинокий мальчишка едет на лошади, которая принадлежит воину, присягнувшему Хоуку. Вполне могут остановить и задержать...

Но добраться до крепости пешком в данной ситуации вообще нереально. Уже задним числом Рикка поняла то, что должно было быть ясно изначально. Воин легко выследит ее, как это уже было. И возможно, последует суровое наказание.

От этих мыслей у Рикки снова усилилась головная боль. Она неохотно отошла от лошадей и продолжила осмотр. Следов леди она нигде не обнаружила, что, вероятно, было к счастью. *Он* говорил, что это домик его друга. Вероятно, жилище принадлежало самому Хоуку, и поэтому маловероятно, чтобы его леди находилась здесь в отсутствие супруга. Рикка передернула плечами. Она видела лорда Хоука один раз. Точнее, это он ее видел. При мысли о том, что она снова может с ним встретиться, у нее пошел по коже мороз.

За деревьями девушка увидела блеск воды. Узкая тропинка привела к реке. У нее вновь появилась надежда. Если река не слишком глубокая, а течение не слишком сильное, она сможет незаметно убежать.

Могла бы, если бы не чувствовала себя слабой, словно только что родившийся котенок. Она сделала глубокий вдох, чтобы обрести силы и решимость шагнуть в реку, проделать путь по скользким камням, пробираясь через упавшие ветки и коряги, и добраться через несколько миль до Хоукфорта.

Чем раньше начнешь, тем скорее закончишь. Рикка не относилась к числу тех, кто откладывает дело в долгий ящик.

Стоило ей только узнать о планах семьи в отношении ее, как она тут же принялась претворять в жизнь свой план бегства. Не было смысла дожидаться того момента, когда положение усугубится. Однако сейчас она была не в силах сделать первый шаг. Лишь смотрела на воду и думала, насколько важно для нее убежать. И продолжала стоять на берегу, прислонясь к дереву и жмурясь от ярких солнечных лучей.

Все ее тело саднило. Было такое ощущение, словно она снова упала со скалы. Рикка невесело засмеялась. Ну а как иначе она могла себя чувствовать?

Сделать всего лишь первый шаг!

Рикка заставила себя оторваться от дерева, но тут же покачнулась от головокружения. Снова прислонилась к могучему стволу и сделала несколько глубоких вдохов. Кажется, немного помогло. Возможно, если она пойдет быстро, то страх перед водой придаст бодрости.

А может, она упадет в воду и утонет. Она избежала смерти, когда была на волосок от нее. Нужно ли снова искушать судьбу?

А есть ли выбор? Остаться там, где она сейчас, и восстановить силы? В одной компании с человеком, присягнувшим на верность лорду Хоуку? Ах, какая замечательная идея! Почему бы ей просто не рассказать всю правду? А потом отправиться, подобно агнцу, на заклание.

Проклятие, до чего же она слаба! Если бы она обладала мужской силой, то могла бы дерзнуть, однако ее дух заключен в оболочку женского тела, что делает ее уязвимой во всех отношениях. Вот и сейчас по щекам текут слезы, свидетельствующие о слабости. Рикка сердито провела рукой по лицу. Хорошо еще, что не разрыдалась. Это было бы настоящим позором.

Слезы продолжали струиться по щекам. Но еще хуже было то, что у Рикки подгибались ноги. И хотя она ухватилась за дерево и пыталась удержаться, колени подогнулись. Девушка соскользнула на покрытую мохом землю. У нее не было сил даже пошевелиться.

В таком положении ее вскоре и нашел Дракон. Вернувшись с охоты и не обнаружив незнакомку в доме, викинг поначалу встревожился. Однако для него не составило труда определить, куда ушла гостья. Покачав головой, он отправился за ней.

Рикка сидела возле реки, обхватив руками ноги и положив подбородок на колени. Дракон некоторое время любовался линией ее профиля и копной волос цвета меди, прежде чем она обнаружила его присутствие. Повернув голову, девушка посмотрела на викинга, затем снова перевела безразличный взгляд на реку.

Дракон вздохнул. Затем приблизился и сел рядом. Повисло молчание, которое он нарушил первым:

— Ты любишь кроликов?

— Прыгающих или на палке?

— Я имел в виду жаркое.

У Рикки заурчало в животе.

Дракон улыбнулся, встал и предложил ей руку. Девушка какое-то время молча смотрела на нее, затем плечи ее опустились, и она с неохотой позволила ему помочь ей встать.

— У тебя хватит сил, чтобы идти пешком? — спросил он.

— Конечно! — ответила она, сделала шаг и тут же опустилась на землю.

Дракон тихонько выругался. Игнорируя ее протесты, он поднял Рикку на руки и понес к домику. Она нахмурила лоб и всю дорогу смотрела на викинга исподлобья.

Войдя в дом, он уложил ее в кровать.

— Ты почувствуешь себя лучше после того, как поешь.

Рикка взглянула на незнакомца, и он только сейчас заметил, что она плакала. У Дракона сжалось сердце. Возможно, ей не хватало здравого смысла, но в мужестве ей не откажешь, и это восхищало его.

— Послушай, — сказал он, опускаясь на корточки и беря ее руки в свои, — догадываюсь, что тебе плохо. Но теперь все изменится к лучшему.

Что он имел в виду? Этот грозный воин был намерен помочь ей?

Рикка посмотрела на Дракона так же внимательно, как некогда смотрела на нечто новое, никогда раньше не встречавшееся. Никогда раньше ей не доводилось встречать мужчину, который обладал достаточной силой, чтобы подчинить других своей воле, проявляя при этом понимание и сочувствие.

На мгновение у Рикки возникло сильнейшее искушение все рассказать. Остановило лишь осознание того, что если она скажет ему, кто она, то он будет мучиться между долгом перед своим господином и желанием помочь. Это не лучший способ платы за доброту.

Рикка смотрела на сильные руки, которые держали ее ладони, и чувствовала, как спазмы сжимают ей горло. Такая сила — и в то же время нежность. Под натиском охвативших ее эмоций она не заметила, как серебряная слезинка скатилась по ее щеке и упала на обветренную загорелую кожу.

Глава 3

Казалось, эта слеза обожгла его. Дракон довольно долго смотрел на нее, затем отпустил руки и поднялся. Чуть грубовато сказал:

— А теперь лежи и отдыхай. Я разбужу, когда ужин будет готов.

Рикка лишь кивнула, не имея сил ни на что другое. Дракон укрыл ее одеялом и подождал, пока ее дыхание сделалось спокойным и ровным. Удостоверившись в том, что она заснула, он вышел на улицу, чтобы заняться приготовлением ужина. Он быстро развел огонь и установил треножник, на который пристроил котелок с водой из ближайшего родника. Когда вода закипела, Дракон положил туда мясо, добавил моркови, репы, капусты, горсть трав и специй. Оставив все томиться на медленном огне, он сходил в кладовку, где обнаружил бурдюки с вином, свежевыпеченный хлеб, золотистые круги сыра и корзины с фруктами. Все это оставили слуги его заботливого хозяина.

Провести несколько дней в обществе обольстительной саксонской девушки... Да, это неплохая идея! Существовал риск, что он ощутит даже меньшее смирение перед судьбой, чем раньше. Впрочем, Дракон пришел к мысли, что на этот риск пойдет охотно. Он был преисполнен решимости исправиться за то, что загнал ее на скалу.

Хорошая еда будет неплохим началом. Вскоре кушанье было готово. Когда Дракон внес котелок, то увидел, как поначалу у девушки шевельнулся нос, затем открылись глаза. Она села на кровати и с недоумением уставилась на котелок.

— Что это?

— Попробуй.

Рикка осторожно подошла к столу, наклонилась над котелком, понюхала и блаженно зажмурилась.

— Вы умеете готовить?!

Дракон скромно пожал плечами:

— Заслуга не моя. Меня научил друг.

Рикка взглянула на Дракона.

— У вас, должно быть, много друзей.

Он улыбнулся и выдвинул для нее один из стульев.

— Да, мне везет. Наверное, потому, что я человек дружелюбный.

— Дружелюбный воин... Вы обнимаетесь со своими друзьями на поле боя? Крушите их в избытке дружелюбия?

Раскладывая еду по мискам, Дракон ответил не сразу. Он уловил горечь в ее словах. И неудивительно. В этой стране даже такое юное создание знало о войне не понаслышке.

— Разве вы не слыхали? У нас сейчас мир.

— О да, благодаря блаженному Альфреду. Говорят, что его объявят святым. Вы знаете об этом? Конечно, поначалу он должен умереть.

Дракон не без труда скрыл удивление. Она с такой непринужденностью говорила о короле — почти фамильярно.

Может, все англичане такие? Или же это свидетельствует о том, что она получила воспитание в благородной семье? Которая, возможно, не была лояльна Альфреду?

Дракон поставил перед девушкой миску, протянул вырезанную из дуба ложку. Затем поставил кушанье перед собой и лишь после этого отреагировал:

— Не слишком мудро говорить о смерти королей.

Она, похоже, была слегка удивлена этим выговором.

— Я не желаю ему зла, даже наоборот. Я просто... выражаю сомнение.

Дракон взял хлеб, отломил кусок и протянул сотрапезнице.

— Относительно Альфреда или мира?

Девушка не ответила на вопрос, и ему показалось, она сожалеет по поводу того, что сказала слишком много. Отвлекла еда. Проглотив одну, затем вторую ложку, девушка сделала вдох и сказала:

— Ваш друг — гений!

Дракон рассмеялся. Он подумал об одноглазом Олафе — старом викинге, который присоединился к Дракону и его брату, когда они бродили по свету, и оставался с ними все время. Рецепт принадлежал ему, и он заслуженно им гордился.

— Я передам ему твои слова. Попробуй вино.

Он наполнил бокал вином, не дожидаясь ее возражений. Рикка осторожно сделала глоток. Вино оказалось вкусным, наверняка его привезли из страны франков. Дракон не ожидал, что она будет удивлена. Он уже сделал вывод, что девушка из благородной семьи, следовательно, привыкла к подобной роскоши. Однако вопреки его ожиданиям она изумленно раскрыла глаза.

— Ты, должно быть, пробовала такое вино раньше?

Девушка метнула на него взгляд, после чего принялась за еду и лишь спустя некоторое время ответила:

— Довольно хороший напиток.

Далее трапеза была также не столь многословной. Впрочем, отдавая должное еде, они не забыли о том, что осталось недоговоренным. И все-таки девушка отказалась сказать Дракону, кто она, а он ничего не сообщил о себе. Дракон не мог и представить, насколько сильно это сужает рамки общения. Несколько раз он пытался заговорить, но так и не смог. Девушка все еще выглядела усталой, синяк на лбу служил постоянным напоминанием о том, что она перенесла. Он не мог заставить себя оказывать на нее давление.

Когда они поели, Дракон встал из-за стола и собрал посуду. Солнце почти скрылось за западными холмами. Скоро стемнеет.

— Думаю, ты найдешь ночную одежду в сундуке.

Рикка подняла голову и впилась в него взглядом.

— Вы полагаете, что леди, которая бывает здесь, не станет возражать против этого? Даже если она настолько глупа, что оставила их здесь незапертыми?

— Она щедрая, а не глупая, и возражать не будет.

— Кто она?

Вопрос был задан настолько неожиданно, что Дракон едва не ответил на него, но вовремя спохватился.

— Кто ты?

Девушка сердито сверкнула глазами и отвернулась. Дракон громко и демонстративно вздохнул и продолжил уборку стола.

— Я надеюсь, когда ты отдохнешь, то поможешь мне с уборкой.

Рикка вскинула голову так резко, что медные волосы скользнули по руке.

— Почему вы думаете, что я останусь здесь надолго?

— Я считаю тебя умной, — сказал он и, видя, что она не может скрыть настороженность и удивление, добавил: — Во всяком случае, у тебя достаточно здравого смысла, чтобы понимать — далеко тебе не уйти. — Дальнейшие слова викинга показались Рикки совсем зловещими: — Если мне снова придется гоняться за тобой, я не стану церемониться из-за того, что ты скрываешь свою личность, и доставлю тебя властям. Это ясно?

Девушка слегка побледнела, заставив Дракона почувствовать свою вину, но он тут же подавил в себе смущение. Угроза была на пользу и ей и ему — этим он обретал душевный покой. Когда Рикка что-то пробормотала себе под нос, он наклонился к ней.

— Что ты сказала?

— Я сказала, — повторила девушка, четко выговаривая каждое слово, — вначале вам нужно поймать меня.

Дракон уловил в ее голосе отчаяние.

— Сейчас мы не будем в этом состязаться, — примирительно заметил он. — Может, когда ты поправишься.

Он снова проявил доброту, не стал угрожать и даже не рассердился. Он был похож на бога из древнего сказания, добродушный и по-настоящему добрый, и к тому же, о чудо из чудес, умел готовить. В том мире, который Рикка знала до сих пор, таких мужчин не было.

Может быть, свалившись со скалы, она оказалась в новой стране, где случаются самые неожиданные чудеса? Какова мысль?!

У нее болела голова. Вино было не самой лучшей идеей. Она чувствовала себя одновременно ошарашенной и отупевшей.

Бог из древнего сказания...

— Позволь помочь тебе. — Дракон помог ей встать со стула. Несколько шагов — и Рикка снова оказалась на кровати, такой большой и удобной, явно предназначенной для двоих. У нее никогда не было даже мысли спать вместе с мужчиной, она и сейчас об этом не думает. Абсолютно не думает. Он был рядом, легонько поддерживал ее под локоть. Его прикосновение обжигало. Ее бросало в жар и холод одновременно. Ее бил озноб, но разве это удивительно после того, что с ней случилось? Тем не менее Рикка чувствовала себя вполне здоровой.

— Я буду спать снаружи, — сказал викинг, — но если тебе что-то понадобится, позови меня, я услышу.

Рикка почувствовала облегчение — вовсе не разочарование. Ее естество не было столь смелым, во всяком случае, в этом отношении. Просто она была сейчас в таком состоянии, когда одно чувство ошибочно принимается за другое.

Он ушел, тихонько притворив за собой дверь, а она некоторое время продолжала сидеть на краю кровати. Еда придала ей сил, она уже успела поспать больше обычного, и у нее возникло желание оглядеться. Домик очаровал ее. Нигде и никогда раньше ей не приходилось встречаться со свидетельством столь сильного женского влияния. Во владениях отца не было и следа женского присутствия. Если оно когда-то и было, то исчезло со смертью матери. Эта бледная молчаливая женщина умерла при родах, когда Рикке было восемь лет. Ее смерть была результатом целой серии выкидышей. От нее не осталось никаких других следов, кроме могилы, которую навещали только Рикка и ее брат-близнец.

Размышляя обо всем этом, Рикка встала с кровати и подошла к резным сундукам. Открыла один из них — тот самый, в котором обнаружила удивительное мыло. Мужчина что-то сказал о ночной одежде...

Она всегда спала либо обнаженной, либо в грубой рубашке, поэтому была сильно удивлена, когда вытащила из сундука изделие из тонкой шерсти. Она непроизвольно поднесла его к лицу и понюхала. Оно пахло солнцем и розами. Ей вдруг отчаянно захотелось надеть это на себя. Рикка собралась было снять свою рубашку, когда раздался стук в дверь. Девушка мгновенно затолкала находку обратно в сундук.

— Кто там?

Дракон со скрипом отворил дверь. Он нес кожаное ведро, наполненное водой.

— Я подумал, что тебе это может понадобиться, — сказал он и поставил ведро на стол. — Только будь осторожна, вода горячая. Пусть немного остынет.

Девушка молча кивнула, переваривая тот факт, что он принес ей воду для умывания. Воин приносит воду, нагревает ее — и отнюдь не для себя лично. Поистине здесь был совершенно другой мир.

— Спасибо, — запоздало поблагодарила Рикка, но Дракон уже вышел на улицу и закрыл за собой дверь.

Спустя некоторое время, вымывшись с головы до ног и одевшись в ночную рубашку, Рикка легла на кровать. Она тщательно убрала за собой, и теперь комната выглядела чистой и прибранной.

Рикка лежала на мягчайшем матраце под легкими, словно облако, покрывалами и наблюдала, как летние сумерки постепенно сменяются темнотой. Вскоре ей начали сниться сны...

Дракону понадобилось больше времени, чтобы заснуть. Он лежал на ложе из сосновых веток, обхватив руками затылок, и смотрел на звезды. По своей давней привычке он видел в них фигуры людей и вспоминал связанные с ними истории. Однако его мозг не мог отрешиться от мыслей о даме.

Он был прав, считая ее загадкой. На ней была одежда высокородного юноши, под стать были и манеры — она держалась дерзко и уверенно. Однако незнакомка никогда раньше не пробовала хорошего вина, малейшие знаки внимания и вежливости ввергали ее в изумление. Была ли она типичной англичанкой или же это объясняется необычными обстоятельствами? Ему так и не удалось это выяснить, тем не менее он не переставал об этом размышлять. Однако день выдался довольно-таки долгим, и Дракон в конце концов забылся сном.

Проснулся он среди ночи от крика, который нарушил стрекотание насекомых и заставил вышедшую на охоту лису броситься к своей норе. Дракон вскочил на ноги, схватил лежащий рядом меч и лишь тогда понял, что крик доносится из домика. Одним движением вытащив меч из ножен, он бросился к двери. Викинг уничтожил бы любого, кто осмелился проникнуть в дом, но в комнате не было никого, кроме Рикки. Девушка сидела на кровати, ловя ртом воздух. Ее глаза были широко открыты, но, похоже, она ничего не видела. Дрожь пробежала по ее телу, когда она попыталась освободиться от сна, породившего кошмар.

В мгновение ока Дракон оказался рядом. Положив меч на пол, он взял ее на руки и, сев на край кровати, стал медленно покачивать, приговаривая:

— Все в порядке, никто тебя не обидит. Тебе нечего бояться.

Продолжая дрожать, Рикка прильнула к нему и уткнулась головой в грудь, словно пытаясь спрятаться от кошмарных видений. Ее сотрясали рыдания. Дракон, озадаченный и полный сочувствия, еще крепче обнял девушку. Вероятно, ей приснилось, что она падает со скалы. Он должен сделать все возможное, чтобы успокоить ее. Викинг не мог выносить плачущих от отчаяния женщин. Он осторожно положил ее на кровать и прилег рядом, будто пытался защитить ее от внешнего мира своим телом.

Рикка не слышала слов, которые он шептал, но чувствовала, как его рука гладит ей волосы. Перед ее глазами плыли воспоминания того времени, когда она была девочкой.

Ужасные воспоминания... поднимающийся от горящих хижин дым... распростертые на земле тела... бегущие кто куда люди... крики... и Элфлинн. Славная, милая Элфлинн, ровесница Рикки, тоже без матери, лучшая подруга, с которой они играли в куклы и делились секретами. Элфлинн...

— Не-е-ет!

Этот отчаянный крик вырвался из груди Рикки. Она забилась головой о грудь Дракона, слезы ручьями стекали по ее щекам. Она задыхалась, как и в ту кошмарную ночь, когда, поскальзываясь на темной крови, которой была залита земля, пробиралась сквозь дым на помощь подруге. Элфлинн лежала с широко раскрытыми глазами, которые смотрели в равнодушное небо.

Сейчас Рикки хотелось умереть, как хотелось этого тогда. И в то же время она чувствовала, что кто-то обнимает ее, говорит ласковые слова, стремится вывести из состояния отчаяния.

Этот кто-то — герой странного нового мира, в котором она оказалась. Рикка почувствовала, как леденящий душу ужас отступает. Она открыла глаза, увидела, что воин смотрит на нее, и погрузилась в блаженный сон.

Дракон медленно выдохнул воздух. Девушка обмякла в его руках. Он был рад, что кошмар оставил ее в покое. Сейчас, когда это хрупкое создание угнездилось у него на руках, он не мог и думать о том, чтобы снова идти спать.

Поскольку на ней была лишь тонкая ночная рубашка, никаких иллюзий в отношении того, мальчик это или девушка, у Дракона не оставалось.

Она пошевельнулась, лишний раз давая ему возможность ощутить, какое мягкое у нее тело, нежная кожа и округлые формы. Викинг издал приглушенный вздох, который был похож скорее на стон. Судя по всему, ночь обещала быть длинной.

Рикка проснулась, ощущая неимоверную бодрость. Голова не болела, руки и ноги слегка ныли, но после того, как она несколько раз ими пошевелила, все прошло. Она сползла с кровати, осторожно сняла с себя ночную рубашку и стала умываться водой из ведра. И тут ей вспомнился сон. По ее спине пробежала дрожь, но вовсе не потому, что ей стало холодно. Уже было довольно тепло, к тому же теплой была и вода.

А это означало, что кто-то — *он* — принес ей свежей воды незадолго до ее пробуждения. Рикка бросила взгляд на кровать и увидела на ложе углубления от двух тел.

На нее с новой силой нахлынули воспоминания о прошедшей ночи. То, что ей приснился сон об Элфлинн, — неудивительно. Она его видела, когда уставала или была чем-то напугана. Но удивительна причуда памяти — думать, что это он, викинг, приходил и нежно обнимал ее, говорил слова утешения... Или он в самом деле это делал и оставался с ней всю ночь, целомудренно обнимая и прогоняя страхи?

Хорошая еда и горячая вода — уже достаточно необычно. А то, что он утешал и успокаивал ее, вообще невозможно. Однако же вмятина на кровати свидетельствовала об ином. Повинуясь порыву, Рикка наклонилась к постели, приложила голову к гладкому белью и принюхалась. Она ощутила запах солнца... ветра... моря... шепот девственного леса и мужскую мощь. На все это инстинктивно откликнулась вся ее сущность — гордая, сильная, женская. Она сглотнула, быстро отошла от кровати и облачилась в свой мальчишеский наряд. Открыв дверь, Рикка вышла наружу и оказалась под сенью деревьев, через листву которых пробивались солнечные лучи.

Дракон сидел на корточках у костра. Увидев Рикку, он поднялся. Она выглядит хорошо, подумал он, гораздо лучше, чем можно было ожидать после ночи с кошмарными сновидениями. Правда, она отводила взгляд, в котором было заметно смущение.

Ни одна из многочисленных женщин, которых он знал, не испытывала бы ни малейшего стеснения, проведя с ним ночь в постели. У нее же щеки разрумянились, взгляд блуждал по сторонам.

Дракон сдержал улыбку и сосредоточил внимание на костре.

— Если ты голодна, готова каша.

Рикка пожала плечами, однако подошла поближе. Приняв это за согласие, он наполнил едой деревянную миску, добавил туда меда и украсил ее ягодами земляники, которую успел собрать утром.

— Еще один рецепт друга? — спросила девушка, принимая из рук викинга миску.

— Для каши не требуется никакого рецепта.

Рикка принялась за еду. Каша была съедена в мгновение ока.

— Есть еще, — предложил Дракон, однако Рикка покачала головой, снова слегка смутившись.

— Что касается минувшей ночи... — начала она.

— Тебе приснился дурной сон. Я просто обнял тебя, и ты успокоилась, только и всего.

— Это очень любезно с вашей стороны. — Девушка быстро взглянула на викинга и снова отвела взор. — Спасибо.

— Похоже, ты не слишком привыкла к доброму отношению.

Рикка вымыла миску и вернула Дракону. Вероятно, ей запали в душу слова о том, что она будет помогать ему по хозяйству. А может, она просто хотела выиграть время для ответа на вопрос, чтобы каким-то образом не раскрыть свое инкогнито.

— Я такая, какая есть. — Сама того не сознавая, Рикка высказала мысль, которая пришла в голову Дракону этой ночью. Это заявление поразило его. Означает ли это, что они так похожи? Несмотря на естественные отличия, существующие между мужчиной и женщиной, он чувствовал в ней гордость и силу, мужество и стойкость — те самые черты, которыми, ему хотелось думать, обладал он сам.

Его скульптурные черты лица осветила неожиданная улыбка. Рикка удивленно взглянула на мужчину, затем нахмурилась.

— Чему вы улыбаетесь?

— Я просто подумал, что ты похожа на воина, а точнее — на воительницу. Существуют легенды о таких женщинах.

— Боадицея не из легенды. Она реальна.

— Боадицея... Это была... Ага, вспомнил. Это древняя королева бриттов, которая выступила против римлян. — Этих людей Дракон считал мифическими созданиями до того времени, пока не попал в Византию и не убедился в обратном. Будь он саксом, он знал бы о королеве бриттов, как знала эта девушка. — Ну да, Боадицея. А как насчет амазонок?

— Насчет кого?

— Амазонок. Может, я расскажу тебе о них. Ты что собираешься делать сегодня?

Захваченная врасплох, Рикка сказала первое, что пришло ей в голову:

— Сбежать.

Его улыбка превратилась в гримасу.

— Ты по крайней мере честная.

Конечно, она была честная, правда для нее была так же естественна, как для других — дыхание. Для нее в этом отношении и не существовало альтернативы. Но тот факт, что он разглядел в ней эту черту, впитанную с молоком матери, удивил Рикку. Викинг вдруг показался ей даже ближе, чем тогда, когда лежал рядом на кровати.

Рикка сказала без обиняков:

— Вы могли бы взять меня этой ночью. Мы оба понимаем, что я не смогла бы этому воспрепятствовать, но вы этого не сделали. Поэтому я спрашиваю: почему вы держите меня здесь?

— Я твой должник. Из-за меня ты поранилась. Я хочу проводить тебя в безопасное место, если ты позволишь.

— Я освобождаю вас от долга. Отпустите меня.

В этом суть всего. Она отпускала ему долги, он имел право либо уйти, либо позволить ей сделать то же самое. Тем не менее Дракон не мог так поступить. Он искренне беспокоился о безопасности девушки. Но к этому чувству примешивалось кое-что еще. В незнакомке было нечто притягательное.

Будучи человеком здравого ума, Дракон не поддался бы влечению, которое испытывал, находясь рядом с девушкой. Тем более что нужно было сначала решить вопрос о ее безопасности.

— Куда ты пойдешь? К твоему брату, который неизвестно где? Ты сможешь туда благополучно добраться? Опять же, чем ты собираешься питаться? У тебя нет орудий для охоты, а если есть монеты, чтобы уплатить за еду или что-то другое, то ты их слишком хорошо прячешь.

Рикка ничего не ответила, лишь молча посмотрела на викинга, и он усилил напор.

— Ты чуть не умерла вчера. Ты так хочешь проститься с жизнью, что готова идти одна, подвергая себя риску? Поверь, в этом нет никакой необходимости!

— Необходимость есть. Я не могу здесь оставаться.

— Скажи мне, кто ты, и я провожу тебя в безопасное место.

Ковыряя носком ботинка траву, Рикка медленно проговорила:

— Вам должно быть понятно, что если бы я могла это сделать, то сделала бы вчера.

Дракон кивнул. Он понял — девушка ему не доверяет. Конечно, он для нее чужак, но это не единственная причина ее недоверия. У нее была какая-то тайна, которая заставляла ее скрывать ото всех свое имя.

— Ну ладно, — сказал он. — Предлагаю сделку. Ты побудешь здесь в течение нескольких дней. Обещаю не причинять никакого зла, и если ты за это время не пожелаешь сказать, кто ты такая, я отпущу тебя.

Напряженность, которая гнездилась в душе Рикки с того момента, как она проснулась, начала постепенно слабеть. Он сделает то, что сказал. По какой-то причине он действительно хотел помочь ей. Видит небо, она нуждалась в помощи. Ситуация, в которой она оказалась, была угрожающая, перспективы мрачные. Без помощи она может не суметь добраться до побережья, а тем более — сесть на корабль, идущий в Нормандию.

Однако Рикка колебалась, потому что наряду с признанием того, что ей требуется помощь, она ощущала потребность иного рода. Она никогда не обращала внимания на мужчин, а если видела, то спешила поскорее отвести от них глаза. Если раньше самым сильным чувством у нее был страх, то сейчас на первый план выходило желание.

Он искушал ее, этот мужчина, которому были присущи деликатность и честность, искушал, как никто на свете. В самом деле, это был новый мир — мир искушений, о существовании которых Рикка не подозревала. Если бы он был просто красив, было бы проще. Но в этом воине сочеталась как физическая, так и душевная красота, и это обезоруживало.

Или по крайней мере пугало. Рикка попыталась представить, что будет, если она поддастся искушению, но, не имея опыта, не сумела.

Итак, этот человек предлагает ей провести несколько дней в его обществе, под его опекой. Ее секрет останется при ней, после чего он обещает помочь осуществить то, что ей весьма затруднительно сделать одной. Как иначе можно ответить на его предложение, кроме...

— Согласна. — Рикка протянула руку, тоненькую, слегка загоревшую под летним солнцем, с чуть мозолистыми ладонями. Дракон протянул свою. Некоторое время они стояли, соприкасаясь руками и глядя друг на друга, затем, словно спохватившись, разъединили руки, и оба отступили на шаг назад. Дракон откашлялся.

— Я снова спрашиваю, чем бы ты хотела сегодня заняться?

— Здесь имеется пара замечательных лошадей.

— Ты еще не совсем здорова, чтобы ездить верхом. — Он отреагировал так быстро и с такой опаской посмотрел на Рикку, что это заинтриговало ее.

— Это ваши лошади? — спросила она.

Дракон неохотно кивнул.

— Мои.

— Я никогда не видела таких великолепных скакунов. Должно быть, вы гордитесь ими.

— Да, неплохие лошади. Но тебе лучше совершить пешую прогулку.

— С какой стати! Я полностью оправилась. Если вы боитесь, что я могу причинить им какой-то вред, то могу уверить вас, что езжу хорошо. Не сочтите за нескромность, но я люблю лошадей, и они, похоже, это знают.

Он посмотрел на девушку скептическим взглядом.

— Ты с ними ладишь?

— О да! Если вы окажете мне доверие, обещаю, что не сделаю им ничего плохого.

Дракон вскинул темные брови.

— Ты говоришь о доверии? Думаю, что как раз этого между нами и не существует.

«Вот он и подловил меня», — огорченно подумала Рикка. Сейчас он обвинит ее в отсутствии доверия к нему — и в результате ни малейшего шанса прокатиться с ветерком на одном из этих созданий, которые по красоте своей не уступают своему хозяину.

— Ну хорошо.

Что это он сказал? «Ну хорошо»?

Дракон кивнул. По-видимому, перспектива его не слишком радовала, но он принял это как неизбежность.

— Доверие должно с чего-то начинаться. Я доверяю тебе своих лошадей. Точнее, одну из них, потому что на другой поеду сам рядом с тобой. Даже не мечтай о том, чтобы отправиться одной...

— Да я и не мечтаю! — На самом деле Рикка как раз об этом и думала, но отбросила мысль как безрассудную.

Он согласился. Он был готов позволить ей прокатиться верхом на одном из этих великолепных, потрясающих коней! От радостного волнения у Рикки закружилась голова. Она едва не рассыпалась перед ним в благодарностях. Но, к счастью, вовремя остановилась. Однако при мысли о возможном бегстве у нее гулко заколотилось сердце.

Быстро, пока викинг не изменил своего решения, Рикка бросилась к конюшне, крикнув ему через плечо:

— Я оседлаю и вашего! Вам не придется ничего делать.

Что и говорить, весело! Самая обаятельная женщина из всех, каких он когда-либо встречал, для начала пнула его ногой в пах, отказалась назвать ему даже свое имя и любит этих слюнявых четвероногих болванов, которые только и умеют выпрашивать яблоки и обожают, чтобы им расчесывали гривы. О чем только думали боги? Или именно в том и заключался замысел бога Локи — покориться собственной судьбе, а может, даже поблагодарить ее за это? Бог зла был способен и на худшие проделки. Может, ему стоит найти упитанную козу и принести в жертву предрасположенному к проказам богу?

Дракон поплелся за девушкой и появился в конюшне как раз в тот момент, когда нужно было поднять тяжелое седло, чтобы взвалить его на спину лошади. Рикка наградила помощника такой восторженной улыбкой, что викинг непроизвольно покачнулся. Он еще не успел оправиться, как девушка стала выводить лошадей из конюшни.

— Как их зовут? — спросила она.

Дракон стал лихорадочно размышлять. У лошадей были норвежские имена, но он не хотел ей этого говорить. Она считала его саксом — в этом не было ничего удивительного, потому что он говорил по-саксонски не хуже, чем она. Пусть продолжает считать, что их связывает хотя бы это.

— Их зовут... Ромул и Рем.

— Странные имена. Как вам пришло в голову дать им такие имена?

— Те два человека были братьями и, по преданию, основали Рим.

Рикка подала поводья Дракону, и не успел он моргнуть глазом, как она легко запрыгнула на коня. Это при том, что жеребец был выше самой девушки. Чтобы взобраться ему на спину, требовались и сила, и большое умение. Глядя на Дракона и видя его изумление, она улыбнулась и спросила:

— Как же зовут этого?

— Его зовут... Ромул. — Преисполненный решимости не ударить в грязь лицом, Дракон быстро взобрался на другого жеребца. Недавно объезженный Рем тихонько заржал, но довольно быстро успокоился.

— Я слыхала о Риме, — сказала она, — но недостаточно. Вы знаете о нем побольше?

— Кое-что знаю.

— Расскажете?

Будучи скальдом в душе, Дракон не мог воспротивиться. Тем более что аудитория так этого хотела.

Глава 4

— Много лет назад, — начал Дракон, — так много, что и сосчитать трудно, два младенца-брата были брошены на берегу большой реки по приказу их двоюродного дедушки, который узурпировал трон. К счастью, их подобрали волчица и дятел. Они выкормили младенцев. Потом их нашел пастух. Он взял мальчиков на воспитание. Возмужав, они объединились с другими молодыми людьми, свергли родича и снова посадили на трон родного деда. Однако их приключения только начинались. В это время...

Они ехали по летнему лесу вдоль серебристой реки, и Дракон вел рассказ об отчаянной борьбе, предательстве, смерти и славе. Рикка позабыла о своем желании мчаться галопом со скоростью ветра. Она никогда не слышала, чтобы так интересно рассказывали истории. Голос рассказчика звучал словно шелковистый дождь, зачаровывал и заставлял забыть обо всем на свете.

— ...И затем, — заключил рассказ Дракон, — убив своего брата и покорив сабинские племена, Ромул стал королем и несколько лет правил Римом. Но однажды на страну налетела таинственная буря. Она возникла совершенно внезапно, превратив день в ночь. Ослепительные молнии расчертили небо. Все семь холмов, на которых расположился город, содрогнулись от грома. По земле промчался страшной силы вихрь, поднялся по ступенькам дворца и проник в само здание. Он захватил Ромула и унес его неведомо куда. С тех пор его никто больше не видел.

Рикка вздохнула. Услышанная история потрясла и очаровала ее.

— Может, вихрь был душой брата, который явился, чтобы отомстить?

— Может быть. Но древние римляне считали, что это боги пришли за Ромулом, чтобы приобщить его к своему сонму.

Они доехали до живописной долины. Дракон натянул поводья, обрадовавшись тому, что можно спешиться.

— Нам нужно напоить лошадей, — сказал он.

Рикка кивнула и соскочила с седла. Она любовно погладила жеребца по морде.

— Ты такой молодец! У тебя изумительная поступь. Я уверена, что ты можешь скакать весь день и при этом не устанешь.

Ромул — четвероногий — воспринял ее слова с восторгом и потянулся к ней, чтобы получить большое сочное яблоко. Он боднул головой девушку, которая только засмеялась и снова погладила его. Рем не мог оставаться в стороне и стал отталкивать брата. Несколько сот фунтов лошадиной массы толкались совсем рядом с ней, но девушку, похоже, это нисколько не беспокоило. Зато очень беспокоило Дракона. Он видел, как между такими животными в бою гибли мужчины.

— Ладно, — сказал он, становясь между ней и разыгравшимися животными. — Пойдем их напоим.

Рикка с любопытством посмотрела на Дракона, но повиновалась. После водопоя лошади стали пастись, а викинг удобно устроился на покрытой мохом скале. Он подумал, что ему следовало бы захватить удочку.

— Кто такие амазонки? — прервала его мысли незнакомка.

— Только не говори, что ты хочешь услышать еще одну историю, — поддразнил он.

Она пожала плечами:

— А у вас есть еще одна?

— У меня их сотни, а может, и больше. Я их всю жизнь собираю или создаю.

— Вероятно, вам следовало стать бардом.

— Я думал об этом, но... — Он сделал паузу. — Меня позвали на другую тропу. — Похлопав ладонью по земле рядом с собой, он добавил: — Так вот история об амазонках.

Рикка села.

— Амазонки — это племя женщин-воительниц, весьма отважных в бою. Большей частью они жили без мужчин, вступали в связь с ними только для того, чтобы иметь детей. Девочек они оставляли у себя, мальчишек отправляли отцам. О них рассказывают много интересных историй. Например, они воевали с могучим героем по имени Геракл, который получил задание от богов украсть пояс королевы амазонок.

— Ну и герой, — фыркнула Рикка, — украсть пояс у женщины.

— Но это лучше, чем голову, разве не так?

— Наверное.

Дракон продолжил рассказ:

— В какое-то другое время шла большая война в месте, которое называлось Троя. Амазонки были в союзе с людьми этого города. Они воевали с другим героем, которого звали Ахилл. Он убил в бою их королеву и только тогда понял, что любил ее.

— Ему следовало раньше об этом подумать.

— В самом деле, следовало бы. Еще одна королева амазонок, я думаю, это та самая, у которой украли пояс, кончила тем, что вышла замуж за другого героя после того, как он одолел ее в бою.

Рикка сорвала травинку и стала задумчиво жевать.

— Женщины, которые хотели жить отдельно от мужчин, должны были тратить много времени на борьбу с ними.

Дракон пожал плечами.

— Это всего лишь легенда. Вероятно, их вообще не было.

Рикка бросила быстрый взгляд на рассказчика, уловила смешинку в его глазах и улыбнулась:

— Можно еще раз напомнить о Боадицее? Она вела своих людей, в том числе женщин, в бой на военных колесницах и сражалась бок о бок с ними. Она была не одна. Многие женщины на острове брались за оружие. Но чтобы целое племя женщин решило жить без мужчин? В это трудно поверить.

Он не взял с собой удочку, но захватил приманку и с удовольствием пустил ее в ход. Она начала говорить, увидела его поддразнивающую улыбку и засмеялась:

— Я думаю, мы могли бы захотеть, чтоб рядом было двое-трое мужчин. Но, разумеется, только хороших.

Дракон растянулся на траве, он казался совершенно расслабленным, но было видно, какая сила дремала в его теле. Рикка испытывала удивительные чувства, глядя на него. Она чувствует себя в безопасности и в возбуждении одновременно. Не приходится сомневаться, что если бы женщины решили кого-то пригласить, то пригласили бы именно его.

Дракон вдруг потянулся и отвел прядь волос со лба Рикки. При этом пальцы его на миг задержались, как бы лаская ее.

— Большой синяк.

— Я почти не ощущаю его. — Вероятно, если бы ее в этот момент даже ударили палкой по голове, она это едва заметила бы.

— Пусть даже так, ты должна быть осторожной.

— Это значит, что скакать галопом возбраняется?

Дракон подвинулся поближе, чтобы получше рассмотреть ее волосы. Рассеянно приподняв шелковистые прядки и пропустив их через пальцы, он заметил:

— Мы в лесу, и скакать галопом здесь нет возможности.

Ее голос чуть дрогнул, когда она сказала:

— Возле скал местность открытая. Насколько далеко мы оттуда?

Дракон слегка потянул ее за локон и тут же отпустил.

— Не могу поверить, что ты хочешь вернуться туда.

— Вы думаете, что я снова упаду? — с иронией спросила она.

— Все возможно, когда едешь на таких монстрах. — Он жестом показал на лошадей, которые не столько щипали траву, сколько резвились, делая игривые выпады друг против друга.

Рикка в изумлении посмотрела на Дракона.

— Вы шутите. Они такие милые.

— Они лошади. Не вижу причин обольщаться на сей счет.

Повисла долгая пауза, которую в конце концов первой нарушила девушка.

— Вы не любите лошадей. — Она проговорила это с явным удивлением, как если бы столкнулась с неким странным, невероятным открытием. — Вы владелец двух самых замечательных животных, которых мне приходилось когда-либо видеть, — и вы их не любите?

— Почему я должен их любить? Разве не достаточно того, что я хорошо ухаживаю за ними?

Этого она не могла отрицать, и тем не менее удивление не проходило.

— Как можно не любить лошадей? Вы ездите верхом довольно хорошо. — Увидев, как его бровь поползла вверх, она поправилась: — Вы ездите очень хорошо. Как вы можете это делать, если не любите лошадей?

— Ведь могу же я разрубить человека на поле боя, хотя мне это вовсе не нравится.

— Да, разумеется, вам это не нравится, — тихо проговорила Рикка. Она никогда раньше об этом не задумывалась, не могла даже представить себе, что существуют воины, которые не любят войну. Членам ее семьи, похоже, война нравилась, поскольку они использовали любую возможность для разжигания конфликта, — по крайней мере тем из них, которые надеялись победить. Правда, в последнее время им на этом не слишком удавалось нажиться.

— Но почему лошади? — спросила Рикка. — У вас был связанный с ними печальный опыт?

— Да, — признался Дракон. Он рассеянно наблюдал за грациозными движениями ее тела, когда она поудобнее располагалась на траве. Просторная мальчишеская одежда скрывала многое, но не округлость стройных ног. Поистине у нее были замечательные ноги. На миг Дракон представил, как он лежит между ними.

— Что же случилось?

— Когда?

— Когда вы приобрели печальный опыт, — терпеливо пояснила она.

— Ах это... Я взобрался на одну лошадь.

— И что же?

— Она сделала то, что они обычно делают. Побежала, понеслась, и все такое.

— Вы оставались на лошади?

— Разумеется. Я был не настолько глуп, чтобы прыгать на ходу.

Она как-то странно посмотрела на него.

— Вас не сбросила лошадь?

Он покачал головой:

— Меня никогда лошадь не сбрасывала. Этого легко избежать.

— В самом деле? И как же?

— Нужно крепко держаться ногами и сохранять должное равновесие.

— Если вас лошадь никогда не сбрасывала, почему же вы их не любите?

— Если я скажу, ты будешь удовлетворена и перестанешь изводить меня вопросами?

— Вероятно, но объяснение должно быть убедительным. Я просто не могу поверить, что человек, который так хорошо ездит верхом, не любит лошадей.

— Не самих лошадей, а необходимости находиться на них.

Сквозь густые ресницы Рикка уставилась на собеседника. Между ее бровями обозначились крошечные морщинки.

— Я искренне пытаюсь понять.

— На них высоко сидеть.

— Высоко?

Викинг мрачно кивнул. Он сам не мог поверить, что признается малознакомой девушке в том, в чем не признавался ни одной живой душе, даже родному брату.

— Высоко, — повторила она, и вдруг ее осенило: — Вы не любите высоту.

— Ненавижу.

— А лошади рослые, высокие, по крайней мере те, которые способны нести вас, и следовательно, вы...

— Не люблю лошадей.

Рикка медленно кивнула.

— Я понимаю, что такое возможно, но почему вы не любите высоту?

— Я думал, что вы перестанете изводить меня вопросами.

Рикка пожала плечами, очевидно, не чувствуя за собой вины. Дракон вздохнул. Не было смысла ходить вокруг да около.

— Когда я был очень молодым, мы с братом ушли из дома. На корабле мне взбрело в голову залезть на мачту. Я почему-то решил, что когда доберусь до верха, то смогу потрогать звезды. Я выяснил, что это не так, и хотел спуститься вниз. Но уже было темно, к тому же погода внезапно изменилась. Ветер свирепо выл, корабль швыряло на волнах. Мне оставалось только изо всех сил держаться за мачту и ждать рассвета. Только тогда меня обнаружил брат.

Ребенок, который хочет потрогать звезды. Рикка ощутила спазм в горле.

— Где были ваши родители?

— Погибли при налете. Обычная история. По крайней мере была обычной. К счастью, сейчас положение изменилось.

Рикка непроизвольно протянула руку и дотронулась до него. Дракон увидел, что в ее глазах блеснули слезинки, и понял, что на нее нахлынули воспоминания. Мысленно обругав себя за то, что навел ее на печальные воспоминания, Дракон вскочил на ноги и потянул девушку за собой.

— Животные станут сердиться, если мы не вернемся к ним.

Они стояли очень близко друг к другу. Дракон ощущал аромат ее кожи, которая пахла свежей травой и немного жимолостью. Он не мог отвести взгляда от ее пухлых губ. Белыми зубками она покусывала нижнюю губу. Он легонько дотронулся пальцем до ее подбородка.

— Не надо...

Он услышал ее вздох, увидел ее неуверенность и понял: то, что он собирался сделать, плохо... Хуже того — это безумие! Однако ничто не могло его остановить, кроме самой девушки. Он наклонился и легонько прикоснулся губами к ее губам.

Рикка стояла неподвижно. Она была ошеломлена настолько, что забыла о необходимости дышать. Необъяснимое удовольствие наполнило ее тело. Ее сознание в это мгновение покинул здравый смысл. Она качнулась к воину и замерла, ожидая повторения. Его губы такие сладкие, теплые, твердые... нежные. Ей приходилось видеть, как мужчины целуют женщин. Многие из них делали это, словно вгрызались в кусок оленины, жадно впивались в губы партнерши. Это вызывало такое отвращение, что Рикка сочла себя холодной. Глупость из глупостей! Сейчас она была вся в огне, дрожала от шока, вызванного своим открытием и желанием. Какое неукротимое желание! Неужели возможно, чтобы оно возникло так внезапно и было таким сильным?

Она должна дотронуться до него, прижаться ладонями к его крепкой груди, ощутить вкус его языка и снова пережить тот восторг, который только что испытала. Его большие твердые ладони легли ей на талию, притянули к себе. Поцелуй стал более крепким. Его язык раздвинул ей губы и проник внутрь. Если бы она могла дышать, то закричала бы от восторга. На свете существовали такие удивительные вещи, а она не подозревала о них все эти годы!

Рикка подняла руки, чтобы погладить его плечи, а затем обнять его за шею. Его волосы были собраны на затылке. Они скользнули по ее пальцам подобно шелку. Под мальчишеской рубашкой у нее заныли соски. Отдаваясь желанию, она сильнее прижалась к его бедрам.

«Я словно обнимаю огненный столп», — ошеломленно подумал Дракон. Исходящее от ее тела чистое невидимое пламя передавалось ему. Он был человеком, искушенным в любовных делах, но никогда не испытывал такого желания, как сейчас. Эта воительница — именно так он стал называть ее — имела натуру не менее чувственную, чем он сам.

Однако она была невинна — в этом Дракон, как человек, хорошо знающий женщин, был уверен. Он прижал ее голову к груди и стал гладить волосы, борясь с нарастающим желанием уложить девушку на мягкую траву и совершить то, к чему, по всей видимости, они оба стремились.

Он вынудил ее пойти с ним. Он хотел, чтобы она доверяла ему. Эти две твердокаменные истины стояли словно часовые на страже его давшей трещину совести. Не важно, что они оба этого хотели, по законам чести он должен делать только то, что правильно и справедливо.

— Я не должен был этого делать, — тихо сказал Дракон.

Рикка подняла голову и посмотрела ему в лицо. Когда до нее дошел смысл его слов, она напряглась и толкнула его в грудь. Он вынужден был заставить себя отпустить ее. Тем не менее тут же снова протянул к ней руку. Но девушка быстро отпрянула. Ее щеки были пунцового цвета.

— Послушай меня, — горячо сказал он. — Ты девушка, юная и неопытная. Я мужчина. Я дал клятву охранять и беречь тебя. Следовательно, я не должен был этого делать. Ты искушаешь меня так, как я никогда не... — Дракон оборвал себя. Лучше не пугать ее слишком. — Да, ты искушаешь меня. Тем не менее я клянусь, что ты не должна меня бояться.

Рикка остановилась, обернулась. Она увидела мужчину необычайной красоты и силы, который нежно обнимал ее всю ночь, чтобы помочь справиться с кошмаром, отбросив собственные эмоции, отправился с ней на верховую прогулку, снова подавил свои чувства, чтобы уберечь ее от ее собственных безумных желаний. Герой этого странного мира. Иначе его не назовешь.

— Вы преодолели скалу, — тихо сказала она.

У Дракона и в самом деле было ощущение, будто он свалился сверху, но он не сразу понял, что она имела в виду.

— Вы не любите высоту, однако взобрались на край скалы и ползком спустились ко мне.

Его губы дрогнули, с груди спала тяжесть. Она не сердилась.

— Я хотел добраться до тебя.

Она широко улыбнулась.

— Решительный мужчина.

— Да, — сказал он и пошел к лошадям.

Они возвратились в домик в полдень. Рикка сказала, что чувствует себя прекрасно, однако не стала протестовать, когда Дракон настоял на том, чтобы она легла и отдохнула. Намереваясь просто немного полежать с закрытыми глазами, она заснула и проспала до вечера.

Проснувшись, Рикка не обнаружила никаких следов присутствия воина. Ромул и Рем, как обычно, находились в стойлах. Если он и ушел насовсем, то не на лошади, а предпочел сделать это пешком. Нельзя сказать, чтобы она поверила в то, что воин покинул ее. Просто дурачилась. Однако эта мысль снова шевельнулась в голове, когда она увидела выпотрошенную и очищенную рыбу, которую следовало подвесить над костром. Так где он в таком случае? На реке?

Рикка повернула голову в сторону реки и заметила дымок, поднимающийся над холмом.

Она слышала о саунах, но это было у датчан, а порядочный англичанин к ним не прибегал. С какой стати здесь сауна? Когда Рикка подошла к бане, низенькая дверка в боковине холма открылась и оттуда вышел мужчина...

Обнаженный мужчина...

Ой... Ой-ой!.. Небо...

У девушки заполыхали огнем щеки. Не долго думая она юркнула за дерево и выглянула из-за него. Хотя, если говорить честно, она не просто выглянула, а уставилась на мужчину, вытаращила глаза, стала пожирать его взглядом. Она была зачарована, ошеломлена и потрясена этим зрелищем. Ее тело трепетало и дрожало.

Он был изумителен. Это было самое красивое, что она когда-либо видела в жизни. У нее зачесались ладони. Ей захотелось провести ими по всему его великолепному телу, по широким плечам и могучей груди, по рукам с выпирающими мышцами, по крепким бедрам и икрам, и вернуться к...

Она не могла дышать, наблюдая за тем, как он повернул к реке. Даже со спины воин был великолепен, а его ягодицы...

Когда это день сделался таким отчаянно жарким? Вероятно, солнце неожиданно приблизилось к земле. Да, наверное.

Хотя нет, все дело было в ней самой. Она испытывает вожделение к мужчине подобно потаскушкам, о которых она подслушала во время пьяных бесед отца с хамоватыми приятелями. Она всегда считала, что таких женщин не существует. Но вот она и сама испытывала желание. А ведь воин даже не подозревал, что она столь бессовестным образом разглядывает его. Если бы они поменялись ролями и она вдруг обнаружила, что он подглядывает за ней, она пришла бы в бешенство. Разглядывает и испытывает при этом возбуждение. Или нет, это неправда. Хотя... да, она возбуждена, но не стоит думать об этом.

В подобной ситуации должно быть стыдно...

Он шел к реке, чтобы окунуться после жаркой душной сауны. Хрустальные капельки воды струились по телу, к которому ей хотелось прикоснуться.

Рикка могла бы тоже нырнуть в холодную воду. Но нет, она этого делать не будет. В ее сознании еще присутствовал здравый смысл.

Вдох-выдох... вдох-выдох...

Это просто мужчина, мужчина...

Сейчас он будет возвращаться. Она увидит его спереди! Господи! Да она умрет, сожмется от стыда и убежит... Нет, не убежит. Она... как-нибудь справится...

Дракон вернулся с реки довольно скоро. На нем была свежая туника из тонкой коричневой шерсти, которая оставляла руки открытыми и наполовину прикрывала бедра. Это был его обычный наряд в теплую погоду. Талию обхватил широкий кожаный пояс, на котором висели меч и ножны. Тропинка к реке была усыпана мягкой сосновой хвоей, поэтому он шел без сандалий. Его влажные волосы собраны на затылке. Он побрился и чувствовал себя освеженным и бодрым.

Хоук, конечно, вероломный негодяй, но у него приличная сауна. Он всего лишь добрый друг, напомнил себе Дракон, которому будет непросто понять, как викинг позволил себе увлечься огненноволосой соблазнительницей.

А тем более позволил себе поцеловать ее. Пусть всего лишь один только раз.

Он уже испытывал чувственные наслаждения с самыми искусными куртизанками. Он услаждал свое тело и делил утехи с женщинами, которые отсутствие умений восполняли пылом и страстью. Он давно миновал ту стадию, когда один поцелуй так много значит.

Миновал ли?

Впрочем, это не столь существенно сейчас, когда у него были более насущные проблемы — как совладать с внезапно возникшим неукротимым желанием к незнакомке.

Он должен выяснить, кто она. Зная это, Дракон мог оценить степень опасности, которая, возможно, грозит девушке. Даже если ее семья оказалась замешана в мятеже против короля Альфреда, нельзя, чтобы ее будущее было печальным. Хоук мог бы оказать ей протекцию. Альфред не был мстителен, когда дело касалось женщин и детей. Дракон был уверен, что все сложится благополучно, если незнакомка поверит ему и расскажет правду.

Но как заставить ее раскрыть свою тайну? В этом и состояла проблема.

Размышляя таким образом, Дракон не заметил, как подошел к домику. Девушки нигде не было видно. Он предположил, что она еще, наверное, спит. Он собрался было идти ее будить, когда Рикка вышла из-за конюшни. Она улыбнулась своей будничной улыбкой. Ее щеки были покрыты румянцем — должно быть, после сна, решил Дракон.

— Вы вернулись.

— Я ходил купаться. Между прочим, здесь есть сауна, если хочешь, можешь ею воспользоваться.

Похоже, это смутило ее, вероятно, сауна была ей чужда.

— Я предпочитаю реку, — сказала она. — Вода достаточно теплая.

— Да, вода хорошая, очень освежает.

Они заговорили о погоде. Даже после того поцелуя она не выглядела такой смущенной, какой казалась сейчас. Тогда она была несколько озабоченной, но не более того. Сейчас ее явно что-то взволновало. Ей приходилось совершать над собой усилие, чтобы посмотреть ему прямо в глаза. Очевидно, со временем к ней пришло угрызение совести.

Дракон не меньше сожалел о свершившемся, поскольку теперь заслужить ее доверие станет еще сложнее. Однако воспоминание о поцелуе было весьма сладостным.

— Я займусь рыбой, — сказал он.

Рикка собрала траву и ягоды, пока он готовил ужин. Большую часть времени они ели молча, если не считать высказанной ею похвалы по поводу приготовленной рыбы да краткого разговора о том, как можно поймать самую лучшую форель. Она предпочитала сети, он — удочки. Разговор носил очень вежливый характер.

Когда ужин был окончен, сгустились сумерки. Они потягивали терпкое вино, которое Дракон нашел в кладовой.

На небе показался красноватый Марс, рядом с ним засияла яркая звезда Спика. Луны в эту ночь не будет, небо ясное. Весьма удобное время, чтобы изучать звезды.

— Вы знаете истории о звездах? — спросила Рикка. Она видела, куда было обращено внимание воина.

— Есть несколько, — ответил Дракон и улыбнулся. Он убаюкает ее сказками, подобно тому, как мать успокаивает ребенка. Он сплетет нить удивительных легенд и басен, а может, и правдивых историй, пока она не забудет все другое. Протянув руку, он снова наполнил их кубки. — Вон, видишь? Две яркие звезды, одна почти над другой, а остальные звезды чуть в стороне, слева. Это Кассиопея. Она была королевой Эфиопии, древней страны, которая находится далеко на юге. Хвастливая женщина, прикованная к трону за то, что рассердила богов. Иногда она висит головой вниз.

— Как ужасно!

Он пожал плечами.

— Вероятно. Однако арабы говорят, что это всего лишь опустившийся на колени верблюд, так что кто знает? А теперь посмотри правее. Это ее дочь, Андромеда. Когда Кассиопея пыталась избежать своей судьбы, она решила пожертвовать Андромедой, чтобы умилостивить богов. Она приковала ее цепью к скале у моря, где ее должен был сожрать монстр. К счастью, герой Персей спустился с неба на громадном крылатом корабле и успел спасти ее.

— Везучая эта Андромеда, — пробормотала Рикка.

Дракон увидел в этом свой шанс и воспользовался им. Он сказал спокойным тоном:

— Иногда людям требуется помощь. Иногда им нужно доверять. Это может вызволить их из беды.

— Я не прикована цепью к скале, — быстро среагировала девушка.

— Это может случиться, если ты будешь пытаться все делать на свои страх и риск, как раньше.

— Что произошло с Андромедой после того, как Персей спас ее?

— Какое это имеет значение?

— Это ведь часть истории, не так ли?

— Да.

— В таком случае, пожалуйста, доскажите.

Она сказала «пожалуйста». Это обезоружило викинга. Он не любил отказывать женщинам.

— Они горячо полюбили друг друга и поженились. Андромеда родила Персею шестерых сыновей и дочь, однако их жизнь не была безоблачной. Сбылось предсказание, высказанное еще в детстве, что он непреднамеренно убьет своего деда. Он вынужден был бежать из родной страны и основал новое великое королевство, откуда вышло много героев. На этом история кончается.

Сумерки сменились темнотой. Дракон видел лицо незнакомки, на которое ложились отсветы пламени.

— Сказка со счастливым концом, не более, — проговорила Рикка.

— Такое могло произойти.

Она ничего не сказала. Но он знал, что она с этим не согласна.

Потом они отправились спать — Рикка в домик, Дракон остался на открытом воздухе.

Темнота сгустилась еще сильнее. Из мшистых ущелий на берег вышли олени, продремавшие в укрытии весь день. Выползли из нор лисы. Над головой пролетела сова, едва шевеля крыльями. Между деревьев пронеслись несколько летучих мышей. В конюшне Ромул и Рем видели сны о бескрайних сочных лугах.

Дракон смотрел на небо. Он увидел своего тезку — Дракона, большую дугу на небе. Некоторые люди говорили, что некогда самая яркая звезда этого созвездия была Полярной. Сейчас она не была таковой, однако звезды пусть медленно, но движутся, так что, возможно, она снова когда-нибудь станет Полярной.

Он выпил еще вина. Звезда прочертила путь по небу и погасла, словно ее никогда раньше и не было.

Проклятие! Жизнь так коротка!

* * *

Рикка снова взбила подушку. То, что до этого было таким удобным, сейчас казалось комковатым. Покрывала раздражали кожу. Под ними ей было слишком жарко, без них — холодно. Кровать казалась излишне широкой, воздух — спертым, ночь — бесконечно длинной.

Ну да, Андромеда. А он — Персей, спустившийся на крылатом коне. Семеро детей... утраченное королевство и новая земля. Хороша сказочка!

Тупо ныло в груди. Она ощущала какую-то пустоту. Почему жизнь так трудна? Она и ее брат-близнец делали общее дело и старались всячески помочь друг другу, а в остальном она помнила лишь бессердечность, склоки, безграничную жестокость. И это весь итог ее жизни? Даже если она доберется до Нормандии, что ее там ждет? У Терлоу свои дела, она не может во всем рассчитывать на него. У нее есть только две возможности — либо монастырь, либо замужество. И то и другое — своего рода тюрьма.

Рикка знала, что возможно нечто большее, она чувствовала это всеми фибрами души, даже чувствовала, что это в пределах ее досягаемости, когда она кружилась на берегу моря, наслаждаясь свободой. Но какой толк от свободы, если она несет одиночество? Какой толк от дружеского общения, если оно подразумевает порабощенность?

Проклятая подушка!

Рикка встала, подошла к окну, снова отошла, провела пальцами по ребру стола, вспомнила поцелуи.

Еще сильнее заныло в груди.

Вероятно, ее поймают. Несколько дней она не хотела это признать, но суровая правда не выходила из головы. Добраться до Хоукфорта довольно трудно. А сейчас, когда дошла весть о ее бегстве и ее станут искать, это почти невозможно. Даже с помощью воина ее шансы оказаться в безопасности весьма ничтожны. А если она не добьется этого... Рикка содрогнулась при мысли о том, что ее ожидало в этом случае.

Она полагала, что ее посадят под замок, вероятно, оставят умирать. Ее семья вполне способна на это. Ее свободой могла стать только смерть.

К горлу подкатил комок. Рикке хотелось жить, наслаждаться каждым мигом жизни и поделиться этой радостью, если только...

Если только что?

«Дерзай!» — шепнул ей разум, и сердце тревожно и отзывчиво встрепенулось.

Глава 5

Снаружи было прохладнее, чем днем, но не так чтобы слишком. Воздух освежал кожу Рикки сквозь тонкую ночную рубашку. Пожалуй, это слишком дерзко — выходить наружу столь скудно одетой, поскольку, хотя рубашка и доходила до щиколоток, она пропускала звездный свет. На мгновение Рикка подумала о женщине, для которой была сшита эта одежда, и ощутила какое-то родственное чувство к незнакомой леди. Босая, с распущенными по плечам волосами, Рикка подошла к костру, рядом с которым лежал Дракон.

Он спал, лежа на спине. Его рука была вытянута в сторону... гм... пустого кувшина с вином. Голова была повернута в ее сторону, губы слегка приоткрыты. Из груди спящего мужчины вырывался негромкий храп. Рикки улыбнулась. То, что незнакомец слегка похрапывал, было ей на руку. Это делало его более доступным. Она была рада, что могла некоторое время посмотреть на него без всякого смущения.

Вздохнув приятный ночной воздух, Рикка почувствовала, как в ней растет и крепнет желание. О да, она будет владеть им. Честь, долг и все остальное побоку! Она проживет свою собственную жизнь за этот короткий промежуток времени.

Но с чего начать? Она никогда не дотрагивалась до мужчин, если не считать дружеских затрещин, которые Рикка порой отпускала Терлоу. Да еще того поцелуя. Потрясающего, вызывающего трепет поцелуя, который спровоцировал ее на этот шаг.

В таком случае пусть будет еще один поцелуй! Девушка опустилась на колени. Осторожно убрала с бровей спящего пряди волос. Мужчина не отреагировал. Это придало Рикки смелости. Она наклонила голову к его лицу.

Даже во сне его рот был крепким и упругим. Она осторожно прикоснулась к нему губами, и это было подобно касанию крыла бабочки. Рикка почувствовала пьянящее тепло. А может быть, жар таился в ней самой и от него исходила только искра.

Рикка плотнее прижалась к его рту губами. В это мгновение он приподнял руку, но она тут же снова упала. Рикка улыбнулась и нежно коснулась его обнаженного плеча. От ее прикосновения мышцы на руке воина напряглись.

Это привело ее в восторг и еще больше добавило смелости. Никогда раньше Рикка не думала, что сможет дотрагиваться до мужчины. Женщин касались и трогали сколько угодно. Считалось, что женское тело не принадлежит лишь самой женщине. Но тело мужчины... это совсем другое дело. Даже совсем бедный крестьянин считал себя королем собственной лачуги. Горе было тому, кто скажет иначе.

А вот сейчас инициатива принадлежала ей, и не важно, что она имела весьма смутное представление о том, что делать дальше. Воин был в тунике, которую надел после купания. Ночь была настолько тихая и теплая, что он не позаботился об одеяле. Рикка провела пальцами по широким плечам, по груди. Было такое ощущение, что она гладит согретую солнцем скалу.

Сердце девушки затрепетало от проявленной дерзости, когда ее руки скользнули к бедрам и ладони ощутили волосы на его ногах. Добравшись до нижней части туники, она помедлила. Как это просто — задрать тунику и... У нее заполыхали щеки. Она переходит все границы!

Рикка слегка качнула головой, и медный шелк волос рассыпался по его груди. Здравый смысл покидает ее. Она перешла за пределы приличия в тот момент, когда решила не соглашаться с уделом, который ей предписала ее семья. Сейчас Рикка пребывала в состоянии, когда трудно отделить отчаяние от желания.

Какой красоты мужчина! Это сладостное воспоминание будет согревать ее в темное холодное время, которое, без сомнения, наступит.

Пусть это выглядит шокирующим, быть по сему. Рикка встала на колени и быстро, чтобы не успеть передумать, подняла ночную рубашку над головой. Прохладный воздух коснулся ее кожи, но она едва почувствовала его. Слишком силен был жар внутри ее. Приподняв его руку, она притянула ее к своей груди.

Конечно же, ему снится сон. На редкость эротичный сон. Эротичный... и в то же время чем-то отличающийся от других. Он не возлежит на шелковом ложе с прекрасной гурией, как это было в Византии. Это не черкешенка с рыжими, как пламя, волосами и не нубийка, натренированная как гимнастка, которая могла...

Вместо этого он лежит на твердой земле, и от гурии, если таковая была в реальности, исходит запах жимолости, который напоминает ему...

Дракон резко открыл глаза. Он увидел собственную руку, лежащую на белоснежном холмике идеальной формы груди, сквозь его пальцы проглядывал восхитительный розовый сосок, а чуть повыше — подбородок и янтарного оттенка глаза, которые, похоже, безо всякого смущения встретили его взгляд.

— Ох! — произнес он.

— Не думай ни о чем! — сказала она, что было совершенно излишне, поскольку Дракон имел в это мгновение весьма смутное понятие о том, что означает слово «думать».

Девушка наклонила голову, и он ощутил на своих губах сладкое прикосновение ее губ. Ее маленький гладкий язычок коснулся его языка.

Дракон был готов взорваться от возбуждения. Незнакомка находилась в его руках, и он притянул ее к себе, но вдруг заговорила совесть.

— Не могу, — пробормотал он.

Рикка проигнорировала его протест и сильными, натренированными руками, привыкшими удерживать поводья, принялась тянуть его тунику снизу вверх. Дракон отчаянно сопротивлялся и, когда осознал сей факт, застонал. Ситуация смехотворная, они как бы поменялись ролями, и он оказался в роли скромницы.

Лишь тогда до викинга дошло, что девушка обнажена — он осознал это, когда ощутил прикосновение ее шелковистой кожи. Он издал глухой стон, его ладони стали гладить ей спину, а затем оказались на упругих ягодицах. Девушка прижалась к нему плотнее.

Он не мог... После заявлений о том, что ей не надо бояться, что она будет с ним в полной безопасности... может довериться ему. Богиня Фригг, королева всех богов, помоги ему сейчас!

Но богиня не собиралась вмешиваться в это щекотливое дело. Дракон оставался наедине с самим собой, со своей совестью да еще с девушкой, которая, похоже, тронулась умом.

— Мы должны остановиться, — с трудом выдохнул он. Грудь его словно сжимали тиски, сердце дико колотилось, а его буйный приятель готов был пуститься во все тяжкие.

— Нет, — сказала вполне отчетливо девушка и затем повторила шепотом: — Нет.

Лишь второе «нет» дошло до Дракона сквозь красноватый туман борьбы, которую он вел сам с собой. Он снова посмотрел в удивительные глаза и не увидел в них ни следа страха. Кажется, сам демон управлял этой воительницей.

— Но почему? — пробормотал он, поглаживая волосы на ее затылке. Остатки винного тумана улетучились, и он окончательно проснулся.

Она снова коснулась его губами.

— На память. — С бесхитростной невинностью девушка сунула руку под тунику и накрыла рукой его плоть. Она удивленно ахнула, а он, застонав, поймал ее ладонь, но не оттолкнул. Они оба отчаянно хотели, чтобы это продолжалось.

На память. Он понимал. Были моменты, которые Дракон хотел навсегда запечатлеть в своей памяти, — неповторимый свет звезды, необычайной формы облачко, набежавшее на луну, аромат, принесенный ветром, шелест птичьих крыльев, любую удивительную деталь этого замечательного мира. Но такое случалось всегда накануне битвы либо тогда, когда он считал, что ему остается жить среди этой красоты считанные часы, если не минуты.

Где она увидела свой конец? Она взвесила грозящую ей опасность и предложенную им помощь и решила взять от жизни то, что пока еще может взять. Это отнюдь не говорило в пользу того, что незнакомка верит в него, но свидетельствовало о ее мужестве. И тем не менее Дракон не мог позволить ей совершить это.

Он по опыту знал, что ничто другое не могло сблизить мужчину и женщину больше, чем постель. Если он сможет подарить ей удовольствие, воспоминание, о котором она мечтала, и к тому же защитить ее от неприятностей, не станет ли она доверять ему больше?

При этой мысли его веселый дружок мгновенно вздыбился. Девушка ахнула, однако так и не убрала руку. Дракон сделал глубокий вдох, чтобы полностью овладеть ситуацией. В наполненных благовониями палатах Византии он научился искусству, которое неведомо большей части мужчин. Его тогдашняя прилежность казалась не более чем пустым времяпрепровождением. Однако сейчас он думал иначе.

Он может сделать это... действительно может. Оставить о себе память, которую она хочет иметь.

Рикка беспомощно откинулась назад, голова ее вдавилась в твердую землю. Все нарастающие волны сладострастия не давали ей передышки. Пот выступил на теле, она дышала часто и прерывисто. Едва волны начинали затухать, как жадный, ищущий рот мужчины и нежные руки снова возвращали ее в состояние транса. Ее соски были до боли твердыми, раздвинутые бедра содрогались от ощущений, которые пронизывали все ее тело. Она посмотрела на свои ноги и черноволосую голову, которая находилась между ними, и тут же ахнула, оттого что ее тело пронзило новое сладострастное ощущение.

Она никогда не могла себе представить такого.

Во время отцовских кутежей ей доводилось видеть, как мужчины хватали женщин, лапали их за груди и бедра, иногда даже целовали, как целуют младенцев. Обычно она отсутствовала во время этих оргий, но однажды стала невольной свидетельницей. Она увидела, как мужчина задрал юбку женщины выше пояса, уложил ее на стол, вынул восставшую плоть и погрузил ее женщине между ног. Последовало несколько толчков, он несколько раз хрюкнул и отвалился. Это было похоже на случку лошадей, к тому же лишенную мощи и красоты.

Тогда Рикка думала, что так происходит всегда.

Дурочка! О небо, какая же она дурочка!

Рикка вцепилась пальцами в его громадные плечи и хрипло вскрикнула, поскольку мир стал снова взрываться.

Дракон поднял голову, чтобы полюбоваться ее изящным телом, белеющим при свете звезд. Она была девственница, он убедился в этом, осторожно введя в нее палец. Расщелина была горячей и влажной, а наличие установленного им барьера невинности укрепило его решимость как раз в тот момент, когда он больше всего в этом нуждался.

Она была изумительно чувствительна. Груди у нее были небольшие, но идеальной формы и хорошо укладывались в его ладони, соски сильно набухли от ласк. Тонкая талия подчеркивала полноту и округлость ее бедер. Кожа живота отличалась повышенной чувствительностью, как и бархатная поверхность внутренней стороны бедер, между которыми пламенел треугольник рыжих шелковистых волос. Ее ноги были раздвинуты, и расщелина казалась открывшейся розоватой раковиной.

Он пробовал ее на вкус, то легонько прикасаясь к нежной плоти губами, то погружаясь глубоко, и был вознагражден приливами волн страсти. Их поцелуй не обманул его — она была воплощение страсти, когда постанывала и откидывалась назад.

Однако Дракон не спешил брать ее. Каким-то образом, хотя это и стоило ему страшных мук, пытался избежать этого. Его тело кричало и умоляло о разрядке, но он игнорировал его зовы, все его внимание было сосредоточено на том, чтобы доставить удовольствие незнакомой воительнице.

Рикка вгляделась в рельефные черты лица, освещенные отблеском тлеющих углей, и на момент испытала бессильную ярость. Он делает все это нарочно, не давая ей то, чего она хотела, хотя и даря ей то, о чем она раньше даже не подозревала. Она хотела... О божественное небо, опять это начинается...

Рикка задыхалась и стонала, кажется, она ничего больше не могла вынести, тем не менее отлично знала, что это был тот мужчина, кого она хотела, что дело вовсе не только в той ошеломляющей разрядке, которую он ей подарил.

С силой, о существовании которой она не подозревала, Рикка внезапно заерзала под ним, схватила его за плечи и прижала к земле.

— Довольно, лорд, — прошептала она, касаясь губами его груди. — Довольно. Ты обманываешь нас обоих.

— Нет! — возразил он и попытался остановить ее, но она оказалась быстрее. Его любовная игра кое-чему научила ее, к тому же сработал природный инстинкт. Он ахнул и отпрянул назад при первом ударе ее языка, задрожав так, словно у него началась лихорадка. «Хорошо, — подумала девушка, — он ощущает то же самое».

В глубине воспаленного сознания Дракона родилось опасение, что он может умереть от этого. Затем мощный ток крови заглушил все мысли, оставив только непередаваемо сладостное ощущение.

Когда он снова оказался способным что-то соображать, девушка уже оседлала его. Она откинула назад распущенные волосы. При виде подобного зрелища Дракон потерял способность дышать. А девушка, слегка нахмурившись, сосредоточенно и целеустремленно опускалась на него.

Внезапно осознав ее намерение, викинг попытался ее остановить, но попытка была откровенно слабой. Она просто схватила его за руки и положила их на свои груди, а сама ввела его плоть в тесную влажную расщелину.

Он знал, что должен это остановить, знал, но ничего не мог сделать. Страсть парализовала его тело, кроме веселого дружка, в котором сосредоточилась вся сила.

Дракон беспомощно наблюдал за тем, как она опускалась на него. Она выглядела очень сосредоточенной. Маленькие белые зубки впились в нижнюю губу. Поколебавшись, она чуть изменила положение, чтобы поудобнее захватить дружка.

Откинув назад голову, она издала пронзительный крик, который потряс Дракона до мозга костей. Огромными руками он обхватил ее за бедра. Напрасно он хотел удержать ее. Девушка крепко сжала его и стала ритмично раскачиваться, после чего мир поплыл. Быстро наступил пик, и он излил в нее свое семя. Он откинулся назад на землю, хватая ртом воздух, и впал в забытье.

Через какое-то время Рикка пошевелилась и почувствовала, что у нее замерзла спина. Подняв голову, она поняла, что лежит на груди мужчины. Внутри Рикка ощущала боль, но боль странную, скорее от избытка наслаждения, чем от потери девственности.

Она лишилась девственности. Только сейчас Рикка осознала, что больше не имеет ничего ценного. Она просто-напросто падшая женщина. И теперь ее разъяренная семья сочтет, что она не годится для того, чтобы обменять ее на королевскую благосклонность. Она перестанет существовать для них и сможет исчезнуть. Надежда на это довольно хрупкая, но еще вечером у нее не было и такой, и это побудило ее к действию.

Она основательно впутала этого мужчину в свои дела, воспользовавшись его желанием помочь ей. Какую бы высокую ступеньку он ни занимал по отношению к своему господину — а она не сомневалась, что незнакомец был не просто воином, — его сочтут виновным, если узнают о той роли, которую он сыграл в их взаимоотношениях. Неблагородно подвергать его еще большему риску. Однако ей было трудно заставить себя оторваться от него. Она неохотно отодвинулась и встала на ноги. Бросив на мужчину последний взгляд, Рикка расправила плечи и поспешила к домику.

Спустя некоторое время, снова облачившись в мальчишеский наряд, она выскользнула в темноту. Рикка не позволила себе бросить прощальный взгляд на незнакомца, забывшегося сном.

Дракон проснулся от перебранки белок. Зажмурившись от яркого солнца, он прикрыл рукой глаза и собрался было подняться, когда память напомнила ему о случившемся ночью. Воспоминание ошеломило его. Девушка...

Он потряс головой, словно пытаясь прочистить сознание. Да нет же, ему просто пригрезилось, что она пришла, пылающая страстью, потрясающе чувственная, и заставила его забыть обо всех его благих намерениях. Сон, не более того... Хотя... Посмотрев вниз, Дракон обнаружил доказательства нарушенной девственности. Он тихо, но весьма энергично выругался.

Только что его жизнь основательно осложнилась. Так тому и быть. Она была саксонка и из благородного семейства. Этого достаточно. Хоук, Альфред и даже брат Вулф вынуждены будут просто принять это как факт.

Слабая улыбка озарила мрачное лицо викинга. Так или иначе, все может оказаться к лучшему. Чем больше он размышлял об этом, тем больше так ему казалось. Будь хоть немного вина в кувшине, он совершил бы возлияние в честь Фригг, ибо подозревал, что богиня сыграла в этом деле главную роль.

Но с этим придется подождать. Прежде всего нужно разыскать девушку. Пусть теперь эта ведьма продолжает скрывать свое имя от него. Он ухмыльнулся, подумав, как он сообщит ей, что она может назвать свое имя либо ему, либо священнику — это уже не столь важно. Он может вообразить ее реакцию на эти слова.

Но это и все, что он мог сделать — лишь мысленно представить ее реакцию, потому что весьма скоро понял, что ее нет ни в домике, ни где-либо вообще поблизости. Ромул и Рем находились в стойлах. Дракон задержался для того, чтобы дать им свежей воды и зерна, и лишь после этого возобновил поиски.

Ее не было ни в сауне, ни на берегу реки. Следы ее обрывались у кромки воды.

Дракон некоторое время стоял, глядя на медленно движущийся поток, затем резко повернулся и в сердцах стукнул кулаком по ближайшему стволу дерева. Боль от удара свалила бы другого человека, он же едва обратил на нее внимание. Проклятие! Будь она дважды и трижды проклята! Она разделила с ним ложе, отдала ему свою девственность, дала ему повод поверить, что по крайней мере испытывает вожделение, — и скрылась, исчезла как сон, даже не простившись.

Его одурачила коварная, вероломная, расчетливая девчонка. Да еще к тому же основательно съездила ему по яйцам. Драконом овладел страшный гнев.

Она заплатит — и притом дорого — за то, что нарушила данное обещание — остаться на несколько дней, о чем говорилось недвусмысленно, и отдалась ему. Он найдет ее, выжмет из нее всю правду и затем решит, каким образом эта самая обольстительно-чувственная женщина из тех, кого он знал, заплатит за свои прегрешения.

Очень скоро Дракон был готов отправиться на поиски сбежавшей девчонки. Он оседлал Грэни, которого ранее называл Ромулом, хотя жеребец носил имя бога Сигурда. Сопровождал его Слейпнир, до этого Ремус, названный так в честь жеребца могучего бога Одина. Хоть он и недолюбливал лошадей, но с их помощью можно быстро догнать беглянку.

Еще раз осмотрев землю и кусты, Дракон убедился в том, о чем уже догадывался. За время общения с ним она извлекла полезные уроки. Не было других следов, кроме тех — у кромки воды. Она вошла в реку. Он не мог рисковать лошадьми, не зная глубины и дна. Дракон решил следовать как можно ближе к берегу, зная, что временами тропа углубляется в лес. Зато было одно преимущество: можно было идти только в двух направлениях — вверх и вниз по течению.

Идти вверх по течению означало двигаться на север, внутрь страны, откуда она убежала. Идти вниз — значит иметь целью Хоукфорт, его порт и шанс, пусть и призрачный, скрыться.

Суровo нахмурясь, Дракон повернул к югу.

Рикка споткнулась, ударившись коленом о предательские подводные камни. Выругавшись, она выпрямилась, выплюнула изо рта воду и продолжила путь, как делала всякий раз, когда скользила и падала в этой противной, похоже, не имеющей ни конца ни края реке. Она насквозь промокла, ее тело онемело от холода, волосы падали на глаза.

Ей то и дело хотелось вылезти на берег и полежать, но сдаваться было нельзя. Нет, она пройдет таким образом хоть до края земли, скользя и падая, стеная и ахая, пока кто-то не одолеет друг друга — она реку или река ее.

Из ее груди вырвался беззвучный смех. Беззвучный потому, что Рикка с трудом могла дышать. Подумать только — она боялась утонуть! Да это было бы милосердно, если бы произошло быстро, и никак не сравнимо с мучениями, на которые она себя обрекла.

Никогда больше не увидеть его, даже не знать его имени — как можно это вынести? Однако что еще оставалось делать? Он уже и без того сильно рисковал даже тем, что просто был рядом с ней. Этот риск возрос после того, как они разделили ложе. Очень неблагодарно подвергать его подобной опасности за проявленную им заботу.

Как бы то ни было, что сделано, то сделано. Несмотря на муки и страдания, она должна жить. Шаг за шагом, превозмогая боль, то и дело падая, Рикка двигалась вниз по течению.

Она не вылезла из воды до тех пор, пока не пришла к выводу, что преодолела изрядное уже расстояние. Лежа на берегу и хватая ртом воздух, она стала размышлять, задаваясь вопросом: достаточно ли далеко ушла, чтобы избежать преследования? Сможет ли даже такой опытный следопыт выйти на нее, не видя следа?

Лучше не думать об этом, потому что больше она не в состоянии заставить себя лезть в эту противную реку. Рикка приподнялась и огляделась, пытаясь сориентироваться, где находится. Везде был сплошной лес. Вздохнув, девушка встала и принялась выжимать воду из одежды и волос. Затем, собрав остаток сил, двинулась дальше вдоль реки.

Спустя примерно час, когда солнце ее почти полностью обсушило, она подошла к излучине, где берега практически не было. Был только крутой склон, по которому она не могла пробраться даже ползком. Определив по солнцу свое местоположение, Рикка направилась в глубь леса.

Лес был густой, пробираться через него было трудно, но в конце концов она вышла на дорогу. Это было и хорошо и плохо одновременно. С одной стороны, теперь она могла двигаться гораздо быстрее, а с другой — возрастала опасность, что на открытой местности ее могут схватить. Девушка шла вперед быстрым шагом.

Рикка преодолела несколько миль, после чего шаги ее замедлились — накопилась усталость. Несмотря на сохранившуюся решимость, помимо усталости ею овладела апатия. По этой причине она не услышала приближающихся всадников. Поняв, чем ей это может грозить, она бросилась за деревья, но не успела. Всадник заметил ее и окликнул:

— Стой! Я тебе говорю, мальчишка!

Однако у Рикки и в мыслях не было подчиняться приказанию. Было достаточно одного беглого взгляда на военные штандарты, чтобы понять — она оказалась в гораздо большей опасности, нежели тогда, когда убегала от неизвестного мужчины. Девушка со всех ног помчалась в лес, петляя между деревьев, пытаясь отыскать такой путь, где не сможет пройти лошадь. Однако все ее усилия оказались тщетными. Она слышала, как дрожала земля под копытами приближающихся лошадей. Кто-то схватил ее за шиворот, затем лошадь изменила направление... Одежда Рикки зацепилась за попавшиеся на пути кусты, а еще через мгновение она оказалась лежащей на дороге.

— Мальчишка! — Голос прозвучал грубо и надменно. Он отразился эхом в ушах девушки, вызывая к жизни леденящие душу воспоминания. Похолодев от ужаса, но стараясь не выказать страха, она медленно поднялась на ноги. Еще медленнее подняла голову, чтобы взглянуть в глаза своей судьбе.

Мужчине, сидящему на гордом боевом коне, было далеко за сорок. Он был основательно лыс, пучки клочковатых седых волос выглядывали из-за ушей. Кожа на лице обветрилась, щеки обвисли. Мускулы давно превратились в жир, однако вид у воина все еще оставался грозным — казалось, он без колебаний способен убить или избавиться любым другим образом от всякого, кто бросит ему вызов. В последнее время в связи с миром, который принес благословенный Альфред, он не мог дать выход своему гневу. И вот сейчас, побагровев и прищурив глаза, он смотрел на невесть откуда взявшегося, как он полагал, мальчишку.

Увы, его заблуждение длилось недолго. Он слишком хорошо ее знал.

Его глаза, глубоко упрятанные за складками морщинистой кожи, не без усилий широко открылись. Маленький рот скривился дугой.

— Рикка! — Он произнес это имя с выражением, в котором одновременно чувствовались как ненависть, так и удовлетворение.

— Что? — Всадник, являющий собой более молодую копию лысеющего мужчины, подъехал сбоку и резко натянул повод лошади. — Рикка?

— Взгляни сам. — Старик презрительно махнул рукой. — Я знал, что мы найдем ее. — Он оперся руками о луку седла и кивнул, весьма довольный таким поворотом событий. — Ты глупая сука! Или ты в самом деле думала, что сможешь убежать? Напялишь на себя наряд своего тщедушного братца и двинешь в Хоукфорт? Думала, что сядешь на корабль и отчалишь в Нормандию? — Он громко и презрительно засмеялся. К нему присоединился и более молодой всадник.

— Ты был прав. Она и Терлоу заодно. Первым исчезает он, затем она. Они задумали это, чтобы унизить тебя и навредить.

— Нет! — Несмотря на испытываемый ею страх, Рикка не могла не возразить. — Терлоу не имеет к этому никакого отношения! Я действовала одна.

Молодой человек приблизился и попытался ударить ее. Девушка ловко отскочила в сторону, и удар пришелся по воздуху, что еще больше разозлило всадника. Он стал слезать с лошади, очевидно, желая схватить ее.

Ей некуда было бежать, да и сил больше не оставалось. На мгновение Рикка вспомнила, каково это — ощущать себя в объятиях, чувствовать себя желанной и защищенной. Глаза ее наполнились слезами, как ни пыталась она их сдержать. А сердце, в котором еще совсем недавно была пустота, вдруг наполнилось томлением столь сильным, которое невозможно было удержать внутри. Оно разрасталось, ширилось и наконец излилось в виде безмолвного плача о герое неведомой страны, в которой она прожила слишком короткое время.

— Сука! — произнес Огден, вторя отцу, и ударил Рикку ладонью по лицу. Она почувствовала страшную боль, споткнулась и упала на землю.

Лорд Вулскрофт протянул руку сыну — одному из двух достойных чад, которых успела подарить ему жена, прежде чем произвести на свет ненужных близнецов и умереть при родах. Из одной руки в другую перекочевал черный, свернутый в клубок хлыст.

— Только быстро, — сказал он. — Мы не можем здесь долго задерживаться. — Чуть подумав, добавил: — Да не убей ее. Она еще может нам пригодиться.

Хлыст мелькнул в воздухе и с шумом опустился на Рикку. Девушка лежала не шевелясь, сжавшись как можно плотнее. Ей не нужно было видеть лица Огдена, чтобы догадаться, какое удовольствие доставляло ему хлестать ее. Хуже того, ей не нужно было видеть, с каким удовольствием предвкушал ее страдания отец. Она знала их обоих слишком хорошо. С раннего детства она всюду видела грубость и жестокость, и ей хотелось уйти в такое место, где было спокойно, уютно и тихо.

Это место, о котором у нее не было раньше ясного представления, внезапно обрело четкую форму. Охотничий домик, благоухающая постель, тихое журчание протекающей поблизости реки, запах дымка от костра, и главное — ласковая улыбка мужчины, нежно обнимающего ее за плечи.

Рикка была уже почти там, почти достигла в мыслях этого мира, когда до ее сознания дошел знакомый голос и вернул ее к реальности:

— Остановись!

Дракон натянул повод и, не веря своим глазам, перевел взгляд с лежащей ничком в пыли девушки на молодого мужчину, стоящего над ней с хлыстом, и далее — на мужчину постарше, который, очевидно, был здесь главным, на вооруженных людей, которые его сопровождали. Они смотрели на Дракона с некоторым удивлением и, что вполне объяснимо, с беспокойством. Хотя и нельзя сказать, что воины сильно испугались — в конце концов, незнакомец был один.

Старик едва ли не презрительным жестом направил нескольких воинов в сторону Дракона. Они неловко заторопились, на ходу вынимая из ножен мечи. Глядя на воинов, викинг вздохнул. Он отпустил Слейпнира, который следовал за ним, и хорошо обученный конь сразу же занял место рядом с хозяином. Грэни загарцевал под всадником в радостном предвкушении. Нападающие были уже совсем близко, когда Дракон без всякой спешки вынул из ножен меч, висевший у него за спиной. И одновременно впился пятками в бока жеребцу.

Первый воин, приблизившийся к Дракону, упал, едва успев махнуть мечом. Он рухнул на землю, со стоном зажимая рану в плече, которая, не будучи смертельной, скорее всего ставила крест на его карьере воина. Второй последовал за первым несколькими мгновениями позже. Третий продержался чуть дольше — сталь зазвенела о сталь — и также свалился с лошади. Все трое лежали на земле, ругались и стонали. Незнакомец оставил их в покое.

О Вулфе, брате Дракона, говорили как о величайшем воине, рожденном на севере, с тех времен, когда еще древние боги шествовали по земле, однако сам Вулф сказал, что он был лишь учителем сильнейшего, которого звали Дракон. И в тот солнечный весенний день мира, объявленного благословенным Альфредом, никто из воинов на дороге к Хоукфорту не стал этого оспаривать.

Конечно же, Огден тоже не стал этого делать, он просто откинулся назад, когда Дракон стал приближаться к нему, держа в руке сверкающий на солнце меч. Огден в панике поднял руки, показывая, что сдается.

— Не надо, не надо! Здесь простое недоразумение!

— Послать вооруженных людей против незнакомца, который не сделал тебе ничего плохого? — Дракон перевел взгляд с распростертого на земле господского сынка на мужчину постарше, который восседал на коне. Цвет его лица быстро изменился и был теперь не красным, а бледно-желтым. В глазах метался испуг. Он явно прикидывал, как ему выйти из положения. Был он, бесспорно, человеком жестоким, но не глупым.

— Да, я счел бы это недоразумением, — сказал Дракон. — И это тоже. — Острием меча он указал на девушку, которая поднялась с земли, отбросила с глаз волосы и взглянула на него с таким удивлением, словно перед ней одновременно появились солнце и луна.

Это было довольно отрадно, тем не менее гнев его еще не остыл.

Не обращая внимания на сынка, Дракон сосредоточился на отце.

— Что ты здесь делаешь?

— Занимаюсь печальным, но необходимым делом — наказываю отбившуюся от рук дочь. Так что это не твоя забота. Ступай-ка своей дорогой.

Дочь. Дракон вздрогнул, однако постарался скрыть свое замешательство. Дело принимало неожиданный оборот и требовало деликатного подхода. С невозмутимым выражением лица он сказал:

— Я хотел бы знать, с кем разговариваю.

Мужчина нахмурился, однако отказать в просьбе воину, который один вывел из строя троих его людей и заставил кататься в грязи сына, он не мог. Огден, без сомнения, заплатит за это, однако слишком обвинять его нельзя, поскольку мальчишка был воспитан по принципу, что нужно делать все, чтобы выжить, даже пресмыкаться перед королем, который возомнил себя миротворцем.

Прежде чем ответить, старик холодно улыбнулся, словно предвкушая реакцию воина, когда тот поймет, с кем имеет дело.

— Я Редьярд, лорд Вулскрофт из Мерсии. Ты удовлетворен? Ты владеешь мечом довольно хорошо, однако я не видел тебя среди рекрутов короля или лорда Эссекса. Или ты стремишься завоевать себе имя, выступая против старших по положению?

В этих словах скрывалось предостережение, даже угроза. Однако Дракон едва уловил это. Он ошеломленно уставился на мерсианца, затем резко повернулся к девушке:

— Вулскрофт?

Редьярд, нахмурившись, кивнул.

— А теперь убери в ножны свой меч и отойди в сторону. Мы пойдем дальше.

Дракон даже не пошевелился, чтобы подчиниться требованию.

— В таком случае твоя дочь должна быть...

Редьярд снова нахмурился, видимо, недовольный тем, что какой-то выскочка задает вопросы о его дочери. Что ж, если это заставит незнакомца сдвинуться с места, то он ответит.

— Леди Рикка Вулскрофт, и я тебе настоятельно рекомендую не пялить на нее глаза. Она помолвлена с норвежским лордом, который скоро приедет за ней.

Дракон медленно спрятал в ножны меч. Медленно спешился и приблизился к девушке. Огден кое-как поднялся на ноги и по глупости вздумал помешать ему. Короткий удар кулаком, нанесенный Драконом, снова уложил мальчишку на землю.

Рикка не шевелилась. В ее голове родилась совершенно ужасная мысль, ужасная настолько, что ее трудно было осознать целиком. Герой ее неведомой страны узнал имя ее семьи. Она явственно видела это, хотя и старалась ничего не видеть и не знать. Однако завеса невежества теперь упадет с ее глаз.

— Ты саксонец, — сказала она в отчаянии. — Должно быть, саксонец. Ты говоришь по-саксонски не хуже меня и...

— Я говорю на многих языках. Они легко мне даются.

— Ты был без сопровождения!

Однако в его распоряжении находился охотничий домик, который принадлежит, должно быть, самому лорду Эссексу, судя по роскоши и комфорту, а также два самых лучших коня. Святая Мария и все святые, как она этого не поняла раньше! Кто еще осмелится ходить в одиночестве по стране, уверенный в своем военном превосходстве, свидетельницей чему она только что была. Никто не мог поднять на него руку, не ответив за это перед Хоуком и даже самим королем. Но в таком случае как мог он быть к ней столь добр, терпелив и заботлив? Это никак не вязалось с тем, что она знала и что хранилось в тайниках ее памяти.

— Я сам захотел этого. Мне хотелось несколько дней побыть одному. — Он скривил рот. — Чтобы подумать о будущем. Но одних размышлений тебе, похоже, недостаточно. Ты предпочитаешь действия.

Ее охватил холодный страх, который в то же время боролся с недоверием. В чьих объятиях она все-таки пребывала, чье тело одарило ее почти невыносимой сладостью, чья нежная сила навеяла ей сладострастные мечты, которые грозят задушить ее?

— Ты не можешь быть... — простонала она, вглядываясь в его лицо и глаза, в которых читалась холодная усмешка.

— В чем дело? — спросил Редьярд. — Вы встречались раньше? Заклинаю, назови себя, иначе никакое военное искусство не спасет тебя от гнева викинга, который придет из северной страны через поколение или несколько, человека, неистового, словно дьявол, пропитанного кровью, человека, который...

— Имеет имя, — перебил его Дракон. Он свистом подозвал Грэни, вспрыгнул ему на спину и с этой высоты устремил взгляд на Рикку, которая с пепельным от страха лицом смотрела на него.

Подавив безумное искушение успокоить и утешить ее, он перевел взгляд на ее омерзительного отца. И хотя он заговорил негромко, его голос был слышен вдоль всей дороги, на которой стояли внезапно примолкшие воины. В словах Дракона не было хвастовства, но они звучали весомо в силу их простоты:

— Я Дракон Хаконсон, лорд Лансенд, и я пришел для того, чтобы заявить права на невесту.

Едва он произнес это, как Рикка начала смеяться, сначала тихо, затем все громче. Она согнулась и схватилась за живот, осознав абсурдность происходящего. Рискуя жизнью, она убегала от того самого человека, которому затем отдалась и который стоял сейчас перед ней, разгневанный тем, что она изменила ему... с ним же.

Что может быть смешнее самой жизни?

Редьярд энергично выругался. Сидя в седле, он потребовал, чтобы Дракон не загораживал ему путь.

— Нет, — ответил викинг.

Лорд Вулскрофт собрался было возразить, но понял, что это глупо. Дракон не тот человек, которому можно бросить вызов, к тому же отцовские права пасуют перед властью мужа.

— Тысяча извинений, лорд Хаконсон, — сказал Редьярд, мгновенно сориентировавшись и беря на вооружение скромность, как это делал при общении с Альфредом. — Моя дочь предала нас обоих. Если бы она оставалась со мной, я бы навеки упрятал ее в темницу. А сейчас... — В его взгляде отразились животная ненависть и мрачное удовольствие, когда он посмотрел на дочь. — А сейчас, очевидно, человек столь высокого положения не может взять ее в жены, не зная, где она была, а точнее — с кем. Если ты делил с ней ложе, то же самое могли с ней делать другие. Если ты все же намерен жениться, ее нужно осмотреть. Обещаю тебе, что, если она более не девственница, она умрет.

Зловещее обещание отца повисло в воздухе и поплыло, словно прибрежный туман, вдоль притихшей дороги. Дракон встретился взглядом с Риккой. Невысказанным между ними было понимание того, что он получил оружие, позволявшее ему освободиться от женитьбы, которой не хотел, и невесты, которой не мог доверять. После осмотра, если ей откажут в целомудрии, никто не поверит, что она делила ложе с мужчиной, за которого должна была выйти замуж. Все, что он должен был сделать, это смолчать. И она умрет.

Дракон не колебался и не мешкал. Он просто решительно заявил:

— Никто не смеет ее тронуть. Наша женитьба — это залог мира между нашими народами. Она состоится, невзирая на ее чувства. — И тихо добавил: — Или мои.

Прежде чем кто-то успел прореагировать, Дракон нагнулся, подхватил стальной рукой Рикку и усадил в седло перед собой. Лицо его было суровым, когда он свистнул Слейпниру, пришпорил Грэни и пустил его галопом в сторону Хоукфорта.

Глава 6

Криста находилась в огороженном стеной саду перед усадьбой, когда услышала крики. Она перестала сеять укроп, схватила Фолкона, который тут же засмеялся от предвкушаемого удовольствия, и поспешила внутрь. Повсюду суетились слуги, забыв про свои обязанности, что было весьма странно видеть в таком замке, как Хоукфорт. Она остановила одну из горничных и спросила, что происходит.

— Кто-то приехал, миледи. Я не знаю, кто именно, но приезд какой-то необычный.

И в самом деле необычный, поскольку Хоукфорт был деловым портом и резиденцией одного из самых влиятельных лордов Англии — второго после короля, как говорили некоторые. Сюда приезжали самые разные люди практически каждый день — королевские герольды, священники, купцы даже из самой Византии.

Так что тогда так разволновало людей?

Прижав к себе сына, она прошла через зал, вышла наружу и тут же увидела тяжеловооруженного всадника.

— Кто-нибудь послал за его светлостью?

Хоук находился на тренировочном поле, продолжая обучать армию, которая помогала Альфреду удерживаться на троне и сохранять мир. Не далее как в прошлом году эта армия дала отпор лорду Юделлу из Мерсии, который попытался свергнуть короля. Хоук собственноручно убил негодяя отнюдь не из-за того, что тот имел дерзость увести Кристу. Хотя они и не были женаты в то время, она, сама того не зная, была беременна его ребенком. Все закончилось хорошо, и с тех пор не проходило и дня, чтобы Криста не возносила благодарность за это.

Солдат поспешил кивнуть: закаленный в боях воин был явно смущен тем, что к нему обратилась жена Хоука. Слегка покраснев, он сказал:

— Да, миледи, за его светлостью послали.

Удовлетворенная ответом, Криста увидела проходящую мимо няню Рейвен и окликнула ее.

— Возьми-ка Фолкона, а я посмотрю, кто приехал.

Сухощавая, одетая в черное женщина любовно взяла младенца и, покачивая его, улыбнулась.

— Как чувствует себя наш маленький цыпленок? Клянусь, он вырос на дюйм или даже на два за эту ночь!

Малыш залопотал и замахал ручками, а Криста засмеялась. Сын был воплощением здоровья и явно обещал догнать по росту отца. Волосы у него были каштановые, почти как у Хоука, и чуть темнее, чем у Кристы, а вот глаза в последнее время превратились из голубых в зеленые. Это нисколько не удивляло Кристу, ибо она хранила воспоминание о странном видении, которое явилось ей за несколько месяцев до родов, когда и ее, и его жизни угрожала большая опасность. Перед ней возник образ молодого человека, она знала, что это был ее сын. Он успокоил Кристу и влил в нее бодрость и силы. Ее кидало в дрожь при мысли о том, как близки они были к тому, чтобы погибнуть от рук безумной женщины, но некогда гнездившийся в сознании страх в конце концов рассеялся. Криста жила, окруженная любовью мужа, испытав в полной мере радость материнства, и уважением людей, которые теперь принадлежали также и ей. Ничто более не омрачало ее дни.

Тем не менее в душе родились нехорошие предчувствия, когда она, переходя поле перед усадьбой, увидела всадника, который въехал через охраняемые ворота. Криста хорошо знала Дракона Хаконсона. Он неоднократно приезжал в Хоукфорт, и его всегда здесь встречали очень тепло. Сестра Хоука, леди Кимбра, была замужем за братом Дракона — Вулфом. Так что их связывали и семейные, и дружеские узы.

Но не появление Дракона породило в душе Кристы беспокойство. Перед ним на седле сидела девушка. Причем то, что это девушка, можно было определить лишь по распущенным волосам медного отлива. Одета она была в мальчишеский наряд, но странность заключалась не только в этом. На теле незнакомки были видны следы синяков.

— Что случилось? — спросила Криста, ускоряя шаг. Чем ближе она подходила к девушке, тем больше возрастала тревога. Бросились в глаза синяки над бровью и еще более страшные — на левой щеке. Одежда была настолько испачкана, словно девушка каталась по грязи. Виднелись царапины на руках и ногах.

Дракон опустил девушку, передав в руки воину, спешился и тут же снова забрал ее. Он любезно кивнул Кристе, но сделал это без улыбки, что было непривычно. Непривычен был и его мрачный взор.

— Хоук дома?

— На тренировочном поле. За ним послали. Входи, вноси ее внутрь.

Когда это было необходимо, Криста становилась настоящей хозяйкой поместья. Кто бы ни была эта девушка, ей требовалась срочная помощь. Собственно говоря, Дракон и сам это понимал, но Криста сочла нужным сказать это, учитывая мрачное настроение викинга.

Он последовал за ней. Криста направилась к гостевым комнатам на втором этаже. По пути она приказала слугам принести горячей воды, сумку с лекарствами, бинты и прочее. Открыв тяжелую деревянную дверь, она жестом пригласила Дракона войти. Лишь сейчас она поняла, что они пришли в комнату, которая предназначалась для него самого, а не для этой юной женщины, которая, вероятно, была для него незнакомкой. Однако Дракон тут же прояснил ситуацию:

— Это леди Рикка Вулскрофт. — Судя по тому, каким тоном он это произнес, сие обстоятельство его нисколько не радовало.

Сама девушка не произнесла ни слова, однако во взгляде ее было такое страдание, что у Кристы сжалось сердце. Здесь наверняка крылась какая-то тайна, ибо Дракон Хаконсон не тот человек, который способен причинить боль женщине, но с вопросами придется повременить.

В комнате засуетились горничные. Улучив момент, Дракон кивнул и удалился.

Он направился в большой зал, где столкнулся с Хоуком. Они оба были высокие, крепко сложенные мужчины. Если бы какой-нибудь бедолага оказался между ними, он был бы раздавлен. Друзья обменялись рукопожатиями.

— Дракон! Мы ожидали, что ты приедешь не раньше чем через несколько дней. Так быстро устал от охоты? — Хоук доброжелательно улыбнулся: после женитьбы его манеры сделались более непринужденными. В то же время в его глазах мелькнуло беспокойство — ему уже доложили о девушке, которая прибыла вместе с викингом.

— Я никогда не охочусь, разве что на кроликов. Тут кое-что случилось, и я хочу, чтобы ты услышал это от меня, а не только от других.

— Еще одна история, которую хорошо рассказывать и слушать за кружкой эля?

— Скорее за бочкой, — мрачно сказал Дракон и подтолкнул хозяина к большому дубовому столу в дальнем конце зала. Тут же появился слуга — они всегда мгновенно появлялись с тех пор, как леди Криста взяла хозяйство в свои руки. Через несколько мгновений друзья сидели за столом, перед ним стояли кружки с элем, а также тарелки со свежеиспеченным хлебом, холодным мясом и сыром, ибо Криста считала, что нельзя пить и ничего не есть. Выполнив свою задачу, слуга быстро и бесшумно удалился.

— Так какие проблемы? — спросил Хоук, сделав глоток эля.

Дракон колебался лишь несколько мгновений.

— Я привез с собой девушку. Криста сейчас занимается ее лечением. Это леди Рикка Вулскрофт.

Хоук слегка вскинул брови.

— С которой ты обручен.

— Якобы обручен. Я встретил ее несколько дней назад, очевидно, после того, как она переоделась в мальчишеский наряд и сбежала из дома, чтобы не выходить за меня замуж.

Хоук откашлялся и, решив, что самое время выпить еще, опорожнил кружку. Затем, глубоко вздохнув, сказал:

— Понятно... Хотя и не очень. Она была одета как мальчик, ты ее встретил несколько дней назад и до сего момента не привез сюда?

— Я не знал, кто она. Она не называла мне своего имени, поэтому я... — Его рот растянулся в сардонической улыбке. — Я решил не открывать ей своего имени. Ведь разумно, ты не находишь?

— У меня такое впечатление, что произошло и коечто еще?

— Не зная, кто я такой... — Дракон замолчал и устремил взор в дальний угол зала. — Не зная, кто я такой, она разделила со мной ложе.

Хоук тихонько присвистнул, хотя и не был слишком удивлен.

— Послушай, Дракон... ты всегда пользовался большим успехом у женщин, даже не прилагая к этому усилий, правда же? Молодая девушка была обречена на то, что ты ее соблазнишь...

— Все было совсем не так. Я не соблазнял ее. — Румянец окрасил щеки викинга. — Дело в том, что это она меня соблазнила.

— Она?! — Хоук постарался скрыть шок. — Но когда я ездил к Вулскрофту и видел ее, она выглядела совершенно невинной.

— Она и была невинной. — После этих слов Дракон допил эль и принялся за новую кружку, после чего дал понять — ему более нечего сказать.

Воцарилась тишина. Наконец Хоук спросил:

— Она убежала?

— Да. Она убежала от Вулскрофта, переодевшись мальчишкой, и направилась одна, я так думаю, в Хоукфорт. Могу предположить, что она хотела сесть на корабль и куда-то уплыть.

— Одна? — Хоук изумленно покачал головой. — Очень рискованно.

— Я считал ее отчаянной, но ошибался. Она боялась, потому что не знала меня и считала, что все викинги одинаковы. Даже если так, то нужно искоренить страх, тем более что он угрожает миру между нашими народами.

Дракон проговорил все это с печальным видом, чувствовалось, что расстаться с образом воительницы для него было чрезвычайно трудно.

— Она думала только о себе, — с горечью заключил он.

Хоук не стал притворяться, что не понимает этого, как и не сделал попытки преуменьшить проблему. Длительная борьба последних десятилетий преследовала единственную цель — достижение лучшего будущего. Но чтобы достичь его, каждый, от короля до простого смертного, должен делать то, что требуется, невзирая на собственные желания, потребности, стремления и даже страхи. Хоук и сам женился, как он полагал, вопреки собственным инстинктам и лишь впоследствии с удивлением обнаружил, что нашел свое счастье. Таковы порой были причуды судьбы.

— Я думал, она подойдет тебе, — медленно проговорил Хоук. — Она очень красива, а кроме того, простые люди Вулскрофта высказываются о ней очень хорошо.

Внезапно в сознании викинга вплыли воспоминания, и он состроил гримасу.

— Ты всегда любил поговорить с людьми.

Оба замолчали, вспоминая эпизод, когда Хоук отправился в логово Вулфа в Скирингешиле, чтобы узнать, была ли его сестра, захваченная в бою, рабыней-пленницей или добровольно стала женой. С этой целью он заслал своих людей в город, чтобы те пообщались с простыми людьми. Он выслушал множество разных историй и в результате пришел к поразительно ошибочному выводу.

— Похоже, я не слишком умею слушать, — сказал с сожалением Хоук.

— Не вини себя. Ты по крайней мере пытался. И я благодарен тебе.

Хоук долго молчал. Откинувшись на спинку стула, он смотрел на кружку с элем, которую держал в руке, однако не пил. Наконец сказал:

— Знаешь, ты не должен жениться на ней.

Дракон резко вскинул голову, словно его ударили.

— Что?

— То, что я сказал. Вулф, я и теперь ты — мы все рассматривали женитьбу как средство дальнейшего укрепления союза между норвежцами и саксами. Но Вулф и я обрели большое личное счастье. Мне очень неприятно думать, что у тебя этого не будет.

— А ты не считаешь, что любовь так же редка, как зубы у курицы? Как, по-твоему, она сможет прийти ко мне?

Хоук пожал плечами.

— Когда я увидел Вулфа и Кимбру вместе и понял, насколько они любят друг друга, я подумал, что это всего лишь счастливая случайность, нечто совершенно уникальное. Разумеется, я был рад за сестру, но не мог даже предположить, что то же самое случится со мной. Во всяком случае, до того момента, пока я не встретил Кристу.

— Мне казалось, что она озадачила и рассердила тебя поначалу, — сказал Дракон, чуть улыбнувшись. Он приезжал в Хоукфорт в то время, и ему хорошо запомнилась напряженность, существовавшая между супругами, которые сейчас живут в счастливом согласии.

— Да, это действительно было, но я преодолел это. В любом случае я сказал тебе то, что думаю. Ты не должен жениться на Рикке Вулскрофт. Совершив побег, она нарушила брачный контракт. Никто не сможет упрекнуть тебя за то, что ты отвергаешь ее.

— После того, как я разделил с ней ложе?

— Это был ее выбор... и ее ошибка. Можно найти другую невесту. Может, не столь миловидную, но более уравновешенную.

— Покорную женщину, которая будет чесать мне пятки?

— Что?

Дракон слабо улыбнулся.

— Так я говорил Вулфу о том, чего хочу от жены. Он возразил, что тогда я умру от скуки раньше, чем завянут свадебные цветы.

Хоук не смог подавить улыбку, однако тут же снова принял серьезный вид.

— Я на своем опыте понял, что такое брак, основанный на любви. Я был бы плохим другом, если бы стал толкать тебя на брак, в котором правят недоверие и желчность.

— Даже в этом случае, — медленно проговорил Дракон, — я должен жениться на ней. Сейчас это дело чести.

— Честь — это хладнокровный партнер.

Дракон едва не сказал, что в холодности Рикку не обвинишь, но вовремя сдержался. Он не хотел думать о том, что произошло между ними в охотничьем домике, поскольку это бередило рану. Он даже не мог предположить, что одна мысль о том, что она бросила его, могла причинить такую боль. Равно как и сознание того, что девушка отвергла его еще до их встречи. Он сосредоточит свое внимание на чем-нибудь другом.

— И кроме того, что будет с ней, если я женюсь на ком-нибудь другом? Я имел возможность встретиться с ее отцом. Он едва не запорол ее. Брак остается в силе, — заключил викинг и допил эль до дна.

— Выпей это, — мягко сказала Криста, поднося к губам Рикки настоянный на травах чай. Рикка повиновалась, но не сразу. Она выглядела расстроенной — то ли от утомления, то ли от полученного удара по голове. Впрочем, скорее всего у девушки был шок.

— Леди Рикка, — негромко сказала Криста, — что бы ни произошло, ты теперь в безопасности. Здесь ты найдешь покой и заботу. — Она отвела локон с бровей девушки и нахмурилась при виде синяка. — Как это случилось?

Рикка смотрела на Кристу отсутствующим взглядом. Прошло какое-то время, прежде чем до нее дошел смысл вопроса.

— Я упала, — тихо сказала она.

— Упала? Где?

— Со скалы.

— Как это произошло? — Криста была явно удивлена.

Рикка посмотрела на чашку.

— Это настой ивовой коры, петрушки и других трав, он хорошо восстанавливает силы. Рецепт моей золовки. Ты, я не сомневаюсь, слыхала о ней. Она известная целительница.

Немного отпив из кружки, Рикка кивнула. Да, она слышала о леди Кимбре. Да и кто ее не знал? Даже отец говорил об этой леди с осторожностью, вероятно потому, что она была женой и сестрой двух самых грозных воинов. Еще говорили, что Кимбра самая красивая женщина во всем христианском мире. А в дополнение ходили разговоры о том, что она наделена необычайным даром, который позволяет ей излечивать почти любую болезнь или рану.

До Рикки доходили все эти слухи. Но до того момента, пока не открылся ее дар безошибочно отделять правду от фальши. Когда люди узнали об этом, Рикку отдалили от всех остальных в Вулскрофте, а отец заявил, что дочь заколдовали. Однажды, когда он был сильно пьян, он искоса посмотрел на нее и пробормотал, что ее нужно сжечь. Подобное отношение к ней отца научило Рикку скрывать от окружающих свои мысли, и за это нужно было платить свою цену. Девушка опасалась, что когда-нибудь она столь далеко удалится от мира, что не сможет в него вернуться.

— Да, — ответила Рикка слабым шепотом, — я слыхала о ней и о вас, леди Криста.

Похоже, это польстило красивой золотоволосой женщине. Слегка зардевшись, она смущенно засмеялась. И в этот самый момент на подоконник приземлился ворон и заглянул в комнату.

— Святое небо, могу себе представить, какие сказки дошли до твоих ушей.

А доходили слухи о том, что Хоук очарован своей женой, что она красива как луна, а плавая под парусом, способна перегнать мужчину. Почему это должно смущать леди? Правда, говорили еще о том, что у нее какие-то странные слуги, но Рикка не обращала на это внимания. Не слушала она также разглагольствования отца о лорде Юделле, приятеле из Мерсии, который похвалялся свергнуть короля и взять Кристу в заложницы.

— Ничего такого, что способно породить дурную славу.

Однако леди принадлежала к тому ненавистному и наводящему страх народу, набеги которого снились Рикке в кошмарных снах. Она не могла предположить, что когда-нибудь будет непринужденно беседовать с представительницей викингов, а тем более — что по собственному желанию, пусть и не ведая того, разделит с викингом ложе.

Похоже, чай помогал справиться с усталостью. Рикка сделала еще один глоток.

— Что касается твоего падения со скалы, — сказала Криста, похоронив надежду Рикки на то, что она забыла о своем вопросе. — Это так ужасно! Ты шла в Хоукфорт, когда это случилось?

Девушка медленно кивнула. Не было никакого смысла скрывать это. Дракон наверняка расскажет всем и каждому, что произошло. Она ни на миг не верила, что его обещание отцу, что свадьба состоится, следует принимать всерьез. Хотя, как ни странно, в его словах ощущалась искренность. Или она ошибалась? Вероятно, он не хочет, чтобы она была его женой теперь, после случившегося. Может, он привез ее к Хоукфорту лишь для того, чтобы наказать? Однако теплый прием и забота не вязались с этим предположением. Хотя, впрочем, скоро это может закончиться. Раздастся стук в дверь, или же кто-то просто вломится в комнату, возможно даже, сам Хоук. Рикка содрогнулась при этой мысли. Как изменится отношение леди Кристы, когда она поймет, кому только что оказывала помощь?

— Это была ваша ночная рубашка, — вдруг сказала Рикка. Уставший мозг плохо работал, мысли перескакивали. — Я должна извиниться за то, что пользовалась ею. Знаю, что это нехорошо. Но я никогда не видела более симпатичной рубашки.

Криста озадаченно покачала головой:

— Это не имеет значения. А когда ты упала со скалы?

— Несколько дней назад. — Рикка всхлипнула, но сумела сдержать рыдания. — С того времени прошла целая жизнь.

Эти слова вызвали у Кристы серьезное беспокойство. Она знала, каких последствий можно ждать при ранениях головы. Леди Рикка вела себя весьма своеобразно. Криста не допускала даже мысли, что Дракон мог быть ответствен за ее состояние. Он был всегда воплощением доброты по отношению к женщинам. Тем не менее явно произошло нечто ужасное, и Криста решила докопаться до сути.

— У тебя кружилась голова после падения? Ты теряла сознание? Замечала ли ты признаки забывчивости?

Рикка невесело засмеялась:

— Могу ответить «да» на все вопросы. Голова у меня настолько кружилась, что я потеряла разум и забыла о здравом смысле. Но речь идет не о том, что вы имеете в виду. Как ни странно, особых болевых ощущений у меня не было.

Это заверение не слишком успокоило Кристу. Она осторожно дотронулась до лица девушки. Еще один синяк показался ей более свежим.

— А этот ты получила тогда же?

— Нет, сегодня. Это сделал мой брат.

Криста состроила гримасу. Ничего хорошего о Вулкрофте и его старших сыновьях ей не доводилось слышать.

— Я очень сожалею. Но это заживет. Тебе нужна теплая ванна, хороша еда и ночной отдых. Думаю, что утром тебе станет гораздо лучше.

— Где ваш муж?

— Наверное, с Драконом. А что?

— Значит, он скоро появится. Он не будет рад тому, что вы ухаживаете за мной.

— Почему ты так считаешь?

Рикка сделала вдох, собирая все свое мужество, но поняла, что это ей не удастся, и одним духом выпалила:

— Я убежала из дома, потому что не хотела выходить замуж за лорда Дракона. Однако волей судьбы наши пути пересеклись. Он стал преследовать меня, я убегала и свалилась со скалы. Он принес меня в ваш охотничий домик, и мы провели там вместе несколько дней. — Рикка перевела дыхание, закрыла на момент глаза, а открыв, увидела, что Криста доброжелательно смотрит на нее. Этот взгляд лучистых изумрудно-зеленых глаз подвиг ее продолжить рассказ. У нее появилось отчаянное желание все рассказать, без утайки. — Я не знала, кто он; в свою очередь, он не знал, кто я... но мне хотелось, чтобы у меня остались воспоминания. Я виновата в том, что произошло между нами, и все же не жалею об этом.

К удивлению Рикки, леди Криста не выглядела шокированной или возмущенной. Она просто кивнула и даже улыбнулась.

— Да-да, бывает такое желание — запечатлеть нечто замечательное в этом несовершенном мире, даже если это противоречит здравому смыслу.

Рикка не успела переварить столь неожиданную реакцию женщины, как раздался стук в дверь. Девушка сжа лась. Сейчас ее вытащат отсюда, осудят, и ей придется расплачиваться за то, что она совершила...

Но оказалось, что пришли слуги. Они принесли воду, одежду, еду и питье. Очень быстро они наполнили ванну и удалились.

— Мы обсудим это позже, — сказала Криста. — А сейчас тебе надо помыться, после этого ты будешь чувствовать себя гораздо лучше.

Рикка не успела прийти в себя, как Криста взяла ее под руку и повела к ванне. Вскоре разорванная и испачканная мальчишеская одежда осталась лежать на полу, а сама Рикка оказалась в воде, которая пахла... чем же она пахла? Ну да, розами.

— Божественно, — пробормотала она.

— Хорошо, правда? — Криста отбросила снятую одежду в угол. — Давай я помогу тебе с волосами.

Осторожно отведя их от лица, Криста стала их полоскать и мыть. А Рикка сидела в ванне, пытаясь переварить то, что с ней происходит. Кажется, леди Хоукфорт нисколько не шокировало то, что Рикка ей рассказала.

Вода стала остывать, когда Криста помогла девушке выйти из ванны, набросила на нее простыню и усадила за стол. Она заботливо расчесала ее волосы, а затем принесла ночную рубашку.

— Надень это.

Рикка повиновалась. Она чувствовала себя слишком усталой и озадаченной, чтобы возражать. Оказавшись на огромной кровати, тепло укрытая и обложенная пуховыми подушками, она наблюдала за тем, как появились служанки, чтобы убрать в комнате. Они все проделали с удивительной быстротой, при этом ни одна из них даже беглого взгляда не бросила в сторону гостьи. После их ухода Криста поднесла к кровати поднос с едой и питьем.

— Ты должна непременно что-то поесть, — сказала она. — Суп очень вкусный. Это тоже по рецепту леди Кимбры. Она любезно прислала мне целую книгу рецептов. Честно скажу, у меня нет особого таланта к этому:

Повинуясь, Рикка отправила в рот ложку супа и тут же убедилась в справедливости слов Кристы. Суп действительно был очень вкусным. Она взяла миску в руки и стала жадно, насколько это позволяли приличия, есть. Поев, Рикка откинулась на подушки. За окном густели сумерки. Криста поднялась, с помощью кремня подожгла жгут и зажгла железные жаровни, стоявшие по обе стороны кровати.

— Ты скоро заснешь, — негромко сказала она.

— Вы очень любезны. Я не знаю, как мне вас отблагодарить. — Слезы блеснули в глазах девушки, но она не позволила им скатиться. Хоть что-то она еще была способна контролировать.

Криста пожала плечами.

— Люди были добры ко мне, когда я в этом нуждалась. Когда-нибудь ты сделаешь то же самое для другого человека.

Она повернулась, чтобы уйти, но Рикка схватила ее за руку.

— Пожалуйста, задержитесь.

— Да, конечно. — Криста села на край кровати. Она подумала, что юная женщина просто боится остаться в одиночестве после того, что она пережила. Но Рикка удивила ее. Мысли ее были вовсе не об одиночестве, а о замужестве.

— Вы вышли замуж ради политического союза?

Криста улыбнулась.

— Я приехала в Хоукфорт ради этого, но истина в том, что я вышла замуж по любви.

Рикка в изумлении широко раскрыла глаза.

— Как это возможно? Никто не вступает в брак по любви.

— Согласна, что это случается редко, но тем не менее случается. Это длинная история, и я не стану ее тебе сейчас рассказывать. Ты хочешь найти любовь, или же есть другие причины нежелания выйти замуж?

— Я не верю в любовь, — без обиняков сказала Рикка. — Или не верила. Когда вы говорите, что она существует, я готова вам поверить. Я просто думаю, что это большая редкость. Что касается союза, то вы норвежка, и я не хочу вас обидеть.

— Ты не веришь, что викинги способны жить в мире? — безо всякого сарказма спросила Криста.

Она хорошо знала, что среди соотечественников Рикки бытует такое убеждение. Она знала, что это мнение несправедливо, но понимала, что тем, кто в течение многих поколений страдал от набегов викингов, трудно поверить, что последние способны отказаться от войн.

— Викинги всегда были искателями приключений, — мягко сказала она. — Это в нашей натуре, но у нас просто не было выбора. Дальний север красив, но он может прокормить лишь небольшое количество людей. Если хозяйство делится между многочисленными сыновьями, то вскорости оно не может никого прокормить. И по этой причине многие из нас становятся торговцами и отваживаются совершать путешествия в отдаленные края мира.

— Викинги, которые пришли в Англию, имели целью не торговлю, — возразила Рикка.

— Это верно, и в результате этого происходили ужасные вещи. Необходима сдержанность. Вот поэтому лорд Вулф и предложил союз. Он верит, что дружба между норвежцами и саксами вдохновит всех, кто в этом заинтересован, поможет обратить свои взоры к более мирным занятиям.

Некоторое время зеленые глаза Кристы изучающе смотрели на Рикку. Затем она печально улыбнулась:

— Ты не веришь мне или по крайней мере не веришь в то, что это сработает. Конечно, жизнь не дает гарантий, но разве мир не стоит усилий?

Горящие хижины... дым, поднимающийся высоко вверх, и крики... ужас, который сковывает даже дыхание. Элфлинн бежит к ней, прижимая горячо любимую куклу... тень... внезапный крик — и она протягивает руки к Рикке, спрятавшейся в конюшне. Их взгляды встречаются... сверкает сталь клинка, кровь на земле, маленькое тельце делается безжизненным, и глаза Элфлинн закрываются навеки.

— Мир, — горячо сказала Рикка, — приходит вместе с властью. Когда мы станем достаточно сильными, чтобы сокрушить врагов, они сделаются нашими друзьями. Но не раньше.

Криста внимательно посмотрела на Рикку.

— Вот к каким печальным выводам заставила прийти тебя жизнь.

— То, чему я была свидетельницей, не противоречит моим словам.

Не противоречит ничто, кроме доброты мужчины, который не имел понятия, кто она, однако счел своим долгом защитить ее, не прося ничего взамен.

Чудак, только и всего.

Но это неправда!

— Стоп, — пробормотала Рикка.

— Прости, я заставила тебя слишком долго разговаривать.

— Нет, не в этом дело... Это я должна извиниться. Вы были так добры ко мне, а я отплатила грубостью.

Криста разгладила покрывало.

— Я не обижаюсь. Ты очень устала. — Мягко, словно обращаясь к своему ребенку, она добавила: — А теперь спать, леди Рикка Вулскрофт. Утро вечера мудренее.

Однако позже, когда Криста лежала в постели рядом с мужем, умиротворенная и слегка уставшая после любовной игры, она вдруг заволновалась: выполнимо ли ее обнадеживающее обещание? Освободившись от объятий Хоука, она села в кровати и посмотрела на него. Глаза мужа были закрыты, черты лица разгладились, он выглядел человеком, у которого сейчас лишь одно желание — хорошенько отдохнуть.

Криста легонько толкнула его локтем.

— Ты не спишь?

Не открывая глаз, Хоук со вздохом пробормотал:

— Ну почему женщинам всегда хочется поговорить?

Она толкнула его посильнее.

— Женщинам?

Все так же не открывая глаз, он осторожно сказал:

— Разве я сказал «женщинам»? Конечно же, я имел в виду одну-единственную, мною обожаемую, сводящую с ума женщину.

— Дракон очень расстроен?

— Мужчины не расстраиваются. Они сердятся, гневаются, раздражаются, озадачиваются, изумляются, очень редко приходят в замешательство, но никогда не расстраиваются.

— Так в каком он состоянии?

Хоук некоторое время молчал. Затем перестал притворяться спящим и притянул к себе жену. Когда ее голова оказалась у него на груди, он сказал:

— Я думаю, что он уязвлен.

— Я боялась этого. Она очень красива.

— Дело не в красоте, или не только в красоте. Я подозреваю, он думал, что она смелая и все такое. Теперь же видит, что во власти жены, которая слишком эгоистична, чтобы подумать о мире.

— Она думает о мире, только не верит в то, что союз сработает.

— Что же тогда, продолжать войну? — заговорил Хоук с возмущением человека, который много лет провел в сражениях.

— Это не слишком хорошее начало для них, — сказала Криста со вздохом.

Хоук кивнул.

— Но начинать все равно нужно.

В этот момент Фолкон подал голос из колыбели, которая находилась рядом с кроватью. Оба родителя замерли и прислушались. Малыш через мгновение успокоился, вслед за ним успокоились и они.

Но не полностью. Уютно устроившись в объятиях Хоука, Криста прошептала:

— Раненый Дракон.

— Похоже, — сонно согласился Хоук.

Опасно раненный, подсказал ее мозг, но ею уже овладевал сон. В конце концов, это была не ее забота.

Чего нельзя было сказать о леди Рикке, которая лежала на роскошной кровати в огромной гостевой комнате. Сон не шел к ней, и она не переставала думать о том, что же принесет ей день. Перспективы, нарисованные Кристой, были приятными, но Рикка не верила в то, что они могут воплотиться в жизнь.

Глава 7

Проснулась Рикка поздно. Ярко светило солнце, дул легкий бриз, суетились слуги, дружелюбно улыбалась Криста. Приняв ванну, Рикка села за стол возле окна. Отсюда она могла видеть крыши домов и высокие каменные стены, которые тянулись до самого порта. Только Винчестер, резиденция короля, больше Хоукфорта; Рикка была там всего лишь один раз.

Вид Хоукфорта развеял ее печальные мысли и опасения. Вдоль улиц располагались лавки, нередко в два этажа, с жилой комнатой наверху и большим садом позади. Там и сям щипали траву козы, кое-где можно было видеть валяющихся в грязи свиней. Внимание Рикки привлекла небольшая отара овец, которых гнали по улицам на рынок.

Несколько кораблей покачивалось у причалов. Интересно, какой из них мог бы доставить ее в Нормандию, если бы к ней смилостивилась судьба? Вероятно, никакой, поскольку ее план был изначально чреват опасностями, хотя ей даже до настоящего момента не хотелось расставаться с надеждой на свободу.

Криста деликатно вернула Рикку к действительности.

— Этим утром приехал твой отец, — негромко сказала леди Хоукфорт. — Он встречался с моим мужем. Я не знаю, о чем шел разговор, но Вулскрофт выглядел очень спокойным.

— Спокойным? — приподняла брови Рикка. Она отвернулась от стоящего перед ней подноса с едой. Есть совсем не хотелось. Новость еще более усилила ее беспокойство. События развивались таким образом, что не было ни малейшей надежды влиять на них, а тем более ими управлять. У нее было такое ощущение, что она находится в клетке, стенки которой становятся все выше. — Не могу представить, чтобы это слово кто-то мог когда-либо употребить для характеристики моего отца.

— Знаешь, Хоук способен успокаивать людей, когда он этого хочет, — с улыбкой сказала Криста.

— Тем не менее.

— Твое приданое было доставлено нашему священнику, отцу Десмонду. Он согласился обвенчать тебя и лорда Лансенда сегодня после полудня.

Кровь отлила от лица Рикки. Она бросила быстрый взгляд на Кристу и в ее взгляде увидела искреннее сочувствие, но также и решимость. Криста взяла ледяные ладошки Рикки в свои и сказала серьезно:

— Я хотела бы, чтобы эти новости принесли тебе радость, но вижу, что они тебя не радуют. Однако умоляю, смирись с тем, что должно случиться.

— Почему это должно случиться? — слабым голосом спросила Рикка. — Я полагала, что лорд Лансенд передумал и решил, что этот брак ему не подходит.

— Он не передумал.

— Тем не менее он не хочет этой женитьбы, он просто соглашается на нее. Представляю, какое гадкое мнение он обо мне составил... — Голос Рикки пресекся. Было невыносимо сознавать, что именно думает о ней сейчас мужчина, в объятиях которого она пребывала и который подарил ей столько радостных мгновений. Плохо, что она сбежала, уклоняясь от брака, целью которого было упрочить мир, но еще хуже, что она отдала свою девственность, по праву принадлежавшую ее мужу, человеку, которого она считала незнакомцем. Он наверняка считает ее трусливой, эгоистичной, легкомысленной и развратной.

Хорошенькое начало для брака! Рикка плотно сжала губы, чтобы о захлестывающем ее отчаянии не узнал весь мир.

Криста поднялась и жестом подозвала слуг, которые стояли поодаль, ожидая команды, чтобы начать наряжать невесту. Не то чтобы недружелюбно, ибо это ей вообще было несвойственно, но и с присущей ей прямотой Криста сказала:

— Если Дракон не намерен отказываться от бракосочетания, то это можешь сделать ты. Когда предстанешь перед отцом Десмондом и откажешься принять его благословение, никто на свете — ни Дракон, ни Хоук, ни твой отец, ни даже сам король — ничего не сможет поделать. Позиция церкви предельно ясна — не может быть брака без согласия. — Она в упор посмотрела на Рикку. — Разумеется, ты должна отдавать себе отчет, что может произойти, если ты это сделаешь.

— Я останусь под опекой своего отца.

— Именно, и он накажет тебя так, как сочтет нужным. Закон дает ему такое право.

К удивлению Кристы, Рикка слабо улыбнулась.

— В этом есть ирония. Мой отец был бы рад, чтобы брак расстроился.

— Из-за приданого?

— Нет, дело в другом. Полагаю, что он гордится своим богатством и даже рад его продемонстрировать. А вот его ненависть к викингам не знает границ. По этой причине он презирает Альфреда за то, что тот ищет мира с датчанами и создает союз с норвежцами. Тем не менее он накажет меня, может, даже забьет до смерти.

Криста некоторое время молчала, затем негромко спросила:

— Ты не знаешь, Вулскрофт был в сговоре с лордом Юделлом?

— С предателем? Ваш муж убил его, разве не так?

Криста кивнула. Лицо ее помрачнело, когда она вспомнила события предыдущего года. Как близки они были тогда к трагическому исходу!

— Тогда не было никаких подозрений в отношении Вулскрофта, однако если он ненавидит Альфреда...

— Он считал Юделла напыщенным дураком, который вечно хвастается тем, что может сделать. Но истина в том, что Юделл обладал волей и желанием пусть и опрометчиво, но действовать, а у моего отца этого качества нет. Он может произносить громкие слова, но его главная цель — выжить.

Криста почувствовала облегчение.

— Можно не сомневаться, что именно по этой причине он выглядел успокоенным после разговора с Хоуком.

У Рикки вырвался смешок. Она перевела взгляд с леди Хоукфорт на суетящихся слуг и осознала неизбежность того, что сегодня произойдет.

Платье было выше всяких похвал. Материя, казалось, была украшена цветами и травами долины, расцвечена ажурными тенями от деревьев. Рикка никогда не видела ничего подобного.

— Я не могу надеть это платье...

— Отчего же, вполне можешь, — возразила Криста. — Цвет идеально подходит тебе, даже гораздо больше, чем мне.

— Оно было сшито для вас.

— Да, — признала Криста, — но его никто не носил, и теперь оно твое. Это мой подарок. Давай вместе посмотрим, не нужно ли что-нибудь переделать, хотя, полагаю, это не потребуется, потому что мы с тобой одного роста.

Она накинула платье на голову Рикке, помогла ей попасть руками в рукава, быстро зашнуровала сзади и, отойдя, окинула девушку взглядом.

— Ну вот, как я и думала. Подошло идеально.

Слуги кивками выразили полное согласие. Они расступились, и Рикке открылся предмет, которого она никогда раньше не видела. Он был примерно в ее рост, шириной в половину вытянутой руки, весь блестел и переливался.

Рикка тихонько ахнула. Она шагнула поближе и коснулась рукой блестящего предмета, при этом женщина неземной красоты, отразившаяся на поверхности металла, сделала то же самое.

— Это зеркало, — пояснила Криста. — Привезено из самой Византии.

— Невероятно! — воскликнула Рикка. — Никогда не видела зеркала больше чем в несколько дюймов. — Она была заворожена зрелищем. Она выглядела женщиной из волшебного сна. Огненного цвета волосы обрамляли ее неестественно спокойное лицо, платье скрывало и одновременно подчеркивало гибкость ее стана. И зеркало все это отражало, одновременно сглаживая мелкие шероховатости. Рикка подошла поближе и дотронулась пальцами до синяка на щеке. Боль еще ощущалась, хотя и не так, как накануне. Синяк на лбу почти сошел.

— Ты выглядишь великолепно, — с улыбкой заверила ее Криста.

Это едва ли могло утешить Рикку. Красота могла тронуть Дракона при обычных обстоятельствах, но не сейчас. Его наверняка волнует ее характер, а не лицо и фигура.

Тяжело вздохнув, Рикка отошла от зеркала.

— Хочешь попить? — спросила Криста.

Чтобы сделать приятное женщине, которая была столь добра к ней, Рикка согласилась, но ей удалось сделать лишь несколько глотков воды. Она была даже рада, что перед мессой предписывался пост.

Вскоре Криста вывела ее из комнаты и провела по лестнице, где их встретила прокатившаяся волна шума, доносившегося из зала. Рикка остановилась, оперлась рукой о стену и посмотрела вниз. Как много людей! Процветающие купцы и их жены перемешались с суровыми воинами с супругами. Она поймала взгляды отца и его свиты, расположившихся сбоку. Вид у него был сердитый, но под бдительным оком людей Хоука он не мог выразить свое отношение к происходящему. И еще там был Хоук собственной персоной, возвышавшийся почти над всеми присутствующими в зале, за исключением одного, с кем он вел беседу.

У Рикки так перехватило горло, что стало трудно дышать. Она смотрела на мужчину, которому скоро будет отдана. Своими идеальными чертами лица и элегантной могучей фигурой он, казалось, отличался от того мужчины, которого она недавно встретила и короткое время знала. Прежде всего он был гораздо богаче одет. На нем была черная туника, расшитая золотом. Золото виднелось на воротнике и в ожерелье, символизирующих его положение и власть. В отличие от хозяина у него на талии висел лишь короткий кинжал, что не делало его менее грозным. Суровое выражение лица викинга свидетельствовало о том, что он явился на свадебный пир отнюдь не в качестве безмятежного жениха.

Окружающие его люди также не выглядели слишком радостными. Его воины, все без исключения, казались решительными, зоркими и бдительными. Даже если им было неуютно в толпе саксонцев, они старались это не показать, и в то же время никто из них не расслаблялся ни на мгновение.

Неудивительно, что ее отец и другие люди сгрудились сбоку. На миг у Рикки появилось сумасбродное желание присоединиться к ним. Лучше сразу прыгнуть со скалы.

Именно в этот момент Дракон увидел ее. Он слегка выпрямился, но и только. Он не сделал попытки поприветствовать ее или хотя бы улыбнуться. Ничего другого Рикка и не ожидала, однако она еще больше упала духом. Отведя взгляд, девушка продолжила путь вниз и вдруг поняла, что все разговоры в просторном зале прекратились.

Рикка сжала ладони. У нее заныло в желудке. Усилием воли она подняла голову и выпрямилась. Родилось искушение куда-то убежать, но она знала, что не должна этого делать. Она должна пройти через толпу к своему нареченному.

Глаза всех присутствующих впились в девушку. Все — и мужчины и женщины — походили на охотников в тот момент, когда их добыча уже повержена на землю и остается лишь учинить кровопускание. Хотя кровь ее девственности уже была пущена и она остается жить, надо лишь пройти через эту похожую на насмешку процедуру бракосочетания.

Криста, следовавшая за Риккой, шепнула:

— Все идет хорошо.

Рикка едва расслышала эти слова, однако спокойствие Кристы передалось и ей. Леди Хоукфорт не просто надеялась, она верила, что этот брак состоится. Если бы было время, Рикка поразмышляла бы об этом, но именно в это мгновение высокий русоволосый мужчина с пронзительным взглядом серых глаз шагнул вперед. Он улыбнулся Кристе широкой и удивительно доброжелательной улыбкой, а затем перенес внимание на невесту.

— Леди Рикка, — сказал он не то чтобы недобрым, но тоном, не допускающим возражений, — добро пожаловать в Хоукфорт. Наш священник, отец Десмонд, хочет встретиться с вами.

При этом он жестом показал в сторону молодого человека в одежде священника. Рикку поразила его молодость. Быть домашним священником у столь высокопоставленного господина, каковым был Хоук из Эссекса, это что-нибудь да значит. Вероятно, ум, который светился в темных глазах, и был причиной его столь быстрого продвижения.

Священник шагнул к девушке и предложил ей руку.

— Если позволите, миледи, я отниму у вас лишь несколько минут.

Он мог бы отнять у нее хоть весь остаток дня, да еще и последующий день, если бы это зависело от ее желания. Рикка кивнула и пошла с ним, радуясь тому, что будет вдали от глаз толпы, и стараясь не думать о том, что Дракон вообще ей ничего не сказал.

Они пришли в маленькую изящную часовню, расположенную неподалеку от большого здания. Здесь дневной свет уступил мягким теням, которые создавали горящие восковые свечи. В воздухе густо пахло цветами. Центр часовни был пуст, поскольку именно на этом месте должны стоять брачащиеся. Здесь находился также красивый алтарь, задрапированный вышитой материей, и набор серебряных и золотых сосудов.

— Уже приготовлен для вашей свадьбы, — с улыбкой сказал отец Десмонд.

К алтарю вели две ступени. Он сел на верхнюю и жестом показал, чтобы Рикка присоединилась к нему. Столь необычное поведение священника удивило девушку настолько, что она даже забыла о своих страхах.

— Вы знаете, почему я хотел поговорить с вами?

Рикка кивнула, глядя на свои сцепленные руки, лежащие на коленях.

— Я должна дать согласие.

— Совершенно верно. Отношение церкви вполне определенно в этом плане.

— Тем не менее едва ли я буду первой невестой, которая выходит замуж против своего желания.

Молодой священник насторожился и внимательно посмотрел собеседнице в глаза.

— Вы не хотите выходить замуж?

— Это не имеет значения. — Она пожала плечами.

— О нет, это имеет значение. Боль, которую будет испытывать ваша бессмертная душа, конечно же, имеет значение.

Рикка ничего не сказала. Тогда он встал и стал ходить взад и вперед, энергично жестикулируя во время собственного монолога. У него были тонкие и длинные пальцы. Два пальца на правой руке были испачканы чернилами. Понимая, что она должна слушать его, Рикка в то же время не могла отвести взгляд от рук священника.

— Вы переписчик?

Он внезапно замолчал, оборвав речь на полуслове.

— Я действительно создаю книги, хотя в круг моих обязанностей входят также другие направления.

— Вы очень молоды для такой должности. Могу я спросить, как это произошло?

Отец Десмонд слегка покраснел.

— Я работал в Винчестерском скрипториуме, где переписывают рукописи. Его светлость пригласил меня, чтобы сделать книгу для леди Кристы. Когда работа была окончена, они оба были очень довольны результатом. Случилось так, что в этот момент у них не было домашнего священника. Мне было сделано приглашение, и я с радостью принял его.

— Я как-то была в Винчестере и видела библиотеку. Она великолепна!

— Да, это так. Но вернемся к нашему делу. Уверяю, что ваше согласие чрезвычайно важно. Вы намерены не давать согласия?

— Нет, — ответила Рикка и увидела облегчение на лице священника. Служителя Бога отца Десмонда отнюдь не привлекала перспектива вызвать гнев и со стороны его патрона лорда Хоука, и грозного Дракона.

— Мне показалось, что ваше появление здесь произошло... несколько необычно, — деликатно сказал священник. Он имел в виду, что она появилась в замке вся в синяках и ссадинах, в растрепанном виде, в объятиях своего нареченного, а не с торжественным эскортом в окружении семьи.

— У меня были неприятности в дороге. Лорд Лансенд очень помог мне.

Отец Десмонд кивнул и улыбнулся:

— Все очень хорошо высказываются о ярле. Я думаю, он и лорд Хоук большие друзья.

— Дружба между норвежцем и саксом, похоже, входит в моду.

Священник бросил на девушку чуть насмешливый взгляд.

— Вы так думаете? Я мало что знаю о моде, хотя и бывал при дворе. У меня не было времени обращать внимание на подобные вещи.

— Я имею в виду союз. Кажется, у каждого есть свое мнение об этом.

— Что касается союза, я не могу представить, чтобы кто-то возражал против него. Все хотят мира.

— Вы будете удивлены, отец, — с насмешливой улыбкой сказала Рикка. — Есть и такие люди, которые предпочитают войну. А потом, вы в самом деле верите, что этот союз — подлинный, что норвежцы искренне хотят, чтобы между нами был мир?

Отец Десмонд на какое-то мгновение задумался, затем медленно кивнул.

— Да. Люди Вестфолда, которых мы называем норвежцами, хотят мира. Более того, думаю, они хотят, чтобы страдающие от нехватки земли датчане поняли, что если они станут алчно смотреть на Вестфолд, то им дадут отпор не только сами норвежцы, но и саксы с юга. В этом случае датчанам придется воевать на два фланга, чего, я уверен, им явно не хочется.

— А что, если решат действовать заодно датчане и норвежцы? В конце концов, у них между собой больше общего, чем у норвежцев и саксов. Они говорят на одном языке, поклоняются одним богам, имеют те же обычаи. Наверняка они более естественные союзники, не правда ли?

— Это может так казаться, — сказал отец Десмонд, — однако они конкурируют друг с другом из-за земель, зон рыболовства, торговых путей и так далее. Кроме того, различия, существующие между норвежцами и саксами, и создают основание для браков, которые укрепляют союз. Ваш брак будет третьим. Объединение семей создает гарантию того, что мир будет сохранен.

— Дай Бог, чтобы вы были правы, — мягко сказала Рикка.

Отец Десмонд протянул ей руку. Она взяла ее, и они оба опустились на колени перед алтарем. Он тихо читал молитвы, и его ровный голос навевал на Рикку состояние покоя, о котором она, казалось, не могла и мечтать. Она вдруг испытала настоящее умиротворение.

Окончив молитвы, священник снова вывел ее в большой зал, и на нее снова устремились сотни пар глаз.

Дракон наблюдал за тем, как Рикка шла, как и тогда, когда она спускалась по лестнице. Она казалась воплощением женской грации и красоты, у него даже захватывало дух от этого зрелища. Он почувствовал внезапное желание и сердито выругался про себя. Его ладони сделались теплыми и потными.

Что она сказала священнику?

Хоук говорил, что их священник не совершит обряд бракосочетания до тех пор, пока не будет уверен в том, что невеста хочет вступить в брак.

Глаза Рикки были опущены. Она явно не желала встретиться с его взглядом. Однако священник улыбался. Он кивнул Дракону и обратился к Хоуку:

— Ну вот, все обговорено. Мы приступим к делу, как только вы захотите, милорды.

— В таком случае сделаем это немедленно, — сказал Хоук. Он постарался скрыть испытанное им облегчение, однако это не могло успокоить Дракона. До последнего момента никто, даже лорд Эссекс, не может быть уверен, что бракосочетание состоится.

Рядом с Риккой появилась Криста. Увлекая ее в маленькую комнату сбоку, она о чем-то заговорила с невестой. Там девушка будет ждать, пока гости, ее насуплсnúmное семейство и жсних с суровым лицом соберутся в часовне.

Шествие возглавлял отец Десмонд. Дракон следовал за ним. До него вдруг дошло, что, кажется, он близок к тому, чтобы обвенчаться. Всю бессонную ночь викинг думал о том, почему отказался отменить свадьбу. Ведь Рикка предала его, пусть и с его помощью, но все равно это было предательство, предала не только телом, но, что еще более важно, и душой.

Он считал ее смелой, а нашел трусливой, он, испытавший мучительное чувство страха, но сумевший победить его. Он считал ее по-своему благородной, но обнаружил, что ее не интересует ничего, кроме собственного благополучия.

Почему это казалось столь важным? Почему он просто-напросто не посмеялся над абсурдностью всего этого? Никогда Дракону не приходило в голову, что он может не доверять своей жене или по крайней мере не уважать ее. Как они смогут жить вместе, не имея столь важного фундамента?

Однако же он здесь, в источающей ароматы цветов часовне, стоит и слушает инструкцию отца Десмонда, объясняющего, что должно произойти.

— Я буду служить мессу. Я понимаю, что вы не христианин, поэтому должен объяснить...

— Я знаю, что такое месса. Вы вспоминаете о Спасителе, который принес себя в жертву.

— В общем, да. А прежде я попрошу вас и леди Рикку выйти вперед и сказать, чего каждый из вас желает. Со своей стороны вы должны сказать, что желаете, чтобы ваш брак благословил бог Кана. Вы оба будете объявлены мужем и женой, когда брачные документы будут подписаны, но церковь считает важным освятить союз.

— Прекрасно.

Священник пристально посмотрел на Дракона.

— Я думаю, так же обстоят дела в северных странах. С благословения или без благословения священника пара считается вступившей в законный брак, если подписаны соответствующие документы. Не так ли?

Дракон кивнул, но мысли его были совсем о другом. Итак, он разделил ложе со своей женой в ту страстную звездную ночь. Он полагал, что священник призывает его утешаться этим, однако... Не важно, что она не знала его имени, положения или того, что он имеет особые права на нее. Она познала его в древнем смысле этого слова, узнала, каков он как мужчина и что они оба способны испытывать друг с другом. И тем не менее она убежала.

У Дракона не было сомнений, что Рикка сделает то же самое снова, если ей представится такая возможность. И он, ублаживший множество женщин, оказался не в состоянии ублажить ее настолько, чтобы она осталась.

— Давайте оставим это, — сказал вдруг Дракон и отправился на бракосочетание в мрачном расположении духа.

Странно, что все происходит так просто, размышляла Рикка. Насколько судьбоносен был акт бракосочетания — и как быстро он свершался. Священник сказал несколько слов, спросил, согласны ли они быть «добрыми партнерами», мирно жить друг с другом, и осенил их головы крестом. Теперь они женаты.

Рикка повернулась, крепко вцепившись в руку Дракона, и увидела, что ее отец смотрит на нее свирепым взглядом. И он и Огден, стоявший рядом с ним, казались здесь ниже ростом, словно оба усохли. Разумеется, такого быть не может. Это всего лишь воображение ее смятенного ума.

Молодожены вышли на яркий солнечный свет. Дракон ничего не сказал и даже не повернул головы в сторону супруги. Однако Рикка ощущала тепло, даже скорее жар, исходящий от его тела. Подошла улыбающаяся Криста и что-то сказала, обращаясь к ним обоим. Она обняла Рикку, но та лишь молча посмотрела на нее и не произнесла ни слова в ответ. Лорд Хоук взял жену под руку. Он тоже заговорил, Дракон ответил, но их голоса звучали в голове Рикки как негромкий отдаленный рокот.

Встряхнувшись, она попыталась вернуться к действительности. Дракон вел ее в большой зал. Повсюду суетились слуги. Только теперь она обратила внимание на накрытые белыми скатертями широкие столы, сервированные дорогой посудой. Хоук и Криста заняли места за высоким столом, рядом сели Дракон и Рикка, затем, справа от нее, отец Десмонд. Таким образом, девушка оказалась между своим новоиспеченным мужем и священником. Вулскрофт был посажен слева от Хоука, достаточно близко, чтобы быть под наблюдением. Огден уже был, судя по всему, пьян, когда, споткнувшись, опустился на стул рядом с отцом.

Хоук предложил тост, заиграли музыканты, пажи заспешили к столам с подносами, прислуживающие девушки наполнили роги вином. На момент за высоким столом установилась напряженная тишина, которая контрастировала с весельем, охватившим весь зал. Криста поспешила исправить положение. Она повернулась к Дракону и спросила о его путешествии. На этот вопрос трудно было не ответить. Затем отец Десмонд попросил Рикку рассказать о посещении Винчестера. Хоуку ничего более не оставалось, и он, подавив раздражение, в чем ему помогла ослепительная улыбка жены, вздохнул и спросил Вулскрофта, не перестал ли он любить охоту на диких кабанов.

Так в разговорах прошло несколько часов. Рикка почти ничего не ела. Дракон не сказал ей ни слова. Казалось, что для него ее просто не существует. И это несмотря на то что в соответствии с обычаем они ели из одной тарелки. Однажды, когда ее рука случайно задела его руку, он напрягся, но даже не взглянул на нее.

Она сидела несчастная, благодарная за компанию отцу Десмонду, который оказался не просто добрым, но и весьма интересным человеком. Он был образован, обучался в школах, которые создавал король Альфред по всей стране, а наибольшее удовольствие ему доставляло изучение природы. После длинной, но чрезвычайно занимательной лекции о привычках синицы он оборвал себя и, покраснев, сказал:

— Боюсь, я слишком много говорю, леди Рикка. Я злоупотребляю вашим терпением.

— Вовсе нет, — тут же заверила она священника. — Мне не приходилось изучать природу. Однако я порой улучала моменты и наблюдала за тем, как птица вьет гнездо или как самка оленя ухаживает за своим детенышем. Мне дороги такие минуты.

Священник кивнул.

— Мне тоже. Я счастлив, что лорд и леди призывают меня рисовать животных. Лорд Хоук даже подготовил еще одну книгу и хочет расширить здесь скрипторий.

Рикка собралась было высказать свои мысли по этому поводу, но ее внимание привлек шум на другом конце стола. Огден с багровым лицом пытался усадить обслуживающую стол девушку к себе на колени. Схватив ее одной рукой за талию, он другой рукой стягивал с нее лиф. Перепуганная девушка пыталась вырваться.

В мгновение ока Хоук и Дракон оказались на ногах. Хоук, находясь ближе, первым дотянулся до Огдена и освободил девушку, резко заломив ему руку. Вулскрофт с запозданием понял, что происходит, и пытался подняться, но Дракон надавил рукой ему на плечо и вынудил снова сесть.

— В чем дело? — агрессивно спросил Вулскрофт. — Мой сын не делает ничего плохого, он всего лишь хочет поразвлечься.

— Не здесь, — твердо сказал Хоук. Он жестом подозвал двух воинов. — Лорд Огден нездоров. Проводите его в комнату.

— Что за черт! — Этого Вулскрофт не мог стерпеть. Он снова попытался встать, но обнаружил, что не в силах этого сделать, и повернул голову к Дракону. — Убери руку, парень. Ты, наверное, думаешь, что задаешь здесь тон, но я не намерен терпеть оскорбления от таких, как ты.

Рикка ахнула. Она тоже встала и в ужасе наблюдала за развитием событий. То, что Огден пьян и лапает служанку, было неново и неудивительно, так же как и высокомерие отца. Они оба считали подобное поведение нормальным и никаких возражений на этот счет слушать не желали. Так же как и их свита, разместившаяся за столами неподалеку и с интересом наблюдавшая за происходящим. Некоторые воины были уже на ногах.

Дракон и Хоук обменялись быстрыми взглядами. Огдена увели, еще была возможность уладить дело мирным образом. Викинг отпустил Вулскрофта и сделал шаг назад, не спуская тем не менее с него взгляда.

— Я не ссорился с тобой, — сказал Дракон, — но твой сын слишком пьян, чтобы сидеть за одним столом с леди. Хорошо, что он ушел.

— Хорошо? — гневно переспросил Вулскрофт. Он слегка покачнулся, но тут же восстановил равновесие и стал шарить рукой у талии в поисках меча. Но меч отсутствовал. Хоук настоял на том, чтобы все оружие убрали. На столе находился лишь небольшой нож, которым он пользовался, чтобы резать мясо. Вулскрофт схватил его и на глазах у изумленной Рикки наставил его на Дракона.

— Этот королевский лакей говорит, что у меня не было выбора. Но если бы я захотел иметь зятем викинга, я бы отдал ее за датчанина. — Вулскрофт бросил презрительно-насмешливый взгляд на дочь. — Датчане тут постоянно снуют и что-то вынюхивают, не дают Альфреду спокойно спать по ночам. Так что мне было из кого выбирать.

— Это был бы весьма скудный выбор, — спокойно сказал Хоук. Он перемещался вправо, делая это медленно, чтобы не насторожить Вулскрофта, но, очевидно, имея намерение встать между человеком с ножом и Кристой, которая ближе других находилась к мерсианину. Дракон тоже видел эту опасность и взглядом показал своим людям, чтобы они приготовились. Те придвинулись поближе и замерли, готовые вмешаться по первому сигналу. Люди Хоука сделали то же самое, расположившись в непосредственной близости от других мерсианцев. В зале воцарилась напряженная тишина.

Рикка почувствовала спазм в горле. Она была в разладе со всей семьей, за исключением близнеца-брата, и немало от нее натерпелась. Но сейчас она почувствовала себя униженной. Дракон держал себя в руках, но у него был вид человека, который обнаружил нечто неприятное на своем башмаке. Огден, которого увели и куда-то упрятали, не мог видеть скандала, им затеянного. Что же касается Вулскрофта, то его лицо выражало бульдожью воинственность. В уголках губ были видны следы слюны. Он стал размахивать ножом.

— Датчане были бы лучше этих! Вы хотите, чтобы мы вели себя словно евнухи. Альфред собирается всем нам яйца отрезать!

— Положи нож на место, — сказал Хоук.

Вулскрофт словно не слышал его. Он был слишком пьян и слишком разгневан.

— Какой прок в дочери, если я не могу выдать ее замуж с выгодой? — Он замахнулся ножом. — Этот получает за нее приданое, а что получаю я? Норвежского подонка в качестве зятя! — Видя, что Дракон не реагирует, Вулскрофт еще более распоясался. — Я только что назвал тебя подонком, парень. Тебе не кажется, что ты должен что-то сделать?

— Что сделать, старик? — спокойно спросил викинг. — Побить тебя? На свадебном пиру твоей дочери? — Он с отвращением покачал головой. — Лучше положи на место нож и отправляйся спать. Ты уже хорошо набрался.

— Набрался? — взвизгнул, брызгая слюной, Вулскрофт. — Я не набрался, мальчишка! Я говорю, что ты не мужчина! Когда я говорил о евнухах...

— Довольно! — Звук ее собственного голоса поразил Рикку, но страха не было. Она была доведена до отчаяния. Ее душил стыд. Весь день она мучилась, кляня себя за неполноценность, представляя себе, как плохо должен думать о ней Дракон. Ее терпению пришел конец. Так или иначе, но человека, который наполнил ее жизнь жестокостью и страхом, необходимо остановить.

Вулскрофт удивленно повернулся к дочери. В тот же момент она ударила тяжелым кубком для вина по его запястью. Он вскрикнул и разжал руку. Рикка успела схватить нож за рукоятку и наставила оружие на отца. Ее сотрясала дрожь, но не потому, что она боялась его, — он вдруг действительно стал похож на старика, как его назвал Дракон. Ей стало страшно за себя. Как она может позволить вести себя таким образом? Определенно ее нельзя отнести к благородной, осмотрительной леди, каковой ей положено быть.

— Уходи! — сказала Рикка отцу и почувствовала, что сейчас может разразиться слезами.

Дракон внезапно оказался рядом с ней. Он взял из рук жены нож. Девушка охотно отдала его, не желая больше видеть этот отвратительный предмет. Люди повели Вулскрофта прочь из зала. Он продолжал протестовать, но его пыл уже остыл. Может быть, его наконец осенила мысль о возможных последствиях сцены, которую он устроил в доме грозного Хоука. А может, его поставил на место тот факт, что он был обезоружен собственной дочерью, к которой всегда относился с презрением.

Впрочем, для Рикки это было не столь важно. Единственным чувством, которое она испытывала в эти мгновения, был стыд.

Что касается Дракона, то он был крайне озадачен. Он только что стал свидетелем того, как его трусливая, эгоистичная, не заслуживающая доверия жена продемонстрировала отвагу и силу. Она обезоружила разгневанного воина, своего отца, и сделала это в мгновение ока. Более того, у викинга сложилось впечатление, что жена поступила так, чтобы защитить собственного мужа.

Это казалось невероятным. Кто она, эта женщина?

Глава 8

У Дракона будет время, чтобы попытаться ответить на этот вопрос, пусть это и займет всю жизнь. Но сейчас ему предстояла ночь. Свадебная ночь.

Он взглянул на Рикку. Она выглядела бледной, измученной и глубоко несчастной. Викинг вздохнул. Сможет ли она лечь с ним в постель после всего того, что пережила? А разве может он не лечь? Определенно все в Хоукфорте не поймут, если союз не будет увенчан брачной ночью. К черту всех, об этом Дракон позаботится позже. Сейчас же он хотел побыстрее вывести Рикку из зала, пока ее страдания не стали очевидны окружающим.

Криста, которую Хоук обнимал за плечи, посмотрела на него и все поняла мгновенно. Улыбнувшись мужу, она высвободилась из его рук и подошла к Рикке.

— Пошли, моя дорогая. Тебе пора идти.

Все сомнения Дракона в отношении его благородного плана исчезли, едва он увидел ужас на лице новоиспеченной супруги. А также сомнения в том, что здесь замешан бог несчастий Локи. Этот капризный божок явно взялся за свои старые проделки. Иначе как объяснить, что мужчина, который обожал женщин — и был обожаем ими, — оказался рядом с девушкой, которая смотрела на брачное ложе с таким же ужасом, как на гадючье гнездо?

И вовсе не потому, что она боялась любовных ласк. Он не мог себя утешить хотя бы этим, потому что отлично знал, что это не так. Нет, все объяснялось ее неприязнью к нему. Локи должен быть чрезвычайно доволен. Дракон наблюдал за тем, с каким нежеланием его Рикка уходит с Кристой, быстро опорожнил свой кубок, и ему наполнили его снова.

Хоук засмеялся. Отчасти он почувствовал облегчение от того, что Вулскрофт и его сын ушли и стычка закончилась без кровопролития. Его также позабавило поведение друга. Вступивший в брак мужчина чувствует себя разнервничавшимся женихом.

— Слишком много вина — и даже самые лучшие мужчины... — Хоук пожал плечами.

Дракон сделал еще один большой глоток и вытер губы тыльной стороной ладони.

— Это наименьшая из моих проблем. — Он тяжело опустился на стул.

— Сын мой, — рискнул вмешаться отец Десмонд, — если вы взволнованны...

— Молитва о язычнике, добрый священник?

— О, я молюсь обо всех, — бодро сказал отец Десмонд, — и обо всем. О птице в ее гнезде, о ребенке в кроватке — Бог всех любит.

— Твоему Богу следовало бы встретиться с моим, — пробормотал викинг. — По крайней мере с богом несчастий.

Священник засмеялся:

— Это одно и то же, потому что существует только один Бог. Однако, если это способно успокоить, то, что кажется божественной проказой, всегда служит доброй цели.

— Черт бы ее побрал.

— Я не думаю, что есть причина для проклятий. В конце концов, вы и леди Рикка призваны принести мир обоим народам. Господь сказал, что миротворцы блаженны.

— И что смиренные унаследуют землю.

Едва ли это случится.

Хоук сел рядом с Драконом и позволил себе наполнить кубок.

— Я не знал, что ты подкован в таких вещах.

Дракон пожал плечами.

— Трудно этому не обучиться. У Вулфа уже много лет имеется домашний священник, хотя он и не христианин. По крайней мере пока он не приобщился к христианству, но я думаю, что это вопрос времени. К тому же ваша священная книга содержит интересные истории.

Хоук засмеялся. Увидев озадаченный взгляд отца Десмонда, он сказал:

— Мой совет тебе, священник: если хочешь обратить его в лоно церкви, делай это с помощью историй. Он не сможет воспротивиться.

Молодой человек медленно кивнул.

— Понимаю... В таком случае какие истории интересуют вас больше всего, милорд? Мне всегда нравился рассказ об Ионе, но это не всем по вкусу. А как насчет Самсона, вы слыхали историю о нем?

Сам того не ожидая, Дракон попался на удочку.

— Кто такой Самсон?

Отец Десмонд поведал ему историю Самсона. Викинг возразил, что Далила не столь уж плоха, просто она пыталась помочь своему народу, что спровоцировало рассказ об Эсфири. Дракон слышал о ней, но не знал о Руфи, которую счел образцом мужества и жертвенности среди женщин. Трое мужчин, ибо Хоук тоже оказался вовлеченным в беседу, заспорили о Саломее, при этом викинг настаивал, что она не может быть столь уж плохой, а вот об Иезавели добрых слов даже у него не нашлось.

Наконец отец Десмонд, обменявшись взглядом с Хоуком, откашлялся и сказал:

— Сын мой, ваше знание Священного Писания впечатляет, в особенности принимая во внимание тот факт, что вы язычник. Небу известно, что никто не любит подобные споры в большей степени, чем я. Однако чувствую себя виноватым за то, что столь долго вас задерживал.

Лишь только тогда Дракон заметил, что гости либо разошлись, либо спали на своих стульях. И если отец Десмонд, казалось, был способен бодрствовать всю ночь, то у Хоука был вид человека, который мечтает о кровати, а еще вероятнее — о жене.

Ишь как устроился! Но нет, подобная зависть неуместна. Дракон был искренне рад счастью своего друга. Ему лишь хотелось, чтобы и у него оставалась надежда на собственное счастье.

С чувством человека, идущего на битву, которая уже проиграна, Дракон поднялся. Он пожелал собеседникам спокойной ночи и направился в свою комнату.

Рикка лежала спиной к двери. Не один раз она вскакивала, расхаживала по комнате, затем спохватывалась, что Дракон может неожиданно войти и застать ее в столь смятенном состоянии. А ей совсем этого не хотелось.

Ах, эти слова, которые с трудом выражают суть! Она была напугана, возбуждена, исполнена ужаса и желания одновременно, озадачена, полна тревожных ожиданий и... обвенчана.

Соединена браком.

Она не хотела быть замужней женщиной. Она хотела снова в охотничий домик, хотела лежать у костра, свободно исследовать его тело и открывать для себя непознанные чувства. Чтобы впервые в жизни почувствовать себя счастливой, делая свой выбор и самостоятельно определяя свое будущее.

Быть свободной.

Быть замужней.

Ночь и день, черное и белое, победа и поражение.

Она проиграла. Она была уверена в этом. Потеряла свободу, вкус которой ощутила всего лишь на мгновение, потеряла шанс на брак, который способен действительно принести счастье. Какая ирония судьбы! Если бы она осталась дома и, как послушная дочь, не противодействовала семейным планам, никогда бы не влюбилась в Дракона. А он в нее.

Впрочем, чего теперь размышлять? Что сделано, то сделано. Мучиться сомнениями и ронять горючие слезы в подушку — вот все, что осталось. Не на шутку рассердившись на себя, Рикка села в постели и решительно вытерла щеки.

Он не собирается приходить, теперь это ясно. Он пьянствует внизу с Хоуком и другими, а может, даже забавляется с какой-нибудь миловидной служанкой.

При этой мысли Рикка почувствовала себя уязвленной. С силой втянув воздух в легкие, она энергично ткнула кулаком в подушку — и в этот момент услышала слабый звук шагов.

Должно быть, это ей почудилось. Или же это был кто-то из слуг.

Шаги приближались. Они замедлились...

Дверь открылась.

Рикка успела юркнуть под покрывало, закрыла глаза и заставила себя дышать медленно и глубоко. Вдох-выдох, вдох-выдох, побыстрее заснуть, увидеть приятные сны, ни о чем не думать.

Он подошел совсем близко к кровати.

— Поскольку...

Слова, которые пробормотал Дракон, прозвучали как выстрел. Поскольку она спит, он не будет мешать.

Похоже, он был уставшим. Впрочем, ее это совсем не интересовало.

Он направился к тазу. Рикка слышала, как он плескался, слышала шелест одежды. Затем взялся за покрывало на своей половине кровати. Рикка напряглась, когда вмялся матрац. Затаив дыхание, она ждала...

Кровать была огромная. Их разделяло несколько футов пространства. Она даже не ощущала тепла его тела. Пошевелившись один раз, другой, он затих.

Ну что люди столько шумят о брачных ночах! Можно подумать, что они чем-то здорово отличаются от обычных.

По крайней мере она больше не плакала. Довольно печали и слез! Она не покажет ему или кому-нибудь другому, насколько уязвлена, тем более никто не узнает о ее сожалениях и страхах. Она станет воплощением саксонской гордости, голову будет нести высоко и не дрогнет, что бы ни случилось.

Спать она не собиралась, однако усталость постепенно брала свое. Усталость вбила клин в колесо тревоги и застопорило его. Веки ее сделались свинцовыми. Дважды Рикка ловила себя на том, что засыпает. На третий раз ей не удалось этого сделать.

Дракон оказался не столь везучим. Он лежал без сна, прислушиваясь к ровному дыханию жены и обзывая себя трижды дураком. Все его ошибки легко перечислить. Во-первых, он согласился на брак с неизвестной женщиной. Ради благородной цели — ради мира, но ему следовало настоять на том, чтобы самому выбрать невесту. Далее, он пренебрег тем, чтобы организовать встречу перед свадьбой. В глубине души он признался в трусости — боялся разочароваться. И затем — это было хуже всего, — ему не пришло в голову, что красавица с волосами медного цвета совершает побег из Англии *от него.* Не слишком утешает тот факт, что он не первый мужчина, которого погубила суета.

Но что он мог в таком случае ожидать? В жизни никогда не бывает так, как в легендах и сказках, где все приходит к счастливому концу. Реальная жизнь гораздо неприятнее и капризнее. Боги постоянно вбрасывают свои кости, разыгрывая судьбы людей. А единый Бог поступает так же? Он слишком наслушался отца Десмонда. Однако священник умеет быть убедительным. Может ли быть в жизни иная цель, кроме борьбы и преодоления страданий?

Болела голова. Должно быть, от вина. Хотя он и не пил слишком много.

Вот она, история — о несчастной невесте, о разочарованном женихе, о том, как эта пара оказалась в оковах несчастливого брака во имя блага людей. Впрочем, возможно, еще не все потеряно.

Дела пойдут лучше, когда он отправит ее в Лансенд. Там она будет в своем доме заниматься хозяйством. Женщины это любят, подумал Дракон. Сейчас его знания о прекрасном поле дали некоторую трещину, но все равно она должна быть счастлива вдали от ненавистного лорда Вулскрофта. Ей нужно время, чтобы привыкнуть к большим переменам в жизни. Проклятие, ему тоже!

В конце концов, не только у нее есть чувства. Он тоже испытал суровое потрясение. Но он мужчина и должен скрывать свою слабость, как и страх. Она убегала от него дважды, не убежит ли снова?

А почему бы нет? У него не было оснований думать, что Рикка смирилась с браком. Скорее наоборот. Как бы там ни было, она была умна и находчива. Он не может быть абсолютно уверен в том, что она не убежит снова.

И вот во мраке ночи, терзаемый горестными мыслями, Дракон нашел выход. У него стоит наготове флот кораблей. Раньше чем его саксонская супруга переоденется в мальчишеское платье, бросится со скалы или нырнет в реку, он возьмет ее на корабль и выйдет в море. Будь он проклят, если не сделает этого.

После этого Дракон почувствовал себя лучше и даже немного вздремнул, однако был снова на ногах еще до того, как сероватые пальцы зари раздвинул полог ночи.

— Так скоро? — спросила Криста. Она перевела взгляд с Дракона на Рикку, которая молча сидела рядом с ним и хмурилась. Они завтракали в большом зале. Все остальные уже завершили трапезу и ушли. Бросив быстрый взгляд на Хоука, который выглядел совершенно невозмутимым, она добавила: — Я думала, что вы задержитесь здесь еще на какое-то время.

— Я бы не преминул, — спокойным тоном сказал Дракон. — Но мои люди очень хотят видеть леди Рикку... Равно как и Вулф с Кимброй.

— Разумеется, я должна была подумать об этом, — согласилась Криста. — Но даже при всем этом день или два не сделали бы погоды, разве не так? — Она с надеждой посмотрела на мужчин. — Это дало бы возможность леди Рикке и мне подумать о ее гардеробе.

— Гардеробе? — переспросил Дракон.

— Гардеробе? — повторил, словно эхо, Хоук.

— У меня нет гардероба, — призналась озадаченная Рикка. Это были ее первые слова с момента начала завтрака. Она почти ничего не ела в течение последних дней и обнаружила, что здорово проголодалась. Возможно, появлению ее аппетита способствовал отъезд с первыми проблесками зари ее отца и других мерсианцев. То, что Вулскрофт не счел нужным попрощаться с дочерью, было неудивительно. А для нее было благом, что она избавилась от возможности лишний раз его видеть. Как бы там ни было, мысль о том, что она может обладать таким количеством одежды, что это составит *гардероб*, показалась ей настолько удивительной, что она даже перестала жевать сыр.

— Именно это я и хотела сказать, — пояснила Криста. — У тебя должна быть приличная одежда. — Видя, что Рикка никак не реагирует на ее слова, леди Хоукфорт перенесла свое внимание на Дракона. — Ты способен понять это? Как Рикка может быть представлена твоим людям, если она не одета должным образом?

— Ну... Я не задумывался об этом...

— Дракон, ты меня поражаешь! Ты ведь так хорошо знаешь женщин. Как ты мог проглядеть в них столь существенное?

— Вероятно, я был поглощен другими мыслями, — предположил викинг.

— Ты нигде не найдешь лучшего выбора материи, чем здесь. У нас есть льняные и шерстяные ткани, редчайшие ткани из сказочных стран Востока — все, что только можно себе представить.

— Два дня, — сказал Дракон. Он отдавал себе отчет в том, что оказался бит.

Два дня. Он сможет занять себя в течение этого времени. Повернувшись к Хоуку, он спросил:

— Как насчет занятий на тренировочном поле?

Стулья с грохотом отлетели в стороны, когда мужчины встали.

Женщины остались одни. Рикка подняла глаза на сидящую напротив красивую леди и доверительно сказала:

— Должна признаться, что я не имею ни малейшего понятия о том, из чего должен состоять гардероб.

— О, не беспокойся об этом. Я точно знаю, что тебе требуется. Кроме того, ты хочешь, чтобы он гордился тобой?

Эти слова, как никакие другие, попали в цель. До этого Рикка втайне полагала, что у нее мало шансов, чтобы Дракон испытывал гордость за жену, которая вышла из презираемой семьи и вела себя столь недостойно, убежав из дома. Сейчас она отбросила все тревожные мысли и отдала себя в руки Кристы.

Спустя два дня Рикка начала сомневаться в мудрости этого решения. Она чувствовала себя страшно измученной, у нее отчаянно ныли ноги от долгого стояния во время многочисленных примерок, казалось, весь мир только и состоит из моря красок и тканей, каждая из которых экзотичнее другой. Рикке никогда не доводилось видеть такого количества вещей. Шерсть и лен — это было лишь началом. Помимо них, оказывается, существовали такие материи, о которых она даже не слышала, не говоря уж о том, чтобы держать их в руках.

— Это шелк из Византии, — сказала Криста, когда Рикка разглядывала отрез блестящей голубой ткани, расшитой золотом. — По крайней мере он привезен оттуда, но я думаю, что изготовлен он в сказочных странах, которые расположены еще восточнее.

Рикка в изумлении покачала головой:

— Ткань напоминает море под ярким солнцем, на котором видна легкая рябь от ветерка.

— На тебе она будет смотреться еще лучше, — заметила Криста и стала вновь давать указания белошвейкам. Только в зале их было около дюжины. За пределами помещения портняжек работало не меньше. Они спешили изготовить к сроку немыслимое количество сорочек, туник и мантий, которые, по мнению Кристы, необходимо было иметь Рикке. После обеда, когда Рикка стала тревожиться по поводу стоимости всего этого, Криста настояла на том, чтобы она спустилась в зал по какому-то поводу. Мужчины только что вернулись с охоты.

Несколько позже Рикка усомнилась в том, что их присутствие в большом зале оказалось простым совпадением, ибо к тому времени полностью осознала, что милая и по-настоящему доброжелательная леди Криста была еще к тому же большой умницей. Но в тот момент она не думала ни о чем, кроме как о внезапном появлении Дракона.

Она почти не видела его со вчерашнего утра. Он все время проводил либо на тренировочном поле, либо охотился и плавал под парусом. Возвратился он поздно и ночь провел на своей половине кровати. Рикка сказала себе, что она испытывает лишь облегчение от этого. Однако в глубине души она слышала тихий звоночек, который предупреждал, что она лжет себе.

И вот он был перед ней, шел через зал, неся с собой ароматы ветра, кожи, солнечного света и мужчины. Он был в добром расположении духа, хотя Рикке показалось, что она заметила тени у него под глазами. Впрочем, это глупость.

— Милорд, — окликнула его Криста, а когда Дракон обернулся, сделала ему книксен, что заставило его удивленно вскинуть брови и улыбнуться.

— Будь осторожен, — посоветовал Хоук. — Она чего-то хочет.

Криста слегка шлепнула мужа по руке.

— Перестань, это очень важно.

— Хочет чего-то большого, — уточнил Хоук и получил еще один игривый шлепок.

Рикка наблюдала за этим с явным изумлением. Ей никогда не доводилось видеть подобных сценок между мужчиной и женщиной. А ведь этот мужчина был самым грозным воином в Англии, известным несгибаемой волей и мужеством.

Тем не менее Криста вела себя с ним столь непринужденно и игриво, а Хоук смотрел на жену с нескрываемой нежностью. Видно, такова сила любви, подумала Рикка и почувствовала укол в сердце.

— Твоя леди очень заботится о твоем кошельке, Дракон, — объяснила Криста, — она боится, что мы основательно опустошим его.

— Весьма сомневаюсь. А о каком количестве идет речь? — Он обратился к Рикке, но ответ на его вопрос поспешила дать Криста:

— О дюжине сорочек, о таком же количестве туник, о нескольких накидках, поясах, нескольких пар туфель, перчаток — все как обычно.

— Для большего количества нет времени?

— Увы, боюсь, что так, милорд, если ты не продлишь свое пребывание здесь.

Хоук мягко положил руку на запястье жены.

— Криста...

— Ладно, ладно, не буду снова затевать этот разговор. Так, стало быть, ты не считаешь, что мы перебрали, милорд?

Дракон насмешливо посмотрел на Рикку.

— Вовсе нет.

— Я подумала, что меха ты предпочтешь выбрать сам, — сказала Криста.

— Разумеется, — согласился Дракон с таким видом, словно это было для него самым обычным делом.

Повернувшись к Рикке, Криста сказала:

— Ты будешь рада им, когда придет зима. Кимбра рассказывает, что на севере стоят суровые холода в течение продолжительного времени. Но пусть тебя это не пугает. Камин всегда горит, кругом такая красота. Вулф дает ей сани, и ее на санях везут по снегу олени, которых обучают лапландцы. Ну разве это не замечательно?

Рикка молча кивнула. Дракон продолжал смотреть на нее, и она поняла, что не может встретиться с ним взглядом. Наконец он откашлялся и сказал:

— Ну что, Хоук, как насчет сауны?

Хоук ответил, что идея ему по душе, но тут же обменялся быстрыми взглядами с женой, и это свидетельствовало о том, что они оба обеспокоены поведением молодоженов.

Эта озабоченность сохранилась и на следующий день, когда все собрались у причала. Пока они ехали верхом из крепости, Рикка упорно старалась не смотреть на дракары — корабли, которые их ожидали. Их было три — длинных и красивых, с центральными мачтами для парусов и рядами сидений для гребцов. Возможно, что торговля сделала Дракона богатым, но не ради торговли ставил он порой свою жизнь на карту. Дракары викинга были в форме грозного дракона и вселяли ужас даже в самые отважные сердца.

Рикка сделала долгий, прерывистый вдох, чтобы успокоиться, но видение было слишком явственным. Слишком глубоко все запало в память. Дым и туман, закрывшие луну... тишина, если не считать ночных шорохов и посапывания спящих... толчок корпуса корабля о берег... лязг металла... топот ног.

Отчаянно звонил церковный колокол. Это был не размеренный звон, созывающий прихожан к молитве, он напоминал звон, когда загорелась мельница, и созывал людей на борьбу с пожаром.

И в эту ночь тоже было много пламени. Пламени, и крови, и криков... Элфлинн, убегающая прочь... Вулскрофт, конечно, моложе, чем сейчас, но все такой же, выкрикивающий команды и размахивающий мечом, приказывающий подать ему коня... ужас на лице мальчика перед тем, как Вулскрофт сбил его, избавляясь от лишнего свидетеля, который может рассказать, как лорд бежал, когда пришли викинги.

А позже, на заре, отползая от конюшни к реке, она слышала смех мужчин, которые завершили свою работу и грузили трофеи и рабов, после чего корабли-драконы скрылись в тумане.

— Рикка?

Это был голос мужа, мужа-викинга.

Сидя верхом на Слейпнире — она узнала подлинные клички лошадей от конюха, — Дракон обеспокоенно смотрел на жену.

— Ты нездорова?

«Спрячься побыстрее, пусть он ничего не узнает, утаи от него мысли».

— Нет, со мной все в порядке. — Грэни заржал под ней, словно ложь прошла через лошадь и вошла в землю. Рикка вздрогнула. — Правда, я чувствую себя прекрасно.

Дракон нахмурился. Его жена выглядела бледной.

Викинг окинул взглядом освещенную солнцем гавань, уютный процветающий город, грозную крепость, возвышающуюся на холме. Что могло напугать женщину, если не брать во внимание его гордые корабли, которые их ждали?

Она боялась уезжать, идти с ним, как боялась Руфь чужих земель, которые определили ее судьбу. Он надеялся, что через несколько дней ее страхи развеются, но его надежды не оправдались. Быть по сему. Они оба узники долга.

Дракон пришпорил Слейпнира, подождал, пока она сделает то же с Грэни. На набережной они спешились. К ним подошли Криста и Хоук.

— Счастливого плавания, — пожелал Хоук, глядя на небо.

— Должно быть таким, — согласился Дракон без энтузиазма. Он дал сигнал своим людям, которые приняли лошадей и проводили их на один из дракаров. Другие тем временем были заняты погрузкой последних сундуков, тюков, баррелей и корзин. Проводить их собралась довольно большая толпа. Даже для обитателей Хоукфорта отъезд норвежского ярла с саксонской невестой событие неординарное. Наиболее смелые выкрикивали добрые пожелания и напутствия.

Дракон не стал затягивать прощание. Криста на мгновение обняла Рикку и выразила уверенность, что все будет хорошо. После чего Дракон проводил жену на самый большой из трех дракаров.

— Я расскажу Вулфу все, что мы обсуждали, — сказал он, ступив на палубу сразу вслед за Риккой. — Не сомневаюсь, что мы скоро увидим его.

Хоук кивнул:

— Хорошо. А я тем временем посмотрю, что еще смогу здесь узнать.

Мужчины обменялись рукопожатиями. Через несколько мгновений Дракон подал команду, были отданы швартовы. Раньше, чем Рикка успела это осознать, корабли в виде драконов вышли из гавани в море.

Дракон явно игнорировал супругу. Впрочем, Рикка была весьма рада этому. С тех пор как они отчалили от Хоукфорта, он не сказал ни слова. Зато по очереди менял гребцов и садился за весла. Рикка старалась не обращать внимания на ритмичную игру мускулов его могучего тела, однако взгляд ее то и дело возвращался к лицу Дракона. Весь окружающий мир был ей чужд, и этот мужественный воин оставался для нее единственной реальностью.

Кругом было море, одно лишь море. Земля, исчезнувшая из виду, возможно, вообще не существовала. Пропал даже ее запах. Были только ветер да вода, скрип снастей да хлопанье парусов, дополняемые иногда кряхтеньем людей, напрягающих силы во время выполнения своих обязанностей.

На носу судна был сооружен небольшой шатер, в котором сидела Рикка. Боковые стенки его можно было опускать, если ей хотелось уединения. Сейчас они были подняты. Здесь были предусмотрены и такие удобства, как прочная складная кровать — достаточно большая, чтобы на ней могли разместиться двое, несколько сундуков с плоским верхом, которые служили одновременно лавками и низкими столиками, даже масляная лампа, надежно прикрепленная к деревянному шесту.

Звание и чин давали привилегии, но, похоже, отдых не относился к их числу. Дракон оставался на веслах, пока было светло. Когда день померк, Рикка с удивлением увидела еле заметные очертания земли на горизонте. Неужели они уже достигли северной земли? Она полагала, что это гораздо дальше. Вскоре взошла луна, и при ее свете бросили якорь в мелкой бухте. Нигде не было видно признаков жизни, не было слышно звуков речи.

Когда Дракон наконец пришел к ней, в его руках была миска с жарким и кружка сидра.

— Тебе нужно поесть, — сказал он, передавая ей пищу, и повернулся, чтобы уйти.

Моряки спустили паруса и стали укладываться спать на носу корабля. Некоторые из них тихонько, приглушенно разговаривали.

— Подожди. — Одиночество Рикку не пугало, но сейчас, когда земля представляла собой лишь пятно между морем и небом, ей захотелось человеческого контакта.

Дракон обернулся и выжидательно посмотрел на жену.

— Где мы?

— Близ побережья Нормандии. Завтра мы повернем на север. Если погода не подведет, примерно через неделю будем в Лансенде.

— Нормандия... — Так близко. И так недостижимо... сейчас.

Должно быть, он что-то расслышал в ее голосе, расслышал какой-то намек на тоску, потому что уже в следующее мгновение оказался рядом. Он взял ее за подбородок, заставив встретить его взгляд.

— Куда ты собиралась?

Вздрогнув, она холодно сказала:

— Когда? Что ты имеешь в виду?

Он ослабил хватку, но не отпустил подбородка.

— Когда я встретил тебя. Ты направлялась в Хоукфорт, я полагаю. Куда ты намеревалась уплыть оттуда на корабле? В Нормандию?

Рикка тихонько ахнула. Дракон отпустил ее, но не ушел. Уперев руки в бедра, он, не спуская с нее глаз, резко спросил:

— Туда, куда уехал Терлоу, да?

Она испытала новый шок.

— Откуда ты знаешь о нем?

— Мне сказал об этом Хоук. Твой брат удалился, что обнадеживает, поскольку по крайней мере один член вашей семьи проявил здравый смысл.

Щеки у Рикки полыхали, но у нее не было сил затевать спор. Дракон продолжал сверлить ее взглядом. Наконец он подошел к шатру и опустил боковые стенки.

— Когда поешь, ложись спать.

— Я не устала.

Он стал открывать сундук и даже не посмотрел в ее сторону.

— Разве я спрашиваю, устала ты или нет? — Выпрямившись, викинг вытащил из сундука толстый кожаный пояс.

Рикка поднесла было ложку жаркого ко рту, но, увидев действия Дракона, отставила миску в сторону. Она уставилась на пояс, не в силах оторвать от него взгляд. Ночь была теплая, но ей вдруг стало страшно холодно. Отец бил ее поясом, палкой, всем, что попадалось под руку. Значит, ее муж тоже такой?

— Это для чего? — спросила она чужим, неестественно высоким голосом.

Дракон мял в руках пояс, словно испытывая его на гибкость.

— Я не хочу никаких сюрпризов этой ночью.

— Сюрпризов?

Он двинулся ей навстречу. В маленьком пространстве шатра Рикке некуда было отступить.

— Поела? Тогда вытяни руку.

— Зачем?

— Не спорь. Мы находимся в непосредственной близости от Нормандии, неужели ты серьезно думаешь, что я дам тебе шанс снова бежать?

Рикка ошеломленно смотрела на Дракона. Он намерен... что? Избить ее до такой степени, чтобы она не могла сбежать?

— Н-нет н-необходимости это делать.

Он вдруг замер, глядя на жену. Дыхание у нее сделалось частым и прерывистым, глаза мутными.

— Рикка...

Внезапно она словно очнулась, пришла в себя, в ее взоре сверкнуло пламя.

— Это только повод для того, чтобы причинить боль. Ты презираешь моего отца, и справедливо, но он всегда поступал таким же образом. «Рикка, ты неуважительно себя ведешь! Рикка, ты поступаешь дерзко! Рикка, ты недостаточно быстро подчиняешься!» А когда он был пьян, то не обременял себя объяснениями. Ты тоже пьян, мой господин? И в такие моменты мне будет особенно доставаться?

— Черт возьми... — Это христианское ругательство вырвалось совершенно неожиданно. — Перестань, Рикка! Я никогда тебя не ударил и не ударю! Я хочу лишь привязать тебя к себе на время нашего сна.

— Ты никогда...

— Я никогда не бью женщин.

— Все бьют женщин.

— Я не бью! Не делают этого ни Вулф, ни Хоук. И ни один мужчина из моей команды не позволит себе этого, если он не хочет отведать моего кулака. Женщины — это великий дар богов.

— Есть только один Бог.

— Ладно! Значит, это его великий дар.

Легкая улыбка тронула уголки ее рта.

— Однако он первым сотворил мужчину. Так гласит Священное Писание.

— Он хотел просто попрактиковаться. А теперь давай твою руку и кончим с этим.

Рикка не выполнила приказания. Она продолжала смотреть на мужа так, словно видит его в первый раз. Наконец тихо сказала:

— Я не умею плавать.

— Что ты не умеешь? — С таким же успехом она могла сказать, что не умеет разговаривать, ходить или дышать.

— Я не умею плавать. Если ты не хочешь поверить моему слову, тогда прими это в расчет.

— Но ты... ездишь верхом.

— Разумеется. Все ездят.

— И все плавают.

— Я не плаваю. Там, где я росла, были только речки, и мало кто в них плавал. Я никогда этому не училась.

Огромный груз спал с души. Дракону претила мысль о необходимости связывать жену, поскольку он знал, что она отнесется к этому резко отрицательно, но он не мог придумать никакой альтернативы. Ему даже в голову не приходило, что она не умеет плавать.

— Ты должна научиться плавать, — энергично заключил он, убирая пояс в сундук.

— Да, милорд. — Рикка проговорила это с такой готовностью, как никогда до этого, но в то же время он уловил в ее тоне нотки юмора, и это слегка согрело душу. Тем не менее Дракон еще не пришел в себя после пережитого страха, что она может сбежать. Потерять ее будет очень... обидно.

— Ладно, — сказал он грубовато. — Доедай жаркое и ложись отдыхать. Может, ты и не устала, но я устал. — Словно желая проиллюстрировать это, он разулся и лег на кровать на бок лицом к ней. Эта кровать была гораздо меньше той, которую они занимали в Хоукфорте.

На воде было удивительно тепло. Рикка полагала, что будет гораздо холоднее, однако чувствовала, как вся пылает. Тем не менее она не спеша доела жаркое и выпила сидр. Дракон устал, конечно, он заснет. Однако когда она закончила трапезу, муж продолжал смотреть на нее, и на губах его играла легкая улыбка.

Видя, что Рикка колеблется, он протянул руку и, как бы одновременно командуя и ободряя ее, сказал:

— Теперь ложись спать, Рикка.

Она повиновалась, хотя сделала все медленно. Легла на бок спиной к нему. Она решила, что он ничего не собирается предпринимать, и вздрогнула, когда он вздохнул.

Сильная рука обвилась вокруг ее талии, развернула, и Рикка прижалась к его теплому и могучему телу. Головой она ткнулась в подушку, чтобы заглушить тихий вскрик...

Корабль тихонько покачивался на ночной волне.

Глава 9

Прошла большая часть недели. Викинги шли с попутными ветрами и на быстрых веслах и каждую ночь бросали якорь вблизи маячившей суши. Дважды они причаливали к берегу, чтобы пополнить запасы свежей воды и дичи, но не задерживались там. Побережье, вдоль которого проходило плавание, было частью Ютландии, где правили датчане. Дракон не опасался особых неприятностей, поскольку его корабли регулярно заходили в эти воды по торговым делам. Тем не менее не мешало быть бдительным.

Весь день моряки сидели на веслах, Дракон также не пропускал своей очереди. Ночью он присоединялся в шатре к Рикке, но позволял себе лишь обнимать ее, не более того. Когда он был свободен от гребли, то обучал ее норвежскому языку.

— Многие из моих людей говорят по-саксонски, — сказал он, — а также на других языках благодаря тому, что занимаются торговлей. Они будут рады, если ты выучишь наш язык.

Рикка с готовностью согласилась. Она оказалась способной ученицей. К концу недели девушка уже могла строить простые фразы.

На шестой день они оставили берег позади и вышли в открытое море.

— Это Вик, — пояснил Рикке Дракон. — Пролив, который находится между Ютландией и северными землями, в том числе и нашей. От него мы и получили свое имя — викинги. Когда снова увидим сушу — считай, мы уже дома.

Та же мысль, похоже, появилась и в головах его людей, ибо они еще энергичнее налегли на весла. Ветер был попутный, и корабли шли быстро. Дракон сверял курс по солнцу, а ночью — по Полярной звезде.

Наблюдая за ним, Рикка поинтересовалась:

— А что, если ночь будет облачная? Ты не будешь знать, куда плыть?

Вместо ответа Дракон вынул из-под туники небольшой мешочек, из которого извлек камень с ниткой.

— Посмотри, этот камень поворачивается сам по себе.

И в самом деле, камень некоторое время колебался из стороны в сторону, затем остановился. Грань, на которой была нанесена метка, указывала в ту сторону, куда они плыли.

— Почему он двигается? — изумленно спросила Рикка.

— Никто этого не знает, но он всегда показывает на север. — Дракон бережно спрятал камешек в мешочек и убрал под тунику. — Если верить рассказанной мне истории, этот камень совершил путешествие издалека — из восточной страны, которая находится за Великой стеной. Эта стена такая длинная, что человеку потребуется больше ста дней, чтобы пройти вдоль нее. Камень выкрали из дворца могучего властителя, и он побывал во многих руках, прежде чем попал ко мне.

— Должно быть, он очень ценный.

Викинг пожал плечами:

— По крайней мере один человек считал, что камень стоит его жизни. — Увидев странное выражение на лице жены, он поспешил пояснить: — Камень этот подарил мне один византийский купец в благодарность за спасение ему жизни. У него не было сына, он собирался уйти из торговли и хотел, чтобы камень перешел к человеку, который будет его беречь и умело им пользоваться.

Устыдившись мыслей, которые пришли ей в голову, Рикка потупила взор.

— Прошу прощения.

— За что? За то, что решила, что я взял камень силой? Ведь именно так поступают викинги?

Девушка почувствовала в голосе Дракона раздражение, за которое не могла его винить. И оказалась не готовой к вопросу, который он неожиданно задал:

— Почему ты не хотела выходить замуж за меня? Потому что я викинг?

Когда-то она задумывалась, спросит ли он ее об этом. Он был человеком сюрпризов, этот герой ее странного мира, и умел выжидать подходящего момента для вопроса.

— Это правда. Я не хотела выходить замуж за викинга.

— Из-за того, что слышала о нас?

— Нет, из-за того, что я видела.

Пришла его очередь удивиться.

— Мерсия находится в глубине страны, далеко от тех мест, куда совершают набеги.

— Вулскрофт находится поблизости от реки Темзы, которая заходит далеко в глубь страны. Датчане совершили набег по реке, когда я была ребенком.

Теперь Дракон вспомнил. Датчане захватили добрую половину королевства Мерсия, остальная часть была отдана Альфреду.

— Тот сон, который ты видела...

— Какой сон? Что ты знаешь об этом?

Ее внезапная тревога обострила интерес Дракона, но он постарался скрыть это.

— Только то, что тебе снились кошмары. Похоже, ты никак не можешь отделаться от них, но это случается время от времени с нами всеми.

— Да... должно быть.

— Тебе часто снятся датчане?

— Да нет... Это всего лишь воспоминание... о том времени, когда я была ребенком.

— Именно тогда пришли датчане?

Рикка кивнула, почувствовав спазм в горле. Разговор о подобных вещах воскрешал в памяти ужасные картины.

Дракон положил ладонь на ее руку.

— Что случилось?

— Они поднялись вверх по течению. Сделали то, что они обычно делают. И ушли. Вот и все... А камень этот просто удивительный. Могу я его снова увидеть?

— Через некоторое время. Сколько лет тебе было?

— Около шести... Да, пять лет. — Пусть он перестанет касаться этой темы.

Дракон обнял жену за плечи и понимающе проговорил:

— Ты видела, как умирают люди.

Это был не вопрос. Он знал, что именно она могла видеть, что видели все те, кто пережил набег. Он безмолвно поблагодарил богов за то, что они пощадили ее.

— Погиб кто-то из дорогих тебе людей?

Она кивнула, лежа у него на плече, хотя сама не знала, как ее голова там оказалась.

— Моя подруга Элфлинн.

— Она была твоя ровесница?

Рикка снова кивнула. Ей было трудно дышать, она дрожала всем телом.

— Они перерезали ей горло. Она истекала кровью и умерла у меня на руках.

Он еще крепче прижал Рикку к себе и хриплым голосом спросил:

— Как тебе удалось спастись?

— Не знаю. Я никогда не думала об этом. Их было много вокруг, когда я бежала к ней... Они убивали, жгли... насиловали... Но как-то не обратили внимание на меня. Не знаю, почему я выжила. Она была лучше меня и добрее. Следовало бы погибнуть мне.

— Нет! — Он крепко прижал Рикку к себе, стал вытирать слезы, скатывающиеся на пепельно-бледные щеки. — Не говори так! Разве твоя вера не учит, что мы находимся в Божьих руках?

— Почему он создал этот мир боли?

— Это не так. Ты сама знаешь, что существует мир красоты и радости.

Она это знала, по крайней мере сейчас, с того времени, как познакомились с Драконом.

— Я викинг, — с горечью сказал он, словно хотел изменить это, если бы мог.

— Я не думаю, что ты такой, как другие.

— Однако ты не хотела выходить за меня замуж.

— Это было раньше, когда ты был для меня безликим. Когда я слышала, как мой отец произносил тирады о кровожадных викингах и называл тебя самым кровавым.

— Это смешно. Если я и сражался, то только в целях самозащиты.

— Для Вулскрофта это ничего не значит. Он одержим с той ночи. — Подняв глаза, она встретилась с его взглядом и, набравшись мужества, добавила: — Он убежал в ту ночь... мой отец. Когда его люди больше всего нуждались в нем, он потребовал коня и сбежал. Он даже убил мальчишку-конюха.

— Ты совершенно не такая, как он.

Постепенно, пусть и медленно, у Рикки становилось теплее на душе.

— Я думаю, он с такой силой ненавидит викингов потому, что они показали ему, что он собой представляет.

— Забудь Вулскрофта, он навсегда ушел из твоей жизни. Взгляни сюда, на север. Завтра ты увидишь первые признаки жизни. Чайки и крачки прилетят поприветствовать нас, море изменит свой цвет, потому что там большая глубина, воздух запахнет сосной. Мы будем дома.

Дом. Она никогда его не знала. Дракон знал. И он представлял его настолько ярко, что ей показалось, будто и она почти видит его. Почти.

— Ты не прикасаешься ко мне. — Эти слова вырвались неожиданно. Рикка закусила губу с такой силой, что выступила кровь.

— Не надо так, — почти умоляющим тоном попросил Дракон, увидев алую капельку на губе. Он нежно прикоснулся своими губами к ее губам. — Я непременно это сделаю, — пообещал он, и Рикка, освободившись от его рук, скрылась в шатре.

* * *

Они причалили к суше во второй половине следующего дня. Рикке показалось, что земля появилась совершенно внезапно. Только что мир состоял из синевы, неба и моря — и вдруг сделался изумрудно-зеленым, с белыми и серыми пятнами. Контраст был поразительный. Как Дракон и обещал, над головами закружились птицы, как бы приветствуя прибытие кораблей. Матросы кидали им куски рыбы и смеялись, наблюдая за тем, как птицы бросались за ними, подхватывали у самой воды и снова взмывали в небо. Запах соли уступил сладостному аромату сочной земли и сосен.

Земля вырастала, становилась огромной, переставая быть плоской, и Рикка была не в силах сдержать восторга при виде проявляющегося ландшафта. Иззубренные скалистые вершины, на многих из которых лежал снег, несмотря на разгар лета, казалось, достают до неба. Кое-где вдоль черных склонов и в долинах можно было разглядеть золотистого цвета поля, зеленеющие пастбища и гутой хвойный лес. Узкие фиорды, в которых блестела на солнце вода, вдавались глубоко в горы, как бы бросая им вызов. Это была, без сомнения, красивая и живописная страна.

Стоя рядом с Риккой на носу корабля, Дракон сказал:

— Владения моего брата расположены к востоку, за равниной Ейрен. Между нами говоря, мы контролируем побережье напротив Ютландии. Уже много лет датчане не совершают сюда набегов. Они люди амбициозные, но в то же время и разумные. Они обнаружили, что торговля более выгодна, чем война. Союз между саксами и норвежцами еще больше утвердит их в этом мнении.

— Если бы датчане и в Англии извлекли те же уроки.

— Они извлекают. Альфред — очень хороший учитель.

Рикка улыбнулась, на что Дракон и рассчитывал, поскольку в душе уже ругал себя за то, что упомянул датчан. Без сомнения, то, чему она была свидетельницей в детстве, оставило в ее сердце глубокие рубцы. Однако раны, даже застарелые, способны заживать с течением времени и при должном лечении.

Его сердце радостно встрепенулось, когда протрубили рога со стороны сторожевых башен, приветствуя их прибытие. Они были уже достаточно близко от берега и могли видеть мужчин и женщин в полях и вдоль берега, которые махали им. Дракары по фиорду подплыли к причалам, и тогда последовала команда Дракона. В тот же момент опали паруса и поднялись весла, с которых падали блестящие струйки воды. Все три корабля замедлили ход и мягко причалили к каменной набережной.

Собравшаяся толпа бурно приветствовала команду, а еще пуще — возвращение своего ярла. Они громко кричали, стучали рукоятками мечей о щиты — мужчины и женщины, — топали ногами и выкрикивали приветствия, дети весело бегали и визжали, лаяли собаки, кукарекали петухи, царило всеобщее возбуждение.

А потом они заметили стоящую рядом с Драконом женщину.

Но ведь они должны были знать, зачем он уезжал в Англию, подумала Рикка, когда приветствия стихли. Они должны были понимать, что он привезет домой невесту. Или же надеялись, что произойдет нечто такое, что помешает его браку? Кое-что и в самом деле едва не помешало, но, даст Бог, они никогда не узнают об этом.

На набережной воцарилось молчание. Несколько сотен глаз устремились на нее, и Рикке показалось, что она не выдержит этого и не устоит. Однако женщина нашла в себе силы расправить плечи и поднять голову. В ней заговорила саксонская гордость.

Дракон нахмурился. Он знал, что его люди добрые, но осторожные. Знал, что они испытывали разноречивые чувства относительно саксонской невесты, несмотря на глубокое уважение к леди Кимбре, которую считали женщиной особой, уникальной.

Ему нужно было доказать им уникальность Рикки. Его взгляд упал на Слейпнира и Грэни, которых выгрузили с другого дракара. За этой операцией наблюдали с полдюжины конюхов, а все остальные держались от лошадей подальше. После недельного путешествия по морю, в течение которого у них лишь два раза была возможность размяться и освободиться от избытка энергии, лошади вели себя даже еще более буйно, чем обычно. Они били по земле копытами, вскидывали мощные головы.

— Хочешь поехать верхом? — спросил Дракон. Не дожидаясь ответа Рикки, он взял ее на руки и шагнул на набережную. Наблюдающая за ними толпа молча отпрянула назад. — Надеюсь, что хочешь, — продолжал он таким тоном, словно они были одни. — Ты кого предпочитаешь — Слейпнира или Грэни? Я знаю, ты обожаешь обоих.

— Да, — ответила Рикка. Она была рада нарушить тишину. — Они оба замечательны.

Он посмотрел на нее с улыбкой.

— А ездишь ты, я полагаю, не хуже меня. Достаточно будет остаться на одном из этих монстров, после того как их продержали несколько дней взаперти.

Рикка не замедлила с ответом:

— Я езжу верхом великолепно, и к тому же они никакие не монстры.

Его улыбка сделалась еще шире. Лошади слегка притихли при их приближении.

Дракон осторожно посадил Рикку на спину Грэни.

— Держись покрепче, — пробормотал он, — не позволяй ему забыть, что ты на нем.

Лицо Рикки осветилось радостной улыбкой. Рассеялось ощущение, что ее настороженно разглядывают и изучают. Похлопывая Грэни по холке и рассказывая ему о том, какой он удивительный и хороший — с чем, очевидно, этот большой ребенок был вполне согласен, — она не заметила перемены в настроении толпы. Молчаливое разглядывание уступило место шоку и удивлению. Ребенок показал на Рикку пальчиком, и мать, спохватившись, опустила ему руку. Взрослые мужчины невольно приоткрыли рты. Воины, которые полагали, что их ничем не удивишь, вытянули шеи, чтобы получше все разглядеть.

Дракон все это заметил, хотя Рикка продолжала оставаться в полном неведении. Она беззаботно ехала рядом с ним по набережной, а затем по дороге, которая вела к крепости, возвышающейся на холме. И лишь спустя некоторое время поняла, что толпа движется рядом с ними и количество людей все прибывает. И что молчание сменилось возбужденными восклицаниями.

Не зная, как на это реагировать, Рикка снова похлопала Грэни по холке и засмеялась, когда он попытался перейти в галоп.

— Пока еще рано, — увещевала она жеребца, одновременно искусно натягивая повод. — А вот скоро... — Она посмотрела на Дракона. — Ты позволишь, мой господин?

— Завтра мы поездим сколько душе угодно. — Вид у супруга был довольный и слегка удивленный.

— Я не понимаю, — сказала Рикка. — Твои люди были такие молчаливые, а сейчас...

Сейчас они выкрикивали приветствия, женщины одобрительно кивали, а мужчины даже бросали в воздух головные уборы. Дети бежали вместе с лошадьми.

Дракон расплылся в улыбке:

— Я не говорил тебе, что никто не ездит на этих лошадях, кроме меня?

— Никто? — переспросила она.

— Только я, — подтвердил ярл. — Некоторые мои воины пытались, но были сброшены. — Наклонившись к ней, он шепотом добавил: — Может, если бы они боялись высоты, то держались бы покрепче.

Рикка весело рассмеялась. Весело и удивленно. Она не могла до конца поверить, что он это сделал, хотя и должна была, зная, как по-доброму он к ней относился. Теперь его люди имели основание восхищаться ею — ведь она оказалась единственным человеком, кто способен ездить на этих лошадях. Рикка смотрела на улыбающиеся лица, понимая, что усилия Дракона увенчались успехом.

Мужчины, женщины и дети, которых она никогда раньше не видела и о которых думала как о врагах, приветствовали ее так, словно она была одной из них. Она могла разобрать лишь отдельные слова, но было ясно, что люди одобряют ее и желают ей всех благ. Рикка ощутила спазм в горле. Повернувшись к мужу, она убедилась, что он искренне горд супругой. Она импульсивно протянула ему руку. Он взял ее и поднес к губам.

Толпа заревела от восторга.

Впервые в жизни Рикка почувствовала, что это такое — приехать домой.

Ей очень нравилось в Лансенде. Все, что она видела, разительно отличалось от Вулскрофта. Здесь были мощные каменные стены и высокие башни, но были также доброжелательные улыбчивые люди. Повсюду бегали и смеялись дети. Женщины махали руками и громко разговаривали. Мужчины видели это и не только не пресекали, но даже принимали участие в веселье.

Здесь не было жалких лачуг, к которым Рикка привыкла, город выглядел удивительно чистым и ухоженным. Повсюду на маленьких лужайках перед домами росли красивые цветы.

На холме чуть повыше города располагался огороженный стеной лагерь. Ворота его были открыты, охраняли их воины, которые присоединились к приветствиям, когда в них въезжали Дракон и Рикка. Лаяли собаки, бегая вокруг лошадей, кудахтали, разбегаясь, куры. В центре лагеря возвышалось большое деревянное здание, крытое черепицей, двери и окна которого украшала резьба. Рядом — несколько строений поменьше, в одном из них Рикка признала кухню. Чуть подальше находились домики, двери и окна которых были аккуратно выкрашены и украшены затейливой резьбой.

В центре площади Дракон натянул повод и спешился. Подойдя к Рикке, он помог ей спуститься с коня. Она с улыбкой позволила ему это. Держа жену на руках, он поднялся по деревянной лестнице на галерею, которая шла вдоль стены. Отсюда, с большой высоты, открывался вид на город и порт, а также на золотистые поля и далее — туда, где окутанная туманной дымкой земля сливалась с морем.

— Лансенд, — с гордостью произнес Дракон. — Народ моей матери вышел отсюда. Люди занимались хозяйством и торговлей, если не вмешивалась война. Когда Вулфу и мне дано было увидеть свет, я пришел сюда. Здесь было лишь несколько разрушающихся строений да горстка людей, которые пытались как-то выжить. К счастью, это изменилось.

Оглядывая процветающее, живущее бурной жизнью поселение, Рикка вынуждена была задать вопрос:

— Что стало причиной таких добрых перемен?

— Мир, — коротко ответил ярл. — Люди, которые чувствуют себя в безопасности, засевают поля, строят и ремонтируют дома, вкладывают средства в торговлю. Они больше не теснятся вокруг своих очагов в ожидании того момента, когда на них свалится беда. Другие, видя, что место привлекательное, тоже приходят сюда. Но вначале нужен мир. Когда будет мир, все будет под силу.

— А без него ничего не будет?

— Без него нет смысла что-либо делать. — Дракон улыбнулся извиняющейся улыбкой. — Прости меня, сейчас не время вспоминать прошлое. Пошли, еще много людей хотят встретиться с тобой.

Дракон явно преуменьшил их количество. В течение последующих нескольких часов Рикка была убеждена, что встретилась абсолютно со всеми жителями Лансенда. Ну, возможно, она пропустила одного-двух спящих младенцев, не более того. Молодые и старые, мужчины и женщины, крестьяне, торговцы, воины и ткачи по одному и группами приходили, чтобы посмотреть на жену ярла. Она улыбалась, приветливо кивала и пыталась что-то выразить по-норвежски с помощью тех слов, которые она к тому времени усвоила. Это так по-доброму воспринималось людьми, что Рикка поклялась сделаться прилежной ученицей и овладеть языком.

Все люди буквально излучали дружелюбие, за исключением нескольких юных и очень симпатичных девушек, которые хмурились при виде Рикки и вздыхали, глядя на Дракона. Рикка сжала кулаки и испытала чувство гордости за то, что не причинила им физического вреда. Затем ей был представлен воин по имени Магнус.

— Мой старший лейтенант, — сказал Дракон, знакомя ее с мужчиной чуть моложе его самого, высоким и отлично сложенным. — Мы с Магнусос знакомы с детства. Он поселился в Лансенде несколько лет назад.

Рикка слегка нахмурилась. Он показался ей знакомым, и она подумала, что могла видеть его раньше.

— Магнус жил в Эссексе, — пояснил Дракон. — Он содержал лошадей на пути домой.

Ну конечно, Эссекс, где он должен был сопровождать своего господина на свадьбу, но не был представлен невесте из-за... из-за необычного поворота событий.

Рикка улыбнулась, готовая любить человека, которому ее муж, по всей видимости, полностью доверял. Но внезапно в сознание ворвалась тревога. Объяснения этому не было. Магнус был, без сомнения, так же красив, как и Дракон. Выглядел весьма любезным и сердечным. Выглядел... Почему-то ей вспомнились: «Ничто не имеет значения, кроме правды».

А правда была... в чем?

Магнус учтиво наклонил голову и посмотрел на Рикку, демонстрируя свое восхищение.

— Миледи, добро пожаловать! Будет справедливо сказать, что ваше появление здесь вызвало всеобщее ликование.

Вот так, очень гладко. Что же в этом нехорошего? Он был просто политиком. И это означало, что он нелоялен.

— Я очень рада оказаться здесь. Я даже не могла себе представить подобного приема.

— В самом деле? Но вы должны были знать, как страстно мы хотим мира.

Только не он.

Стоп! У нее нет никаких причин думать так, нет оснований для внезапно возникших подозрений. Он был чрезвычайно приятный мужчина. Наверняка Дракон может отделить зерно от плевел. Если он доверяет Магнусу — а это явно так, — у нее нет повода считать иначе.

Кровь... огонь... боль...

Рикка на мгновение закрыла глаза, чтобы заставить себя успокоиться, отбросить ненужные мысли и позволить себе насладиться моментом.

— Что-то случилось? — озабоченно спросил Дракон. Нежность, прозвучавшая в его тоне, заставила ее почувствовать досаду на себя за то, что она не может по достоинству оценить и отпраздновать такое важное и редкое событие, как приезд домой.

— Ничего. — Рикка поспешила успокоить мужа: — Просто я немного устала.

— Я должен был сам догадаться. — Он подал знак, и толпа стала расходиться. Потом взял Рикку на руки, несмотря на ее протесты, и понес в сторону одного из домиков, который был побольше других и находился в некотором отдалении.

Внутри жилища пахло сосной. Окна были открыты, шторы из промасленной ткани подняты, и ставни распахнуты. Пол покрывал мат из тростника. На столе, расположенном у окна, стояли свежие цветы. Кровать, очень массивная, с изголовьем, украшенным резьбой, застлана свежими простынями. Полдюжины сундуков также украшала резьба. Железные жаровни отделаны извилистыми узорами, как и стеклянные сосуды на полках возле стола. Все было красиво.

Рикке, которая знала лишь грубую неотесанность Вулскрофта, было не под силу все сразу разглядеть и оценить. Ей и в голову не могло прийти, что она снова когда-либо окажется в таком симпатичном месте, сопоставимом с охотничьим домиком близ Хоукфорта. По оружию и знаменам, украшавшим стены, было ясно, что это дом мужчины. И еще Рикка увидела нечто такое, от чего в удивлении широко раскрыла глаза.

На столе лежала книга. Рикка узнала ее сразу же, хотя никогда не видела ничего подобного. Книга была заключена в большой красивый деревянный футляр. У девушки зачесались руки — так ей хотелось дотронуться до нее.

Проследив за ее взглядом, Дракон сказал:

— Вот хорошо, что ее привезли. — Он осторожно опустил Рикку, подошел к столу и раскрыл футляр. На его лице засветилась улыбка. — Мой добрый друг Карим бен Абдул отыскал ее специально для меня. Она содержит удивительные истории, рассказанные невестой некоего ненасытного господина, который так увлекся ими, что даровал ей жизнь.

Хотя Рикка и была заворожена видом фолианта, она тем не менее не удержалась от реплики:

— Ужасно! Почему господин хотел убить свою невесту?

Дракон пожал плечами:

— Он имел зуб против женщин вообще. Разве можно понять работу ума такого человека? Ты умеешь читать?

Она замешкалась с ответом — честность боролась в ней с инстинктом самосохранения. Как всегда, победила честность.

— Да.

Женщины не должны уметь читать, во всяком случае там, откуда она родом. Согласно диктату ее отца, это отдано на откуп евнухам-монахам, которых можно держать под контролем, и ни в коем случае не допустимо для женщин, которые могут набраться разных завиральных идей. Она обучилась читать тайно, с помощью одного из монахов.

— Да, — снова согласилась Рикка на тот случай, если Дракон не расслышал ответа, как бы бросая вызов судьбе.

— О, хорошо! Ты должна знать, что я ставлю цель сделать то же, что сделал Альфред, — привезти книги и создать школы в этой стране.

Если бы он сказал, что хочет вырастить крылья и полететь на Луну, это поразило бы ее ничуть не больше. Он носил при себе меч, она и сейчас могла это видеть. Он пользовался им с редкостным мастерством, в чем она имела возможность убедиться. Он был воин. И викинг.

И он мечтал о книгах и школах.

— Какой... замечательный замысел...

— Некоторые так не считают, рассматривают ученость как признак слабости, хотя я и не понимаю причины этого. Чтобы противостоять миру во всей его сложности, требуется настоящее мужество.

Рикка лишь кивнула, потому что не нашлась с ответом.

Поймав взгляд жены, Дракон отложил книгу.

— Довольно сейчас об этом. Я пришлю к тебе женщин с едой и с водой для купания. Ладно?

— Да... конечно... очень даже хорошо.

— Потом будет пир. — Он махнул рукой, словно это не имело большого значения. — Этого ожидают люди, ты ведь понимаешь?

— Да, конечно.

Да, да и да. Ничего другого она не могла сказать. Книги, мечты, еда, вода, пир... И эта кровать, которая находится совсем близко.

Рикка позволила себе посмотреть на мужа так, как избегала это делать в Хоукфорте и во время путешествия. Он лишил ее способности дышать. Она отчетливо помнила, каково это — лежать с ним рядом.

— Я понимаю, что ты устала, — сказал он. — Мы постараемся не слишком растягивать пиршество.

В его улыбке не было и следа усталости, она дарила лишь обещание.

Хорошая сауна — вот что ей требовалось. И еще ощутить рядом его дыхание. Ей нравился Лансенд. Будь проклят Вулскрофт, однако, как ни совестно это признавать, она была благодарна ему, что он настроил ее на то, что ничего хорошего ей ожидать здесь не придется.

Дракон возьмет ее к себе в постель этой ночью, сделает ее по-настоящему женой. Забудутся те долгие ночи во время путешествия, когда он демонстрировал сдержанность.

Она станет принадлежать ему.

Дракон ощущал неукротимый приступ собственнического инстинкта и очень удивлялся этому. Такого он не испытывал ни с одной другой женщиной. Ну да, она была его женой и не слишком отличалась от всех других.

От кроткой, смиренной женщины, которая должна мыть ему ноги.

Он громко рассмеялся. Хвала тому божеству, которое оградило его от этого. Он должен налить вина Одину, королю богов, а также его воинственной жене Фригге и еще Локи, поскольку это всегда мудро — умилостивить богов.

Но, вероятно, ему следует также пригласить священника в Лансенд. Лучшие из них были грамотными людьми и являлись кладезем премудрости. Не помешает иметь здесь хотя бы одного.

А может, и не только одного, если он всерьез намерен учредить скрипториум. Он видел нечто подобное в Хоукфорте и слышал о существовании еще более солидного скрипториума при королевском дворце в Винчестере. Монахи владеют необходимыми знаниями.

Она любит книги. У Дракона потеплело на сердце. Его обида на нее за то, что она противоборствовала их браку, смягчалась осознанием причин, которые лежали в основе этого. Он видел, что ее неприязнь сменилась улыбками и желанием, которое читалось в ее глазах. Они стояли на пороге новой жизни. И он был преисполнен решимости не загубить эти новые ростки.

Но прежде будет пир. Люди исходили из самых добрых намерений, и он ценил их за это. Она им понравилась, и они хотели, чтобы она это знала. Ярл окинул взглядом ломящиеся от яств столы и подумал, что женщины хорошо потрудились, чтобы произвести такую красоту. Затем он мысленно увидел Рикку, красиво одетую, непринужденно восседающую на лошади, на которой может ездить только ярл, и понял, что им отчаянно хочется произвести на нее впечатление. Как, впрочем, и ему.

Помывшись в сауне, побрившись и одевшись более официально, чем он привык, Дракон ждал жену в большом зале. Здесь собрались люди, которые тоже ожидали супругу ярла и уже начали волноваться, когда Рикка появилась.

О боги, она была прекрасна! Ее волосы медного цвета ниспадали на спину. Голову она несла гордо и шествовала словно воплощенная грация, подумал с гордостью Дракон.

Она была в небесно-голубом платье. Ему показалось, что на горизонте появилось блистательное солнце, разгоняя серые тучи и обещая великолепный день.

Спасибо небу, скоро он сможет привести ее в свою постель. Как только пир и веселье достигнут высшей фазы, чтобы никто не подумал, что ему не хватает терпения. Он вспомнил охотничий домик, когда она пришла к нему и овладела им, и поклялся, что этой ночью он продемонстрирует ей такие чудеса, о которых она и не подозревает.

Вино, эль и мед лились рекой. Вносили подносы с целыми рыбинами и поросенком, копченое мясо, хлеб, сыр, много различных летних фруктов и овощей и другие редкостные яства, привезенные из отдаленных уголков земли. Даже король не мог бы предложить более изысканных угощений.

Не забыли и об увеселениях. Жонглеры и менестрели вызвали бурные аплодисменты, не меньший успех имели три знаменитых скальда, которых всегда великолепно принимали при дворе Дракона и которые поведали истории далеких веков. Сам ярл хранил молчание, лишь иногда обменивался фразами с Риккой, которая сидела рядом и отвечала на его реплики и вопросы с той же учтивостью, с какой он задавал их ей.

Дракон не мог припомнить, чтобы когда-либо испытывал подобное смущение в присутствии женщины.

Исходящий от нее аромат, брошенный ею беглый взгляд, случайное прикосновение руки вгоняли его в дрожь и трепет. И он, сохранивший множество приятных воспоминаний о своем общении с прекрасным полом, чувствовал себя рядом с супругой просто мальчишкой.

И ему казалось, что ночь никогда не придет.

Глава 10

Дверь хлопнула и закрылась. Однако Рикка даже и не заметила этого. Она была погружена в свои мысли, ибо обнаружила, что с того момента, как они с Драконом покинули зал, ее сердце стало биться вдвое быстрее, а дыхание сделалось частым и прерывистым. Казалось, будто она пробежала несколько миль... Как в тот день в Эссексе.

Но тогда она бежала, чтобы обрести свободу, во всяком случае, так она тогда думала, а вот сейчас...

Однако это же глупо. Она уже сошлась с этим человеком, не проявив при этом ни свойственной девушке скромности, ни стыдливости. Напротив, Рикка упивалась тем, что завладела этим мужчиной, что смогла заставить его войти в нее, излить семя, испытать взрыв неожиданно сладостного удовольствия.

Так почему сейчас она испытывает не только возбуждение, но и страх?

Дракон двигался по комнате, закрывая ставни, хотя и оставил клеенчатые шторы приоткрытыми вверху, чтобы легкий вечерний бриз попадал в помещение. Светящиеся угли в жаровне освещали его движения. Рикка стояла в центре комнаты, не в силах отвести от мужа глаз. Он был удивительно грациозен.

У нее пересохло в горле и возникло внезапное желание выпить целый бурдюк вина. Трусиха! Тем не менее в глубине ее души таилось предчувствие, что на сей раз все будет иначе.

Дракон заметил волнение жены и слегка улыбнулся.

Он решил, что настало время окончательно прояснить их отношения. Она женщина сильная, мужественная и умная, и он не хотел бы другой. Однако теперь она была замужем и, следовательно, должна измениться. Его жена не должна действовать поспешно и своевольно, доставлять ему огорчения, безнаказанно убегать, подвергать сомнению его авторитет и, памятуя о прошлом, продолжать соблазнять его. Перечень ее дерзких поступков заставил его покачать головой, но отнюдь не уменьшил решимости. Его *жена* должна находиться в доме, приветствовать своего господина улыбкой и ласковыми словами, радовать своим присутствием гостей и согревать ему постель с положенным для *жены* энтузиазмом.

Таков был устоявшийся порядок в этом мире, хотя он все эти годы умудрялся не следовать ему. Теперь же он женат и просто обязан привести все в соответствие.

Дракон прошел на середину комнаты, где стояла Рикка. Положил руку ей на плечо. Девушка слегка вздрогнула, что уже обнадеживало, но это было лишь начало. Длинные пальцы Дракона отвели в сторону шелковистые волосы, открыв нежную линию ее шеи. Он наклонился, сделал легкий вдох и улыбнулся, почувствовав, как волна дрожи пробежала по ее телу. Медленно, расчетливо он скользнул губами вниз до основания ее шеи сначала с одной, затем с другой стороны. Рикка задрожала и откинула назад голову.

— Мой господин... — Она произнесла эти слова прерывисто, высоким голосом. Хорошее предзнаменование.

— Гм-м? — От нее пахло жимолостью, сосновым дымком и еще чем-то неуловимым, чисто женским.

— Было очень любезно с твоей стороны позволить мне сесть на Грэни. У тебя давно эти лошади? Здесь есть другие животные, пусть и не такие, как они. Хорошие лошади всегда нужны. Я подумала, что если ты разводишь их, то я могла бы помочь, а если не разводишь, то можно подумать о том, чтобы начать. При такой великолепной родословной очень скоро у людей со всех краев появится спрос на твоих лошадей. А поскольку ты интересуешься торговлей...

Улыбаясь, он повернул ее лицом к себе. Она разрумянилась, а глаза ее были открыты так широко, что, казалось, могли проглотить человека.

— Мы можем обсудить все эти вопросы в другое время, жена. А сейчас у меня лишь один интерес — затащить тебя в постель.

Румянец ее сделался еще гуще.

— Ну, что касается этого, то, я думаю, нет нужды так уж торопиться... То есть я имею в виду, что мы ведь уже вместе...

— Это было однажды, и происходило все как во сне. Честно говоря, моя леди, ты тогда застала меня врасплох. Я заснул, опорожнив кувшин вина, и очнулся в твоих объятиях.

— Мне показалось, ты получил удовольствие, — съязвила Рикка.

— Если честно, то я лишь слегка попробовал, получил лишь некоторое представление о том, что возможно.

Возбуждение боролось с тревогой. Наверное, он преувеличивает? Неужели возможно испытать большее удовольствие, чем она получила в ту ночь? Что касается его, то он, без сомнения, намерен держать все под контролем. Уж не начал ли он осуществлять свои намерения, волнуя ее своими легкими, дразнящими прикосновениями, касаясь ее щек и рта, опаляя ее своим теплым дыханием?

Но она не станет этого делать! Она испытывала огромное удовольствие, и брак — дело святое, но гордость повелевала, чтобы он не знал, как легко он может соблазнить ее. Если Дракон узнает об этом, она пропала.

— Я просто думала, что ты устал, — сказала Рикка и выгнула дугой бровь. — После такого долгого дня и путешествия.

Его возбужденное тело напряглось еще сильнее. Понимала ли она, что бросает вызов? Вероятно, нет, поскольку во многих отношениях она еще остается невинной. Он осторожно улыбнулся:

— Трогательная забота со стороны жены? Это лишнее, уверяю. Тебе понравился пир?

Пир? Рикка едва вспомнила о нем, хотя веселье еще продолжалось. Она еще могла слышать звуки музыки, которые порой долетали издали. Сейчас молодожены были только вдвоем. Она подняла глаза и снова испытала нечто вроде удивления. Его плечи загораживали лунный свет, лившийся через прикрытые ставни, и только свет очага освещал его черты. На этом фоне ее муж казался высеченным из камня.

— Твои люди добры.

— Они могут быть такими... Почему ты боишься?

— Я не боюсь! — Произнесенные слишком поспешно слова прозвучали фальшиво.

— Я думал, что ты просто стесняешься, но теперь вижу — дело не только в этом. Почему? Я ведь не незнакомец.

— И тем не менее ты для меня загадка.

Дракон сделал гримасу и потянул ее за локон, чтобы лучше видеть ее лицо.

— Ты льстишь моему самолюбию. Но скоро ничего этого не останется.

Она удивленно спросила:

— А что я сказала?

— Дело в том, чего не сказала, но это не важно. Я хочу услышать от тебя, моя жена, вздохи и стоны удовольствия, крики восторга еще до исхода ночи.

Рикка ахнула и отпрянула бы в сторону, но он предвидел ее реакцию и удержал за волосы — не больно, очень деликатно, и крепко — за талию. У нее были такие женственные формы. Рикка попыталась вырваться. Он засмеялся, увидев дивный огонь в ее глазах.

— Этот трюк со мной дважды не пройдет, — предупредил он, памятуя о том, как она освободилась от него в эссекском лесу.

Озадаченность в ее взгляде быстро сменилась появлением жаркого румянца на щеках, и это заставило его пожалеть о своих словах. У Дракона не было никаких оснований думать, что она снова поведет себя таким образом. Однако бывают ситуации, когда любого мужчину можно простить за проявленную осторожность.

Тем не менее он кое-что изменил в своем поведении. Он отпустил ее волосы, однако привлек ее еще ближе к себе и легонько погладил свободной рукой по плечу. Рукава платья плотно обтягивали ее руки, и Дракон понимал, что Рикка ощущает его ласку почти так же, как если бы он гладил ее по голой коже.

— Зачем нам пикироваться? — пробормотал он. — Я лишь хочу подарить тебе удовольствие.

Она дрожала и чувствовала себя бессильной. Дракон положил руку ей на грудь, его длинные пальцы стали гладить и дразнить сосок, который напрягся и затвердел. Наклонив голову и продолжая крепко держать жену за талию, он зубами сжал сосок, шелк быстро увлажнился и потемнел от прикосновения его языка. Она обхватила его за плечи, почувствовав, что ее колени вот-вот подогнутся...

— Ты хочешь полностью контролировать меня. — Рикка произнесла эти слова бесстрастным голосом.

Дракон удивленно поднял глаза.

— Ты моя жена.

— Скажи уж лучше, что твоя собственность, разве не так?

Он пожал плечами, удивляясь, почему она спрашивает о столь очевидных вещах.

— Все жены принадлежат своим мужьям.

— Я хотела быть свободной.

Его глаза потемнели. В словах Рикки слышался гораздо больший вызов, чем он ожидал.

— Ты хотела чувствовать себя в безопасности от Вулскрофта и других, даже от меня. Поэтому ты и убежала.

Она покачала головой.

— Ах нет, безопасность означала для меня монастырь, откуда даже мой отец не мог заставить меня уйти. Я хотела свободы, я вкусила ее, хоть и на очень короткое время, я хочу ее и сейчас.

Он крепко прижал ее к себе ладонями, пронзенный внезапной болью, которую причинили ее слова. Она снова хочет уйти? Сбежать, как это уже делала, и оставить его без надежды? Нет, небо, она не может этого сделать!

— Никто не свободен! — резко сказал Дракон. — У нас у всех есть долг и обязанности.

— Твой долг ты выбрал сам. Разве ты не возвратился после нескольких лет отсутствия и не вступил добровольно в наследование? Ты сам решил свою участь, ты хозяин положения, как и все мужчины. Я хочу того же самого для себя — не больше и не меньше.

— Но ведь ты женщина... — Дракон был искренне озадачен. Стремления, о которых она рассказала, свойственны мужчинам. Удел женщин — очаг и дом, воспитание детей, спокойная жизнь, защищенная от всевозможных превратностей судьбы. Мужчина, находясь в гуще битвы, во время любых невзгод и передряг должен рассчитывать на это, иначе каков во всем смысл?

— Ты женщина, — твердо повторил он. — И моя жена. Долгое время ты находилась в стороне от женского образа жизни, на тебя никто не оказывал влияния и не управлял тобой. Я аплодирую твоей силе и храбрости. Это проявится в моих сыновьях, однако...

— В твоих сыновьях? Они будут моими сыновьями, господин Честолюбец, также как и мои дочери! А может, только дочери, мне бы очень хотелось насолить тебе таким образом!

Ложь, все ложь! Но, как ни странно, одновременно и правда, потому что в ней происходила борьба. Рикка разрывалась надвое. Была опасность, что та девушка, какой она была, исчезнет навсегда, а та женщина, какой она становится, даже более незнакома ей, чем мужчина, который является причиной этого превращения.

— Я думаю, ты боишься не меня, а себя, — неожиданно сказал Дракон. Скальд в душе, он словно отодвинул занавес и все то, что мешало ему заглянуть вовнутрь подобно тому, как он собирался обнажить ее тело. — Ты боишься стать женщиной, потому что думаешь, что это сделает тебя слабой и уязвимой. Это далеко от истины, но в любом случае у тебя нет выбора, ибо твой Бог решил это за тебя.

Рикка засмеялась, испытывая облегчение. Он наконец понял то, что, по его мнению, было причиной ее противодействия.

— Однако, леди, по крайней мере отдай ему должное. Он работу проделал блестяще.

Слова Дракона лишили ее способности дышать. Но лишь на миг. Одного этого мгновения оказалось достаточно для Дракона, который давно понял преимущества неожиданности. Рикка оказалась в его руках, он шагнул и уложил ее на кровать раньше, чем она успела ахнуть.

Наклонился над ней. Его руки находились по обе стороны от нее, не касаясь, а как бы ограничивая ее в движениях.

— Значит, ты не боишься. Ты просто хочешь быть свободной.

Рикка сверкнула на него очами, как того требовала гордость.

— Я уже сказала тебе, разве не так?

— И ты хочешь дочерей, да?

— Зачем ты переспрашиваешь? С какой целью?

Белые зубы Дракона сверкнули в бликах огня.

— С какой целью? Может, я просто хочу исполнить твои желания. Ты хочешь свободы? Я могу дать ее тебе. Дочерей тоже, хотя этого не могу пообещать с полной уверенностью.

— Как ты можешь сделать меня свободной? — Может, он отправит ее прочь? Прогонит сварливую жену, чтобы она потом испытывала сожаления? Рикка испытала душевную боль, сделала попытку приободрить себя, но ей это не удалось.

Потому что его рот снова прижался к ее шее, рождая сладкую дрожь во всем теле. А руки, деликатные и умелые, осторожно снимали с нее платье, обнажая тело.

— Разве ты не заметила, — пробормотал он, продолжая сосредоточенно заниматься своим делом, — как ты парила в конце, когда мы лежали с тобой? Это и есть разновидность свободы.

Верно! Она никогда ранее не чувствовала себя более свободной, но ни за что на свете не признается в этом.

— На момент, — сказала она, — не более того.

Глаза Дракона, обрамленные темными ресницами, весело сверкнули.

— На момент? Приношу извинения. Будь уверена, на сей раз я все сделаю гораздо лучше.

Почему это прозвучало одновременно и как обещание, и как угроза?

Потому что это было одновременно тем и другим, как поняла она чуть позже, плывя по волнам наслаждения, в которые он ее бросил, и, задыхаясь, хватала ртом воздух. Он был человеком слова.

— Еще, душа моя, — пробормотал он грудным голосом, подняв голову и оторвавшись на миг от нежного холмика между ее бедер. Тихонько постанывая, Рикка мысленно оглядела себя. Кто эта женщина, которая так дрожит, чьи груди набухли, соски до боли затвердели, ноги бесстыдно раздвинуты, бедра поднимаются навстречу дерзким ласкам? Кто эта женщина, чье существо целиком сосредоточено на быстро набирающем силу напряжении, на обманчивой истоме, обволакивающей ее, на том, как он снова наклоняет голову, припадает к естеству, легонько касается ее, и она...

— Ах не-ет!

Она вцепляется пальцами ему в волосы, пытается оттянуть его от себя. Однако у нее нет никакого шанса, тем более что она едва ли может вспомнить, зачем она это попыталась сделать. Он словно парализовал ее каждым своим прикосновением, взглядом, словом.

И при этом улыбался. Он снова победил, добившись от нее капитуляции, на которую она не хотела идти. Он улыбался, когда приподнимал голову, когда целовал ее живот, впадинки возле бедер, скользил ртом и языком по всему ее трепещущему телу.

Она, правда, пыталась противиться. Но он смеялся, брал ее за запястья и прижимал их к постели.

— Моя нежная маленькая жена... такая послушная... такая податливая...

— Проклятие! Ты несправедлив! Почему ты не даешь мне потрогать тебя? — Ей так хотелось этого. Желание все более возрастало.

Дракон снова засмеялся, отпустил ее руки, поднялся и встал у кровати. Глядя на пикантное зрелище, он шутливо покачал головой.

— Потому что я знаю свои возможности и не хочу их исчерпать слишком быстро, как случилось прошлый раз. — Выдержав ее взгляд, он без смущения сбросил с себя тунику. Удовлетворенный тем, что привлек ее внимание, Дракон быстро снял сандалии, но не стал спешить с тем, чтобы сразу же лечь в постель. Он подошел к столу, налил из серебряного кувшина в два кубка с золотым ободком красного вина и поднес их к кровати.

Глядя на него, Рикка кончиком языка облизнула губы. И какое только божество было ответственно за то, что создало такого мужчину! Он был великолепен во всем. Массивные плечи и грудь, узкие крепкие бедра свидетельствовали о недюжинной силе. Его движения были красивы и непринужденны, он нисколько не стеснялся своей наготы и ее зачарованного взгляда. Стрела волос, сбегающая вниз по его плоскому животу, становилась шире и гуще в паху. Рикка смотрела на него широко раскрытыми глазами. Этот мужчина побывал внутри ее тела, она билась под ним в экстазе.

— Я тебе нравлюсь? — подавая Рикке один из кубков, с улыбкой спросил Дракон. Он прилег рядом, опираясь спиной о подушку, словно у него не было никаких других намерений, кроме как поговорить. — Ты не боялась раньше, а ведь тогда была еще девственницей.

— Похоже, невинность и невежество имеют много общего, — пробормотала Рикка и отпила добрую половину кубка. Лицо у нее разрумянилось, она чувствовала себя не в своей тарелке и испытывала желание натянуть на себя покрывало, чтобы прикрыть собственную наготу. Однако покрывало сбилось в ногах, и Рикка не могла этого сделать, не выказав со всей определенностью собственного смущения. Что касается Дракона, то он словно не замечал их наготы и не обращал внимания на свою возбужденную плоть. Завидуя самообладанию мужа, Рикка попыталась найти нечто такое, что могло ее отвлечь.

Спасение пришло неожиданно. Ее взгляд упал на длинный и глубокий белый шрам на левом бедре Дракона. У нее перехватило горло. Трудно сказать, что ее поразило в большей степени — свидетельство ужасного ранения или факт заживления страшной раны.

Не отдавая себе отчета в том, что делает, она провела пальцем вдоль шрама, едва прикасаясь к нему, словно боясь причинить боль.

— Как это произошло?

Он пожал плечами.

— Поединок. Я поскользнулся на сырой земле.

— Это смертельная рана, но ты выжил, и, кажется, она не причиняет тебе неприятностей. Как это может быть?

Дракон засмеялся, пытаясь скрыть возбуждение от ее прикосновения. Он не знал, сколь долго будет способен демонстрировать свое самообладание и способность контролировать ситуацию. Ее прикосновения этому определенно не способствовали. Равно как и выражение трогательной обеспокоенности и сочувствия в глазах жены, которые еще недавно метали в него настоящие молнии.

Характер у этой женщины был противоречивый — она была способна демонстрировать непреклонную гордость и в то же время была страшно уязвимой. Она могла его огорчить и озадачить, и он был благодарен за это Локи. А может быть, самой Фригг, ибо подозревал, что королева богов одобрительно относилась к таким, как Рикка.

— Теперь ты видишь, — сказал он как можно более будничным тоном, — преимущества путешествий и случайного выбора жены моим братом.

Рикка вскинула брови.

— Не понимаю.

— В Константинополе я встретил врага, который показал мне, как зашивать раны. Это показалось мне вполне разумным способом, гораздо более предпочтительным, чем прижигание раны раскаленным клинком. Спустя несколько лет, когда я истекал кровью на дороге в Ютландии, я вспомнил, что у меня есть при себе нить и игла, которыми мы пользуемся для починки парусов. Это сработало достаточно хорошо.

— Ты сам зашил себе ногу ниткой и иглой? — При мысли о том, что он мог ощущать, Рикка пришла в ужас. Чтобы такое сделать, нужно иметь нечеловеческое самообладание!

— Это было предпочтительнее, — пояснил Дракон. — Однако же я сделал это не слишком хорошо. Нога заживала плохо и беспокоила до тех пор, пока я не попал под опеку Кимбры.

— Леди Кимбры, жены Вулфа?

— Именно. Она изумительная целительница. И хотя были моменты, когда я подумывал о том, чтобы свернуть ее очаровательную шейку, она с помощью уговоров и своих приемов полностью поставила меня на ноги.

Это, должно быть, та самая Кимбра, которая славится своей красотой и которая снабдила Кристу замечательными рецептами. Леди Хоукфорт, которая сама столь красива, добра и благородна и являет собой образец настоящей жены.

Не в пример Рикке, не владеющей навыками, пригодными в хозяйстве, и весьма далекой от совершенства. Она мечтала только о свободе, заявила о своей решимости рожать только дочерей и рычала на мужа, когда он дарил ей удовольствие.

Должно быть, что-то из этих мыслей отразилось на лице Рикки, ибо настроение Дракона внезапно изменилось. Он взял из ее рук кубок и вместе со своим поставил на стол. Девушка напряглась, когда он обнял ее и прижал к своему плечу.

— Смотреть на тебя, — сказал он, — все равно что наблюдать за быстро меняющейся погодой у моря. То ты воплощенное спокойствие, то вдруг в тебе начинают бушевать шторма.

— Я постоянно скрываю свои чувства, вплоть до настоящего момента. Долгое время я думала, что у меня их нет вообще.

— Кроме желания быть свободной?

— Да, кроме этого. И если бы я как-то это выразила, то самое меньшее, что меня ожидало, это порка отца.

— Интересно, — проговорил Дракон, гладя ее волосы, — сколько времени тебе понадобится, чтобы понять — здесь ты в полной безопасности.

Рикка не могла ответить на этот вопрос. Она даже не хотела задумываться над этим. Тени прошлого — не слишком приятная тема для размышлений, тем более когда открываются более соблазнительные перспективы. Похоже, ее муж забыл о том, что не хочет, чтобы она касалась его плоти. Однако он пока что еще не сдался, как тогда, в ту зажигательную ночь, память о которой Рикке была до сих пор дорога. Возможно, ему следовало выпить больше вина. Однако, когда она игриво потянулась за кубком, Дракон придержал ее. И сделал это так быстро, что девушка не успела разгадать его намерений. Он прижал ее спиной к мягкому матрацу и навис над ней.

На его лице сверкнула белозубая улыбка.

— Давай заключим с тобой сделку, жена.

— Какую еще сделку? — Рикка даже не попыталась скрыть подозрения.

— Я сделаю так, как мне хочется, и ты не будешь мне противиться, а когда я буду удовлетворен, ты можешь делать то, что захочется тебе.

На мгновение ее поразило предложение мужа. Но только на мгновение...

— Ты помнишь, что я сказала о невежестве и невинности, мой господин?

— Очень хорошо помню, моя леди.

— Я избавилась от того и другого. Ты разыгрываешь меня. Когда ты будешь удовлетворен, то заснешь и оставишь меня злиться из-за того, что я вступила с тобой в такую дурацкую сделку.

— Ты обижаешь меня, а еще более — себя. Знаешь ли ты, насколько соблазнительна? Перед тобой ни один мужчина не устоит! — Дракон вдруг нахмурился. — Хотя не советую им, иначе их достанет мой меч. — Он взял ее огромной рукой за волосы, откинул ее голову назад и поцеловал в шею. — Да будет тебе известно, жена, у меня сильно развит собственнический инстинкт.

Рикка глубоко вдохнула, обхватила руками его плечи, развела ноги и потянула его на себя, вынуждая лечь на раздвинутые бедра.

— Да будет тебе известно, муж, — прошептала она, — что у меня не менее сильно развит собственнический инстинкт. — И легонько укусила его в мочку уха.

Она почувствовала, как напряглось его огромное тело. На мгновение пришла мысль, что с ее стороны слишком дерзко говорить подобные вещи, ибо женщинам не полагалось предъявлять подобные требования их господину. Однако эта мысль испарилась, едва Дракон накрыл ладонями ей груди и стал пальцами дразнить соски, после чего взял в рот сначала один, затем другой. Как всегда в этих случаях, она испытала ни с чем не сравнимое наслаждение. Не менее сладостными были ощущения, когда он стал входить в нее. Дракон делал это медленно, лицо его при этом было сосредоточенным и напряженным. Она как могла помогала мужу, стремясь принять его полностью. Все было как и в первый раз. Впрочем, сейчас не было боли.

Дракон приподнялся на мощных руках и посмотрел на жену. Хотя ночь была прохладная, на его лбу поблескивали бисеринки пота. Он пока не двигался, если не считать того, что самый кончик его плоти легонько шевелился внутри ее, сладостно касаясь скрытой в глубине точки, о существовании которой она даже не подозревала.

Мир словно взорвался, равно как и она вместе с ним. Волны наслаждения накатывали на нее одна за другой, когда он начал двигаться внутри ее, выполняя свой долг мужчины, любовника, мужа. Исходящие из единого центра волны захватывали все ее тело. Рикка беспомощно откинула голову на подушку, приподняв спину и выставив вперед разведенные бедра, чтобы принять его в себя еще глубже, слиться с ним окончательно...

— Дракон!..

Она приникла к нему, вцепилась ногтями в его плечи. Мир раскололся, и он потерял контроль. Судорожно целовал ее губы в том же ритме, в котором двигался в ней, а движения его становились энергичнее, учащеннее... Наслаждению, казалось, не будет конца.

Рикка лежала на спине. Она с удивлением обнаружила, что пребывает в сознании или, во всяком случае, возвращается из небытия. Поистине после того, что она только что пережила, она вправе была предположить, что больше никогда не будет являться частицей этого мира. И тем не менее вот она, лежит на смятых горячих простынях, ощущает поцелуи на губах и сосках, а слабая пульсация между ног напоминает ей о том, что происходило секунды назад.

Рикка слегка повернула голову, испытав облегчение оттого, что способна это сделать, и посмотрела на Дракона. Он опирался на локоть и с интересом наблюдал за женой.

— По-моему, ты не человек, — рассердилась она.

Он улыбнулся:

— Несколько мгновений назад я чувствовал себя как бог, но это твоя заслуга, а не моя.

Это звучало довольно мило, однако его невозмутимое спокойствие после тех потрясений, которые она пережила, рассердило Рикку. Она внезапно села и соскочила с кровати, хотя ей хотелось броситься в его объятия и ощутить тепло его тела, силу рук.

Теперь настал его черед рассердиться.

— И куда это ты собралась?

Она отбросила назад волосы, так что они прикрыли ей спину и ягодицы, и ответила ему через плечо:

— Найти ночную рубашку.

Она думала, что он станет возражать, однако Дракон удивил ее, сказав:

— Надень зеленую.

Рикка собралась было уже достать ее из сундука, но тут подняла голову. Дракон лежал на боку на смятой постели, подложив ладонь под голову, не смущаясь интимностью предлагаемого ей зрелища, которое заставило ее одновременно и смутиться, и почувствовать удовлетворение. Выхватив из сундука зеленую ночную рубашку, Рикка поспешно надела ее.

Дракон постарался скрыть улыбку. Он сильно сомневался в том, что Рикка отдавала себе отчет, как она выглядит в рубашке из материи, которая по субстанции не слишком отличалась от морской пены. Однако он отнюдь не собирался говорить ей об этом, поскольку она и без того была близка к тому, чтобы взбунтоваться. Вместо этого он сел на край кровати и протянул руку.

Рикка колебалась, но поскольку он ни о чем больше не просил, ничего от нее не требовал, а терпеливо ждал, она расслабилась. Увидев в нем нечто такое, что ей не понравилось бы, она постаралась бы подавить в себе коварные, предательские сладостные желания, которые он в ней зажег. Но что она могла сделать при виде этого великолепного тела, кроме как попасть под влияние его чар?

Она почувствовала дрожь возмущения.

— Рикка.

— Что-то стало прохладно.

Он поднялся, заключил ее в объятия и довел до кровати. Затем набросил на нее роскошное меховое покрывало и вернулся к столу, чтобы подать вина.

— Теплее? — спросил Дракон, когда оказался с ней под покрывалом.

Чувствуя тепло его тела и надежную защиту, какую не ощущала никогда в жизни, Рикка лишь кивнула. Вино, ощущение тепла и все, что произошло между ними, сморили ее, ей захотелось спать. Она в дреме почувствовала, что Дракон забирает у нее из рук кубок.

— Я не хочу спать, — пробормотала она.

— А что ты хочешь делать? — Его голос в темноте казался тихим и близким.

— Лежать здесь... вот так...

Она думала, что, будучи мужчиной, он станет возражать ей, но он лишь поцеловал ее в плечо, прижал спиной к своей груди. Его рука легла ей на талию, пальцы слегка коснулись живота.

Рикка сделала медленный вдох. Через тонкий шелк ночной рубашки она ощущала его твердость, однако он ничего не делал, ничего не говорил. Просто обнимал.

— Ты когда-нибудь теряешь контроль над собой? — спросила она.

Он не спешил с ответом, наконец сказал:

— Давно не терял.

— А ты хочешь этого сейчас?

Вопрос поразил ее. Она не знала, почему он возник. Вероятно, не знал этого и Дракон, однако он все же ответил:

— Контроль очень важен. Это становится совершенно очевидным в бою, где решается вопрос, кому жить, а кому умереть. Он важен всегда.

— И тогда, когда ты зашивал себе рану?

— Да, без этого я не выжил бы.

— А когда ты был ребенком?

— К счастью, тогда у меня был Вулф, который был мне щитом.

Она повернулась к нему лицом и тонкими пальцами коснулась его мужественного лица.

— Ты так и не ответил на мой вопрос.

— Я не понял его. Почему я должен терять контроль?

— Ты можешь обнаружить, что он не всегда тебе нужен. Ты доверял своему брату, знал, что всегда можешь положиться на него. Доверял ли ты кому-нибудь еще в такой же степени?

Он ответил быстро и весьма эмоционально:

— Нет!

Рикка обвила ногами его бедра.

— А хочешь этого?

— Ты в самом деле хочешь знать, чего я хочу? — Он выразительно хмыкнул. — Прости меня за откровенность, дорогая, но разве это не очевидно?

Это было очевидно, но Рикка не позволила увести себя в сторону. Сейчас, когда она чувствовала себя столь осмелевшей, она хотела воспользоваться случаем.

— Сделай такую милость, — пробормотала она, уткнувшись носом ему в грудь, — скажи мне, чего жаждет этот человек.

— Ты спрашиваешь меня, стану ли я доверять тебе? Да, конечно же. Но ты должна признать, что мы еще даже не начали делать то, что рождает доверие.

— А мы не можем попытаться это сделать?

Дракон положил руку ей на грудь, сжал пальцами твердый сосок.

— Можем, конечно, — согласился он, когда почувствовал ее дрожь. — Не противоборствуй мне.

— А я и не думаю. Даже абсурдно говорить об этом с учетом того, что произошло между нами.

— Ты делаешь это внутренне, — продолжал настаивать Дракон. — Ты колеблешься, пытаешься настроить себя против меня или против удовольствия, которое я доставил бы тебе или нам обоим. Я не знаю, что ты понимаешь под слабостью, угрозой или опасностью любого рода. Но я чувствую это и грущу.

— Тем не менее ты берешь верх. — Рикка посмотрела на его руку, которая ласкала ее грудь, затем ему в глаза. — Какая тебе разница? Ну, тебе понадобится чуть больше усилий для победы. Ты против этого возражаешь?

— Нет, душа моя. Поверь мне, ласкать тебя — это удовольствие, а вовсе не преодоление трудностей. Я просто хочу знать, что ты этого хочешь... без всяких оговорок.

— Ты хочешь, чтобы во мне ничего моего не осталось.

— Пусть у тебя остается все твое, — уточнил он, — но поделись со мной.

Искушение было велико. Сейчас, в темноте, он высказывал мысли о том, что могло бы быть. Они были совершенно отличны от того, что она знала в суровом мире при свете дня. Уж не заснула ли она в его объятиях и не снится ли ей все это?

Но нет, тело ее, без сомнения, бодрствовало и реагировало на его прикосновения, как бы она ни пыталась себя сдерживать. Безрассудное, беззаботное тело, которое не думает о прошлом или будущем, живет лишь настоящим зажигательным моментом. Счастливое тело!

Дракон ощущал трепет ее естества и усилил свои ласки. Его руки и рот блуждали по ее телу. Довольно быстро Рикка отдалась сладостным ощущениям, беспокойные мысли были заглушены быстро нарастающей волной страсти. Его победа на сей раз была и легче, и полнее.

Однако перед появлением первых лучей именно Рикка поднялась над ним. Она улыбалась, видя удивление в его сонных глазах.

— Ты не забыл нашу сделку, мой господин?

Удовлетворенный более, чем когда-либо ранее, Дракон с искренним изумлением проговорил:

— Дорогая моя, я не хотел бы тебя разочаровывать, но...

— Ты и не разочаруешь, — пообещала она и наклонилась. И очень скоро лорд Лансенд вполне определенно узнал, что его жена — тоже человек слова.

Глава 11

Рикка проснулась от нежного прикосновения теплых солнечных лучей. Они ласкали кожу ее лица. Она медленно пошевелилась, не вполне понимая, где находится. Первое, о чем она подумала, было то, что не ощущается качка корабля. Вероятно, они уже причалили?

Вчера... Лансенд... она ехала на Грэни... потом пир... Дракон...

Рикка села на кровати, отбросила назад волосы и огляделась по сторонам. Она издала вздох облегчения, убедившись, что одна в комнате. Но затем она осознала, что слишком заспалась. Первый полный день в замке! Она рискует потерять уважение людей, которые сочтут ее лежебокой.

Вода в кувшине на столе была холодной. Да и как ей не быть таковой, если она стоит здесь много часов, чуть ли не со вчерашнего дня? Рикка вымылась, не особенно страдая от этого, потому что горячая вода — это роскошь, которой она не была избалована.

Рикка достала из сундука одежду и стала одеваться. Вся одежда, привезенная из Хоукфорта, была гораздо более изысканная, чем грубошерстная сорочка, к которой она привыкла. Привыкнет ли она когда-нибудь к платьям, которые впору носить принцессе из сказки? Вероятно, но в отдаленном будущем. Так что нет смысла тратить попусту время на размышления об этом.

В самом деле, она не могла терять время. Оно и без того было потеряно. Однако у Рикки поубавилось мужества, стоило шагнуть из комнаты и увидеть ясный солнечный день. Легкий бриз доносил с моря запахи соли, пахло свежевскопанной землей. Солнечные лучи падали на западные склоны холмов, где можно было различить пасущихся овец. Поближе покачивались созревающие золотистые колосья хорошо ухоженного хлебного поля.

Далеко в море рыболовные суденышки направлялись в гавань, где стояло на якоре несколько купеческих судов. При виде этой мирной безмятежной картины Рикка почувствовала, что у нее спадает напряжение, которое постоянно присутствовало в душе. Она привыкла быть настороже, вымерять каждый свой шаг. Здесь все было внове и иначе. Она чувствовала себя брошенной на произвол волн, не ведающей, куда понесет ее поток.

Прежде всего — на кухню, решила девушка.

Снаружи здания горели пять очагов с железными треножниками. Там же была большая кирпичная печь для выпечки хлеба, у которой работали несколько человек. Одна из них, женщина средних лет с седеющими волосами, выбивающимися из-под платка, заметив приближающуюся Рикку, поспешила сообщить об этом другим и подошла ее поприветствовать.

— Миледи, я Магда Кирстендоттер. Если вы пришли осмотреть кухни, могу ли я показать их вам? Я работаю здесь несколько лет и буду рада, если моя помощь окажется кстати. — Сказав это, женщина отцепила от кожаного пояса цепочку с ключами и протянула Рикке. — Надеюсь, вы все найдете в полном порядке, миледи. Лансенд — богатое владение и очень хорошо снабжается.

Рикка неуверенно посмотрела на ключи. Она понимала их значение. Будучи женой господина, она обладала исключительным правом распоряжаться домашним имуществом, продуктами, питьем, одеждой и вообще всем. Таким образом, она должна держать у себя ключи и выдавать людям все необходимое, с ее точки зрения. Но также Рикка понимала, что не готова принять на себя подобную ответственность. Тем не менее иного выбора, кроме как принять ключи из рук улыбающейся женщины, не было. Когда увесистая связка оказались приторочена к поясу Рикки, Магда выглядела весьма довольной.

— Мы долго ждали, когда же лорд Дракон возьмет себе жену, миледи. Ваш приезд доставил нам великую радость.

— Хочу надеяться, — сказала Рикка, глядя на открытое и счастливое лицо Магды. — Вчера у меня сложилось впечатление, что люди не были уверены в своих чувствах ко мне.

Женщина, похоже, была удивлена подобной откровенностью, но быстро оправилась и засмеялась:

— Мнение людей переменилось, когда они увидели вас верхом на Грэни. Только представьте — женщина способна управиться с таким диким жеребцом! Знаете, мужчины только и говорили об этом вчера вечером! Они в конце концов сошлись на том, что лорд Дракон, должно быть, приказал лошади вести себя спокойно. Это единственное объяснение, по их мнению.

Рикка засмеялась, Магда охотно к ней присоединилась. Вскоре смеялись уже все женщины. Магда представила их Рикке, и очень скоро новая хозяйка оказалась в центре непринужденно болтающих женщин, которые направлялись к кухням. Их доброжелательный юмор произвел на Рикку большое впечатление. Никогда раньше, если не считать ее кратковременного пребывания в Хоукфорте, она не встречала женщин столь раскованных и бесстрашных. И пусть даже это было обычным явлением для этих мест, она все равно не переставала этому удивляться!

Кухни представляли собой нечто такое, чего она никогда раньше не видела. В Вулскрофте это были мрачные темницы, откуда поступало мясо — либо недожаренное, либо пережаренное, обугленное, а иногда одновременно недожаренно-обугленное. Рикке редко приходилось бывать там. Ее отцу не приходила в голову мысль возложить на дочь ответственность за это, а тем более наделить какими-то полномочиями.

Здесь все обстояло иначе. Кухни сверкали чистотой, на полу не было и намека на какой-нибудь мусор, в помещении царили приятные свежие запахи.

— Здесь у нас вода, — сказала Магда, показывая на колодец, вырытый в центре кухни. Она говорила по-саксонски, но повторила фразу также по-норвежски и одобрительно кивнула, когда Рикка попыталась ее воспроизвести. — А здесь, вы видите, много кастрюль и вертелов из прочного железа. Их для нас изготавливают кузнецы. Но есть миски и блюда, которые торговцы привозят издалека.

Вчера в суете Рикка не заметила красиво украшенных блюд из глазурованной глины, драгоценных металлов и стекла. Ее внимание привлек также огромный расписной сундук, который стоял у стены. Он был в человеческий рост и содержал много выдвижных ящиков разных размеров.

— Большинство специй мы храним здесь, — пояснила Магда, — за исключением, разумеется, соли. — Она показала на связку ключей, переданных Рикке. — Тонкий длинный ключ открывает этот замок. Обычно я открываю его каждое утро и выдаю специи, которые могут понадобиться в течение дня. Разумеется, вы можете установить свой распорядок.

— Я не вижу причин для того, чтобы менять установившийся порядок, — проговорила Рикка. Она пыталась переварить невероятную мысль о том, что весь этот огромный сундук наполнен специями и что они имеются где-то еще. Но еще больше потрясала и пугала мысль, что теперь именно она отвечает за все это и должна знать, что со всем этим делать.

Рикка слегка покачнулась.

— Ах, миледи! — воскликнула Магда. — Я очень сожалею! И о чем только я думаю! Лилла, быстренько стул для ее светлости. Вам следует что-то съесть. Может быть, суп и свежеиспеченные булочки.

Тут же появился стул, и Рикке помогли сесть. Перед ней словно материализовалась пища. Женщины закудахтали, глядя на хозяйку с беспокойством и любопытством.

— Вам лучше? — спросила Магда, когда Рикка вначале отщипнула, а затем просто накинулась на вкуснейшую булочку.

— Да, спасибо, я не ела довольно долго и... — Если быть точной, не ела со вчерашнего вечера, сейчас день тоже катился к вечеру, и, стало быть, прошло около суток. Неудивительно, что у нее закружилась голова. Рикка отмахнулась от своих мыслей, почувствовав на себе внимательный взгляд Магды.

— Что-то случилось? — спросила она.

— Нет-нет, миледи.

Рикка подождала, убежденная в том, что эта дружелюбная женщина не должна опускаться до лжи. Терпение подтвердило ее правоту.

Магда переглянулась с кухарками, некоторые из них ободряюще кивнули. Поколебавшись всего один момент, она заговорила:

— Мы думали... может... ну, вы знаете... Лорд Дракон души не чает в своей племяннице. Так трогательно видеть их вместе. Мы ждем с нетерпением, когда наш ярл сам станет отцом.

Значит, они подумали, что она... Рикка покраснела и сразу же осудила себя за это. Она теперь замужняя женщина, и вполне резонно ожидать от нее детей. Тем более учитывая, что было между ней и Драконом. В самом деле, она уже может быть беременна и даже не знать об этом. Эта мысль повергла ее в смятение, наполнила трепетом. У нее может быть ребенок, которого она будет любить, лелеять и опекать, который вырастет совсем в других условиях, чем она. И в то же время это налагает такую ответственность! Будет ли она хорошей матерью?

— Попробуйте-ка суп, — мягко предложила Магда. — Скажите, что вы думаете о приправе, миледи?

Рикка проглотила ложку супа и была поражена его вкусом. Она узнала вкус цыпленка, дикой моркови, можжевельника и чего-то еще...

— Тимьян, — пояснила Магда. — Я подумала, что это подойдет сюда, после того как узнала, что его употребляет леди Кимбра.

Снова знаменитая Кимбра. Рикка на момент порадовалась, что по крайней мере миловидная Криста находилась на другом берегу моря. Ей вполне хватало одной из них. Но тут же поймав себя на этой мысли, испытала чувство стыда. Она съела еще немного супа и могла бы съесть и больше, если бы не сдержала себя. Сегодня она и без того зарекомендовала себя не с лучшей стороны: вначале спит почти до вечера, затем ее тут же надо кормить. Хорошенькое впечатление она может произвести!

Рикка встала, оправила изысканное платье.

— Я хотела бы взглянуть на складские помещения.

Магда повела ее к складам. Эта женщина была воплощенной любезностью. Она готова была рассказать обо всем, что, по ее мнению, заслуживало интереса, и старалась ввернуть в разговор как можно больше норвежских слов, когда почувствовала, что Рикка стремится их запомнить.

Когда они приблизились к складам, Рикка увидела знакомого мужчину, который шагнул от конюшни, посмотрел в ее сторону и снова быстро скрылся там, откуда только что вышел. На момент ей подумалось, что этот молодой человек — она узнала Магнуса — избегает ее. Но мысль ей показалась глупой — с какой стати он должен это делать?

— Это был Магнус? — спросила она у Магды, но та его не видела и лишь пожала плечами.

— Возможно, миледи.

— Он был раньше в Скирингешиле?

После недолгого колебания Магда сказала:

— До прошлого года, затем приехал сюда. — Женщина остановилась и посмотрела на Рикку более внимательно. — Вам об этом рассказал лорд Дракон?

— Он говорил мне, что Магнус служил его брату.

Магда медленно кивнула и двинулась дальше. Рикка шла рядом.

— В Скирингешиле произошел... несчастный случай. Вины Магнуса в том не было, но он чувствовал себя там неуютно.

— А что случилось?

— Он должен был охранять леди Кимбру. На нее напали, и он, защищая ее, ранил человека. Никто не считал его виновным, но когда это всплыло... В общем, лорд Дракон предложил ему должность здесь.

— Насколько я понимаю, они хорошо знали друг друга?

— Магнус был неразлучен с ярлом с детских лет. Когда на наши земли напали и все здесь разрушили, братья нашли в себе мужество выйти в большой мир. Это было правильное решение. Магнус очень хотел отправиться с ними, но это было невозможно. Ему не было еще и шести. Лорду Вулфу тогда едва исполнилось двенадцать, а лорду Дракону — восемь.Им надо было выжить самим да еще и защитить столь маленького ребенка.

— Значит, Магнус остался со своими родителями?

— Они были мертвы — погибли при набегах. Его взял к себе дядя. — Магда тяжело вздохнула. — К сожалению, он был суровый, грубый человек. Но вы должны понять, что из-за постоянных набегов люди жили в ужасающей нищете и постоянном страхе. Не хватало пищи и тепла... и многого другого, в том числе надежды. Это развивало в некоторых людях не самые лучшие качества. К счастью, все сейчас изменилось.

— Благодаря лорду Дракону и лорду Вулфу?

Магда кивнула.

— Осиротевшие мальчишки, которые отправились искать счастье в мире, вернулись назад мужчинами, и не просто мужчинами, но сильными и хитрыми воинами. И появилось богатство, которого достаточно, чтобы заново построить Скирингешил и Лансенд. Превратить их в то, что вы видите сегодня, изменить до неузнаваемости жизнь всех и каждого.

Трудно было бы выбрать более подходящее время для таких слов, ибо именно в этот момент они подошли к массивным деревянным дверям склада. Дверь отомкнули, Рикка вошла внутрь и ахнула. Она никак не ожидала увидеть в это время года подобное богатство, ведь урожай еще находился в полях.

Для Рикки эта пора была временем постоянного беспокойства и ожидания, надежд на то, что пойдет дождь, но он не будет слишком сильным, что солнце будет щедрым, но не иссушающим, что не случится какого-нибудь бедствия, которое погубит выращенный урожай; и так продолжалось до тех пор, пока урожай оказывался наконец дома и его не успели побить морозы. Нередко Рикка видела, как отец и его люди жевали мясо у зимнего очага, в то время как крестьяне питались чем придется, старые и юные умирали, другие выживали, но становились похожи на живые мощи. Раньше она думала, что богатый урожай, к тому же хорошо сохраненный, — это единственная гарантия против голода, но сейчас осознала свою ошибку. Толстый кошелек, если его мудро раскрывать, также гарантирует полные кладовые.

— Откуда это зерно? — спросила она у Магды.

— Откуда-то с далекого юга, где урожай уже собран. Ярл обменивает его на другие товары.

— Какие?

— Копченая рыба, меха, лошади и корабли. Лорд Лансенд и его брат построили такие быстрые и прочные драка-ры, что их покупают, чтобы плавать очень далеко.

— Понятно... и они, наверное, контролируют торговлю вдоль всего побережья? А те, кто хочет торговать, должны платить им дань?

Магда пожала плечами.

— То, что они хорошо владеют оружием, позволяет поддерживать мир и вести торговлю.

Итак, ее муж на самом деле был богатым человеком, к тому же имел большую власть, но использовал все это для того, чтобы улучшить жизнь людей. Неудивительно, что в Лансенд наехало так много народа.

Позади склада в скале были вырыты подвалы, где хранились бочки с медом, элем и вином. Были здесь также просторные помещения, сейчас пустые, потому что животные паслись на склонах холмов, но скоро сюда доставят зимний корм. Рикка увидела коптильни, которые вскоре будут работать день и ночь, а также ряды стоек для вяления рыбы и мяса.

Теперь ей надо научиться управлять всем этим хозяйством. Ее руки слегка тряслись, когда она проверяла свисающие с пояса ключи, пытаясь запомнить, каким что открывать.

Она все еще была с Магдой и осматривала ткацкую мастерскую, когда к ним присоединился Дракон. Он пришел прямо с тренировочного поля и поэтому был по пояс голый. Рикка подумала, что он просто великолепен. Заикаясь, она поприветствовала мужа и заметила при этом широкую улыбку Магды, которая тут же выскользнула из помещения.

Они стояли в тиши мастерской, пылинки плясали в снопе солнечного света, падавшего из окна, пахло шерстью. Стояли молча, пока Дракон не нарушил тишину вопросом:

— Магда все тебе здесь показала?

Рикка кивнула; ей хотелось бы отвести глаза от его лица, но она была не в состоянии этого сделать.

— Магда очень добра.

— Да, она хорошая женщина, но все понимают, что теперь ты здесь хозяйка. Можешь вносить любые изменения, которые пожелаешь.

— В самом деле? — Губы Рикки дрогнули в улыбке. — Ты хочешь сказать, что если я прикажу, чтобы мусор не убирали с пола, пока он не сгниет, еду не подавали, пока она не остынет, одежду не стирали, пусть она вся в грязи — чтобы проявить себя, — то это порадует тебя?

Дракон расхохотался и дернулся было к Рикке, но, вспомнив, в каком он виде, остановился.

— Ты тут говорила о грязи. Не составишь ли мне компанию? Я хочу окунуться в озере. Оно совсем близко отсюда.

Он собирался купаться. В голове Рикки сверкнуло воспоминание о том, как он выходил из сауны. У нее мгновенно пересохло во рту.

— Я думала, что викинги любят вначале обдать себя кипятком.

— В общем, я бы согласился с тобой, но если я влезу сейчас в сауну, то засну.

— Ты устал от своих упражнений на тренировочном поле?

Он окинул жену взглядом, словно собрался прожечь ее насквозь.

— Я устал от упражнений в постели, о чем ты, как я подозреваю, хорошо знаешь.

— Рада это слышать.

Дракон с удивлением посмотрел на раскрасневшееся лицо Рикки.

— Я переживала из-за того, что ты занимаешься тяжким трудом. Дама проспала почти весь день.

— Если тебя это утешит, то скажу, что я заснул под деревом, к восторгу моих людей, которые вряд ли скоро забудут об этом.

Рикка засмеялась. Напряжение спало, и она протянула мужу руку.

Озеро находилось по другую сторону холма. Идти туда было удобно, дорога была безлюдна — в этот час жители занимались подготовкой к ужину. Лишь отдаленные, едва уловимые звуки долетали из города.

— Мы не ездили верхом сегодня, — сказал Дракон, когда они подошли к озеру. — Может, завтра покатаемся.

Едва ли не впервые в жизни мысль о том, что она окажется на великолепном жеребце, не взволновала Рикку. Ее внимание сосредоточилось на великолепном теле мужа. Полностью обнаженный, он направился к озеру, нырнул с головой, через какое-то время вынырнул, отряхнул воду с волос.

— Подай мне, пожалуйста, мыло.

Такая несложная задача, однако, чтобы ее выполнить, нужно подойти поближе.

— Очень милое платье, — с улыбкой заметил он.

— У меня все платья красивые благодаря леди Кристе и твоей щедрости.

— Будет жаль его намочить.

Она с тревогой взглянула на мужа, пытаясь угадать, неужели он и в самом деле это сделает. Дракон смотрел на Рикку невинным взглядом, и это подтвердило ее опасения.

— Ты имеешь представление, сколько женщин трудилось, чтобы изготовить такое платье?

— Нет, а ты?

— Нет, поскольку у меня никогда не было такого наряда. Но ты наверняка не хочешь его испортить.

— Тогда не лучше ли тебе его снять?

Да, это будет надежнее. Находиться в обнаженном виде в его объятиях.

— Озеро кажется глубоким. Помни, что я не умею плавать.

— Вспомни, что я хочу научить тебя.

Ее тревога усилилась.

— Надеюсь, не сейчас?

— А почему? Когда еще будет более подходящее время?

— Но я не думала... Я не готова...

— Ты будешь готова, — терпеливо заметил Дракон, — если снимешь это платье.

Она сделала шаг назад.

— Я должна настроиться, подготовиться...

— Рикка!

— Да?

— Я делаю два вдоха. Затем выхожу из воды, снимаю с тебя платье, и ты будешь учиться плавать. Ясно?

Ясно. Она сделала еще шаг назад и оглянулась через плечо, ища путь к бегству. Это было ее ошибкой.

Мокрые руки цепко схватили ее, и это произошло настолько неожиданно, что у Рикки не было даже ни секунды, чтобы об этом подумать. Столь же быстро Дракон сдернул с нее платье, заронив беспокойную мысль о том, что он хорошо умеет обращаться с женской одеждой.

Вода оказалась... вовсе не неприятной.

— Расслабься, — сказал Дракон. Он прижимал ее к себе, пока шел по дну, все глубже погружаясь в воду.

Во взгляде Рикки читался упрек. Дракон увидел это и засмеялся:

— Не буду просить тебя о другом. Просто постарайся не утопить нас обоих.

— Я могу это сделать?

— Разумеется, нет, это просто шутка. Ты только дыши нормально.

Рикка прильнула к нему, когда вода накрыла их обоих. Зачем люди это делают? Почему они не могут оставаться на родной для них земле?

— Я не думаю...

— Очень хорошо, думать в такой ситуации — ошибка.

— Я хочу сказать, это не слишком хорошая идея.

Дракон остановился, посмотрел на нее сверху вниз, в глазах его затеплилась нежность.

— Рикка, рыбы плавают.

— Конечно, плавают.

— Рыбы глупы. Иначе как бы мы их ловили? Однако они плавают, и ты, женщина умная и мужественная, сделаешь то же самое.

Он считал ее умной — он, кто мог читать и мечтал о том, чтобы создавать книги? И мужественной. Такой воин, как Дракон, обнаружил у нее это качество? Может быть, она все-таки сумеет поплыть. Ей была невыносима мысль о том, что она не оправдает его ожиданий.

— Что я должна делать?

— Лечь на спину, расслабиться, сделать несколько глубоких вдохов, выпрямить ноги. Я пока держу тебя.

Она ощущала его руки, поддерживающие ее спину. Небо было лазурно-голубое. Над озером лениво кружили чайки.

— Откинь голову назад, — ровным тоном сказал Дракон.

Волосы у нее были мокрые. Она чувствовала, что они плавают вокруг нее. Вода была довольно приятная, поскольку день жаркий. Ей ничего не требовалось делать, она должна только лежать и позволять ему поддерживать себя...

Дракон стоял в нескольких футах от нее, это было слишком далеко, чтобы он все еще мог ее поддерживать.

— Дракон! — Рикка вскинула голову, ноги ее опустились вниз, и она заколотила ими. Он мгновенно оказался рядом.

— Спокойно. Ты отлично держалась на воде, пока не испугалась. Вода удержит тебя, если ты позволишь ей это.

— Не отходи от меня и не бросай опять.

Уголки его рта дрогнули.

— Ладно. Как, готова?

Конечно же, Рикка не была готова, но, судя по всему, у нее не было выбора. Она снова лежала на воде, глядя в небо, и почувствовала, когда он убрал руку. Однако на сей раз она продолжала держаться на воде, а спустя некоторое время ей это даже понравилось.

— Хорошо, — с удовлетворением сказал Дракон. — Теперь мы попробуем иначе.

— Иначе? Зачем? Ведь сейчас так здорово!

— Ты никуда не сможешь попасть, лежа на спине. — На его лице появилась озорная улыбка. — То есть, вероятно, это возможно, но сейчас не будем говорить об этом. Сделай глубокий вдох.

— Зачем?

Затем, что ее лицо оказалось в воде. Когда она вынырнула, отфыркиваясь, он был неумолим.

— Попробуй снова, — сказал он.

— Я не хочу!

Дракон с укором вздохнул, и этого оказалось достаточно. Рикка набрала в легкие воздуха, опустила лицо в противную воду и держала его там даже тогда, когда он взял ее ноги и вытянул их назад. Удивительно, но она не тонула.

Когда опускающееся солнце коснулось верхушек деревьев, Рикка впервые поплыла. Она сделала всего лишь несколько гребков, но полученное ею удовольствие было неописуемым.

— Я сделала это! Я в самом деле проплыла!

Дракон стоял, уперевшись руками в бедра, вода плескалась у его пупка.

— Да, проплыла.

— Ты замечательный учитель!

Этот комплимент поразил его. Ведь она могла быть такой колючей, когда не таяла от истомы в его руках, и он понимал, что вынудил ее кое-что сделать против ее воли. Он мог ожидать и более упорного противодействия, однако жена благодарила его. Похоже, она избавилась от напряжения.

Солнце заходило за западные холмы, и свежий бриз подернул поверхность воды рябью. Дракон хотел было задержаться еще, но, увидев, что жена озябла, переменил свое решение.

Рикка была возбуждена новизной ощущений. Смеясь, она вошла в круг его рук, а затем покорно стояла, когда он обернул ее в кусок льняной материи и быстро растер тело. Когда Рикка оделась, Дракон надел чистые штаны, но отказался натягивать тунику.

— Тебе не холодно? — поинтересовалась она, собирая одежду и мыло.

— Сейчас лето, душа моя, поэтому не холодно.

— Тогда я не могу себе представить, какая здесь должна быть зима.

Он дотронулся пальцем до ее носа.

— Пусть тебя это не беспокоит. Ты оденешься в меха и будешь уютно сидеть у очага. — Приблизив к ней лицо, негромко добавил: — Зимние вечера очень долгие. Так что нам придется чем-то занимать себя.

Он мысленно представил ее себе, но не закутанную в меха, а лежащую на них; на ее гладкую розоватую кожу ложатся блики от горящих жаровен... Право же, человеку требуется не так много в этом мире... а может, и в другом.

Однако вскоре, когда они взбирались по склону, Дракон вынужден был вспомнить о своих обязанностях. Недалеко от гребня их встретил Магнус. Улыбнувшись извиняющейся улыбкой Рикке, он обратился к ярлу:

— Мой господин, сожалею, что вынужден побеспокоить вас. Корабль из Гола, который вы ожидали, только что вошел в гавань.

— Что-нибудь известно о его грузе?

— Я не говорил напрямую с капитаном, но, кажется, все в порядке.

— Хорошо, я сейчас приду. — Он повернулся к Рикке. — Дорогая, прости меня, но я этого ожидал многие месяцы. Магнус, проводи ее светлость. И еще, Рикка, скажи Магде, что капитан и его люди присоединятся к нам за столом. Это Пауло. Просто назови ей имя, она знает, что он любит.

С поспешностью и возбуждением мальчишки Дракон умчался встречать корабль. Рикка осталась с Магнусом.

С лейтенантом, которому муж доверяет больше, чем кому бы то ни было, напомнила себе Рикка. Тем не менее она не взяла руку, которую он предложил, притворившись, что не заметила, и шла через холм одна, слыша его шаги в нескольких футах от себя.

Она видела его на той же стороне холма, где было озеро. А не по другую сторону, где ему следовало оказаться, если бы он пришел раньше и выжидал.

Подглядывал за ними? Эта мысль обожгла ее сильнее, чем студеная вода. Однако тут же она подумала, что может сильно навредить человеку своими подозрениями. Она могла не заметить появления Магнуса, поскольку ее отвлек — и очень легко мог это сделать — Дракон. Так что Магнус мог быть совершенно невиновным.

— Что-нибудь случилось, миледи? — спросил он наконец, ускорив шаг и поравнявшись с ней.

Рикка ответила любезно, хотя и осторожно:

— Нет. Просто я задумалась.

— Конечно, здесь так много нового для вас.

— Да, хотя здесь все очень добры ко мне.

— Приятно слышать. Если у вас возникнут проблемы, буду счастлив помочь.

Ложь.

Осознание этого пронзило Рикку, как это всегда случалось. Словно какая-то мрачная тень накрыла ее. Она метнула быстрый взгляд на Магнуса и ускорила шаг.

Он выглядел вполне искренним — человеком, который не способен на обман или какие-то уловки. У него была чистая кожа, ясный взгляд. Вероятно, именно по этой причине он выглядел столь молодым, словно жизнь не затронула его так, как всех других.

В этом было что-то изначально непонятное, но Рикка не могла сообразить, в чем тут дело. И поэтому была несказанно рада, когда они подошли к городу и она оказалась одна.

Рикка отыскала Магду на кухне и сообщила ей новость. Начавшиеся суета и подготовка к приему гостей заставили Рикку забыть обо всем прочем.

Глава 12

На следующий день Рикка проснулась раньше, но лишь потому, что настроила себя на это. В противном случае ее предательское тело осталось бы пребывать в ленивом сне. Она помылась, оделась и вышла из дома. Было уже позднее утро, и все вокруг были заняты своими делами. Рикка решила найти Магду, но тут ее внимание привлекла группа мужчин, стоящих перед большим зданием.

Она осторожно приблизилась к ним. Мужчины о чем-то возбужденно спорили.

То, за чем они наблюдали, очевидно, доставляло им большое удовольствие. Они кого-то дружно и громко подбадривали. Круг мужчин двигался, расширяясь и сужаясь в зависимости от ритма происходящего внутри. Затем он разорвался, и Рикка совершенно неожиданно для себя увидела...

Да, это был Дракон. Держа в руке меч, он сражался сразу с добрым десятком воинов. Они один за другим выходили вперед, обменивались ударами, каждый из которых в ее восприятии мог оказаться смертельным, — и отступали, доброжелательно, в то же время неохотно, но отступали. Слышны были комментарии, советы, рассуждения об оружии, а тем временем воин за воином вступали в бой, чтобы испытать силу и мастерство своего ярла. И Дракон сражался, не выказывая ни малейшего колебания и слабости. Казалось, что он получает удовольствие от этой опасной игры.

Нет, Рикка никогда не поймет мужчин. Они устраивают неистовую игру, словно не думая о том, что единственный неверный шаг способен унести человеческую жизнь. Смертельная игра велась с демонстрацией потрясающего мастерства. В кругу не осталось никого, кроме Дракона. Больше никто не выступил вперед и не бросил ему вызов.

Он стоял, держа перед собой меч, стоял спокойно и прямо, как будто и не было перед этим нескольких десятков поединков. Увидев, что никто больше не вышел в круг, Дракон засмеялся и опустил меч.

— Эти мавры делают отличные мечи!

— Да, в самом деле, — подтвердил Магнус. Он отделился от толпы и восхищенно кивнул. — Неудивительно, что вы готовы были ждать их так долго.

— Я бы еще дольше ждал, чтобы узнать секрет их изготовления, но они его тщательно хранят. — Дракон поднял оружие снова и внимательно оглядел лезвие.

— Секреты можно выведать, — заметил Магнус. Он с не меньшим интересом разглядывает оружие, подумала Рикка. — Вы заплатили королевский выкуп. За такую цену можно было бы подкупить нужного кузнеца.

Дракон засмеялся и похлопал лейтенанта по спине.

— А ты не думаешь о том, что мавры ополчатся против нас, прогонят наши дракары из своих портов и снесут головы любому из викингов, который будет иметь несчастье появиться у них?

— В таком случае мы начнем войну против них, господин. Разве мы не достаточно сильны?

— Разве? Их много, нас мало, мы мирно уживаемся, когда уважаем их законы и образ жизни. Для меня этого достаточно.

Магнус ничего не сказал на это, но наблюдающая за ним Рикка уловила насмешливый блеск во взгляде лейтенанта, которого не заметил — она это видела — ее муж.

Потому что именно в этот момент Дракон увидел жену.

Это была не улыбка уставшего воина, а улыбка ликующего мальчишки!

— Рикка, ты только подойди и посмотри! Это меч мавров из Испании. Они удивительные мастера по обработке стали!

Круг мужчин раздался. Они поглядывали на Рикку со сдерживаемым любопытством, но старались отойти подальше, чтобы ненароком не задеть ее. Преодолевая смущение, с приклеенной улыбкой она подошла к мужу.

— Похоже, что так, и ты работал им великолепно.

— Иначе невозможно, поскольку он легче, чем любой другой меч, и прекрасно сбалансирован. — Дракон без предупреждения протянул меч Рикке: — Вот, попробуй сама!

Она не просто услышала, но почувствовала, как ахнули мужчины. Подобное не делается. Оружие такой ценности предназначено для воинов, и притом для сильнейших из них. Ярл же вложил его в руки женщины-чужестранки, которой они не видели до вчерашнего дня, которая говорила лишь на ломаном норвежском и которая, по слухам, даже не хотела выходить замуж за викинга.

Рикка не имела права отступить перед таким вызовом. Она крепко сжала рукоять меча, молясь о том, чтобы не опозориться. Меч был тяжелым, но не до такой степени, как другие, которые она тайком брала в руки. Этот явно отличался от остальных. Рикка взмахнула оружием, и широкое лезвие описало в воздухе небольшие четкие дуги. Терлоу научил сестру кое-чему, не без оснований опасаясь, что ей, возможно, придется скрестить оружие с одним из братьев, а то и с отцом. Это означало бы для нее смерть, но в прошлом бывали такие времена, когда она сочла бы это желанным исходом.

Но, разумеется, не в этот миг. Это была лишь игра. Рикка засмеялась и направила острие меча на Дракона.

— Очень плохо, что у тебя нет второго меча.

— Есть. Я купил два — один для себя и другой для Вулфа. — Ей показалось, что он на момент задумался, уж не принести ли ей второй меч, но вместо этого нанес удар, который потряс ее: — Между прочим, он и Кимбра скоро должны быть здесь.

— Ч-что? — Потеряв бдительность, она позволила острию меча опуститься.

— Мой брат и его жена будут здесь сегодня. Я подумал, что тебе интересно об этом узнать. — Дракон широко улыбнулся.

— Конечно, мне интересно! Но почему ты говоришь об этом лишь за несколько часов до их приезда? Не мог сказать раньше?

Ярл шагнул вперед и вежливо взял меч из рук жены.

— А какое это имеет значение? Магда и женщины все приготовят. Жилище Вулфа и Кимбры всегда в полном порядке. А ты... — Он посмотрел на Рикку так откровенно, что со стороны его людей послышались смешки. — Ты выглядишь вполне неплохо.

Ей захотелось взять меч обратно. Чтобы проткнуть им этого насмешника.

Похоже, Дракон прочитал ее мысли и решительно сунул меч в ножны. Понизив голос, он сказал:

— Все будет хорошо, Рикка.

Ей очень хотелось в это верить, однако она была полна сомнений. Леди Кимбра никогда не наставит меч на своего мужа, тем более перед толпой его людей. К тому же не станет бить ему коленом в пах. Она славилась красотой, умением исцелять раны, а вдобавок была лучшим поваром на территории всех христианских стран.

И вот она приезжает сюда. Рикка застонала в душе. Поистине чаша ее терпения переполнилась.

Дракар, парус которого был украшен гербом Вулфа, бросил якорь в порту Лансенда спустя несколько часов. Дракон пришел на причал, чтобы встретить и поприветствовать гостя. С ярлом была и жена, хотя ему не сразу удалось уговорить ее. Даже сейчас он крепко держал Рикку за руку, чтобы она ненароком не сбежала. Впрочем, она не собиралась этого делать. Бегство в такой момент было бы трусостью. А кроме того, бежать было некуда.

Поэтому она стояла, стараясь держаться с достоинством, в душе благодаря леди Кристу — еще одну идеальную жену — за то, что та позаботилась о ее нарядах. Хотя наверняка в ее туалете что-нибудь было не так. Вполне вероятно, что волосы ее растрепались, щеки излишне разрумянились, а манеры недостаточно женственны. Одним словом, наверняка в ней будет обнаружен какой-нибудь изъян.

Тем более этим высоким черноволосым мужчиной в черном наряде, который сошел с дракара и предложил руку женщине, оказавшейся с ним рядом.

Ростом он не уступал Дракону и, судя по всему, был не менее грозным воином. Но она иного и не ожидала. Черты лица его были достаточно красивы, хотя Рикка лишь бегло взглянула на мужчину. Все свое внимание Рикка сосредоточила на женщине, и от того, что она увидела, у нее защемило сердце.

Леди Кимбра была воплощением красоты. Каштановые волосы с золотистым отливом волнами ниспадали до самых колен. Голубые, словно море в солнечную погоду, глаза с густыми ресницами украшали идеальной формы овальное лицо. Нос был тонкий и прямой, розоватые полные губы слегка приоткрыты. О ее фигуре можно сказать коротко — она воплощала все то, о чем мечтает каждый мужчина.

Кимбра была совершенна — изысканно, неподражаемо совершенна. Она была похожа скорее на ожившую статую, чем на реальную женщину. Во всяком случае, до того момента, пока не улыбнулась. И тут она вдруг сделалась вполне живой и... милой. По-человечески милой.

— Дракон! — окликнула она своего деверя и, опередив мужа, тепло обняла ярла. — Ты выглядишь хорошо. Нога больше не беспокоит?

— Она больше не осмелится болеть после того ужаса, который ты на нее навела. — Дракон проговорил это с явной доброжелательностью и одновременно с юмором. И добавил: — Счастлив видеть тебя, брат. Ты не промешкал с приездом.

Грозный лорд Скирингешил, о чьей воинской доблести было известно от окруженных льдами северных стран до теплых морей далекого юга, улыбнулся:

— Ты в этом сомневался? Твои корабли видели с побережья целых два дня назад. Вполне достаточно времени, чтобы я узнал о твоем возвращении. — Он перевел взгляд серых глаз на Рикку, и тут его улыбка погасла. — Леди Рикка Вулскрофт, я полагаю?

Дракон легонько отодвинул Кимбру в сторону, снова взял жену под руку и, не отпуская, сказал:

— Нет, брат, теперь леди Рикка Хаконсон.

Вулф ничего не сказал, он просто продолжал смотреть на нее. Рикке показалось, что время остановилось, когда она встретилась взглядом с ледяными глазами викинга. Она почувствовала спазм под ложечкой.

— Вулф, перестань. — Леди Кимбра положила руку на локоть своего грозного мужа и мило улыбнулась. — Ты напугаешь бедняжку, и одним небесам известно, сумеет ли она оправиться. — Повернувшись к Рикке, она сказала будничным тоном: — Не обращайте на него внимания. Они с Драконом преданы друг другу, как это и положено, но это не означает, что мы не рады приветствовать вас в семье. А сейчас вы должны рассказать мне все новости из Хоукфорта. — Она взяла Рикку за руку, оторвала ее от Дракона и повела по причалу к дороге, не обращая ни малейшего внимания на мужчин и продолжая говорить: — Криста пишет регулярно, как и Хоук, но мне этого мало. Вы видели их, да? Как они себя чувствуют? И как там Фолкон?

Пораженная дерзостью женщины, которая способна столь уверенно обращаться с грозным Вулфом, не говоря уж о Драконе, Рикка, заикаясь, промямлила:

— Да... здоровы... все здоровы.

— А вы сами? Надеюсь, что путешествие не слишком вас утомило?

— Нет, все прошло чудесно.

Кимбра через плечо крикнула:

— Вулф, приведи Лайона, ладно? Мы с Риккой пойдем вперед.

Вулф что-то пробормотал, Дракон в ответ рассмеялся. Рикка поняла, что ее увлекают в крепость. Она не знала, что и думать, и понимала лишь то, что находится в присутствии женщины, о которой едва ли не ходят легенды. Каких только историй о ней не рассказывали! Что ее заперли в собственной усадьбе, чтобы предотвратить столкновение мужчин из-за нее, что она обладает удивительными способностями, что Вулф похитил ее из мести, но женился по любви, что ее родной брат, не поняв смысла произошедшего, выкрал ее и вернул в Англию и что норвежцы и саксы были на волосок от войны из-за этого.

Однако для особы, которая прожила столь бурную жизнь, она выглядела на удивление земной и будничной.

— Все ли вы нашли в порядке в Лансенде? Я знаю, что Магда весьма компетентна, но если вам что-то нужно...

— Нет-нет, спасибо. Кажется, здесь всего достаточно.

— Всего, кроме того, в чем Дракон больше всего нуждался, — откровенно сказала Кимбра. — Не было жены, которая способна создать уют и придать смысл его жизни. У них с Вулфом были тяжелые времена, когда они росли. Он рассказывал вам об этом?

— Немного... Он рассказывал мне, как они отправились в море, когда были совсем юными.

— Они шли своим путем через препятствия, которые сломили бы людей менее сильных. Говорят, что наряду с моим братом Хоуком они сегодня самые грозные воины в мире, и я верю, что это так. Но сейчас наши мужья хотят мира и готовы сделать все, чтобы его добиться.

— Вплоть до того, что Дракон женился на незнакомой женщине, которую сам бы не выбрал, — выпалила Рикка, сама того не ожидая, а расположила ее к этому откровенность Кимбры.

— Вы третья невеста, которая избрана ради мира, — с улыбкой сказала Кимбра. — И, честно говоря, для нас это было совсем не просто. Однако сейчас ни Криста, ни я не избрали бы другой путь.

— А у вас был выбор?

К удивлению Рикки, Кимбра засмеялась:

— В моем случае — нет. — Она вздохнула в притворной истоме. — Я до сих пор помню весьма романтическое предложение Вулфа. Он сказал, что, если я не выйду за него замуж, он убьет моего брата.

— И что вы сделали?

— Я поставила ему под глаз синяк. Что еще я могла сделать? Он пришел на нашу свадьбу, переживая, что синяк еще не совсем прошел.

— Вы... ударили его? — Эта неземной красоты женщина ударила грозного Вулфа?

— Рикка, дорогая моя сестра, ты сразу должна кое-что усвоить. Вулф и Дракон — замечательные люди, но они также слишком подавляют других. Это составная часть их очарования. Тем не менее с ними лучше всего быть всегда твердыми. То же самое можно сказать и о моем брате, с чем Криста охотно согласилась.

— Она и лорд Хоук, кажется, очень любят друг друга.

— Так же, как Вулф и я. Это, однако, не значит, что нужно быть смиренной женщиной, которая лишь моет мужу ноги.

— Какой ужасный образ! Как он только пришел тебе в голову?

— Разве ты не знаешь? Именно такую жену всегда хотел Дракон, как он сам признавался.

Еще несколько таких потрясений — и Рикка, казалось, могла превратиться в каменное изваяние.

— Он такое говорил? О чем он только думал? Да от такой женщины он с ума сойдет!

— Примерно то же самое говорил ему Вулф. Нет, Дракону нужен такой человек, который подходит ему по духу.

Теперь я вижу, что ты создана для него. Давай найдем Магду, чтобы она подала нам холодного молока и пирожных, отыщем уютное место и поговорим, пока мужчины будут заниматься своими делами.

— У Дракона есть меч для брата.

— Меч мавров? Великолепно, теперь они выключены на несколько часов. Мы их не увидим, пока они не выяснят, кто из них более сильный и ловкий.

— Они всегда так соперничают? — вырвалось у Рикки. Ей хотелось все знать, к тому же она никак не могла поверить, что легендарная леди Кимбра столь проста и доступна. Вероятно, это не так уж и плохо, что она оказалась здесь.

— Да, я так думаю, потому что они вместе росли. Но пусть тебя это не вводит в заблуждение, их лояльность друг к другу абсолютна. И счастлива сказать, что эту лояльность в настоящее время они распространили на моего брата.

— Прости, но мне кажется странным говорить подобные вещи о столь могучем повелителе. Мне казалось, что он может внушить чувства преданности всем, кто его окружает.

Женщины дошли до кухонь. Магда и другие кухарки бросились их приветствовать. Повернувшись, Кимбра в упор посмотрела на Рикку. Казалось, взгляд ее ясных голубых глаз способен пробиться через любую маску. То, что она видела, судя по всему, обрадовало ее, она широко улыбнулась, однако где-то в глубине ее затаилось беспокойство.

— Тебе имя Дора что-нибудь говорит?

Рикка медленно покачала головой.

— Ровным счетом ничего.

Кимбра вздохнула.

— Я так и думала. Дракон не хочет волновать тебя. Однако ты должна это знать...

Она оборвала себя едва ли не на полуслове, простерла руки к Магде, и та повела ее внутрь помещения. Рикка последовала за ними.

* * *

— Дора, — сказала Кимбра спустя некоторое время, когда они сидели в кухне и пили молоко, — моя и Хоука единокровная сестра. Наша мать была второй женой отца. Первая жена родила ему Дору. Она была уже взрослой, когда родилась я, и поэтому я знала ее мало. Однако я знала, что в юности она была замужем за лордом Мерсии, который соперничал за власть с Альфредом Уэссексом. И когда Альфред прилагал усилия к тому, чтобы объединить страну и дать отпор датчанам, ее муж делал все, чтобы предать его.

— Предательство, похоже, в порядке вещей среди лордов Мерсии, — пробормотала Рикка.

— Этот приятель Юделл, которого Хоук убил в прошлом году, был мерсианин?

— Да, и это был самый мерзкий из предателей, живших на свете.

Кимбра кивнула.

— То же относится к мужу Доры. Со временем Альфред это понял. Он встретился с этим лордом в сражении, одержал над ним победу и убил во время боя, а его земли, согласно закону, взял себе. Дора лишилась того, что она больше всего ценила, — не мужа, а власти и привилегий. Она так и не оправилась от этого. Хотя Хоук выделил ей хороший дом и даже позволил в течение некоторого времени вести хозяйство Хоукфорта, она затаила великую ненависть к Альфреду.

Кимбра прервала рассказ, чтобы поудобнее усадить к себе на колени сынишку, которого перед этим привел Вольф. Он поразил Рикку непринужденным и умелым обращением с мальчиком. Помня совет Кимбры о том, что нельзя позволять, чтобы тебя подавляли, она сумела как бы увидеть душу этого мужчины, который явно горячо любил жену и ребенка. Ее немного обеспокоило, что он спешил побыстрее уйти, чтобы затеять шутливую схватку с братом, но Рикка утешила себя тем, что подобное они, должно быть, устраивали много раз и раньше — и ничего страшного не происходило.

Кроме того, она была весьма заинтригована историей, которую ей рассказывала Кимбра.

— Примерно два года назад, — продолжила рассказ Кимбра, — у Вулфа родилась идея союза между норвежцами и саксами. Благодаря этому можно было противостоять датчанам. Он решил, что союз будет значительно упрочен браком между ним и мной. Он сделал предложение в письме к моему брату. Благодаря предательству домашнего священника отца Элберта Дора перехватила это письмо и выкрала печать Хоука. Она отправила Вулфу отказ от имени Хоука и от моего имени, что нанесло Хоуку глубокое оскорбление. Ответ его был предсказуем, хотя Дора определенно не могла до него додуматься.

— Что же он сделал? — спросила Рикка, затаив дыхание.

Кимбра улыбнулась — очевидно, ей было приятно об этом вспоминать.

— Вулф приехал в Эссекс и выкрал меня. Мы поженились, как я уже тебе рассказывала, и лишь тогда он сообщил Хоуку, где меня можно найти. Естественно, мой брат был весьма зол и озабочен. Он приехал в Скирингешил, где я постаралась убедить его, что счастлива в браке, — и это было правда, однако он, к несчастью, этому не поверил. Вот такие эти мужчины упрямые. Одно зацепилось за другое, и Хоук тайно увез меня назад в Эссекс. Началась суровая зима, и Вулф смог приехать только через несколько месяцев. К тому времени Хоук осознал свою ошибку. Когда появился Вулф, все было по-дружески улажено, что было вдвойне хорошо, поскольку этот малыш, — она улыбнулась своему задремавшему сыну, — только что родился и у меня не было больше желания мириться с глупостью упрямых мужчин. Вскоре мы оказались в Хоукфорте, дожидаясь, когда я восстановлю силы и стану способна вернуться домой. Вулф предложил Хоуку и Дракону также заключить браки ради союза.

— И это предложение они, конечно, дружно приветствовали, — с сардонической улыбкой вставила Рикка.

Кимбра засмеялась:

— Ну да, бушевали они здорово. Особенно Хоук. Он женился несколько лет назад, будучи совсем молодым, и сохранил малоприятные воспоминания об этом опыте. Но, должна сказать, Криста прибрала его к рукам гораздо быстрее, чем это можно было предположить.

— Ты знаешь, как она это сумела? — отважилась на вопрос Рикка; она спросила это как можно более спокойным тоном, чтобы не быть заподозренной в излишнем любопытстве.

— Я знаю это определенно. — Кимбра посмотрела на свою новоявленную свояченицу и улыбнулась: — Она любила его.

— Любила? И это все, что требуется?

— Ну, если быть справедливой, я думаю, что она также приводила его в отчаяние и ставила в тупик. Все это, конечно, помогло. Думаю, Криста сама расскажет тебе эту историю, когда представится возможность. Давай лучше вернемся к Доре. — Кимбра задумчиво посмотрела вдаль и глубоко вздохнула. — Мы с Вулфом вернулись в Скирингешил, еще не зная, кто отправил фальшивое письмо. Однако мы были преисполнены решимости это выяснить. Тем временем была достигнута договоренность о браке Хоука и Кристы. Криста приехала в Хоукфорт, они поженились, однако Дора была настроена разрушить этот союз. В основе ее решимости лежала ненависть к Альфреду. Она считала, что союз усилит позиции короля в его противостоянии датчанам, что, в общем, соответствовало действительности. Дора решила убить Кристу таким образом, чтобы в этом был обвинен Хоук.

— Убить? Она в самом деле хотела лишить ее жизни?

— Да, именно. Поскольку Криста норвежка, Дора полагала, что убийство, совершенное якобы руками ее саксонского мужа, лишит союз шансов на существование, и, вероятно, в этом была права. К счастью, Криста выжила. Вина Доры была раскрыта. Дору отправили в монастырь, где она находится по сию пору.

Рикка медленно выдохнула, лишь теперь поняв, что она, похоже, забыла о необходимости дышать, слушая рассказ о женщине, в которой столько ненависти и злобы.

— Представляю, как тяжело это было для всех вас и леди Кристы! Выйти замуж при таких обстоятельствах... пережить подобную опасность... Мне должно быть стыдно за то, что я причинила столько неприятностей!

— Неприятностей? Впервые слышу об этом.

Рикка оглянулась на женщин, которые еще находились в кухне, занимаясь своими делами. Понизив голос, она сказала:

— Может, лорд Дракон не хочет, чтобы об этом стало известно.

— Тогда не нужно. — И таким же приглушенным голосом добавила: — Но если у тебя появится потребность что-то сказать, можешь быть уверена, что я сохраню тайну.

Едва Рикка это осознала, выражение лица Кимбры внезапно изменилось. Лицо ее стало несколько озадаченным, и она сказала как бы про себя:

— Что это было?

— Что именно? — спросила Рикка.

Кимбра тихонько откинулась на спинку стула. Она еще плотнее прижала к себе спящего сына, не спуская при этом взгляда с Рикки.

— Сейчас, когда я говорила, я что-то почувствовала. Это исходило, как мне показалось, от тебя.

Да нет, она не могла. Это просто невозможно. И тем не менее... *правда.* Леди Кимбра сказала о том, что было на самом деле.

— Вот опять, — сказала Кимбра и на сей раз посмотрела в глаза Рикке. — Это ты.

— Нет. — Поспешив встать на ноги, Рикка едва не опрокинула стул. — Извини меня, пожалуйста. Мне нужно зайти к себе.

И она буквально выскочила из кухни, не зная, куда бежать, чтобы спрятаться от самой себя.

Рикка не могла прятаться все время, да и вообще это было глупостью. В конце концов она взяла себя в руки и определила, что ей нужно делать дальше. Прежде всего она извинится перед леди Кимброй, объяснит ей, что ее бегство — это нечто нервное и обычно она не ведет себя столь глупо. Затем она постарается во что бы то ни стало быть подальше от своей новой родственницы в течение всего ее пребывания в Лансенде. Дружба, которая, похоже, между ними наклевывалась, умрет в зародыше.

План выглядел вполне приемлемым. Сосредоточившись на нем, Рикка лишь вскользь подумала об удивительной способности, которой, похоже, обладала Кимбра, — угадывать, что чувствуют другие. Может быть, это приходит к тем, кто обладает неземной красотой, чрезвычайной храбростью и идеален во всех отношениях?

Вулф, Дракон и все их воины находились еще на тренировочном поле, где в центре внимания был учебный бой с использованием маврских мечей. Рикка издала вздох облегчения. Магда и другие женщины заняты подготовкой к пиру в честь лорда Вулфа и его жены. Помочь в этом она ничем не может. Лучше уединиться в каком-нибудь тихом месте.

Рикка для этой цели избрала озеро, где они недавно резвились с Драконом. Почему-то ей показалось, что это было очень давно. Здесь было тихо, и, кроме морских птиц, никто не нарушал покой. Однако длилось это недолго. Неожиданно из-за холма появилась Кимбра с сыном на руках и направилась прямо к Рикке. Она села рядом на сырую землю, не беспокоясь о своем роскошном платье, и поудобнее уложила ребенка.

— Я знаю, что ты хочешь сейчас побыть одна, и приношу извинения, что не посчиталась с твоим желанием. Но мне думается, что я должна кое-что рассказать тебе.

Не зная, как поступить, Рикка обняла руками колени и уставилась на воду.

— Откуда ты узнала, что я здесь?

— Это наше с Вулфом любимое место. И я подумала, что вам с Драконом оно тоже может понравиться.

— Он учил меня здесь плавать, это было вчера, — задумчиво проговорила Рикка.

— Он это знает?

— Что именно?

— Что ты можешь чувствовать, лжет человек или говорит правду?

Рикка повернула голову и в упор посмотрела на Кимбру.

— Каким образом ты узнала об этом?

— Ты сама подумай. Как я могу это узнать?

— Ты должна... чувствовать то, что чувствуют другие.

Кимбра мягко улыбнулась:

— Может ли быть более необходимый дар для целителя?

— Ты хочешь сказать, что...

— Что с детских лет я была способна чувствовать то, что чувствуют другие. Это было одновременно и благо, и проклятие. Поначалу я не могла это контролировать. Это и является настоящей причиной того, почему Хоук сделал меня затворницей в моей собственной усадьбе. Но до тех пор, пока я не научилась воздвигать стену, чтобы не слышать чувств других, я была беспомощна. Впоследствии я этому научилась, но заплатила очень высокую цену. Я жила за этой стеной слишком долго. Только после того, как Вулф увез меня, я поняла, что мне не требуется стена, что я могу жить в обычном мире и оставаться собой без ущерба для себя.

Рикка медленно кивнула. Леди Кимбра имела репутацию целительницы, и, следовательно, у нее должен быть особый дар. Но как это тяжело — чувствовать себя привязанным к любому и каждому, постоянно чувствовать то, что чувствуют другие, — их эмоции, страхи, боль и все прочее.

— Это не столь ужасно, — сказала Кимбра. — Я знаю, как от этого отстраниться, не окружая себя плотным кольцом защиты. Ты можешь это делать?

— Нет, — тихо призналась Рикка.

Похоже, теперь не было никакого смысла в том, чтобы что-то скрывать, и появилось искушение снять с себя этот груз. Правда есть правда, ничто ее не остановит. Как ничто не помешает почувствовать ложь, какой бы она ни была.

— Я чувствую это так, словно какое-то сияние, какой-то свет движется во мне. У тебя тоже так происходит?

Рикка кивнула.

— По контрасту ложь походила на черное удушающее облако. У меня никогда не возникает вопроса, что есть что.

— Никто не знает о твоей способности?

— Я держала это в тайне, но думаю, что мой брат Терлоу что-то заподозрил. Если бы другие мои братья или отец догадались об этом, они без колебаний убили бы меня как ведьму.

Кимбра протянула руку, положила ее поверх руки Рикки и тихо сказала:

— Мне очень жаль. Но ты теперь освободилась от них. Как думаешь, ты могла бы открыть это Дракону?

— Дракон, который противился этому браку, вдруг узнает, что он живет с женой, от которой ничего нельзя скрыть. С женой, которая всегда знает, говорит ли он правду или лжет. Ты думаешь, он будет счастлив иметь такую жену?

Кимбра на некоторое время задумалась.

— Н-ну... н-не знаю... Может, если бы ты мыла ему ноги?

Рикка изумленно уставилась на подругу, увидела озорные искорки в ее глазах и засмеялась. Впрочем, они засмеялись, можно сказать, одновременно. Женщины хохотали до тех пор, пока не зашевелился Лайон. Мальчик с упреком посмотрел на них и разразился таким ревом, который далеко разнесся над озером и холмами и перепугал морских птиц.

— О святое небо! — проговорила Рикка, когда наконец успокоилась и смогла хоть что-то произнести.

Кимбра вздохнула. Она встала и прислонила поудобнее голову сына к своему плечу.

— Он всегда так орет. Своим ревом он чуть не обрушил стропила часовни в Хоукфорте, когда его крестили.

— Очень впечатляюще, — сказала, также поднимаясь, Рикка. — Должно быть, потому он и носит такое имя*.

---

* Лайон означает «лев».

— Вообще-то его имя Хакон в честь отца Вулфа и Дракона, но его зовут Лайон, и я подозреваю, что так всегда и будут звать.

Малыш потребовал, чтобы его опустили на землю, и решительно затопал к вершине холма, вынудив обеих женщин последовать за ним.

Глава 13

Вулф, Кимбра и Лайон задержались в Лансенде на неделю. Для Рикки время пролетело даже слишком быстро. Она подружилась с Кимброй, вместе они искали места, где росли травы, в которых постоянно нуждалась Кимбра. То и дело слышался их веселый звонкий смех. Мужья лишь издали изумленно поглядывали на своих жен. Рикка научилась чувствовать себя непринужденно даже в присутствии Вулфа, который, видя, что его брат явно ощущает себя счастливым, отбросил маску строгости. Вечерами они вели долгие беседы, прерываемые только историями, которые по их просьбе рассказывал Дракон. Похоже, у него их был неистощимый запас, и рассказывал он их так здорово, что Рикка ловила каждое слово.

Заметив это, Кимбра как-то сказала:

— Тебе не кажется, что Рикке будет интересно услышать о воине Хаддинге, которого Один спас от врагов? Я тоже послушаю с большим удовольствием, потому что прошлый раз ты рассказал эту историю в спешке, без подробностей.

По блеску в глазах Кимбры Рикка поняла, что ее свояченица преследует какую-то цель, хотя и не могла догадаться, что может скрываться за этим столь невинным предложением.

Дракон усмехнулся и посмотрел на брата. Вулф откинулся на стуле и захохотал. Видя, что Рикка озадачена, Кимбра сказала:

— Признаюсь, когда я заметила, как внимательно ты слушаешь истории Дракона, я подумала о себе. На нашем с Вулфом брачном пиру я уговорила Дракона рассказать как можно больше историй. Он проявил великое терпение.

— Он проявил терпение? — воскликнул Вулф. — Это я проявил! Мой брат отлично знал, что я сидел и обдумывал самые разные способы разделаться с ним, а он наслаждался этим.

— Откуда мне было знать, брат? — возразил Дракон. — Разве лишь потому, что ты изогнул в бараний рог кубок, который держал в руках?

— Уж лучше кубок, чем твою шею, — любезно сказал Вулф. Он ободряюще посмотрел на Рикку. — Не беспокойся. Если я до последнего момента и не простил его, то его подарок, меч, заставил меня это сделать.

— Великолепный меч! И тот и другой. Все христианские кузнецы пытаются понять, как это делают мавры, однако...

— Тут играет роль температура стали, — сказал Вулф.

— И еще отпуск стали.

— Значит, температура должна быть очень высокой, иначе нельзя раскатать сталь так тонко. Интересно, сколько углерода они добавляют?..

Кимбра вздохнула и, повернувшись к Рикке, сказала:

— Мы можем удалиться. Они способны говорить об этом часами.

Вулф услышал слова жены и засмеялся. Протянув руку, он привлек ее к себе и шепнул на ухо нечто такое, отчего строгая и внушающая уважение Кимбра вдруг зарделась.

Она откашлялась и сказала:

— Ладно, в таком случае ты тоже можешь удалиться. — Быстро поднявшись, она сжала своей элегантной ручкой большую руку мужа и добавила: — Спокойной ночи, Рикка, спокойной ночи, Дракон. Приятных снов.

Последние слова она бросила уже через плечо, когда тащила Вулфа из зала.

Даже сейчас Рикка не ожидала, что Кимбра может быть настолько дерзкой, однако оба брата рассмеялись.

— Как ты понимаешь, — заметил ярл, когда гости удалились, — мой брат и его жена счастливая пара.

— Так же, как лорд Хоук и леди Криста, — тихо сказала Рикка.

Они оставались одни. Лейтенанты, которые составляли им компанию, ушли раньше. Магнуса вообще не было видно этим вечером. Он был в отъезде, кажется, поехал навестить родственников, во всяком случае, именно такие слухи дошли до Рикки. Она была рада этому, ибо его присутствие порождало в ней какое-то неудобство. По залу передвигались слуги, но час был уже поздний и они тоже скоро отправятся спать.

Факелы догорали, бросая длинные тени. Очаг в центре зала не был зажжен по случаю теплой погоды. Ставни были откинуты, и это давало доступ легкому ветерку. У ног Дракона свернулась одна из многочисленных собак. Рикка старалась не смотреть на мужа. Крупные черты его лица были идеальной формы, а если говорить об остальном... Рикка сглотнула. Вероятно, чем меньше она будет думать о его великолепном теле, тем лучше.

— Они счастливы, что им повезло с браком, тем более перед лицом общей угрозы, — нарушила паузу Рикка.

Дракон потянулся за кубком с вином, рассеянно покрутил его в руке, но так и не выпил. Он посмотрел на свою очаровательную жену. В этот вечер Рикка выглядела особенно задумчивой. Ее щеки разрумянились, в глазах, казалось, плясали огоньки. Его взгляд задержался на ее полных губах, но он тут же заставил себя отвести глаза.

— Кимбра рассказала тебе о Доре?

— Да.

— Я так и думал, что она это сделает, и очень хорошо. Конечно же, ты понимаешь, что опасность миновала. Дора больше никогда не сможет предпринять попытку навредить.

— Кимбра сказала, что она в монастыре.

— В этом монастыре лечат больных, в том числе и тех, у кого непорядок с головой. Монашенки сострадательны, но они не глупы. Они знают, что совершила и что пыталась совершить Дора. Так что ее держат под строгим наблюдением.

— А священник?

— Его содержат в здании капитула. Он заявил, что мало причастен к ее делам, просто он слепо повиновался Доре, но в это никто не верил. Очевидно, что мужчина должен быть центром заговора.

— Почему очевидно?

Дракон улыбнулся. Его жена была весьма колючая штучка.

— Не обижайся, моя леди. Я говорю это, основываясь на логике. Мужчина, который отвозил послание Вулфа Хоуку с предложением о союзе, так и не вернулся. Мы предполагаем, что он мертв. Доподлинно известно, что Дора пыталась убить Кристу, но мы не верим, что она могла бы убить здоровую и крепкую норвежку, которая вдвое больше, чем она. К тому же ответ с печатью Хоука был доставлен корнуэльским купцом, который часто бывает в Хоукфорте и Скирингешиле. Он честный человек, хорошо известный Вулфу и мне. Он сказал, что ему заплатил за это мужчина, несший штандарт Хоука. Мы ему верим, однако Дора не имеет власти ни над одним воином Хоука, и нет оснований думать, что кто-то из них мог получить от нее задание.

— Кто-нибудь из людей Хоука заявлял о том, что он передавал послание корнуэльцу?

— Нет, и это заставляет нас поверить, что у этого мужчины были основания полагать, что послание фальшивое и что он слишком давно был в Хоукфорте.

— Или что он вообще никогда не был человеком Хоука, а просто был в одежде, которую носят его люди.

— Именно. В любом случае, входил ли он в состав гарнизона или нет, мы сомневаемся, что он получал приказы от Доры. Ее не любили и даже презирали. Нет, здесь чувствуется рука мужчины, и это скорее всего был отец Элберт. — Дракон приподнял руку Рикки и нежно дотронулся до тыльной стороны ладони. — Но тебе нечего бояться. С этим делом покончено.

Он говорил с такой уверенностью и был настолько убежден в своей правоте, что Рикке было трудно ему не поверить. Однако некоторое сомнение у нее все же осталось. И даже когда они вдвоем дошли до дома и разделили радость ложа, где-то в глубине ее сознания сохранялось удивление по поводу того, что существует человек, который, судя по всему, находится во главе заговора и стремится нарушить мир между двумя народами. И хотя Рикка пыталась представить его в одежде священника, он виделся ей темной неясной фигурой без лица.

Дракар с гербом Вулфа отплыл утром, как только начался прилив. Когда корабль стал удаляться от каменной набережной, Кимбра и Рикка все еще разговаривали, одна — находясь на палубе, другая — шагая вдоль причала. Они переговаривались до тех пор, пока перестали слышать голоса друг друга, на прощание пообещав непременно встретиться снова.

— Всего лишь день, как она уехала, — успокаивал Рикку Дракон. — Как только закончится жатва, мы можем посетить Скирингешил. Ты довольна?

Рикка кивнула и, чуть смущаясь, сказала:

— У меня никогда раньше не было подруги. Да и вообще друзей. Был, правда, Терлоу...

— Я буду еще одним, — пробормотал викинг, проведя пальцем по ее губам.

Рикка улыбнулась. Однако, чтобы скрыть глубину своего чувства, она шутливо проговорила:

— Я рада слышать это, мой господин, поскольку боялась, что ты будешь разочарован.

— С чего ты, моя леди, это взяла?

— Потому что я должна лишь мыть тебе ноги.

Дракон рассмеялся:

— Ты слышала об этом? В свою защиту скажу, что я был молод и глуп.

— А теперь ты гораздо старше и мудрее.

— Ну, не то чтобы гораздо, но достаточно для того, чтобы понять смысл жизни.

Рикка часто заморгала, потому что от солнечного света заслезились глаза.

Они прогуливались под руку, направляясь к крепости, когда на дорожку упала чья-то тень.

Магнус улыбнулся извиняющейся улыбкой и поклонился Дракону.

— Прошу прощения, господин, но я только что вернулся и с сожалением должен сообщить, что есть дело, которое требует вашего внимания.

— Прямо сейчас? — спросил ярл, глядя на Рикку.

— К сожалению. Пропал груз с купеческого судна, которое стало на причал несколько часов назад. Как вы понимаете, капитан очень расстроен.

— Он заявляет, что груз украден здесь? — повернулся к лейтенанту Дракон.

Магнус пожал плечами.

— Он весьма прозрачно намекает на это.

— Ни один порт не охраняется лучше, чем Лансенд.

— Я знаю, господин. Но... — Магнус развел руками.

Дракон вздохнул и повернулся к Рикке.

— Прости меня, но если среди нас есть вор, то лучше его обнаружить как можно быстрее.

— Разумеется, я понимаю.

— Магнус, проводи госпожу...

— Нет! — Рикка произнесла это так резко и громко, что оба мужчины посмотрели на нее с явным удивлением. Она сбавила тон и даже сделал попытку улыбнуться, хотя и была полна решимости во что бы то ни стало избежать компании лейтенанта. — Дело все в том, что я хочу провести некоторое время в городе.

— Я рад, что тебе нравится город, — сказал Дракон, — но будет лучше, если у тебя будет эскорт.

Рикка засмеялась, хотя ей было далеко не до смеха.

— Мой господин, никогда в жизни я не видела более спокойного и безопасного места. Каждый мужчина, каждая женщина и даже ребенок тебя приветствуют. Если я не могу чувствовать себя здесь в полной безопасности, то, значит, нет вообще ничего надежного в мире, даже регулярного восхода и захода солнца.

Ярл изумленно посмотрел на жену.

— Ты льстишь мне, но это тем не менее правда, Лансенд — безопасное место. Ты можешь делать что хочешь, но не задерживайся слишком долго, потому что я скоро вернусь.

Она не сомневалась в этом, ибо сейчас увидела взгляд не любовника, к чему уже привыкла, но руководителя, который не потерпит неуважения закона или его воли. На какое-то мгновение ей даже стало жалко этого несчастного неразумного вора.

Мужчины ушли. Рикка оказалась предоставлена самой себе. Пока они не скрылись из ее поля зрения, она смотрела им вслед, затем, вздохнув, двинулась дальше. Но не прошла и нескольких шагов, как ее стали приветствовать все мужчины, женщины и дети, которые встречались на пути. Все знали жену ярла, и, казалось, все были рады ее видеть.

Мужчины были сердечны, но в то же время осторожны. Они наклоняли головы, бормотали приветствия, но ни в коем случае не позволяли себе ничего такого, что даже при большом воображении могло показаться обидным их господину. Женщины были более дружелюбны, обменивались фразами о приятной погоде, предлагали подарки в виде аппетитного румяного яблока или прохладной колодезной воды, смешанной с соком из свежих ягод, букетик ароматных трав. Рикка принимала подарки, смущаясь и благодаря, и в ней все сильнее росло чувство теплоты и умиротворенности.

Немалый вклад в это вносили дети. В силу своей открытости они смотрели на нее с откровенным любопытством и бурно приветствовали. Когда ребятня поняла, что Рикка вполне благожелательна к ним, наиболее смелые стали приглашать ее посмотреть крохотных щенков, родившихся всего несколько дней назад, хромого ястреба с перебитым крылом, который выздоравливал и набирался сил, пожилую женщину, которая щедро стала угощать из горшка медом всех детишек. Дети разительно отличались от тех, каких Рикка знала в Вулскрофте, — это были счастливые мальчишки и девчонки, которые приплясывали вокруг нее, прыгали, смеялись и улыбались, по их лицам было видно, что они здоровы и уверены в себе.

Расположенный между водой и гористыми скалами, живописный, процветающий и умиротворенный, Лансенд должен был понравиться каждому. При виде этих счастливых детей у Рикки складывалось впечатление, что она находится в каком-то волшебном мире, куда неожиданно залетела, когда свалилась со скалы.

Она бы с радостью провела целый день с детьми и, может быть, так бы оно и случилось, если бы не набежали свинцовые облака. Это произошло настолько быстро и неожиданно, что на несколько мгновений Рикка растерялась, не зная, что ей делать дальше. Повернув за угол дома, она увидела мужчину, который показался ей знакомым. На вид ему было лет двадцать пять, он был среднего роста, изящного телосложения, одет в простую одежду, какую носят крестьяне, а может, моряки. Его каштановые волосы спадали на плечи. У него был быстрый, цепкий взгляд, черты лица отличались тонкостью. Рикка уже видела это лицо, хотя и не могла припомнить где. И вдруг ее озарило, что она встречала этого мужчину возле дома в Вулскрофте, когда тот беседовал с ее отцом.

Человек Вулскрофта здесь, в Лансенде? Как это может быть? Мерсия не имеет торговых отношений с Норвегией. Правда, половина Мерсии была под властью датчан, но ее отец и другие мерсианские лорды в оставшейся половине не имели никаких отношений с ними, одинаково боясь их и ненавидя.

Так почему в таком случае человек Вулскрофта в Лансенде? Может быть, она просто обозналась? В конце концов, она видела его всего несколько мгновений, пока незнакомец не исчез за углом, направляясь к причалам. Однако Рикка вдруг осознала, что идет в том же направлении, чтобы снова посмотреть в лицо таинственному мужчине. Увы, ей не удалось догнать его.

Дети пытались отвлечь Рикку, предлагали показать ей места, где в ручьях лучше всего ловить рыбу. Но внимание

Рикки привлекла толпа на набережной недалеко от того места, где причалило торговое судно. Она подошла поближе.

Дракон находился в центре толпы. Простая одежда, которую он носил для удобства и для того, чтобы она не стесняла движений в бою, ничего не говорила о его положении, однако невозможно было ошибиться, что он здесь господин. Среди людей, которые изначально воспитывались как воины, он выделялся своим атлетическим телосложением. Но более всего — манерами. Его лицо было непроницаемо, когда он слушал краснолицего купца, потеющего в своем бархате.

— Украшен драгоценными камнями, господин! Кубок, достойный благороднейшего короля! Украшение всего моего груза! Как я смогу возместить такую потерю? И что я скажу своим вкладчикам, которые доверились мне и надеются, что я привезу им причитающуюся прибыль?

Ярл Лансенда не сразу ответил, он лишь посмотрел на купца с высоты своего немалого роста с такой выразительностью, что тот, начав свою речь столь горячо, вдруг замолк.

Лишь тогда Дракон заговорил — спокойно, как бы призывая успокоиться:

— Пойдемте со мной.

Повернувшись, он пошел в сторону крепости, совершенно не интересуясь, пошел ли кто-то за ним или нет.

Разумеется, пошли все, в том числе и Рикка, которой было весьма интересно узнать, каким образом ее муж уладит дело. При всей напыщенности купца кража была-таки серьезной. Существовала также опасность, что среди купцов распространится слух о том, что в Лансенде небезопасно бросать якорь. Рикка не сомневалась, что Дракон решительно пресечет возможность появления подобных разговоров. Однако каким образом — это оставалось для нее загадкой.

Вместе со всей толпой Рикка проследовала к большому зданию. Она увидела неряшливо одетого парнишку, с которым обошлись весьма сурово. На его щеке красовался свежий синяк, руки были связаны за спиной. Парень был явно перепуган, что казалось совсем неудивительным в его положении. Однако Рикка заметила, как вызывающе он вскинул голову, стараясь выпрямиться, несмотря на подзатыльники со стороны тех, кто его сопровождал.

Войдя в зал, Рикка проскользнула за высокую деревянную колонну, поддерживающую крышу. Ей не хотелось привлекать к себе внимание, тем более что она не была уверена, захочет ли муж видеть ее здесь. Однако она была полна решимости все увидеть и услышать.

Дракон сел в кресло с высокой спинкой, в котором обедал. Для этого случая кресло вынесли из-за стола и поставили на виду у всех. Купец отыскал свободное место поблизости. Он гневно посмотрел на парнишку, которого ввели и поставили перед судьей.

У Рикки сжалось сердце, когда она увидела, как напуган ребенок. Однако она понимала, что испуг может свидетельствовать о его вине. Дракон устремил на парнишку испепеляющий взгляд. Такой взгляд не всякий мужчина способен выдержать, но мальчишка продолжал стоять с поднятой головой. И что еще более примечательно, смотреть в глаза могучему военачальнику, который решит, жить ему или умереть.

— Как тебя зовут? — спросил наконец Дракон.

— Олаф, господин. — Голос его слегка дрожал, но говорил он отчетливо.

— Из какой семьи?

— Из семьи Ранарсон из Хидеби.

Дракон медленно кивнул. Парень из крупного торгового центра в Ютландии, стало быть, датчанин, из уважаемого дома. Осторожность необходима, когда судишь любого человека, но здесь нужно быть вдвойне осторожным.

— Как ты оказался на корабле капитана Тригива?

Купец хотел было ответить, но ярл жестом велел ему молчать.

— До вас дойдет очередь, капитан Тригив. Сейчас его очередь говорить.

Однако парнишка колебался. Лицо его вспыхнуло. С явной неохотой он сказал:

— Мне нужно было на некоторое время уехать из Хидеби. Капитан Тригив согласился провезти меня в обмен на мою работу.

— Понятно... А ты считаешь разумным убегать из дома?

Олаф стал жевать нижнюю губу. Купца, казалось, распирало от желания высказаться. Однако суровый взгляд викинга удержал его.

Наконец парнишка сказал:

— Я был недоволен своим отцом, и он сказал, чтобы я убирался с его глаз.

— Суровые слова, — заметил Дракон. — И чем ты их заслужил?

— Я не пожелал жениться на женщине, которую он выбрал мне.

Совсем недавно Дракон сам соприкоснулся с подобной проблемой и поэтому слегка удивился, однако тут же постарался скрыть свое удивление.

— Благочестивый сын повинуется отцу.

— Я вполне благочестивый! — воскликнул Олаф. — Но есть же пределы! Должны быть! — Он огляделся по сторонам, как бы ища поддержки у толпы. Однако увидел лишь серьезные, напряженные лица и в отчаянии выпалил: — Леди на двадцать лет старше меня, трижды овдовела, но она очень богата. Так можно меня судить за то, что я хочу иметь жену, которая принесет к моему очагу не только деньги?

— И к твоей постели! — выкрикнул кто-то из толпы, и все засмеялись. Олаф вздрогнул и выдавил неуверенную, вымученную улыбку.

— Довольно! — сказал Дракон. — Мы здесь собрались не для того, чтобы заниматься твоими брачными проблемами. Мы должны выяснить, действительно ли ты взял пропавший кубок, как утверждает капитан Тригив.

— Я это знаю, господин! — воскликнул купец, не в силах более сдерживать эмоции. Он направил толстый палец на несчастного Олафа. — Я взял его на борт лишь из жалости, от души сочувствуя ему. Я предоставил ему шанс исправиться, а может, суметь разбогатеть. И чем же он мне отплатил? Он украл самую дорогую вещь, которая стоит целого дракара!

— В таком случае, — сухо сказал Дракон, — это должен быть огромный кубок или по крайней мере весьма тяжелый. Где, по-твоему, он мог его спрятать?

— Этого я не знаю, господин. Мы причалили несколько часов назад, и все это время я был занят делами. У него было много возможностей унести кубок с судна и спрятать его где-нибудь в Лансенде.

— Очень серьезное обвинение, капитан Тригив. Это может означать, что здесь, в моем городе, кто-то вступил в сговор с вором.

Спохватившись, что с его стороны не слишком разумно наносить подобную обиду столь могущественному господину, купец попытался сгладить ситуацию:

— Здесь ходит много разных людей. Я подозреваю, что мальчишке помог кто-нибудь из приехавших.

— Когда ты видел кубок в последний раз?

— Когда его упаковывали в деревянный ящик, чтобы уберечь от повреждений во время путешествия.

— Где его хранили?

— В моем личном помещении, но во время сутолоки при разгрузке туда мог войти любой человек.

Дракон приподнял бровь:

— Помещение не было заперто?

— Оно было заперто, но замок взломали. — Тригив бросил свирепый взгляд на парнишку. — Я думаю, что он воспользовался молотком.

— Значит, он сломал замок, взял кубок, спрятал его где-то у себя, затем сошел с ним с корабля и передал кубок своему подельнику.

— Именно! — воскликнул купец. — Господин, пока мы тут говорим, кубок может быть вывезен из Лансенда, и его нельзя будет вообще найти! Подвергните вора пыткам, пусть он откушает огня и стали! После этого он скажет, где находится вещь!

Олаф побледнел, но даже угроза пыток не вынудила его опустить голову. Рикка обратила на это внимание, поскольку это лишний раз подтверждало то, что она уже знала. Она протиснулась вперед, готовая вмешаться сразу же, как только понадобится.

Однако Дракон, похоже, не спешил соглашаться с предложением купца. Он спросил:

— А откуда он мог знать о существовании кубка? Ты открыто говорил о нем?

— Н-ну... нет, конечно... Но, должно быть, он каким-то образом пронюхал о грузе. Он мог услышать о нем в Хидеби. Вероятно, по этой причине он и обратился ко мне.

— Кто-нибудь из твоих людей исчез?

Тригив энергично покачал головой.

— Все они достойные люди, я их давно знаю. Никто из них не может иметь к этому никакого отношения.

Дракон медленно кивнул, после чего обратился к парнишке:

— Олаф Ранарсон, ты слышал выдвинутые против тебя обвинения. Ты все еще продолжаешь утверждать, что невиновен?

— Да, господин! Я ничего не знал о кубке и не сходил на берег после того, как мы причалили. Я только помогал при разгрузке и никуда не ходил дальше набережной.

— Значит, ты передал кубок кому-нибудь именно там, — настаивал Тригив.

Ярл поднял руку.

— Довольно! — Он окинул взглядом собравшихся в зале людей. — Может кто-то дать свидетельства по этому вопросу?

Никто не пожелал высказаться, и Дракон сказал:

— Похоже, никто не видел этого мальчишку поблизости от твоего помещения, капитан Тригив, тем более никто не видел, чтобы он передавал кому-нибудь кубок. Если не было никаких свидетелей, то почему ты решил, что он виновен?

— Да из-за его манер, господин! Этот высокомерный щенок считает себя выше честного рабочего человека и...

— Это неправда! — воскликнул Олаф, впервые за все это время нарушив процедуру дознания. — Никто не может сказать, что я не выполнял свою работу или ставил себя выше других. Я делал все, что от меня требовалось, и ни от какой работы не увиливал. — Похоже, его здорово обидели слова о том, что он способен себя вести таким образом.

На сей раз несколько человек в толпе закивали. Видя это, Тригив снова не сдержался:

— От него отец отрекся! Его родной отец! Я был глупец, что доверился этому человеку, но можно ли меня обвинить за то, что я хотел помочь мальчишке! Разве мог я предвидеть, что пригрел гадюку на своей груди? — Купец повернулся лицом к толпе и обратился к собравшимся: — Как можно верить человеку, который нарушает волю отца? Который позорит свою семью? Которого уважаемые люди изгоняют из своей среды, бросают, словно волка, на волю волн?

Кажется, эти слова тоже произвели определенный эффект, потому что опять несколько человек закивали головой. Но не на Дракона, который смотрел на полнотелого купца с иронической улыбкой.

— Капитан Тригив, меня, а также моего брата, который сейчас носит имя волка, также швырнули на волю волн. Это имя он получил не при рождении. Тем не менее мы оба стали настоящими людьми, не потерялись в этом мире.

— С вами другое дело, господин! То была не ваша вина. А этот мальчишка уже проклят и теперь стал вором!

— А в этом еще надо убедиться, капитан Тригив. Пока я не слышал ни одного свидетельства против него.

Стоявшая в тени колонны Рикка испытала некоторое облегчение, хотя она пока не представляла, как ее муж разрешит это дело.

— Подвергните его пыткам, господин! Заставьте его сказать правду!

В толпе послышался шум, похоже, люди считали подобное решение справедливым. В конце концов, такова традиция. Во всем мире люди подвергали пыткам других людей, чтобы добиться от них правды.

Но опять-таки не Дракон, который спокойно сказал:

— Человек может все сказать, если его обречь на боль.

— Только не я! — воскликнул Олаф. Он был бледен, однако голову держал прямо и гордо, как подобает настоящему воину. — Я не спасую! Я не причастен к этому делу и буду повторять это, что бы вы со мной ни делали!

— Поглядите, как он хвастается, господин! — сказал Тригив. — Посмотрите, какого он высокого мнения о себе, хотя должен мучиться от сознания собственной вины за то, что причинил семье. Честное слово, господин, Ранар из Хидеби поблагодарит вас за то, что вы избавите его от такого недостойного сына.

— Я знаю Ранара из Хидеби, — сказал Дракон. Он не повысил при этом голоса, однако слова ярла долетали до всех собравшихся в зале. — Он суровый человек, это верно, и не потерпит, чтобы его злили. Однако он отнюдь не чудовище. Если умрет его сын, Ранар будет его оплакивать.

Эти слова, похоже, потрясли Олафа. Казалось, в нем борются надежда и тоска. Впервые за все время он опустил голову. Рикка успела заметить слезы в глазах парнишки.

И это побудило ее шагнуть вперед. Ее появление вызвало удивление у всех присутствующих. Тем не менее она проигнорировала это и быстро подошла к мужу. Прежде чем он успел что-либо сказать, она наклонилась и шепнула:

— Я понимаю, что вмешиваюсь в твои дела, и приношу извинения, но я должна поговорить с тобой.

Скрывая удивление, Дракон спокойно сказал:

— Леди, я занят. Решается вопрос о человеческой жизни.

— Именно об этом я и хотела бы поговорить. Пожалуйста, выслушай.

В ее голосе слышалась такая настойчивая просьба, что ярл не нашел сил отказать.

— Я вернусь очень скоро, — сказал он собравшимся, поднялся и, взяв жену под руку, покинул зал.

Пройдя на кухню, которая была пуста, он обратился к жене:

— Только побыстрее. У тебя есть какие-то свидетельства по этому делу?

— Да, есть. Тригив лжет.

— Ты что-то видела и поэтому подошла ко мне?

— Нет, я не видела, но точно знаю. — Моля Бога, чтобы муж понял, Рикка заговорила: — Дракон, мы говорили о доверии. Сейчас я должна сообщить тебе самый сокровенный мой секрет. Я рассказала о нем только одному человеку — Кимбре. — Видя удивленный взгляд мужа, Рикка пояснила: — И то лишь потому, что она об этом сама догадалась — она чувствует то, что чувствую я.

Рикка подождала реакции Дракона. Знает ли он о ее даре? Ярл лишь согласно кивнул.

— И что же она почувствовала?

Торопясь, чтобы не передумать, Рикка ответила:

— Правду. Она чувствует ее благодаря моему дару. А я могу определять, правдивы ли слова того или иного человека.

Дракон устремил на жену долгий внимательный взгляд.

— Я никогда не слышал о подобной вещи.

А ведь он знал множество историй со всего света.

— Может быть, таких, как я, больше нет, я не знаю. Если это вызывает у тебя неудовольствие, я весьма сожалею, но измениться не могу. Не могу перестать знать, правда что-либо или нет. Как не могу перестать дышать.

— Давай на момент согласимся, что ты действительно права и можешь определить, кто говорит правду и кто лжет. Ты утверждаешь, что Тригив лжет? А если конкретнее?

— О кубке он не лжет. Кубок действительно существует, и Тригив привез его с собой. Однако он лжет во всем остальном. Он не подозревает Олафа и нанял его вовсе не потому, что пожалел. У него была какая-то другая причина. Какая именно, я не знаю, но совершенно другая.

— Какая причина может быть у купца, путешествующего с кубком, который баснословно дорого стоит, для того, чтобы взять на корабль изгоя?

Рикка медленно покачала головой. Она этого не знала.

Однако об этом догадывался Дракон или по крайней мере имел серьезные подозрения на сей счет.

— Никакой другой, если бы он не знал, что кубок потеряется...

Глаза у Рикки округлились.

— И для этого нужен человек, на которого можно взвалить вину...

— Мы не знаем этого наверняка. Это всего лишь предположение.

— Но ты можешь спросить его, а я послушаю, что он скажет.

Дракон внимательно посмотрел жене в глаза.

— Ты просишь меня о том, чтобы я решил вопрос жизни человека, основываясь на твоем необычном даре.

— Нет, не так. Должны быть какие-то доказательства. Я лишь прошу поискать их.

Они отсутствовали в зале уже достаточно долго, и им пора было возвращаться. Дракон с присущей ему решительностью, выработанной в процессе баталий, заявил:

— Быть по сему. Но ты должна молчать и заговорить лишь тогда, когда мы окажемся наедине.

— Я как раз хотела попросить тебя об этом. Я бы хотела, чтобы ты сохранил наш разговор в тайне.

— Этого я не могу тебе обещать, но в данный момент именно так и будет.

Они вернулись в зал. Дракон возобновил заседание, а Рикка села чуть поодаль от него, но так, чтобы он видел ее лицо. На виду всех собравшихся, которые недоумевали, почему в разгар столь важного дела ярл внезапно удалился для разговора со своей саксонской женой.

Вслух это никто не произнес. Просто все ожидали, когда их ярл возобновит прерванное заседание.

Глава 14

— Капитан Тригив, — спросил Дракон, — ты в самом деле боишься, что твой кубок увезут из Лансенда и ты никогда его больше не увидишь?

Купец собрался с духом, изобразил на лице как можно более серьезное выражение и ответил:

— Я действительно этого боюсь, господин! Более того, я с ужасом думаю о том, что это уже могло случиться!

Рикка едва заметно, но так, чтобы Дракон это мог видеть, покачала головой.

— В таком случае, — сказал ярл, — мы должны немедленно начать поиски кубка. Все остальное может подождать.

— Но мальчишка скажет нам, если его подвергнуть допросу! — возразил Тригив.

— Тебе так хочется пыток, купец? Если сын Ранара совершил преступление, хотя я не верю в это, его можно заставить заговорить не иначе как ценой смерти, от чего тебе не будет никакой выгоды — ведь он не скажет о местонахождении кубка. Если же он невиновен, то и это не принесет нам никакой пользы, поскольку он ничего не знает о пропаже. Так что нет никаких оснований прибегать к пыткам. Надо немедленно обыскать весь город, а заодно и твое судно от носа до кормы, обшарить все укромные уголки. Я сейчас прикажу своим людям, чтобы они не мешкая этим занялись. — И, не дожидаясь возражений Тригива, Дракон жестом подозвал Магнуса и негромко сказал: — Организуй людей. Сосредоточь внимание на судне и на тех местах в городе, которые Тригив часто посещает. Он здесь бывал и раньше. Наверное, есть такие заведения, где он предпочитает выпить, и есть такая женщина, которая ему нравится больше других.

Магнус понимающе кивнул. Он вскользь посмотрел на Рикку и тут же бросился исполнять приказание ярла.

Большая толпа горожан, а также члены команды купеческого судна направились к набережной, чтобы понаблюдать за действиями воинов. Лишь несколько обязательных домохозяек пошли домой, чтобы не позволить каким-нибудь слишком нахальным мужчинам сунуть свой нос в их чистую прачечную.

Прошло несколько часов. По приказу Дракона был осмотрен весь корабль, включая трюм, где помещался груз, а также места, где спали матросы и сидели на веслах гребцы. Были осмотрены каждая бочка и каждый ящик на набережной, а также все дома, которые мог посетить Тригив или его сообщник.

Пока продолжались поиски, Олафу было велено держаться рядом с Драконом. Он очень охотно подчинился этому. Они разговаривали о делах и выясняли вопрос о том, где молодой человек мог бы разбогатеть. Видя, как они мирно беседуют, Тригив раскраснелся и разволновался. Не в силах более сдержать себя, он подошел к викингу.

— Мы попусту тратим время, господин! Кубка уже здесь нет! — Он показал на Олафа. — Этот тип сплавил его куда-то! Ваше нежелание развязать вору язык не поддается объяснению.

Рикка сочла это признаком чрезвычайной нервозности Тригива, иначе он не вел бы себя столь глупо, фактически заявляя, что ярл ответствен за пропажу кубка. Она подождала реакции Дракона, но тот лишь пожал плечами. Однако взгляд ярла устремился на купеческое судно, где все еще продолжались поиски.

Он спокойно сказал:

— Где-то ведь он должен быть. Единственное место, где мы не искали, это вода, но я с трудом могу себе представить, чтобы кто-то выбросил его за борт.

Когда Дракон произносил эти слова, Рикка уловила во взоре Тригива искорки паники. Как, впрочем, и сам Дракон. На его лице появилась лишенная какого-либо юмора улыбка. Жестом пригласив жену следовать за ним, ярл направился на судно.

— Мой корабль уже полностью осмотрен! — запротестовал Тригив. — Вы только зря тратите время!

Дракон молча шел к небольшому убежищу на палубе, которое принадлежало купцу лично. Он наклонил голову, собираясь войти, но задержался.

— Олаф, подойди сюда.

Юноша повиновался без колебаний. Ярл показал на канат, который тянулся из помещения в воду.

— А ну-ка потяни его, — сказал он.

Возможно, Олафу и показалось странным, что ярл заставляет его выполнить столь простую работу вместо того, чтобы выполнить это самому. Тем не менее он ничего не сказал, взялся за канат и потянул его. Канат пошел легко и быстро и...

Олаф ахнул:

— Фригг и все ее служанки, что это такое?

Казалось, солнце поднялось из темной глубины моря, разливая яркий свет, переливаясь красками.

Рикка замерла от изумления. Она видела много красивых вещей, но не видела ничего, равного по красоте этому кубку. Изготовленный из золота и украшенный драгоценными камнями, он был настолько большим, что она вряд ли смогла бы его поднять. Поистине он предназначался для короля — и притом сильного.

Дракон взял кубок из рук Олафа.

— Довольно остроумный план, капитан Тригив. Хоть и не без изъяна.

Купец стал пятиться назад, в сторону причала, хотя было неясно, куда он собирался двинуться дальше. Во всяком случае, Рикка не могла себе это представить. Впрочем, это и не имело значения, потому что несколько воинов тут же схватили его.

— Пустите меня! Я ничего не сделал!

Одного взгляда Дракона оказалось достаточно, чтобы купец мгновенно замолчал.

— Я думаю, — заявил ярл громким голосом, который был слышен всем как на судне, так и на причале, — ты с самого начала задумал эту аферу. Ты намеревался объявить о пропаже кубка, затем продать его и получить прибыль. С этой целью ты воспользовался возможностью нанять Олафа, человека с запятнанной репутацией, с тем чтобы взвалить вину на него.

— Нет! Это не так... клянусь...

Дракон, не обращая внимания на бессвязные оправдания купца, продолжил свою речь:

— Я видел выражение лица Олафа, когда он заметил кубок, и уверен, что вещь ему не знакома. Нет ни одного доказательства того, что он виновен в краже. С другой стороны, кубок был найден там, где ты мог легко его достать, капитан Тригив. Для тебя не составило бы никакого труда дождаться отплытия судна и под покровом темноты извлечь кубок из воды.

— Вы не сможете это доказать, — возразил Тригив, однако было слышно, как дрожит его голос.

— Верно, не смогу, — почти с улыбкой согласился Дракон. — Но мне и не нужно это делать. Олаф...

Юноша тут же выступил вперед. Он смотрел на викинга с нескрываемым уважением и восхищением.

— Я ни за что не додумался бы искать там, где стали искать вы.

— Когда были исчерпаны все другие возможности, ничего другого не оставалось. А теперь... — Он протянул кубок ошеломленному парнишке. — Отвези его, а заодно капитана Тригива к своему отцу в Хидеби. Расскажи ему обо всем, что произошло, и пусть он возьмет на себя роль судьи. — Он жестом показал на команду. На лицах людей было написано удовлетворение по поводу исхода дела. — Эти люди подтвердят то, что ты расскажешь. Скажи Ранару из Хидеби, что я поздравляю его с тем, что его сын мужественный и гордый человек, не опозоривший свое доброе имя. Если же он не может найти ему подходящую во всех отношениях невесту, я буду счастлив взять это на себя.

Толпа отреагировала на это одобрительными выкриками и смехом. Нашлось несколько смелых молодых женщин, предложивших на эту роль себя. Олаф густо покраснел, тем не менее вид у него был довольный.

Однако Дракон еще не все сказал.

— Итак, Олаф, ты вытащил кубок из моря. По закону он теперь твой. Я поручаю тебе расплатиться с компаньонами капитана Тригива, вся остальная прибыль принадлежит тебе.

Рикка едва не рассмеялась. Парнишка, который только что ощущал себя изгоем и которому грозила смерть, внезапно сделался уважаемым и к тому же богатым человеком. И еще ею овладело чувство гордости. Ее муж мог сам легко вытащить кубок из моря и тем самым стать его законным владельцем. Но он предоставил это право парнишке, который нуждался в этом в гораздо большей степени. Подобная щедрость свидетельствовала о большом благородстве ярла.

Очевидно, такого же мнения придерживались и люди Дракона, ибо, когда он сходил с корабля, они приветствовали его одобрительными криками. Он улыбкой отвечал на эти приветствия, а сам взглядом искал Рикку. Она подошла к мужу, взяла его под руку, и они вместе направились к крепости.

Поужинали они очень быстро и ушли из столовой столь поспешно, что это вызвало понимающие улыбки и веселые реплики со стороны лейтенантов. Всех, кроме Магнуса, который все время молчал и, казалось, пребывал в глубокой задумчивости, однако бросил быстрый взгляд на Рикку, когда он встала. На мгновение их глаза встретились. Она невольно вздрогнула, но быстро забыла об этом, согретая теплом Дракона.

Едва они вышли из зала, как Дракон, не нарушая шага, поднял ее и прижал к себе. Рикка засмеялась и прильнула к его широким плечам.

— Я ведь способна идти сама, — игриво сказала она.

— Но не так быстро, как я. — Он произнес это совершенно серьезно, как будто и в самом деле несколько лишних мгновений были для него непереносимы.

Он распахнул дверь в их домик и ногой захлопнул ее. Не было ни горящих жаровен, ни свечей, лишь лунный свет лился в окна. Дракон подошел к кровати, однако не положил Рикку на нее, а поставил рядом.

— Я всегда умел контролировать себя, — пробормотал он, срывая с себя одежду. — Но чем больше я занимаюсь с тобой любовью, тем больше теряю контроль. Никогда не мог представить, что со мной случится нечто подобное.

Он и в самом деле был этим озадачен и даже, пожалуй, встревожен. Рикка скрыла улыбку или, во всяком случае, постаралась это сделать. Однако радость светилась в ее глазах.

— Ах, ты находишь это смешным? — обиделся Дракон. — В таком случае ты женщина, которая свалилась со скалы, и здравый смысл не относится к числу твоих достоинств.

— Вероятно, так оно и есть.

Черная бровь викинга поползла вверх.

— Ты так покладиста?

— Ты сегодня был изумителен. То, что ты сделал для парнишки, достойно восхищения.

Он посмотрел на жену с искренним удивлением.

— Я сделал лишь то, что обязан был сделать.

— Ты отказался подвергнуть его пыткам и признать, что он виновен. А когда ты понял, что он невиновен, ты дал ему возможность снова жить вместе с отцом, с семьей, подарил ему будущее, на которое он никогда не мог рассчитывать.

Дракон снисходительно махнул рукой.

— Рикка, душа моя, мне не хотелось бы разрушать твои милые фантазии, но дело в том, что мне не хотелось бы иметь в лице Ранара Хидеби врага. Я дал ему великолепную возможность вернуть себе сына и при этом вернул ему мальчишку богатым. Он навсегда останется моим должником.

— Можешь изображать из себя циника, но сделал ты все правильно, и мы оба это знаем.

— Однако довольно об Олафе. Снимай с себя платье. Хотя лучше я сделаю это сам.

— О нет! — Она быстро отступила на шаг назад. — Я видела, как ты срывал с себя тунику. Должно быть, ты также поступишь и с платьем. Потерпи немного.

Говоря это, она стала ловко распускать шнуровку, а затем осторожно, но быстро сняла платье через голову. Ее муж пребывал в состоянии возбуждения, которое она не могла понять. Она хотела его успокоить — и в то же время отдаться желаниям, которые он невольно пробудил в ней.

На Рикке была лишь прозрачная рубашка, которая ничего не скрывала от его жадного взора. Она стояла перед ним практически нагая, гордо вскинув голову, стараясь сдержать дрожь в теле. Она упивалась тем, что Дракон жадно пожирает горячим взглядом ее наготу. Однако, когда он шагнул к ней, Рикка снова отступила назад.

— У меня к тебе просьба, мой господин.

Она никогда его ни о чем не просила — разве что о свободе, которую он не мог ей дать. Почувствовав себя в ловушке и понимая, что едва ли способен сейчас отказать, Дракон хрипло спросил:

— Какая?

Он не хотел бы быть столь невежливо лаконичным, но в данный момент просто не владел речью. Он до боли хотел ее, полыхал изнутри, все его тело было напряжено до такой степени, что ему казалось, если он не погрузится сейчас в шелковистые глубины ее лона, то...

Рикка посмотрела на мужа честными, широко открытыми глазами.

— Я весь день очень хотела... потрогать тебя.

Черные брови Дракона взлетели вверх. Весь день? Конечно, это было весьма отрадно, однако нисколько не облегчало его состояние. Он хрипло ответил:

— Тебе не надо просить разрешения для этого.

Она пожала обнаженными плечами.

— Я знаю, но при нынешних обстоятельствах... — Рикка окинула взглядом его тело. Довольно откровенно, подумал он.

Что, впрочем, мало помогало делу.

— Ты можешь потрогать меня позже, — сказал он и снова протянул к ней руку.

Она прижала ладони к его груди, откинула назад свои блестящие с медным отливом волосы и засмеялась. Поистине он мог умереть при виде подобного зрелища.

— Ну, хотя бы немножко... можно, а?

Дракон зажмурил глаза, пытаясь усмирить пыл.

Рикка провела ногтями по его плоским соскам. Он подавил готовый вырваться из груди стон.

— Твое тело восхищает меня, — тихо сказала она. — Пока я не встретила тебя, мне и в голову не приходило, что мужчина может быть таким красивым... в тебе все так совершенно... чувствуется такая сила...

Она придвинулась поближе. Исходящий от нее аромат, равно как и ее поглаживания, сводили его с ума.

— Ты такой сильный, но никогда не обидел меня, — тихо проговорила Рикка. — Это просто замечательно.

— Я всегда беспокоюсь, как бы не причинить тебе боль, — хрипло сказал он.

Рикка кивнула.

— Я благодарна тебе за это.

Она провела рукой по его поджарым бедрам и упругим ягодицам. Он стиснул зубы, чтобы вынести эти прикосновения. Рикка находилась сейчас очень близко, и тонкая ткань ее рубашки соприкасалась с его телом. Дракон счел эту преграду излишней.

— Сними и это, — пробормотал он, задирая край рубашки.

Рикка сначала несколько удивилась, однако тут же улыбнулась.

— Честно говоря, я чувствую себя немного увереннее и смелее, когда на мне эта вещь.

— Немного смелее? — Ему хотелось сказать, что если она еще хоть немного побудет столь смелой, то он взорвется, однако слова не шли из него.

Рикка колебалась лишь несколько мгновений. Со свойственной ей грацией она все же стянула рубашку и отбросила ее в сторону. В серебристом свете луны ее кожа лоснилась и казалась алебастровой, лишь розовели горошины сосков да выделялся пышный пучок огненно-рыжих кудрявых волос между бедер. Дракон снова протянул к ней руку, но она вновь отодвинулась, не позволив ему обнять себя.

— Пожалуйста... — попросила она и обхватила руками его запястье. Отодвинув от себя его руку, она вскинула голову и посмотрела ему в глаза. — Ты не можешь понять, как мне хочется...

— Гром и молния! Леди, делай что тебе хочется, пока я не погиб!

Из его груди вырвался смешок. Затем лицо у нее вдруг сделалось задумчивым.

— Ты не слишком плохо обо мне думаешь?

Плохо? Да как мог он думать о своей жене плохо? Она была мечтой, воплощенной в жизнь, самым очаровательным созданием, которое он только мог себе представить. И еще она принадлежала ему по закону Бога и людей. Как вообще мог человек просить чего-то большего?

Рикка выждала несколько мгновений, а затем — он даже не мог в это поверить — эта гордая и доблестная, таинственная и обольстительная женщина опустилась на колени. Дракон ахнул. Он знал об услугах, оказываемых наложницами, которые были весьма искусны в этом и хвалились, что способны свести мужчину с ума.

Сейчас все было иначе. Когда он ощутил вначале теплое дыхание, а затем первое легкое прикосновение языка к плоти, он потерял представление о реальности. Не было ничего, кроме сладостного жжения внутри, конвульсивного напряжения тела да промелькнувшей мысли о том, что сейчас наступит конец света и что ему на это наплевать.

Он было дернулся, чтобы оторвать Рикку от себя, но остановился. Она хотела этого. Равно как и он, пусть даже это убьет его. Он сможет это вынести... сможет. Ведь он воин, человек сильный и выносливый. Его не обезоружит женщина, какое бы наслаждение она ему ни дарила. Он будет держаться... противостоять давлению, которое все возрастает в нем. В конечном итоге она сдастся.

Но Рикка была совсем не такая, как другие женщины. В ней был какой-то особый дар богов, который выделял ее среди других. Она глубоко взяла его плоть в рот, и он застонал от сладостного ощущения.

Реакция Дракона привела Рикку в восторг. Его аромат, вкус и все, имеющее к нему отношение, возбуждало ее с необычайной силой. Особый восторг вызывало в ней сознание того, что она способна подарить ему подобное наслаждение.

Она ощутила крохотную солоноватую капельку на своем языке. И одновременно услышала стон Дракона. В одно мгновение он потерял выработанную всей жизнью способность к самоконтролю. Он протянул руки, поднял Рикку и расположил ее ноги вокруг своих бедер. Уже не думая ни о чем, побуждаемый одним лишь неукротимым желанием собственного тела, он сделал два шага и прижал ее к стене. Продолжая удерживать ее, он раздвинул ей бедра и одним движением вошел в нее.

Не имея возможности двигаться, Рикка лишь обвила его мощные плечи руками и еще сильнее прильнула к нему. Она гладила и ласкала его и страстно желала продолжения ласк. Его плоть погрузилась на полную глубину, и он начал энергичные, судорожные движения. Она спрятала голову и, рыдая, повторяла его имя. Их совокупление было бурным и коротким. После нескольких толчков мир для них обоих закачался, а затем взорвался.

Дракон не сразу обрел способность двигаться. Он ощущал тяжесть в груди, его дыхание сбилось. Он был ошеломлен и с трудом мог поверить в то, что произошло. Однако глубокое удовлетворение, которое испытывало его тело, подтверждало, что именно так все и было. Он до сих пор продолжал прижимать к стене женщину. *Его жену*.

Он покачал головой, словно пытаясь уйти от того, от чего нельзя было уйти. Как он мог — он, всегда относящийся к женщине с таким вниманием и деликатностью, — сделать такую вещь? И что должна чувствовать она? До его ушей долетели ее всхлипы. Дракона охватил ужас, соизмеримый по интенсивности с наслаждением, которое он только что испытал.

Он быстро донес ее до кровати и положил на спину.

— Любимая, я очень сожалею... Я больше никогда...

Она открыла тяжелые, словно после сна, веки. В глубинах ее глаз было что-то первородное, древнее. Она медленно и томно потянулась. Дракон наблюдал, как изогнулось ее соблазнительное тело. Скорее всего у него нет никакой надежды на прощение...

— Гм-м... что ты сказал? — Голос Рикки был бархатный и немножко хрипловатый. Она осторожно дотронулась до его лица.

— Что я... очень сожалею...

Глаза ее вдруг просветлели.

— Дьявольщина! О чем? Все было замечательно, великолепно. — Она снова потянулась и тихонько засмеялась. — Я думала, что у меня расплавятся кости.

Дракон испытал невероятное облегчение. Он засмеялся и бросился на кровать рядом с ней. Ему следовало бы знать, что Рикка — жена воина и под стать ему во всем. Притянув ее к себе, он стал гладить ее изящные округлости, а Рикка счастливо вздыхала. Но через некоторое время настроение у нее вдруг изменилось. Приподнявшись на локтях, она посмотрела на мужа.

— Мне показалось, что до этого ты был... несколько напряжен...

Дракон был уже близок к тому, чтобы заснуть, когда услышал эти слова. Он не стал открывать глаза, однако уголки его рта дрогнули в улыбке.

— Несколько напряжен? Да это не то слово, чтобы описать мое состояние!

— Я не это имею в виду, — уточнила Рикка. — Когда мы уходили из зала, ты страшно торопился...

— Чтобы заняться с тобой любовью.

— Гм-м... Это, конечно, очень мило. Но обычно ты не спешишь. На сей же раз ты был в таком напряжении, и было похоже, что тебя что-то беспокоит.

Дракон вздохнул. Он должен был сообразить, что ему не удастся скрыть свои чувства от жены. Ей не составляло труда, судя по всему, распознать его чувства. У нее был особый дар, во всяком случае, она в это верила, и это беспокоило Дракона.

Он повернулся на бок, притянул Рикку к себе и легонько дотронулся до ее щеки.

— Это действительно так, как ты говоришь?

— О чем ты?

— Об ощущении правды.

— Да. Ты ведь видел это на примере Олафа.

— Я видел, что ты защищала датчанина. Это было довольно удивительно.

Рикка не задумывалась об этом, она просто хотела спасти невинного парнишку.

— Вовсе нет.

— Защищала.

— Я хочу сказать, что я не думала о том, кто он.

Дракон нежно сжал ей руку. Возможно, его надежда на то, что она преодолеет свое прошлое, становится реальной. Но может ли это произойти, если Рикка права, говоря о своем необычном даре? Каково жить в мире, где правда всегда противостоит лжи? Он не мог представить себе этого, как не желал обманывать свою жену в любом деле. И в то же время ему совсем не нравилось постоянно быть на виду. Бывают случаи, когда мужчина должен оставаться... непонятным.

Да, пожалуй, здесь подойдет именно это слово. Нет, он не хочет сказать «нечестным». Мужчина должен действовать и верить в то, что его жена не считает его лжецом. Именно эта мысль и беспокоила Дракона, когда он уходил с ней из зала. Он хотел подтвердить свое право обладать ею, однако у него и в мыслях не было, что это может произойти подобным образом. Он до сих пор удивлялся — немного беспокоился, — что ей так легко удалось лишить его самоконтроля.

— И давно ты поверила в то, что способна распознавать правду?

— Сколько себя помню.

— У тебя никогда не бывало искушения, живя в Вулскрофте, рассказать о своем необычном даре?

Рикка сонно покачала головой.

— Моего отца никогда не интересовало, где правда, а где ложь. Он презирал людей независимо от того, что они сделали. И наоборот, освобождал людей, совершивших преступление, если те ему платили или оказывали какую-нибудь услугу. И потом, как я уже говорила, меня могли бы просто-напросто сжечь на костре как ведьму.

Дракон еще крепче обнял Рикку и мысленно обругал себя за то, что поступает как настоящий болван. Как мог человек не любить такую замечательную дочь? Это было выше его понимания. Опять же, как мужчина мог не любить такую жену? Безусловно, он ее любил, хотя ему не давала покоя одна мысль: Рикка не хотела этого брака. Она хотела быть свободной.

— Рикка!

— Гм-м? — сонно отозвалась она.

— Впрочем, ладно. — Он даст ей отдохнуть, заодно и себе. Еще будет время для того, чтобы разгадать загадки. Сейчас же достаточно того, что она находится рядом, в его объятиях.

И в его сердце. Да, это была проблема. Он *любил* ее. Он, любивший так много женщин, любил эту огненноволосую воительницу, которая бегает как ветер и прыгает со скал. Которая ответила на его страсть, очаровала, озадачила и заставила стремиться к тому, о чем Дракон не мог и подумать.

Должно быть, Локи сейчас проказливо смеется над ним.

Глава 15

— Госпожа, — сказала Магда, — произошла беда... Вы должны увидеть это собственными глазами.

Женщина говорила тихо, однако в ее голосе ощущалась тревога. Рикка перестала расчесывать гриву Грэни и, не обращая внимания на протест лошади, последовала за кухаркой.

— Что случилось? — спросила она, когда они вышли из конюшни.

Магда огляделась по сторонам, чтобы убедиться, что их никто не слышит, и сказала вполголоса:

— Неприятность в ткацком цеху.

День клонился к вечеру. Двор в центре крепости был почти пуст. Большинство людей закончили работу и разошлись по домам. Был безлюден и ткацкий цех. С утра женщины-ткачихи вытаскивали свои высокие станки на свежий воздух, где и выполняли работу. Сейчас же они были водворены снова в помещение. Но то, что увидела Рикка, заставило ее ахнуть.

— Святое небо!..

Станки были поломаны, с них свисали клочья изрезанной материи.

— Я обнаружила это несколько минут назад, — с горечью сказала Магда. — Я не могла вспомнить, хватит ли ткачихам пряжи на завтра, и пришла, чтобы проверить...

— Кто мог это сделать?

— Не имею понятия. Ничего подобного раньше не случалось. Женщины сейчас купаются в ручье. Они закончили работу всего лишь час назад.

— И за это время кто-то пришел сюда и устроил погром. — Говоря это, Рикка потрогала искромсанные куски ткани. Материя была изрезана очень острым ножом. Чувствовалось, что все было сделано с величайшей злобой и яростью.

— Корабль капитана Тригива отплыл этим утром? — спросила Рикка.

Магда кивнула. По выражению ее лица было ясно, что аналогичная мысль приходила в голову и ей.

— Я проверила — он отплыл... Не могу даже представить себе, кто это мог сделать. Лансенд — мирное место. Здесь нет никаких смутьянов.

Рикка не сомневалась в этом, ибо знала, что ее муж этого не потерпел бы. Но ведь кто-то все-таки это сделал. Возникал вопрос, кто был настолько глуп, чтобы гневить Дракона.

— Мы должны сообщить об этом ярлу, — тихо сказала Магда.

— Да, разумеется. Он сейчас на тренировочном поле, но как только вернется, я ему сообщу. А завтра можно будет привести все в порядок и начать работу. — Рикка помолчала, затем добавила: — Я попрошу моего господина повесить на дверь большой замок. Не думаю, что злодей сделает подобное снова, однако лучше все же принять меры предосторожности.

Магда кивнула. Она почувствовала облегчение от того, что жена ярла взяла на себя труд разрешить это дело. Рикка сама вдруг с некоторым удивлением осознала, с какой готовностью она входит в роль хозяйки Лансенда. Ее очень беспокоил этот возмутительный случай. Пошла насмарку работа ткачих, к тому же выяснилось, что в городе есть человек с необузданным и злобным темпераментом.

Рикка продолжала размышлять об этом, когда домой возвратился Дракон. Он вымылся и переоделся, но даже если бы это было не так, он всегда оставался для нее желанным. Рикка едва удержалась от того, чтобы броситься на шею мужу, и налила ему кубок вина.

Он поблагодарил ее кивком головы и таким взглядом, который согрел ее с ног до головы. Усилием воли она заставила себя вернуться к неотложному делу.

— Мой господин, сегодня произошло... недоразумение в ткацком цеху. Мне очень жаль, что я вынуждена беспокоить тебя, но думаю, что ты должен знать об этом. И еще я хочу получить твое одобрение на то, чтобы повесить замок на двери ткацкого цеха.

Дракон поставил на стол кубок и постарался отбросить мысли о том, когда ему удастся снова уложить жену в постель.

— Что за инцидент?

Рикка коротко изложила суть дела. Лицо у мужа сделалось хмурым и сосредоточенным.

— Ты не заметила никаких следов?

— Нет, но должна сказать тебе, что вчера утром, когда я была в городе, мне показалось, что я встретила человека, которого помню по Вулскрофту. Я не знаю, имеет ли он какое-нибудь отношение к этому.

— Мы не торгуем с Мерсией. Нет никаких оснований для того, чтобы кто-то из ее жителей здесь находился... Кроме тебя, разумеется. Насколько ты уверена, что это человек из Вулскрофта?

— Я могу ошибаться, — призналась Рикка. — Я видела его лишь мельком.

— В таком случае мы должны попытаться его найти. Опиши его.

Рикка постаралась вспомнить, как выглядел незнакомец. Дракон вздохнул.

— Под это описание подпадает каждый третий мужчина в Лансенде. Нет ли у него какой-нибудь особой приметы?

— Пожалуй, нет, но я узнаю его, если встречу снова.

— Не хочу, чтобы ты ходила по городу, пока мы не докопаемся до сути происшедшего.

Рикка хотела было возразить мужу, но при взгляде на его лицо передумала. Никто не должен подвергать сомнению приказ ярла. Конечно, она могла бы попытаться это сделать, но понимала, что Дракон прав. Если в Лансенде находится кто-то из Вулскрофта, маловероятно, что он приехал сюда с добрыми намерениями.

— Может, это всего лишь отдельный инцидент, — предположила она.

— Будем надеяться, — согласился викинг. — Мои люди опросят каждого неизвестного. Если он здесь, мы найдем его.

Если, подумала Рикка, он уже не уехал. Однако она не произнесла этого вслух. Потому что Дракон тут же забыл обо всех заботах, улыбнулся и протянул руки к жене.

Позже, когда Рикка уже задремала, она услышала, как он поднялся с постели, быстро оделся и вышел из дома. А чуть позже она увидела, как несколько воинов направились в сторону города. Если человек из Вулскрофта не уехал, его непременно найдут.

Однако его не нашли — ни в тот же день, ни на следующий. Станки были отремонтированы, работы на них возобновились, однако о человеке из Вулскрофта не было никаких новостей.

— Госпожа, — обратилась к Рикке Магда. Она была явно встревожена, судя по рукам, которые нервно сцепила перед собой. — Я прошу прощения, но... возникла проблема на кухне. Не могли бы вы пройти со мной...

Рикка кивнула и поспешила за Магдой.

— Не могу этого объяснить, — сказала женщина, когда они шли по двору. — Может, все произошло случайно, но я не понимаю, каким образом.

Они вошли внутрь небольшого дома. Возле двери стояла большая бочка с солью. Ее принесли этим утром по указанию Рикки. Соль нужна была для соления овощей.

— Я открыла бочку сама, — сказала Магда, поднимая крышку. — Поначалу решила, что все в порядке. Да и как могло быть иначе? Все тщательно проверяется перед тем, как отправить на склад. Но потом мне показалось, что запах какой-то необычный. — Она зачерпнула рукой пригоршню того, что находилось в бочке, и предложила Рикке понюхать. — Кроме соли, здесь есть что-то еще.

Рикка присмотрелась к соли, послюнявила палец, сунула его в смесь и попробовала на язык.

— Песок. Кто-то смешал песок с солью.

— И не только сверху. Так во всей бочке...

— Быстро за мной! — скомандовала Рикка, направляясь к выходу. Магда последовала за хозяйкой.

На складе женщины открыли две бочки с солью и попробовали их.

Рикка с облегчением сказала:

— Слава Богу, здесь все в порядке.

Магда выдавила слабую улыбку. Было страшно даже представить, что могло случиться, если они останутся без соли накануне сбора урожая.

— На кухне в течение всего дня бывает много людей, — проговорила Рикка, когда они возвращались со склада.

— Да. Но если бы кто-нибудь увидел, как кто-то перемешивает соль с песком, то непременно бы пришел и сказал об этом мне или вам.

— Но этого не произошло.

— Случается, когда кухня пустеет.

— Значит, негодяй знал об этом.

— Мы работаем здесь каждый день, поэтому легко выяснить, когда кухня бывает свободна.

— Вероятно... Однако, чтобы все это сделать, требуется быстрота и большая сила.

Женщины смотрели друг на друга.

— Вы скажете об этом ярлу? — тихо спросила Магда.

— У меня нет выбора, — ответила Рикка. С тяжелым сердцем она отправилась на поиски мужа.

Дракон выслушал ее спокойно. Он отправился с Риккой на кухню, чтобы взглянуть на испорченную соль. Позже проверил замок на двери склада и убедился, что тот в порядке. Однако когда Рикка предложила повесить замок и на кухне, он покачал головой.

— Это не выход. Я должен доверять своим людям. И они должны доверять друг другу.

— В таком случае необходимо как можно быстрее найти того, кто это делает.

— Вполне справедливое замечание. Но как?

Рикка не имела ни малейшего понятия, где и как найти виновника. О человеке из Вулскрофта, которого она видела мельком, не было ни слуху ни духу. Дракон, правда, говорил, что человек, похожий на него, садился на корабль, отплывающий из Лансенда. Однако описание незнакомца было слишком расплывчатым и можно было ошибиться.

У Рикки на кончике языка вертелся вопрос, который она так и не решилась задать мужу. Она предпочла обратиться с ним к Магде, которую отыскала в прачечной.

Две женщины были одни, тем не менее Рикка заговорила очень тихо:

— Магда, я вот о чем хочу спросить... Есть ли здесь женщина, которая была влюблена в ярла до его женитьбы?

Женщина настолько высоко подняла брови, что они почти спрятались под седыми волосами.

— Госпожа, существует великое множество девушек, которые были влюблены в ярла. Некоторые из них, возможно, имели больше оснований для надежд, чем другие. Однако все хорошо понимали, что если ярл когда-либо женится, то это будет потому... — Она запнулась и слегка покраснела.

— Потому что так велит ему долг?

— Да, госпожа, именно так. Однако факт, что все рады за вас и за ярла. По-настоящему счастливы, потому что, простите за смелость, совершенно очевидно, что вы оба тоже счастливы.

Магда сказала это не кривя душой. И она, и многие другие, в том числе молодые миловидные девушки, которые иногда бросали чуть печальные взгляды в сторону Дракона, радовались их браку.

В таком случае кто хотел опорочить Рикку? Она не сомневалась, что случившееся было направлено именно на это.

Ответа не было, была лишь тревога. Однако, когда без происшествий прошла неделя, беспокойство Рикки ослабло.

Но затем внезапно снова вернулось.

Утро было теплое, ветерок доносил с полей запахи созревающего урожая. В кустах жужжали насекомые, над головами кружились чайки. И мужчины, и женщины готовились к сбору урожая, который в этом году выдался на славу. Его уборка должна начаться через день-два, а пока что каждый занимался своим собственным делом. Даже Дракон.

— Давай сегодня совершим выезд, — сказал он, едва открыв поутру глаза. Он соскочил с кровати и потянулся. На его спине и плечах обозначились и заиграли крепкие мускулы.

Рикка с удовольствием наблюдала за мужем. Она не возражала бы сейчас побыть с ним и здесь, но затем представила, как они скачут вдвоем по холмам, наслаждаясь утренней свежестью, и подумала, что они всегда сумеют найти укромное место.

Рикка тут же соскочила с кровати и быстро оделась. Они зашли на кухню, чтобы взять у Магды несколько теплых булочек. В конюшне Дракон вывел Грэни и Слейпнира из стойл, а Рикка достала висевшие на петлях чепраки и покрыла ими спины лошадей. После этого ярл водрузил на спины седла, а Рикка закрепила подпруги.

Выведя Слейпнира наружу, Дракон строго сказал жеребцу:

— Веди себя прилично.

Гордый жеребец замотал головой, однако остался стоять на месте. Дракон поднял Рикку, посадил в седло и некоторое время не отходил от нее, желая убедиться, что жена в безопасности. Рикка рассмеялась.

Дракон бросил на нее укоряющий взгляд, взял повод Грэни и запрыгнул в седло сам. Едва он это сделал, как жеребец отчаянно заржал. Его уши взметнулись вверх, а голова опустилась резко вниз. Он взбрыкнул, замолотил воздух задними ногами, затем жестко приземлился на все четыре ноги, галопом пустился через двор, выскочил через ворота и помчался к тренировочному полю. Дракону удалось усидеть в седле, он изо всех сил пытался утихомирить взбесившегося коня. Рикка пришпорила Слейпнира и последовала за Грэни.

Грэни несся, не снижая скорости, несмотря на то что Дракон изо всех сил натягивал поводья. Он несколько раз попытался сбросить хозяина, но тот удержался. Жеребец мчался во весь опор к группе деревьев, возвышающихся на краю поля. Внезапно он резко остановился. Дракон перелетел через голову жеребца и упал на землю.

Рикка закричала. Она остановила Слейпнира, соскочила с лошади и опустилась перед мужем на колени. Ее страх перешел в ужас, когда она увидела, насколько близко его голова находилась от ближайшей скалы.

— Дракон! Мой господин! Пожалуйста, очнись!.. Скажи мне что-нибудь! Не смей так лежать! — Слезы застилали ей глаза и скатывались по бледным, пепельного цвета щекам. Она попыталась поднять его за плечи. — Прошу тебя, очнись, не молчи! — Викинг был слишком тяжел. Из груди Рикки вырвались рыдания. — Не смей! Этого не может быть! Ты только вспомни обо всех боях, которые ты прошел, обо всех своих приключениях! Ты пострадал от лошади, которую даже не любишь...

Один глаз Дракона открылся и печально уставился на жену.

— Было бы лучше, если бы я любил ее?

Рикка издала восторженный крик и обвила руки вокруг шеи мужа. К тому моменту, когда Дракону удалось освободиться от объятий супруги, зрение его прояснилось настолько, что он увидел, как Рикка одновременно плачет и смеется. Это ему понравилось.

— Все в порядке, — проворчал он. — Я чувствую себя хорошо. Только дай мне подняться.

— Осторожно, — забеспокоилась она и встала, чтобы помочь ярлу. — Обопрись об меня.

Это рассмешило Дракона.

— Леди, если я сделаю это, то раздавлю тебя. — Он почувствовал, что голова у него разламывается от боли. Поморщившись, он поднялся на ноги. Лишь тогда они увидели толпу людей, собравшуюся на поле. Убедившись, что их господин оправился от шока, люди криками выразили свою радость.

Ярл Лансенда, несколько смущенный тем, что оказался в подобном положении, помахал им рукой и выдавил улыбку. Затем обратил свое внимание на Грэни. Жеребец стоял неподалеку, его повод держал в руках Магнус.

— У него есть повреждения? — спросил Дракон.

Магнус покачал головой.

— Думаю, что нет, господин. Сейчас он выглядит вполне спокойным.

И в самом деле, Грэни даже стал мирно пощипывать траву.

— Может, его пчела укусила, — высказала предположение Рикка. — У меня однажды случилось такое. Лошадь понесла меня не хуже Грэни.

— Готов держать пари, что ты осталась в седле, — пробормотал Дракон.

— Нет. И поднялась совсем не так быстро, как ты.

Возможно, это несколько утешило мужскую гордость викинга, однако не слишком. Его тело болело. К тому же он заметил скалу и понимал, насколько близок был от того, чтобы получить серьезное ранение. Но хуже всего было вспоминать, какое это неприятное ощущение — лететь на землю с высоты.

— Давай отведем его в конюшню, — сказал Дракон. — Я хочу осмотреть его повнимательнее.

Там, при свете, который лился из открытого окна, он обнаружил шипы, спрятанные под чепраком. Их было шесть штук. Острые как иглы, такие шипы растут на диком винограде. Дракон попробовал уколоть им палец и увидел капельку алой крови, появившейся из ранки.

— Не понимаю, — проговорила наблюдавшая за мужем Рикка. — Чепраки всегда хорошо вытряхивают и чистят.

— Ты ничего не заметила, когда клала чепрак на Грэни?

— Разумеется, нет. Если бы я что-то заметила, взяла бы другой.

Дракон кивнул, продолжая разглядывать чепрак. Шипы были направлены в центр. Они должны были принять на себя весь его вес и впиться в тело лошади, причиняя ей нестерпимую боль. Случайно один шип мог прицепиться к чепраку, но чтобы сразу шесть... Это явно было сделано с умыслом. Но кем?

Конюшня редко бывала безлюдной. Даже если лошади были на выездке или паслись в поле, здесь чистили стойла и приводили в порядок сбрую. Во время этой работы могли обратить внимание разве что на незнакомого человека. Люди, которых все знали, могли пройти на конюшню совершенно свободно.

Да и Рикка проводила значительную часть времени в конюшне.

Первую мысль, которая пришла Дракону в голову, он сразу же решительно отбросил. Смешно ее даже рассматривать. У него не было ни малейших оснований полагать, что жена хочет навредить ему. Далее, если даже она воткнула шипы в чепрак, зачем ей нужно было самой покрывать чепраком лошадей? Она наверняка захотела бы отвести от себя подозрения и предпочла, чтобы это сделал кто-то другой.

Вероятно, он все-таки основательно стукнулся головой. Дракон сердито взглянул на лошадь. Грэни нуждался в лечении. Шкура его пострадала в том месте, куда впились шипы.

Рикка любит лошадей, напомнил себе викинг. Он не мог поверить в то, что она способна сознательно причинить им боль.

Но она может знать, что рана быстро заживет.

— Вот, — сказала Рикка, протягивая небольшой каменный кувшин.

— Что это? — Вопрос Дракона прозвучал чуть более резко, чем он хотел бы, но Рикка, похоже, не обратила на это внимания.

— Лекарство для Грэни.

Дракон кивнул. Он принял из ее рук кувшин и принялся пользовать Грэни, обрадовавшись тому, что есть возможность чем-то заняться, чтобы на какое-то время заглушить недобрые мысли.

Закончив лечение, Дракон снова внимательно осмотрел лошадь. Никаких других ран на теле Грэни не было. Однако жеребец, похоже, понимал, что произошло нечто необычное, поскольку бодался и обнюхивал хозяина больше обычного.

— Все в порядке, малыш, — сказал Дракон, поглаживая его гриву. — Тебя не за что винить, и никто из нас серьезно не пострадал.

— Благодарение Богу за это, — горячо проговорила Рикка, при этом в ее искренности трудно было усомниться. Все это время она находилась возле стойла, наблюдая за тем, как муж лечил Грэни. В глазах ее светилась нежность. — А теперь пошли, Дракон. С Грэни все в порядке. Нужно осмотреть тебя.

— У меня ничего серьезного.

— Ты сильно ушибся.

— Я ничего не повредил.

Рикка вздохнула, взяла скребницу из его руки, положила на деревянную полку, которая находилась над стойлом.

— Кимбра говорила мне, как ты упрямо себя вел, когда она лечила твою ногу.

— То совсем другое дело.

— Надеюсь, что так. То была рана, которая могла убить тебя или, во всяком случае, причинять боль до конца жизни. Но неужели сейчас так страшно показать мне свои синяки?

Говоря это, Рикка подошла к мужу и прикоснулась к нему своим телом. Он ощутил исходящий от нее запах ароматного мыла, разбавленный запахами свежего сена и солнечного света.

— Я должна посмотреть сауну, — сказала она.

На редкость рассеянная женщина. Она уже не помнит, о чем думала несколько мгновений назад.

— Ты там мало что сможешь увидеть, — не слишком задумываясь, ответил он, любуясь солнечными лучами в ее волосах. — Там темно.

— В самом деле? Ну, тогда мы пойдем туда ощупью.

Волна возбуждения пробежала по его телу от сладостного предчувствия. Дракон вздохнул. Начало дня ознаменовалось падением с лошади, так, может быть, нужно немного расслабиться...

— Там очень жарко? — Наклоняя голову, чтобы войти в низкий каменный домик, спросила Рикка.

Ощущения боли в теле сейчас были заглушены предвкушением близости с женой, и Дракон улыбнулся:

— Очень!

Она посмотрела на мужа через плечо.

— Надеюсь, я не сгорю?

— Вполне вероятно, — ответил он и приблизился к ней, вынуждая ее войти в сауну. Когда Дракон закрыл за собой дверь, стало ясно, что свет падает из маленького окошка в верхней части двери да еще светятся уголья в каменном углублении в центре помещения.

Рикка огляделась. Глаза ее постепенно привыкли к полумраку, и она с удивлением обнаружила, что находится в просторном помещении с длинными скамьями вдоль стен.

— Я даже не предполагала, что сауна такая большая.

— Сауну часто посещают друзья или родственники. Иногда приходят сюда целыми семьями.

— Мужчины и женщины одновременно? — Рикка не была излишне жеманной. Она просто не могла быть таковой, поскольку выросла в Вулскрофте, где скромность и добропорядочность не были в большой чести. Но ее поразила мысль о том, что голые мужчины и женщины могут находиться вместе и чувствовать себя при этом непринужденно.

Дракон еле заметно улыбнулся, или, во всяком случае, так показалось в полутьме.

— Это старинный обычай, и он сохранился там, где люди живут одной семьей.

Рикку обожгла неожиданно пришедшая мысль.

— А сейчас, пока мы здесь, сюда никто не придет?

— Разумеется, нет.

— А почему ты в этом уверен? Если у людей существует обычай приходить в сауну вместе...

Он подошел к жене, улыбка его стала еще шире.

— Никто сюда не войдет. — Видя, что она продолжает сомневаться, добавил: — Если бы я был здесь один, мои люди вошли бы без колебаний. А сейчас, когда мы вдвоем...

— Люди могут этого не знать...

Дракон весело рассмеялся:

— Они знают. Ты думаешь, они не замечают, что мы делаем?

— Я как-то не думала об этом.

— Если тебе от этого не по себе, то и не думай. Но реальность такова, что люди проявляют естественное любопытство в отношении нас.

— Возможно...

Рикка слушала вполуха, поскольку Дракон приблизился вплотную. В сауне было жарко; конечно же, это объяснялось ее несколько возбужденным состоянием. И тем шоком, который она пережила, когда муж оказался сброшенным лошадью. Эти страшные моменты еще не выветрились из памяти. И она искренне верила, что сауна принесет успокоение. Ей хотелось потрогать его, ощутить его силу, удостовериться, что он здоров.

— Дракон...

— М-да? — рассеянно спросил он, поглаживая ей щеку.

— Ты не думаешь...

— Что?

— Не важно. Давай я тебе помогу. — Она осторожно подтолкнула его, чтобы он сел на лавку, и, опустившись перед ним на колени, сняла с него сандалии. Затем заставила приподняться и осторожно сняла через голову тунику. Дракон был слишком высок, и, чтобы проделать это, Рикка была вынуждена встать на лавку. Ярл засмеялся и обхватил жену за талию.

— Какая почтительная супруга! Кроткая и послушная!

Рикка тихонько фыркнула и куснула мочку его уха. Он крякнул, однако не выпустил ее из объятий. Затем она нежно провела языком по мочке, Дракон тихонько застонал, схватил Рикку за ягодицы и крепко прижал к себе.

— Только не говори мне опять, что на тебе это чертово платье, которое требует слишком деликатного обращения!

— Сейчас на мне платье для верховой езды, — с улыбкой в голосе сказала Рикка.

— Очень хорошо. — Его рука нащупала у нее на спине завязки. На сей раз она позволила раздеть себя. Несмотря на жару, его прикосновения вызывали у нее озноб. Прижимаясь к мужу голым телом, она никак не могла унять в себе дрожь. Перед глазами снова и снова возникала картина — Дракон летит по воздуху и приземляется рядом со скалой.

Он прижал ее голову к своей груди.

— О чем ты сейчас думаешь? Тебя что-то беспокоит?

— Да нет... ничего. — Рикка провела губами по его коже, ощущая вкус соли. Закрыла глаза... Земля содрогнулась, когда он приземлился, она готова поклясться в этом. Или по крайней мере содрогнулась она сама. Если бы он разбился... Она вцепилась в его плечи, провела ладонью по упругим бицепсам. Но это не помогло. Из ее сознания не уходила мысль о том, что любой человек, каким бы сильным он ни был, может быть ранен... и даже хуже того.

— Рикка? — В голосе Дракона послышалась тревога. Он приподнял ее голову и при свете, исходящем от очага, попытался разглядеть ее лицо.

Она обнимала его за широкие плечи, водила рукой по бугристым мышцам рук. Однако это не помогало. В ее голове неотступно билась мысль о том, что человеческая жизнь очень хрупка.

— Рикка? — снова окликнул Дракон. Серебряные блестки слез катились по ее щекам. Она рыдала. Дракон выругался про себя. Он быстро поднял жену на руки, сел на скамью. Она оказалась сидящей к нему лицом, ее ноги обвили его талию. — Все будет хорошо, душа моя, — мягко сказал он, — обещаю тебе. Ты только верь мне и позволь заботиться о тебе.

— Я прошу прощения, — пробормотала Рикка. — Не знаю, что на меня нашло. Я никогда не плачу.

Если говорить честно, она плакала, во всяком случае, после того, как встретилась с ним. Но Дракон и не собирался спорить. Наоборот, он вытер слезы и нежно поцеловал жену в щеку. Он (или по крайней мере его более благородная половина) хотел лишь утешить ее, но тут проявили себя другие желания.

Он почувствовал, как расслабилось ее тело и одновременно напружинилось его собственное. Он быстро положил Рикку на скамью, раздвинул и поднял округлые аппетитные бедра. Рикка ахнула, ощутив, как его рот отыскал заветную впадинку и прижался к ней. Она запустила пальцы в его волосы, притянула к себе его голову, чувствуя, как на нее накатывают сладостные волны.

На волнах наслаждения она уносилась все дальше и выше, до тех пор пока не достигла пика и не стала сквозь рыдания выкрикивать имя мужа. Он бережно заключил ее дрожащее от страха тело в объятия. Когда дрожь экстаза стала ослабевать, он стал входить в нее — не сразу, а медленно, постепенно, давая возможность насладиться.

Откинув голову назад, Рикка застонала и притянула его к себе. Ей было приятно ощущать его тяжесть на своем теле, его присутствие внутри себя. Переплелись ноги и руки, слились их голоса, и волна наслаждения накрыла обоих.

Глава 16

На следующий день началась жатва. Почти с самого начала возникли проблемы. Из корзин выпадали донья. Вода из бурдюков испарилась. У одной из тележек отвалилось колесо и покалечило мужчину. Еще более серьезный случай произошел с косой, лезвие которой сломалось, и молодой крестьянин сильно повредил себе ногу.

Дракон утверждал, что подобные инциденты в порядке вещей, однако Рикка была в этом не уверена. Ей просто стало страшно от всего происходящего. В душе поселилась тревога. Ее нервозность не осталась не замеченной другими. Магда поглядывала на хозяйку с явным беспокойством.

Рикке хотелось успокоить женщину, сказать, что она чувствует себя хорошо, однако инцидент с Грэни не выходил у нее из головы. Она просыпалась среди ночи и спешила удостовериться, что Дракон лежит рядом целый и невредимый. Он ощущал ее тревогу, обнимал, чтобы успокоить. Однако страхи все не отступали. Они росли.

В один из дней, когда почти все жители Лансенда в поте лица трудились на жатве, Рикка отправилась на кухню за специями. Их надо было добавить в жаркое, которое готовилось на кострах прямо в поле. Уже несколько дней в Лансенде установилась хорошая погода, и люди трудились почти без отдыха с раннего утра и до позднего вечера. Они спали всего лишь по нескольку часов в сутки, у них не было времени для праздных разговоров, и Рикка хотела, чтобы они ели добротную и вкусную пищу.

Магда с самого утра находилась в поле, где под ее руководством работали женщины. Если не считать часовых на сторожевых башнях, то крепость была пустынна. Как, впрочем, и весь город, поскольку каждый считал своим долгом помочь жатве. Дремавшая на солнце собака подняла голову, посмотрела на Рикку и снова погрузилась в сон.

Рикка не привыкла чувствовать себя столь одинокой. Войдя в кухню, она ощутила беспокойство, хотя в помещении, как всегда, все было прибрано и чисто. Длинные столы, на которых готовилась пища, были вычищены песком и промыты водой. Миски, кастрюли, половники, ложки находились на своих местах. Приятно пахли свисающие со стропил травы. Но зато на полу в дальнем конце кухни было что-то разбросано... Какие-то маленькие черные круглые зерна...

Перец горошком!

Крышка сундука, в котором хранились специи, была откинута. Все содержимое либо рассыпано, либо вообще исчезло.

Рикка ахнула. Она не верила собственным глазам. Девушка дотронулась до крышки. Следов взлома не было видно. По всей видимости, сундук открыли ключом.

Тем ключом, который висел у нее на поясе, поскольку он был единственным.

Вначале история со станками и изрезанной материей, затем с солью, после этого — с Грэни, и вот теперь — с перцем. Кто-то явно хочет опорочить ее в глазах жителей Лансенда.

Рикка вдруг почувствовала озноб.

С тяжелым сердцем она вышла из кухни и направилась в поле, чтобы разыскать Дракона и рассказать о случившемся. Ярл находился рядом с молодым человеком, который поранил себе ногу косой. Сейчас рана была перевязана и более не кровоточила.

— Тебе придется немало потрудиться, чтобы восстановить ногу, — говорил ярл. — Это вполне возможно. Я могу засвидетельствовать это, потому что сам прошел через подобное. Готов показать, что тебе следует делать. И к тому времени, когда эти поля снова нужно будет косить, ты полностью поправишься.

Молодая женщина, стоявшая рядом с мужчиной, согласно кивнула.

— Ярл знает, что говорит, Харальд. — Она приложила руку мужа к своему животу. — Наш ребенок будет знать своего отца. Остальное не так важно.

Дракон поднялся, отошел от четы и увидел неподалеку жену.

— Как он? — спросила Рикка, глядя на пострадавшего.

— Рана глубокая, но не до кости. Потребуется время, но он все-таки поправится. Что-то случилось?

Рикка неохотно кивнула.

— Боюсь, что так. Сундук, в котором хранятся специи, оказался открыт, часть специй рассыпана по полу, другая часть исчезла.

Дракон довольно долго смотрел на жену.

— Когда ты это обнаружила?

— Только что. Я отправилась на кухню, чтобы принести специй для Магды и других женщин. Они готовят обед. Там никого не было, если не считать часовых на башнях, но я думаю, они не наблюдают за кухней.

— Верно, не наблюдают, — медленно произнес Дракон. — Так сундук был взломан?

— Он был открыт. Никаких повреждений и царапин нет.

— А где ключ?

— Вот он.

— Он весь день был у тебя?

— Да, вместе с другими ключами. Как ты знаешь, Магда дала мне всю связку сразу, как я приехала в Лансенд. Ночью они рядом с моей одеждой в нашем доме. Днем они там, где находятся сейчас. — Рикке пришла в голову неожиданная мысль: — Как ты думаешь, мог кто-то войти в наш дом, когда мы спали?

Дракон снова пристально посмотрел на супругу и медленно покачал головой:

— Нет.

Он больше ничего не сказал, но ничего больше и не требовалось. Рикка вдруг поняла, что это невозможно. Бывалый воин, он проснулся бы мгновенно, если бы кто-то вошел в дом. Он спал, положив рядом с кроватью маврский меч. Непрошеный гость был бы тут же зарублен.

— В таком случае у кого-то должен быть еще один ключ, — сказала Рикка.

Дракон пожал плечами. Он повернулся к Магнусу, стоявшему неподалеку, и распорядился, чтобы раненого мужчину отвезли в город, после чего зашагал в сторону крепости. Рикке пришлось бегом догонять его. Они не обмолвились друг с другом ни словом до того момента, пока не оказались на кухне.

— Дай мне ключ, — сказал Дракон, протягивая руку.

Рикка тут же повиновалась.

— Ты уверена, что это тот самый ключ?

— Да. Видишь, сверху у него маленькая зарубка.

Дракон увидел зарубку и кивнул, затем вставил ключ в замок.

— Да, тот самый, — сказал ярл.

— Я знаю. Я открывала им сундук вчера.

— Ты уверена, что снова его закрыла?

— Да, конечно. Замок большой и тяжелый. Вряд ли я могла бы его не замкнуть и не заметить этого. Но даже если бы такое случилось, Магда или кто-то еще из женщин сказали бы мне об этом.

— У тебя с ними никаких проблем?

— Абсолютно никаких. Все очень добры и дружелюбны. — Все, кроме Магнуса, в отношении которого она все еще питала определенные сомнения. Однако Рикка не считала нужным говорить об этом мужу.

Тем более сейчас, когда его лицо, казалось, было лишено какого-либо выражения, а глаза закрыты.

Рикка встревоженно сказала:

— Дракон, клянусь тебе, я не...

Он поднял руку.

— Достаточно. Ты моя жена. Но ты также и хозяйка Лансенда. Это твоя обязанность — должным образом беречь то, что находится под твоей опекой.

— Я знаю, но...

— Ты могла куда-то по ошибке положить ключ.

— Нет, должен быть еще один ключ.

— Если бы он был, я бы знал о нем.

— В таком случае кто-то может открывать замки и без ключа.

— Это верно. Я слышал, что некоторые замки можно открыть тонкой булавкой. Но это требует особых тренировок и умения.

Плечи у Рикки начали опускаться, но затем она спохватилась и выпрямилась.

— Я сожалею, что принесла неприятности в твой дом. Но я меньше всего этого хотела.

Дракон вздохнул и провел ладонью по ее волосам. Рикка увидела, что он выглядит усталым, как и все, кто трудился четыре дня на жатве не разгибая спины. И она сказала теперь уже более мягко:

— Я в самом деле сожалею, Дракон. Но не могу понять, что здесь происходит. Это начинает меня пугать.

Он кивнул.

— Мы найдем того, кто это делает, Рикка. Обещаю тебе. А ты тем временем будь внимательна и сообщай мне, если увидишь что-то странное... или кого-то подозрительного.

Рикка пообещала и осталась на кухне, чтобы все привести в порядок, а ярл отправился к часовым на башнях. Он вернулся, когда она заканчивала уборку.

— Как мы и ожидали, они ничего не видели, но впредь будут наблюдать и за кухней.

На тот момент ничего другого сделать было нельзя. Жатва — это не то время, чтобы устраивать розыски человека, который занимается вредительством. Но коль скоро это сделано... Лицо Дракона посуровело. Он непременно найдет того, кто хочет бросить подозрения на его жену. Найдет и накажет.

Три последующих дня люди самоотверженно трудились, чтобы собрать с полей золотистое зерно. Рожь и пшеница были уложены в высокие скирды, где их обсушивало ясное солнце и овевал легкий ветерок. Скоро заработают мельницы и амбары, заполнятся кормом для овец и скота. Будут варить эль и мед, набивать матрацы свежей соломой, делать игрушки для детей из оставшихся стеблей. Когда все дела будут переделаны, начнутся праздничные пиры. Именно мысли о том, что за этим последует спокойная, сытная зима, удерживает людей в течение многих часов на работе, дает силы бороться с одолевающей на каждом шагу усталостью.

Последние снопы были уложены, поля обнажились, уставшие люди оживленно загомонили. Они стали паковать свои одеяла, посуду и провизию, которую привезли в поле ради экономии времени. Втроем, вчетвером, семьями они возвращались кто в крепость, кто в город.

Рикка шла с Магдой и другими женщинами. Несмотря на их протесты, она настояла на том, чтобы остаться в поле, где помогала готовить, по очереди подносила бурдюки с водой тем, кого мучила жажда. Правда, случалось, что она пережаривала цыплят, которых готовила на костре, и расплескивала воду. Рикка дала себе слово, что к следующей жатве постарается исправиться.

Лишь придя домой, Рикка поняла, насколько она измучилась. Дело было не только в физической усталости. У нее заплетались ноги, когда она входила в дом. Дракон пока еще оставался в поле со своими людьми. Рикка вымыла руки, умылась холодной водой, рухнула на кровать и мгновенно уснула.

Когда она проснулась, был уже вечер. Некоторое время она лежала на спине, разглядывая скошенный потолок комнаты. Теперь это ее дом, подумала она. Раньше у Рикки не было такого ощущения. Легкость, с которой она стала частью Лансенда, ее изумляла. Она обосновалась здесь, словно птица в гнезде, радуясь тому, что нашла пристанище после трудного перелета.

Или она обманывалась?

«...Ты не видела их?» — спросил ее Дракон о шипах, оказавшихся в чепраке лошади. Этот вопрос был задан так, словно она могла тайком сунуть их туда, чтобы навредить.

«...Ты могла куда-то по ошибке положить ключ», — сказал он ей, как бы признавая, что она никудышная домохозяйка.

Рикка понимала, что он в общем-то ни в чем ее не обвинил. Его единственный выговор сводился к тому, что она должна беречь то, что находится в ее ведении. Это она понимала, но не знала, как это делать, если кто-то, судя по всему, настроен на то, чтобы скомпрометировать ее.

Рикка со вздохом поднялась с кровати, плеснула холодной водой себе в лицо, хотя и не почувствовала при этом ни малейшего облегчения. С тяжелым сердцем она вышла из дома и направилась в большой зал, где вскоре должен быть подан ужин.

Это была простая пища, приготовленная без каких-либо специй. Слух об их пропаже уже распространился среди людей. Войдя в зал, она уловила несколько быстрых взглядов в свою сторону.

Рикка села рядом с Драконом, но тот был всецело занят беседой с Магнусом и почти не разговаривал с ней. Когда подали последние блюда и принесли эль, Рикка пробормотала извинения. Стоило ей встать, как поднялся и Дракон.

— Ты здорова? — спросил он.

— Вполне. — Она выдавила улыбку, почувствовала ее фальшь и поспешила оправдаться: — Просто устала.

Она выходила из зала, чувствуя, как муж смотрит ей в спину.

Тем не менее стоило ей забраться в постель, как она тут же заснула...

За ночь на землю опустился густой туман. В Мерсии тоже случались туманы, но они не шли ни в какое сравнение с этим. Вокруг сплошная, все окутывающая белизна, которая словно стерла мир с лица земли.

Рикка буквально на ощупь добралась до кухни. Там были Магда и женщины. Они поприветствовали хозяйку.

— Есть каша, — сказала Магда и подала миску овсяной каши, щедро приправленной медом и сливками. Рикка съела ее с большим аппетитом. Она могла бы съесть и еще, но удержалась.

— Как люди находят дорогу в таком тумане? — спросила Рикка, закончив есть.

Магда засмеялась:

— Не без труда, моя госпожа, это определенно. Хорошо, что сегодня у нас не так уж много дел.

Женщины, суетившиеся в кухне, закивали. Они были рады отдохнуть после напряженной работы. Рикка задержалась с ними на некоторое время, но затем почувствовала, что в присутствии хозяйки они не могут до конца расслабиться, поскольку видели в ней жену ярла и к тому же иностранку. Рикка поспешила покинуть кухню и направилась на конюшню.

Растворившись в густой пелене тумана, она шла скорее всего на слух — Рикка прислушивалась к лошадиному ржанию и вскоре уткнулась в стену конюшни. Ощупью найдя дверь, она вошла внутрь. В конюшне тускло горели лампы. Лошади все еще находились в стойлах.

Рикка занялась Слейпниром и Грэни. Это сразу отвлекло ее от тревожных мыслей. Она почистила их, заплела им гривы, напоила свежей водой и задала зерна, а затем угостила яблоками. Лошади всеми способами пытались убедить ее, что им хочется на волю, бодались и тыкались в нее теплыми носами, однако Рикка оставалась непреклонной.

— Потерпите немного. Вот чуть-чуть рассеется туман, я отведу вас на пастбище.

Они протестующе заржали, однако тут же успокоились, когда она дала им яблоки. Оставив своих любимцев, Рикка пошла на другую половину конюшни, где содержались мерины. Подложив сено в стойло гнедой, Рикка почувствовала, что от общения с животными настроение заметно улучшилось. Да, у нее есть проблемы, но ведь она умеет определять, где правда и где ложь, и найдет способ выяснить, кто в этом виновен.

Конечно же, не Магда, в этом Рикка была уверена. К тому же в тот день, когда был открыт и разграблен сундук со специями, Магда с раннего утра находилась в поле. Рикка видела это своими глазами. Ни на одно мгновение она не верила и в то, что Магда могла наполовину опустошить бочку и смешать соль с песком.

Магнус... Вероятность того, что все это его рук дело, гораздо большая. Рикка изначально почувствовала, что он лжет, более того — не хочет видеть ее в Лансенде. Но рискнет ли он ради этого вызвать гнев ярла? И с какой целью?

Заболела голова. Рикка прервала уборку, вышла на улицу и прислонилась к двери конюшни. Приближался полдень, солнце поднималось все выше, однако туман оставался по-прежнему густым. Вздохнув, Рикка повернулась, чтобы снова войти в конюшню, но в этот момент услышала позади себя шорох. Прежде чем она успела среагировать, чья-то большая сильная ладонь закрыла ей лицо, а другая рука обхватила за талию.

Рикка в ужасе попыталась вырваться из тисков. Она впилась ногтями в руку, которая закрывала ей нос и рот, одновременно стала пинаться ногами. Ею овладела паника, когда она поняла, что не может дышать. Ее легкие жаждали воздуха, голова пошла кругом. За мгновение до того, как потерять сознание, она увидела двух переплетенных и пожирающих друг друга змей. Затем перед ней разверзлась черная воронка, и, не имея больше сил сопротивляться, Рикка провалилась в нее.

Дракон вместе с группой людей пытался стащить купеческое судно с мели. Туман делал эту задачу почти невыполнимой. Люди едва видели друг друга и даже само судно. Тем не менее им удалось обвязать его прочными канатами. Теперь осталось изо всех сил потянуть — и дело будет сделано.

— Тяни! — зычно крикнул ярл и что было сил налег на канат. Судно на несколько дюймов поднялось из воды. — Тяни! — Напряглись мышцы рук и ног, капельки пота заструились по телам, несмотря на прохладное утро. Выиграны еще несколько дюймов. — Тяни!

Вода хлынула из отверстия возле носа, который показался в воздухе. Часть людей бросилась толкать судно сзади, в то время как остальные продолжали тянуть. Через два часа после начала работа была завершена.

Дракон отбросил канат, который оставил вмятины у него на плечах. Еще ни одно судно не пропадало в Лансенде, даже во время внезапных штормов. Посещающие Лансенд купцы знали, что они могут рассчитывать на то, что им, их грузу и судну здесь ничего не грозит.

Тем не менее он не пытался скрыть свой гнев от незадачливого галла, который рассыпался в благодарностях.

— Ты только взгляни! — говорил Дракон, показывая на пробоину в носу. — Дерево почти насквозь прогнило. Когда ты последний раз смолил корпус?

— Увы, господин, но я бедный человек, и поэтому...

— Ты станешь бедным, когда окажешься без судна! Заходи к нам на следующей неделе, мои люди посмотрят, какой ремонт требуется твоему кораблю. Ясно?

— Да, да, конечно, господин. Я знаю, что ваши люди очень знающие и что вы не ограбите меня. Только помните, пожалуйста, что я...

— ...бедный человек. Знаю, знаю. Хотя по твоему грузу этого не скажешь, ну да ладно, цена будет сходная. А пока иди занимайся своим делом, тем более что и у меня есть дела.

Ярл отправился к крепости пешком. Он не желал в такой туман подвергать риску лошадь. Внезапно он почувствовал запах дыма.

Определенно пожар.

Дракону был знаком запах пожарищ. Однажды в Византии оказался объят пламенем старый квартал города. Опять же нечто похожее он видѐл в Италии, когда молния ударила в группу старых деревьев. Это совсем не дым от очагов. Это нечто огромное, грозное, и это пламя непросто усмирить.

Дракон побежал. Обогнув крепостные стены, он увидел в поле языки пламени. Горел амбар, который должен был принять новый урожай.

Ярл повернулся, чтобы позвать на помощь, но к нему уже бежали люди, многие с ведрами в руках.

Образовалась живая цепь от амбара до берега, откуда можно было черпать воду. Сотни людей, в том числе дети, с сотнями ведер пытались погасить все разрастающийся пожар.

До этого долгое время стояла сухая погода. Амбар не просто горел; а гудел, трещал и полыхал. Пламя освещало лица тех, кто находился неподалеку, в том числе и самого Дракона. Он почти сразу понял — амбар спасти не удастся. Усилия были направлены на то, чтобы предотвратить распространение огня. В поле оставалось много сухой стерни, и даже в отсутствие ветра существовала опасность, что пламя перекинется на город и на крепость.

— Несите лопаты! — приказал Дракон людям, и те стали рыть траншеи вокруг амбара. Тактика была избрана правильно, но прошло несколько часов, прежде чем огонь наконец догорел и погас.

Не дожидаясь конца пожара, Дракон стал обходить пепелище. Нужно было определить причину возгорания. Амбар был пуст, следовательно, внутри его не горели ни лампы, ни факелы. Не было нужды кому-нибудь заходить внутрь. Не было грозы, не было молний, не было никаких естественных причин для того, чтобы строение могло загореться.

Довольно скоро Дракон обнаружил то, что искал. Ручеек густой смолы — такой же, какой смолят корпуса судов и какой много в Ланссндe, — тек прямо к амбару. Смола на судне, погруженном в воду, совершенно безопасна, но на суше она горела лучше всякого дерева.

Это был поджог.

Изорванная материя, соль, Грэни, специи...

Дракон поднял голову, окинул взглядом мужчин и женщин. Здесь были даже чужеземцы, приплывшие по делу в порт Лансенда. Не было лишь совсем старых либо совсем маленьких и еще...

— Где моя жена? — спросил ярл у Магды, которая помогала собирать ведра.

Перепачканная сажей, как и все остальные, с покрасневшими от дыма глазами, она неуверенно посмотрела по сторонам.

— Я... я не знаю, мой господин. Я не видела ее.

Дракон понял, что и этой женщине в этот момент показался весьма странным факт отсутствия леди Лансенд на пожаре.

Викинг жестом подозвал Магнуса.

— Я хочу, чтобы ее нашли, — мрачно сказал Дракон и повернулся, чтобы еще раз взглянуть на тлеющие остатки того, что еще несколько минут назад было амбаром.

Что-то холодное и влажное давило на лицо Рикки. Некоторое время она пребывала на границе мрака и света, затем к ней внезапно вернулась память. Она лежала на земле. Точнее, прижималась щекой к влажной земле. Вокруг нее плавал туман. Она не имела понятия, где находится и как долго была без сознания.

Как не представляла, кто на нее напал.

Рикка осторожно села и ощупала себя. Цела и невредима. Слава Господу!

Змеи... В мозгу всплыло воспоминание и вслед за этим — образ двух змей, пожирающих друг друга. Она видела их перед тем, как потерять сознание. Но где и почему?

Об этом еще будет время подумать, если ей повезет. В настоящее время более важно удостовериться, что она действительно одна. Она напрягла зрение и прислушалась. Ни звука.

Почувствовав облегчение, Рикка сделала глубокий вдох и приказала себе успокоиться. Ее платье промокло и прилипло к телу. Ее бил озноб, она обхватила себя руками и попробовала определить время дня. Однако это оказалось невозможным, потому что солнца не было видно. Тем не менее было ясно, что прошло много часов с того времени, как ее унесли с конюшни. По всей видимости, день клонился к вечеру, а значит, будет холоднее. Она должна как можно скорее возвращаться в Лансенд.

Но из-за тумана Рикка не имела понятия, в каком направлении ей идти, и поэтому рисковала с каждым шагом еще более усугубить свое положение. И все-таки ничего не делать — это еще хуже. Все еще памятуя об опасности, она подала голос:

— Здесь есть кто-нибудь?

Слова поглотила тишина — такая же вязкая, как и туман. Может быть, она совсем одна в этом мире, из которого исчезли образы и звуки?

От этой мысли стало еще холоднее. Как часто, живя в Вулскрофте, Рикка мечтала о том, чтобы оказаться одной! Она мечтала жить уединенно в каком-нибудь горном гнезде, подобно соколу или ястребу, и быть неподвластной никому из людей. Кроме Терлоу, не было ни одного человека, по которому бы она скучала, зато было много таких, с кем бы она с радостью рассталась навсегда. Но сейчас все изменилось, полностью изменилось. Она тянулась к Дракону, ей хотелось слышать его голос, чувствовать его прикосновения и тепло его улыбки. На момент Рикка закрыла глаза и увидела мужа. Это видение придало ей сил, и она решила идти, пусть медленно и осторожно, чтобы не ошибиться, но просто сидеть на месте и ждать она не могла.

Рикка не сделала и дюжины шагов, как почувствовала, что руки у нее стали странно жесткими. Она остановилась, поднесла их к глазам, понюхала и ощутила запах смолы.

Смола? Очень странно. Откуда она взялась на руках? В конюшне ее не было.

Рикка снова прислушалась. Где-то в отдалении она услышала приглушенные туманом звуки прибоя. Нужно идти, быстрее найти дорогу домой...

Глава 17

Казалось, что в тумане время идет так же медленно, как и Рикка. Каждые несколько футов она останавливалась и прислушивалась, чтобы убедиться в том, что слышит шум прибоя. Она уже продрогла до костей. Чтобы согреться, Рикка прибавила шаг, споткнулась о камень и упала, но со стонами поднялась и пошла дальше. Как бы ни было холодно, но сломать ногу или руку — дело малоприятное. Ей снова вспомнились переплетенные змеи, поедающие друг друга. Кто унес ее из конюшни? Кто дерзнул навлечь на себя гнев ярла Лансенда? И почему похититель оставил ее на свободе, не причинив особого зла?

Возможно, что у негодяя не выдержали нервы, он испугался наказания и бежал. Чем больше Рикка об этом думала, тем все больше утверждалась в справедливости своей догадки. Она даже почувствовала некоторое облегчение, поскольку этим можно объяснить и все другие неприятности. С уходом этого человека можно надеяться, что жизнь в Лансенде вернется в нормальное русло.

Рикка снова остановилась и прислушалась. Ей показалось, что шум моря стал громче, хотя она и не была вполне в этом уверена. Но то, что к звукам прибоя добавились еще какие-то нотки — какие-то ритмичные удары, — было очевидно. Это пробудило в душе надежду, и она заставила себя продолжить путь.

Окружающий мир был похож на призрачный мир сна, подумала Рикка. Поскольку не было видно знакомых земных ориентиров, не оставалось ничего, кроме мыслей. Какой была бы жизнь, если бы так было всегда? Слишком много самосозерцания — вероятно, это не очень хорошо для души. Ей недоставало мира — многокрасочного и полного движения. Даже зима не казалась столь безжизненной и бесплодной, как это туманное марево, которое порождало желание лечь на землю, свернуться клубком и забыть обо всем на свете.

Но она не поддастся этому желанию. Рикка продолжала идти, прислушиваясь к шуму моря, вновь и вновь улавливая ритмичный стук. Он что-то напоминал. Однако понадобилось какое-то время, прежде чем она поняла, что это такое.

Стук копыт! Лошадь шла если не галопом, то, во всяком случае, рысью. Кто это позволил лошади скакать в такой непроглядный туман?

— Рикка!

Это был голос Дракона.

— Я здесь! — Никогда в жизни она не была так рада услышать чей-либо голос. — Здесь я!

Он появился, словно материализовался из облака, вначале в виде темного пятна на белом фоне, затем обрел форму, и Рикка увидела высокого всадника на Слейпнире. Лошадь, завидев девушку, стала радостно бить землю копытом.

Оставаясь сидеть в седле, Дракон, глядя на Рикку сверху вниз, громко спросил:

— Какого черта ты здесь делаешь?

Вряд ли это было похоже на теплое и ласковое приветствие, на которое Рикка рассчитывала, но она готова была смириться и с ним.

— Пытаюсь добраться до Лансенда.

Она подняла руку. Дракон словно пушинку забросил жену в седло. Даже сейчас, когда она хорошо знала его тело, сила мужа поразила Рикку. Она некоторое время молчала, делая вид, что поудобнее усаживается в седле. Потом наконец ощутила исходящий от него едкий запах.

— Что это?

— Это запах дыма. Сгорел амбар.

— Амбар? Большой амбар для кормов?!

— Да.

Рикка посмотрела на мужа. Лицо его было испачкано сажей и выглядело весьма мрачным.

— И что же мы теперь будем делать?

— Строить новый, притом быстро.

Вполне разумный ответ, весьма характерный для мужчины. Но у Рикки шок все еще не прошел.

— Не понимаю. Как он мог сгореть?

— Его подожгли. Кто-то разлил смолу, затем поджег... А что это на твоих руках? — спросил он таким тоном, словно уже знал ответ.

— Смола. — Голос Рикки даже не дрогнул.

— Надеюсь, ты соизволишь объяснить, как твои руки оказались испачканы смолой и как ты оказалась здесь, в нескольких милях от Лансенда.

У Рикки болезненно сжалось горло. А она-то надеялась, что он обнимет и утешит ее. Как все смешно и глупо!

— Я была в конюшне с Грэни и Слейпниром. Кто-то вынырнул из тумана и схватил меня. Я не могла дышать и потеряла сознание. Я пришла в себя, наверное, час назад и с этого времени пытаюсь найти дорогу назад.

Рикка говорила голосом, лишенным выражения. И старалась не смотреть на Дракона. Ни к чему было лишний раз растравлять себя.

Однако она ощущала внутри нервную дрожь. Если он не поверит, на что ей надеяться? Она одна среди незнакомых людей, которые легко могут сделаться врагами. Что ей уготовано судьбой?

Дракон некоторое время молчал, но Рикка почувствовала, как его рука крепко обвилась вокруг ее талии. Наконец он спросил:

— Ты хочешь еще что-нибудь мне сказать?

— Я видела двух змей, пожирающих друг друга.

— Что? В тумане?

— Нет, я не уверена где. Перед тем как потерять сознание, я их видела.

— Ты их вообразила...

Она закачала было головой, но затем остановилась. Гордость не позволяла оправдываться. Или же она чувствовала всю бесполезность оправданий. Рикка сочла за благо упрятаться в свою скорлупу, как привыкла поступать в детстве.

Туман нисколько не мешал Слейпниру ориентироваться, он безошибочно доехал до Лансенда. Должно быть, нюх, предположила Рикка. Каждое место, каждый предмет пахнут по-своему. Вулскрофт пах влажным камнем и страхом. Лансенд пахнет морем, созревающим хлебным полем, дымком очагов, лошадьми, кожей, потом и паром, смешанными запахами дома.

Дома? Рикка проглотила комок в горле и велела себе выбросить из головы эти ненужные мысли.

Когда из тумана проявились крепостные стены, Рикка спросила:

— Что ты намерен делать?

Дракон ответил не сразу. Они въехали в крепость, он спешился у конюшни и встретился с женой взглядом. Ярл выглядит усталым, подумала Рикка.

Дракон снял ее с седла, но не выпустил из объятий.

— Моим людям нанесен большой ущерб, — сказал он.

Это было очевидно. Уставшие после жатвы жители Лансенда будут вынуждены в срочном порядке строить новый амбар. Если не будет надежного хранилища для корма, животных нечем будет кормить зимой, поголовье к весне резко уменьшится.

И тем не менее то, что сказал ярл, больно ранило сердце Рикки.

— *Нам* нанесен большой ущерб, — сказала она.

Дракон промолчал, лишь взял жену под руку и повел в большой зал.

Проклятие! Ну почему у нее нет путных объяснений произошедшему? Неужели она не понимает, в каком он находится положении? Он ярл, руководитель своего народа, отвечает за его безопасность в этом ненадежном мире. Каковы бы ни были его личные чувства, он не вправе забывать об этом.

Дракон сделал глубокий вдох, чтобы успокоиться. В нем нарастал страх с того момента, как он обнаружил отсутствие Рикки. Он вновь и вновь мысленно возвращался к цепи неприятных событий — изрезанная материя, испорченная соль, Грэни, специи — и снова и снова говорил себе, что Рикка не может быть виновницей всего этого. В особенности в эпизоде с Грэни. Она любила лошадей.

Она не любила его. Громы и молнии, почему он думает об этом сейчас? Какая разница — любит она его или нет? Он никогда не рассчитывал найти любовь. В этом повезло Вулфу и Хоуку, и он был рад за них. Но таких счастливцев мало. Впрочем, сейчас не стоит думать об этом. Достаточно того, что она его жена и питает к нему уважение.

А может быть, он ошибается? Она ведь сбежала после того, когда между ними случилась близость. Она разделила ложе с мужчиной, определенно веря, что он не тот, кому она предназначена. И вышла замуж лишь для того, чтобы не возвращаться к отцу.

Но ведь было кое-что и затем. Память услужливо подсказала Дракону, как Рикка во время путешествия на драккаре старательно повторяла норвежские слова. Она хотела выучить язык его народа. Он вспомнил, как Рикка, нежная и податливая, покоилась ночью в его объятиях. Или когда она ехала от причала на Грэни. Как старалась она освоить обязанности хозяйки усадьбы. Она была неискушенной в хозяйственных делах, это было видно, но, судя по всему, очень старалась. И никак нельзя забыть их ночи и дни, наполненные страстью, какой он не знал раньше.

Неужели эта женщина предала его? Неужели она, сидевшая с ним за одним столом, делившая ложе, получившая одобрение его народа, выступила против него?

Заговор? Это слово резануло душу. Не было никакого заговора, была цепь действий, вероятно, импульсивных, которые привели к нынешнему кошмару.

Заговор. Дракон потряс головой, стараясь прояснить мысли. Вулскрофт ненавидел Альфреда. Успех браков между норвежцами и саксами обязан престижу Альфреда. Рикка была дочь Вулскрофта. Хотя и отличалась от него как день от ночи. Она ненавидела своего отца и даже согласилась на нежеланный брак, чтобы от него избавиться.

Так ли?

Что, если он ошибается? Если ее бегство от брака, боязнь отца, радость по поводу избавления от него — фальшивы? И она сама ничем не отличается от того, кто ее породил?

Однако, даже если эти страхи оправданны, нет объяснения тому, зачем Рикке нужно было рисковать, устраивая все эти пакости.

Или она считает, что ярл не причинит ей физической боли? Считает, что в худшем случае он разведется с ней и отправит назад в семью?

За развод ухватится Вулскрофт, объявит это страшным оскорблением и использует как предлог для того, чтобы потребовать от Альфреда разорвать союз между норвежцами и саксами.

Дракон немало времени провел в Византии. Эта столица интриг и обмана сильно повлияла на характер его мышления.

И тем не менее такое возможно. Если подобные мысли все-таки посетили его, их нельзя просто так отвергать.

Рикка должна дать отчет и ответить как на его вопросы, так и на вопросы его народа. Люди имеют право знать правду.

С такими тяжелыми мыслями ярл Лансенда вошел в большой зал.

Люди Лансенда собрались быстро, едва распространился слух, что жена ярла нашлась. Они заполнили зал, среди прочих здесь были лейтенанты Дракона, в том числе Магнус.

Ярл сел в свое кресло с высокой спинкой. Он не предложил сесть Рикке, да она этого и не ожидала. Она отлично понимала, что сейчас должно произойти.

Ее муж, герой необычной страны, от которого она некогда сбежала лишь для того, чтобы он затем завладел ее телом и душой, собирался вершить суд.

Рикка была сосредоточена, шок был преодолен, страх где-то шевелился, но она едва ощущала его присутствие. Это хорошо.

— Рикка...

Она вынырнула из пелены тумана и услышала, что ярл обращается к ней.

— Я спросил, что произошло.

— Я уже рассказала тебе. — Рикка говорила очень тихо.

— Ты говорила, что тебя кто-то схватил. Ты потеряла сознание и очнулась в нескольких милях от города.

Рикка кивнула, чувствуя, что ее голова дергается вверх и вниз, словно находится на конце шнура.

— У тебя смола на руках.

Подняв ладони, она уставилась на них. Было такое впечатление, что они принадлежат кому-то другому. Она услышала, как люди ахнули, как по толпе пробежал ропот.

— Почему?

— Я не знаю.

Как не знала она и его. Тщетно она пыталась вспомнить моменты их интимной близости, как он обнимал ее, ласкал ее тело, наполняя ее радостью. Все было утеряно в тумане.

— У тебя нет объяснений? — Дракон нахмурился.

Она была в западне. Как она может доказать, что не делала этого, если улики свидетельствуют об обратном? Туман все скрыл. Никто не видел, как ее унесли из конюшни, никто не видел, кто в действительности поджег амбар.

Рикка подняла голову. Ей было до сих пор холодно, но хуже всего, что она испытывала внутренний озноб. Надо это преодолеть и высказаться.

— Я не поджигала амбар. Я не делала ничего из того, что имело место. Я ни в чем не виновата.

— Ты это говоришь, и я этому верю. Но улики свидетельствуют против тебя.

В отчаянии Рикка решилась раскрыть то, что хотела и собиралась хранить в тайне.

— Я обладаю даром отличать правду от лжи. Я не могу говорить неправду.

По залу прокатился шумок.

— Тихо! — приказал Дракон. Он поднялся с кресла и подошел к Рикке. Негромко, словно разговаривая с ней одной, он сказал: — Ты говорила мне об этой способности, но я не могу узнать, так ли это на самом деле.

— Но я показала это на примере того парнишки, Олафа...

— Я пришел к собственным выводам в том деле независимо от твоих слов. Было ясно, что Тригив лжет, поэтому я заподозрил его в краже кубка, и нужно было лишь найти, в каком удобном для себя месте он его хранил.

Эти слова Дракона лишили ее последней надежды и наполнили душу отчаянием. Если он не верил тому, что было столь важным для нее, то как он мог верить во всем другом?

Рикка воскликнула:

— А как насчет змей, которых я видела? Ведь это о чем-то должно говорить?

— Змеи, поедающие друг друга? Кто они, леди? Я знаю твою нелюбовь к викингам, ты не пыталась ее скрывать. Не является ли Альфред другой змеей — король, о смерти которого ты с такой легкостью говорила?

— Ты все искажаешь! Как ты так можешь!

— Лучше скажи, как ты смогла сделать все это!

Дракон в смятении ожидал ответа Рикки. Когда стало ясно, что ответа не последует, он начал лихорадочно искать, как бы уйти от объявления ее виновной, поскольку в этом случае должно неотвратимо последовать наказание. Об этом не хотелось думать.

Ему бы следовало быть скальдом, свободно ходить по свету и рассказывать людям истории. Но он не был им. Дракон был ярлом, и его народ ждал, как он поступит в данной ситуации.

Он начал говорить. Дракон решил заключить жену в доме до тех пор, пока не выяснит причин случившегося. Но едва были произнесены первые слова, как он передумал. Именно тогда он увидел, как Рикка бросила быстрый взгляд на Магнуса. Магнус? Человек, которого он знал с детства. Человек, который верно служил своему ярлу. Человек, которого Рикка явно избегала. Почему?

Что, если она и в самом деле обладает даром отличать правду от лжи и поэтому не слишком доверяла Магнусу?

Конечно, он хватался за соломинку, но ничего другого ему не оставалось. Если Рикка невиновна, то кто тот, другой негодяй? Кто сознательно настраивает его и весь народ против нее, кто пытается разрушить их брак и поставить под угрозу союз, который несет людям мир?

Если такой человек существует, то, кто бы он ни был, Дракон должен его найти. Иначе будет беда.

Сейчас бы переговорить с ней, объяснить, что он намерен делать. Но это невозможно. Народ смотрел на своего ярла... народ ждал. И несмотря на тяжесть в груди, Дракон заговорил:

— Тебя сейчас отведут к столбу наказаний, где ты останешься до тех пор, пока не пожелаешь честно и подробно рассказать о своих действиях.

Рикка ахнула. Она не могла поверить своим ушам. По-видимому, люди тоже не поняли, потому что внезапно заволновались. Правда, некоторые выразили, хотя и невнятно, одобрение, но большинство, как и Рикка, испытало шок.

Дракон отвернулся и обратился к Магнусу:

— Проводи ее к столбу. Она моя жена, и я не хочу причинять ей еще большую боль, но наказание должно быть исполнено. Ты меня понял?

— Конечно, господин, — быстро ответил Магнус. Он выглядел сумрачным, но решительным, когда подходил к Рикке. — Пойдемте, леди.

Рикка была настолько ошеломлена, что не смогла даже выразить протест. Она бросила последний взгляд на мужа, но тот отвернулся. Его верный лейтенант взял Рикку под руку и вывел из зала. В тумане он безошибочно отыскал место наказаний. При виде столба Рикка испытала ужас — ей вспомнилось, как в Вулскрофте на таком же месте истязали людей. За время своего пребывания в Лансенде она проходила мимо столба, должно быть, сотни раз и не обращала на него никакого внимания — настолько иным здесь все казалось.

Казалось. Теперь все изменилось. Она слышала, что за ней шли люди. В тумане они были похожи на призраков. К столбу был привязан канат. Магнус взял его и быстро сказал:

— Дайте мне ваши руки.

У нее не было выбора, и она повиновалась. Хотя душа ее кипела от возмущения, гордость не позволяла оказывать бесполезное сопротивление. Магнус накинул канат на запястья и крепко связал их. Рикка подняла голову и поймала в его глазах искорки ликования. В следующее мгновение его лицо изменилось — стало суровым, но Рикку это уже не могло обмануть. Она быстро отошла от лейтенанта и прислонилась к столбу спиной. Туман теперь сделался ее другом, поскольку скрывал от людских глаз. Люди Лансенда пришли посмотреть на унижение саксонской невесты. Но она будет держать голову высоко и вынесет все, что угодно. Впрочем, иного выбора не было. У нее осталась только гордость.

Спустя некоторое время Рикка решила сесть. В этом не было ничего зазорного, к тому же это было лучше, чем просто упасть. За весь день она поела только овсяной каши за завтраком, однако даже при мысли о еде ей сделалось тошно. Сев на землю, она подоткнула под себя отсыревшее платье и почувствовала, что дрожит.

Ярл — Рикка не желала называть его как-то иначе — сказал, что она останется у столба до тех пор, пока все честно не расскажет. Но она уже это сделала, и ей нечего добавить. Сколько времени человек может здесь находиться? Без укрытия, не имея возможности справить естественную нужду, на виду у людей. Жизнь становится похожей на ад. Глаза Рикки наполнились слезами.

Из тумана появилась Магда. Она несла одеяло, миску дымящегося жаркого и кувшин с водой. Женщина быстро набросила теплую шерстяную накидку на Рикку и сунула ей в руку ложку.

— Поешьте, моя госпожа. Я скоро приду снова, и вам будет дана возможность справить нужду.

Рикка была настолько удивлена, что сказала первое, что ей пришло в голову:

— Спасибо, но ты не должна этого делать. Я не хочу, чтобы у тебя были неприятности.

Магда выпрямилась, на ее лице отразилось беспокойство. Поколебавшись, она сказала:

— Об этом вы не беспокойтесь, моя госпожа.

И ушла, растворившись в тумане.

Рикка вздохнула. Похоже, один друг у нее есть. И на том спасибо. Еда не шла в рот. Даже ароматное жаркое, принесенное Магдой, ее не соблазнило. Она отставила миску и поплотнее закуталась в одеяло.

«Проклятие, все-таки нужно поесть, чтобы согреться. Неизвестно, сколько это может продлиться».

Дракон был близок к тому, чтобы снова послать Магду к Рикке, но затем передумал. Кухарка четко выполнила его указания. Он находился поблизости, в укрытии возле конюшни, откуда ему был виден столб наказаний. Вид Рикки, привязанной к столбу, вызывал у него душевную боль, даже если она и в самом деле была виновна... Нет, он не верит в это.

Тяжело вздохнув, Дракон прижался к стене конюшни. Внутри тихонько заржали Грэни и Слейпнир, очевидно, почувствовавшие, насколько несчастен их хозяин. К вечеру туман начал редеть. Дракон снова удостоверился, что надежно скрыт, и продолжил наблюдение. Как он и велел, к Рикке снова подошла Магда и на короткое время увела ее. По возвращении она снова связала Рикке руки, хотя ей, по всей видимости, это делать страшно не хотелось.

Людей возле столба наказаний не было. Либо они почувствовали, что ярлу будет неприятно, если они станут глазеть на его жену, либо им тяжело видеть женщину, которую они успели полюбить, в подобной ситуации. Даже часовые на башнях повернулись спиной к двору.

Сумерки сгустились и уступили место ночи. Дракон потянулся, чтобы размяться. Его люди, должно быть, думают, что он сейчас находится в своем доме и размышляет о предательстве жены. Он рассчитывал, что тот человек, который замыслил недоброе против жены, если таковой на самом деле существует, вскоре объявится. Она была связана и совершенно беспомощна. Трудно не воспользоваться подобной возможностью.

У Дракона заныло под ложечкой. Он и в самой бредовой фантазии не мог вообразить, что будет использовать Рикку в качестве приманки. Снова и снова он пытался убедить себя в том, что ей ничто не угрожает. Он мгновенно увидит каждого, кто появится во дворе. А увидев...

Викинг продолжал наблюдение. Луна была высоко в небе, когда внезапно Рикка пошевелилась. Она удивилась тому, что сумела заснуть. Она даже предположить не могла, что такое возможно. Но усталость взяла свое. При этом Рикка увидела, что теперь на ней уже не одно одеяло. Очевидно, Магда снова приходила.

Ей снился Дракон, он был с ней. Жестокий, дурацкий сон. Лучше вообще не спать, чем предаваться подобным фантазиям.

Во дворе было тихо. Его освещала полная луна. Рикка услышала легкий шум над головой. Пролетела сова.

Так красиво... и так обманчиво. Судьбой ей было дано поселиться в этой сказке — и тут же все было отнято. Уж лучше бы она разбилась, когда упала со скалы.

О нет, так нельзя! Жизнь — это Божий дар, какие бы лишения она ни приносила.

Рикка пошевелила руками, потрогала узел на запястьях. Он был довольно свободный. Чуть-чуть усилий — и она может освободиться.

И что потом? Опять бежать? Рикка подавила горький смешок. Бежать некуда. Как ни странно, она не испытывала страха.

Это было удивительно. Много лет она страдала от ночных кошмаров, причиной которых было насилие со стороны викингов. Сейчас, привязанная к столбу наказаний в городе викингов, она не испытывает страха. Шок прошел. На смену ему пришло удивительное чувство спокойствия.

Все будет хорошо.

Она невиновна. Так или иначе Дракон с этим разберется, как разобрался с Олафом и другими делами. Не в пример ее отцу, он не был жестоким или мстительным человеком. Он не обидит ее. Нужно только подождать, пока ему станет очевидна правда.

Было глупо думать, что он рассердится на Магду за ее доброту. Он не станет ругать женщину, которая служила ему верой и правдой много лет. Верно служила... Глаза у Рикки округлились. Магда была всегда и во всем верна ярлу, и она не станет делать то, что может вызвать его недовольство. А это означает...

Рикка оглядела посеребренный луной двор. Ни малейшего намека на какое-нибудь движение. И тем не менее у нее росло убеждение, что она здесь не одна.

После некоторого колебания она окликнула громким шепотом:

— Дракон! Ты здесь? Ты слышишь меня?

Отказываясь верить тому, что Рикка знает о его присутствии, теряясь в догадках, что бы это могло значить, Дракон приказал себе молчать. Человек, за которым он охотился, мог уже оказаться поблизости и лишь выжидал удобного момента. И в то же время он не мог вынести этого умоляющего голоса.

Он ответил:

— Рикка, молчи. Никто не должен знать, что я здесь.

Несказанная радость обуяла Рикку. Она едва удержалась от того, чтобы не закричать. Она не напрасно верила. Он не оставил ее одну в темноте и на холоде.

— Дракон, но почему...

— Молчи! Об этом позже.

Она повиновалась и сомкнула губы. Он здесь, наблюдает за ней, а это означает, что он чего-то ждет. Чего? Что она совершит глупость и попытается бежать? Нет, в это она не верила. Ярл ожидает кого-то другого, настоящего негодяя, который уже столько времени пытается отравить им жизнь.

Он ждет и надеется, что она сыграет роль приманки.

Ее муж — милый дорогой муж — наверняка принесет ей извинения после того, когда все разрешится.

Опасаясь, что даже ее слишком широкая улыбка может выдать задуманный план, она потянула на лицо одеяло и вскоре заснула, успокоенная осознанием того, что находится под бдительным наблюдением Дракона.

Глава 18

Не в пример жене, ярл Лансенда не спал. Он привык к тяготам войны и был способен находиться на страже всю ночь напролет. Во дворе не было никакого движения. Ни один звук не нарушил тишины вплоть до предрассветного пения петухов.

Появилась Магда и на некоторое время увела Рикку, потом, когда они возвратились, она пыталась уговорить девушку поесть. Рикка обещала, она искренне надеялась, что ей это удастся, поскольку теперь настроение ее было несравнимо лучше. Однако даже запах еды вызывал отвращение, и она отставила кашу, не съев ни ложки.

Это рассердило Дракона, который продолжал наблюдение. Ночь без сна не притупила его бдительности. Он с трудом удержался и не выскочил, чтобы заставить Рикку съесть всю принесенную еду.

Затем он обнял бы ее, нежно поцеловал, попросил бы подтвердить, что он не ошибается, доверяя ей...

Но нет, этого делать нельзя. Вместо этого он поговорит с часовыми на башнях, прикажет им не спускать глаз с его жены, а сам отправится на речку, окунется в блаженно прохладную воду и сбросит с себя сонливость.

Когда он, переодевшись, но не успев побриться, вернулся, день входил в свое обычное русло. Люди занимались своими делами, не обращая внимания на то, что госпожа усадьбы привязана к столбу наказаний. Иное дело Магда. Эта верная женщина приходила и спрашивала совета Рикки по тому или иному вопросу. Дракон вдруг осознал всю нелепость ситуации и хмыкнул, когда кухарка в который раз проходила мимо него.

Шли часы, но ничего не менялось. Магда приходила и уходила, сокрушалась из-за того, что Рикка не ела, и бросала все более сердитые взгляды на Дракона. Такие же взгляды стали бросать на него и другие женщины. Он воспринял это как знак того, что люди не верят в вину Рикки.

День тянулся очень медленно. Дракон говорил себе, что, пожалуй, не найдется такого глупца, который посмеет подойти к Рикке, чтобы причинить зло. Тем не менее он находил то один, то другой повод, чтобы выйти во двор. Магнус встретился с ним в полдень и спросил, не заменить ли Дракона на тренировочном поле. Ярл согласился, и Магнус ушел.

Казалось, солнце неподвижно висит в небе.

— Идите поспите, — посоветовала Магда, собирая для Рикки еду, от которой та скорее всего откажется.

— Выясни, почему она не ест, — сурово скомандовал викинг.

Вытащив точильный камень, он устроился перед конюшней и стал точить меч. Он часто этим занимался, так что ни у кого не должно возникнуть подозрений. Маврский меч был поистине изумителен, и это позволило ему на некоторое время отвлечься от тревожных мыслей.

Стало тепло. Он заметил, что жена переоделась в свежее платье и снова попыталась поесть. Магда выполняет свои обязанности. Из загона донеслось ржание Грэни и Слейпнира. Лошади не успокоились до тех пор, пока он не подошел к ним и не угостил яблоками.

— С ней все в порядке, — тихонько сказал он животным. — Со мной дела обстоят не так хорошо, но я не думаю, что это вас обеспокоит.

Лошади покачали головами, по-видимому, соглашаясь с хозяином.

Солнце склонялось к закату, и Дракон начал задумываться, как выдержит без сна вторую ночь. Неожиданный крик с башни заставил его подняться наверх. Часовые стали показывать на дорогу, которая шла из города в поле.

— Господин, поглядите!

Присмотревшись, Дракон увидел двух мужчин, толкающих тележку, в которой обычно возят инструменты. Они отчаянно размахивали руками. Было очевидно, что мужчины чем-то очень взволнованы.

Дракон быстро вывел из конюшни Слейпнира, взял с собой полдюжины воинов и выехал, чтобы разобраться, что произошло в поле.

— Мы нашли его в овраге возле реки, — объяснил один из крестьян, показывая на тележку.

Дракон подошел поближе, приподнял одеяло из грубой шерсти и увидел тело человека. Покойник был среднего роста, лет двадцати пяти, у него были длинные каштановые волосы. Он в точности соответствовал тому описанию, которое дала Рикка, когда рассказывала о мужчине, которого она помнила по Вулскрофту.

Его глаза были закрыты. У правого виска виднелась рана, которая, по всей видимости, и стала причиной его смерти.

— Взгляните на его запястье, господин, — сказал другой крестьянин.

На покойнике была простая рубашка и штаны. Обнажив левое запястье покойника, Дракон увидел татуировку...

Две переплетенные змеи, пожирающие друг друга.

— Прошу прощения, господин, — смущаясь, произнес крестьянин, — но леди Рикка говорила, что кто-то утащил ее из конюшни силой и что она видела двух змей...

Дракон испытал такое облегчение, что у него закружилась голова. Во мраке ночи он победил свои сомнения и поверил ей, а сейчас получил подтверждение того, что поверил не напрасно.

Но невиновности Рикки он радовался недолго, потому что на смену пришел неописуемый гнев. Впервые в жизни викинг понял, что двигало легендарными берсерками — неистовыми скандинавскими воинами, которые на поле боя переставали быть людьми и жаждали лишь одного — убивать.

Если бы этот человек из Вулскрофта был сейчас жив, Дракон скорее всего убил бы его на месте. Неизвестно, какие секреты унес с собой покойник. Но не составляло большого труда сделать вывод, что означало его присутствие в Лансенде.

— Везите его в крепость, — приказал ярл и, пришпорив Слейпнира, помчался галопом назад.

Жеребец как вкопанный остановился около столба наказаний, из-под его копыт полетели комья земли. В одно мгновение Дракон соскочил с седла и оказался перед Риккой. Он не сказал ни слова, потому что не мог заставить себя говорить до тех пор, пока она не будет освобождена. Когда он развязывал канат, его руки дрожали.

— В чем дело? — спросила Рикка, когда Дракон поднял ее на ноги, но не решился заключить в объятия, поскольку не был уверен в том, как она на это отреагирует. То, что жена еще ночью поняла его намерения, отнюдь не освобождало от ответственности за то, что он использовал ее в качестве приманки, а тем более за то, что пусть на короткое время, но все же считал ее виновной.

— Нашли мертвеца, — сказал он и тут же пожалел о своих словах. О Фригг и все ее девы! Ведь как-никак он скальд и мог бы найти более деликатные слова, чтобы сообщить новость женщине, которая так много перенесла!

Однако Рикка не выглядела шокированной, скорее ее заинтересовало сообщение.

— Правда? И кто же это?

— Мужчина из Вулскрофта, я думаю. По крайней мере он соответствует твоему описанию.

Рикка на мгновение задумалась, затем, отряхивая платье от пыли, сказала:

— Я уже начала было считать, что он мне привиделся.

— Очевидно, что нет. Кстати, и змеи вытатуированы у него на запястье.

— Ах вот что произошло! Он зажал мне рот, я не могла дышать, но, помнится, посмотрела вниз на другую руку, которой он держал меня за талию. Должно быть, я увидела татуировку, когда теряла сознание.

Она проговорила все это будничным тоном. Не в пример Дракону, который горячо сказал:

— Я бы многое отдал, чтобы он был жив.

— Да, было бы лучше, если бы мы могли поговорить.

— Я больше думаю о том удовольствии, которое получил бы, убивая его.

Рикка бросила на мужа быстрый взгляд.

— Сделанного не вернешь. А что с ним произошло?

— Точно не знаю. Похоже, он умер от удара по голове.

— Вероятно, упал. Туман был такой густой, что споткнуться и упасть было несложно.

Объяснение казалось вполне правдоподобным, но Дракону требовалось время, чтобы прийти к окончательному заключению. Он и без того сделал слишком много опрометчивых выводов.

Тем временем крестьяне, которым помогали воины, привезли тело во двор. Вокруг стали собираться люди.

Дракон взял руку Рикки, высоко поднял ее и объявил:

— Леди Рикка невиновна! Найден истинный враг.

Люди закивали головами, весьма обрадованные новостью. Однако женщины все еще оставались серьезными. Мужчины смотрели на ярла с сочувствием. Дракон вздохнул:

— Ты делал то, что должен был делать. — Он вздрогнул и подумал, что ослышался. — Поверь, мне было не слишком приятно выступать в роли приманки. И все-таки это был хороший план.

Потрясенный словами жены, Дракон заметил:

— Но он не сработал. Я думал, что виновник придет за тобой.

— К счастью, он уже мертв. Или, во всяком случае, так кажется.

Ей доводилось видеть покойников. Здесь смерть наступила по меньшей мере несколько часов, а может, даже сутки назад, подумала она.

— У тебя есть опыт, чтобы судить о подобных вещах? — спросил Дракон.

— Смерть была частым явлением в Вулскрофте.

— И это заставляет меня вспомнить о твоем отце...

Рикка резко повернулась, глаза ее широко раскрылись, лицо побледнело. Он вдруг понял, насколько она измучилась и устала, хотя ей и удалось немного поспать ночью.

Она тихим голосом спросила:

— Ты имеешь представление о том, насколько это унизительно, когда меня связывают с таким человеком, а тем более называют его моим отцом?

— Успокойся. — Дракон взял ее руки, поднес к губам. Их взгляды встретились. — Я совершил ошибку. Было время — очень короткое время, когда я думал, что ты можешь быть виновной.

Рикка улыбнулась. Она высвободила руки, обхватила ладонями его лицо, приподнялась на цыпочках и прикоснулась ртом к его губам.

— За что? — спросил он, испытывая одновременно облегчение и удивление. Вероятно, она всегда будет держать его в состоянии неустойчивого равновесия, и он всегда будет радоваться, ибо фортуна по-настоящему ему улыбнулась. Кажется, тяжесть уходит из его груди.

— За то, что веришь мне.

— Я всего лишь на короткое время усомнился, — повторил он.

— Я имею в виду другое: ты веришь, что я могу отличать правду от лжи.

— А ты знаешь это, потому что...

Рикка засмеялась и снова взяла его руку.

— Потому что ты благоразумный и мудрый мужчина, Дракон. Ты мог бы заявить, что у тебя даже не мелькала мысль о моей виновности, и тем самым скрыл бы этот неприятный для мужа момент.

Он был уязвлен, но не слишком, потому что ее готовность простить его была в эти минуты бальзамом.

— Вообще-то я говорю правду во имя правды.

— Я и не сомневалась. Я тоже буду правдивой с тобой. Этой ночью я вдруг поняла, что не боюсь. С учетом происходящего это может показаться странным, тем не менее это так.

Тяжесть определенно ушла. Кажется, теплота заполнила все его тело. Если женщина, которая имеет все основания бояться викингов, будучи привязанной к столбу наказаний, не испытывает страха, это может означать только одно.

— Ты мне доверяешь.

— А ты доверяешь мне.

Он смотрел на жену сверху вниз, и Рикка подумала, что в лице мужа в этот момент не было ничего от грозного воина и ярла. Он был похож на мальчишку, которому подарили мир. И ей хотелось дарить его снова и снова.

— Я сказала бы, — пробормотала Рикка, — что, несмотря на бурное начало, мы неплохо находим общий язык.

Возможно, столь счастливая нота не очень согласовывалась с видом покойника. Вознеся благодарность богам, что его жена не падает в обморок при виде трупа, Дракон спросил:

— Это тот человек, которого ты видела?

Рикка без колебаний кивнула.

— Определенно он. И я была права, решив, что он из Вулскрофта. Его зовут Фуллер. Его родители были испокон веков сукновалялыщики. Но он мечтал о большем и пошел на службу к моему отцу.

— Который прислал его сюда. Я должен был подумать об этом. — Он вспомнил Вулскрофта на свадьбе, пьяного и агрессивного. Как он не подумал о том, что этот человек мечтает о мести? — Я должен рассказать об этом Хоуку и Вулфу, — сказал Дракон.

Рикка кивнула, но викинг заметил в ее глазах страдание и решил не покидать ее даже на короткое время.

— Пойдем — я напишу письма в нашем доме, а ты отдохнешь.

— Я бы приняла ванну, — сказала Рикка и выдавила улыбку, хотя в душе, должно быть, продолжала проклинать своего отца.

Женщины принесли корыто, обычно используемое для стирки, чему Рикка была рада — ей хотелось побольше воды, одного ведра было недостаточно. Наполнив корыто, женщины удалились. Дракон сел за стол, приготовил пергамент, чернила и перья. Вулф в свое время настоял, чтобы они оба научились писать, даже пригласил для этой цели грозного священника. Дракон всячески сопротивлялся. Лишь спустя годы он оценил, насколько удобно ни от кого не зависеть, когда необходимо срочно что-то сообщить брату. Он собирался отправить письмо утром, когда начнется прилив. Но слова не шли. Не то чтобы он не знал, что он хочет сказать, просто он не мог сосредоточиться.

Его жена сбросила одежду. Он поймал себя на том, что разглядывает изящные линии ее спины и талии, округлые формы бедер. Сделав над собой усилие, Дракон отвернулся.

Пергамент казался желтым по сравнению с алебастровой белизной ее кожи.

Моему брату, лорду Скирингешилу. Шлю тебе приветствия.

Ее ноги были стройные и крепкие. Он увидел, как Рикка шагнула в корыто, и вспомнил шелковистость ее бедер, которые она раздвигала для него.

Здесь появился с дурными намерениями мужчина из Вулскрофта. Сейчас он мертв.

Рикка ахнула, когда коснулась воды, и этот звук способен был пробудить его веселого дружка, даже если бы он еще не пробудился.

Слава богу, моя жена не пострадала.

Покачав бедрами, Рикка опустилась в корыто. Ему были видны розоватые соски, которые не скрывала вода.

Слава богу, моя жена...

Об этом он уже писал. Дракон сердито вычеркнул строчку и попытался сосредоточиться на письме.

Мерсия постоянно порождает предателей. Я собираюсь написать об этом и Хоуку.

Рикка взяла мыло, лежавшее на бортике корыта, и стала намыливать руки. Дракон поставил кляксу, ругнулся про себя и присыпал ее песком.

Альфреду также нужно об этом сказать, но я думаю, что будет лучше, если он услышит обо всем от Хоука.

Мыло вырвалось из ее рук, скользнуло по грудям, по животу и скрылось под водой.

Я напишу подробнее чуть позже. Приезжай, если можешь, в Лансенд, чтобы мы обсудили с тобой это дело.

Закончив, Дракон поставил подпись, залил воском, накапанным со свечи, и запечатал собственным кольцом. Взяв письмо, он вышел из дома и отдал послание первому попавшемуся воину.

— Первым же кораблем в Скирингешил. Понятно?

Воин кивнул, и Дракон вернулся в дом. В этот момент Рикка поднималась из воды. Надо было еще написать письмо Хоуку. Это можно будет сделать утром, до отлива будет время.

Дракон подошел к жене с простыней, обернул ее и прижал к груди. Его руки стали медленно и нежно поглаживать ее тело. Рикка повернулась, и простыня упала вниз. Она прижалась упругими грудями к его телу, защищенному тонкой материей туники.

— Ты спал прошлой ночью? — спросила она.

— Разумеется, нет.

Уголки ее губ растянулись в улыбке.

— Ну, тогда ты, должно быть, слишком устал.

Он вспомнил, как она попалась на приманку, когда он упомянул об амазонках, и расплылся в улыбке:

— Напрашиваешься, душа моя?

Рикка обольстительно улыбнулась, запустила руки ему в штаны и обнаружила там именно то, чего хотела. Погладив его, она пробормотала:

— Пошли в постель, муж.

Пусть никто не скажет, что он способен отказать леди в обоснованной просьбе. Дракон засмеялся, попятился к кровати и опрокинулся на нее спиной, увлекая за собой Рикку. Они гладили, ласкали, исследовали друг друга, пока Дракон не выдержал.

— Довольно, — сказал он, встал с постели и разделся. Когда снова лег, Рикка прильнула к нему. Ему было приятно, но в то же время он почувствовал в ней какое-то беспокойство, какую-то отчаянную страсть. Дракону было известно, что с такой страстью она стремится только к свободе.

— В чем дело? — спросил он, запуская руку в ее волосы и поглаживая большими пальцами лоб, словно желая выгнать гнездящееся в голове беспокойство.

— Прости меня, — пробормотала Рикка и отвернула голову. Однако он успел в ее глазах прочитать страдание.

— Только не хватало, чтобы ты приводила своего противного отца к нашему ложу, — сказал он, не подумав.

Она приподнялась на локтях и сверкнула глазами.

— Я и не собиралась это делать.

Рикка попыталась бедрами оттолкнуть Дракона.

Однако он не сдался. Он просунул свои твердокаменные бедра между ее ногами, схватил ее за плечи и опрокинул спиной на кровать.

— И все-таки ты это делаешь. Поверь мне, я отделяю тебя от него, сколько раз тебе говорить?

— Он нанес удар, находясь в сотне миль отсюда! Я думала, что все осталось позади, что та часть моей жизни завершилась. Но я глубоко заблуждалась! Могу ли я спокойно дышать? Могу ли поверить в то, что я вырвалась от него?

Дракон лишь сейчас осознал обоснованность и глубину ее страданий. Где-то подспудно в нем бурлили слова утешения, слова-обещания, но они так и остались невысказанными. Он, будучи скальдом в душе, смог лишь только крякнуть. Нет никакого сомнения, что ответом на агрессивные действия Вулскрофта будет смерть этого негодяя. Но Дракон не хотел говорить об этом. Он лишь крепко прижался ртом к губам жены и не отрывал их до тех пор, пока она не обхватила его плечи руками.

Их любовная игра была бурной. Поначалу он привел ее с помощью рук и рта к пику наслаждения , во время которого она стонала и выкрикивала его имя. И лишь затем вошел в нее и сдерживал себя очень долго, хотя это стоило ему немалых усилий. Едва двигаясь, он дождался, когда Рикка снова переживет экстаз. Он хотел, чтобы у нее не осталось и следа страха, тревоги, беспокойства. Рикка впилась ногтями ему в плечи, и он подумал, что момент настал. Он схватил ее за бедра, поднял их кверху и энергичными движениями завершил любовную схватку.

Длинный, утомительный день и ночь без сна сделали свое дело. Дракон откинулся на подушки, крепко обнял жену и провалился в сон.

Рикка некоторое время лежала на спине. Она была потрясена ошеломительно-сладостными ощущениями, которые подарил ей муж. Поистине от этого человека нужно постоянно ждать чего-то нового... Так с улыбкой на устах она и заснула.

Глубокой ночью, когда даже совы возвращаются в свои гнезда, Дракону приснился сон. Он находился в глубокой пещере, удобной и надежной, и ему совершенно не хотелось уходить из нее. Но что-то звало наверх — какой-то звук или внутренний голос. Он противился, желая остаться там, где был, но потребность выйти делалась все сильнее...

Он открыл глаза, но не шевельнул ни единым мускулом. Какая-то тень возникла возле кровати, затем она трансформировалась в фигуру мужчины с мечом в руке.

Лишь одна мысль пронзила сознание Дракона: Рикка лежит рядом, и прежде всего он обязан защитить ее.

Он метнулся с кровати, вскочил на ноги и протянул руку к маврскому мечу, который всегда находился рядом.

Однако меча не было. Он был в руке незваного гостя.

— Ты спал слишком крепко, ярл, — сказал Магнус и мрачно усмехнулся. — Но я на это и рассчитывал.

Это кошмарный сон! Все кажется бессмыслицей. Глядя на мужчину, которого Дракон знал с детства, с кем бок о бок воевал, пил вино, делился случайными женщинами, он пытался понять суть происходящего.

— Что ты здесь делаешь?

Рот Магнуса искривился в улыбке.

— Ты думал, что мне никогда не надоест быть вторым?

— Ты с ума сошел!

— Однако же у меня твой меч, а ты невооружен. Как думаешь, кто из нас умрет этой ночью?

С этими словами Магнус сделал выпад. Он был искусный и опытный воин. Дракон легко отскочил в сторону. Но и после этого он не мог недооценивать опасности, которая грозит гибелью ему... и Рикке.

Сейчас он не мог думать о ней. Все его внимание было приковано к человеку, который намеревался убить их. Однако Дракон все же заметил, что жена проснулась и быстро оценила ситуацию. Она сидела на кровати, натянув покрывало поверх грудей, и хранила молчание. Он молчаливо поблагодарил ее за проявленное самообладание, схватил небольшой деревянный столик, стоявший возле кровати, и ударил Магнуса.

Тот покачнулся, но устоял и сделал новый выпад. Дракон отразил удар меча тем, что осталось у него в руках от столика и что после этого разрушилось окончательно. Он оглянулся, ища какой-нибудь подходящий предмет, с трудом увернувшись от нового выпада, который мог оказаться смертельным, и схватил стоящий у окна баул. Магнус решительно двинулся на ярла. Дракон напряг все свои силы, поднял баул над головой и швырнул его в лейтенанта.

Магнус потерял равновесие и завалился на кровать, но тут же потянулся к Рикке, по всей видимости, намереваясь воспользоваться ею как щитом. Однако она была к этому готова и, ни мгновения не колеблясь, позабыв о стыдливости, схватила кувшин с водой и с силой опустила его на голову противника. Магнус растерялся. В мгновение ока Дракон оказался на нем, вырвал оружие из его рук и отбросил в сторону. Одной рукой он надавил на грудь предателя, другой схватил за горло. Спокойно, словно и не было этой жестокой схватки, он спросил:

— Почему?

Магнус тяжело дышал. Горькая улыбка искривила его губы, глаза уже были устремлены в вечность.

— Вулскрофт назначил награду за тебя, — прохрипел Магнус. — Он послал сюда человека, который должен получить ее.

— Но у него должны были быть причины, чтобы обратиться к тебе.

— Мы выпили с ним как-то вечером бурдюк вина в Эссексе. Он знал мои настроения.

— Ты убил того человека.

— Я не хотел, чтобы Вулскрофт затем начал охоту за мной.

— Он не начнет, — сказал Дракон и сдавил горло бывшего лейтенанта...

Дракон медленно поднялся на ноги.

— Ты не ранен? — Рикка стояла рядом с ним, прикрытая разве что распущенными пышными волосами. Она положила руку ему на плечо, в ее глазах металось беспокойство.

Он покачал головой:

— Нет.

Ранен? Он был предан человеком, которому всю жизнь доверял. Мало, очень мало людей, на которых можно положиться.

— Ты сражалась, — сказал он и потянулся к жене, испытывая потребность дотронуться до нее. Он погладил ее волосы. Как же это здорово — ощущать тепло ее тела и знать, что она невредима и находится рядом.

Рикка чуть нервно засмеялась:

— Ну, ты же знаешь, я всегда готова кинуться в драку. — Она коснулась губами его груди.

Дракон был на волосок от смерти. Она видела, как нападал Магнус, видела, что муж в любой момент мог упасть. Он обладал силой и умением, как ни один другой человек, но все-таки... Ее рука коснулась шрама на его бедре и дрогнула. Быть так близко от смерти...

— Не думай об этом.

Рикку начало трясти словно в лихорадке.

— Что со мной? — спросила она, стуча зубами.

— Это нервное. Скоро пройдет. — Он обнял ее и стал гладить, говоря ласковые слова. Постепенно Рикка успокоилась.

— Такого никогда с тобой не было? — пробормотала она.

Он улыбнулся в свете зарождающегося утра:

— Случалось, и не раз. После первого боя меня так трясло, словно было не лето, а зима. — Он взглянул в ту сторону, где лежал Магнус. — Если тебе стало лучше, то я оставлю тебя на несколько минут.

Она понимала, что необходимо сделать. Дракон стал одеваться. Затем поднял тело воина на плечи и вышел из дома.

Вернулся он быстро, как и обещал. Рикка услышала голоса возле дома и увидела свет факелов. Дракон подошел к кровати, на которой сидела Рикка.

— Все в порядке?

Она едва успела кивнуть, как раздался стук в дверь. Ярл пошел открывать, затем вернулся с полным подносом еды и инструкциями от Магды.

— Прежде всего ты должна поесть супа, — сказал озабоченно Дракон. — Он приготовлен по рецепту Кимбры, и Магда говорит, что вылечит любое расстройство желудка. Затем ты должна выпить все молоко, съесть отварного цыпленка и ни в коем случае не отказываться от яблочного компота.

— А тебе она что-нибудь принесла? — спросила Рикка. К своему величайшему удивлению, она вдруг почувствовала дикий голод. Очевидно, зрелище смертельного поединка двух мужчин обострило ее аппетит.

Дракон вздохнул.

— Похоже, что нет. — И благородно добавил: — Ничего, я не голоден, и к тому же мне нужно срочно написать письмо Хоуку.

— Ты можешь съесть часть цыпленка, — проявила щедрость Рикка.

Он увидел, как жадно она смотрит на цыпленка, и засмеялся:

— Нет, дорогая, ешь сама.

Рикка пожала плечами и принялась за суп. Дракон подошел к столу, пододвинул стул, сел спиной к жене и стал писать письмо.

Когда они закончили свои дела, на улице светало.

— Я больше не могу спать, — сказала Рикка, хотя и выглядела усталой.

— Я тоже. — Дракон сел на кровать. — Но тебе необходимо отдохнуть, — сказал он, нежно дотронувшись до лица жены.

Рикка покачала головой:

— Начнут сниться сны, а мне этого не хочется.

Встав, он протянул ей руку.

— Тогда давай покатаемся на лошадях...

Они ехали по скошенному полю, которое раскинулось между холмами и морем.

Они ни словом не касались того, что недавно произошло, и говорили лишь о том, что видели в данный момент: о пролетающей мимо птице, о пенистых морских барашках, о запахе ветра, налетающего с моря. Ближе к полудню они остановились и съели завтрак, который взяли с собой. В конце концов Рикку сморил сон. Она проснулась и обнаружила у себя на коленях полевые цветы — синие и золотистые фиалки, белые ромашки с желтой сердцевиной, лиловый вереск, нежно-голубые колокольчики лаванды, желтые лютики.

— Откуда все это? — спросила она мужа-воина.

Дракон полулежал на спине, опираясь на локти, и разглядывал море.

— Какие-то тролли проходили мимо и оставили.

— Тролли собирали цветы?

— По-моему, легче поверить в эту сказку, чем в то, что этим занимался я.

Рикка засмеялась и удивила его тем, что ловко сплела венок.

— Откуда ты этому научилась, если так слабо разбираешься в домашних делах?

Рикка бросила в мужа ромашку и снова засмеялась:

— Я думала, что мне удалось это скрыть.

— Да, конечно. Ты все схватываешь на лету, и Магда очень высокого мнения о тебе. Но расскажи мне о венках.

Рикка притворно тяжело вздохнула и стала рассказывать:

— Однажды я увидела на ярмарке девушку, которая плела из цветов венки. Мне захотелось этому научиться! Я не стану говорить, сколько времени мне для этого потребовалось, но в конце концов я овладела этим искусством.

И в подтверждение сказанного Рикка надела себе на голову венок.

Они возвращались домой под лучами золотистого солнца. Когда поднялись на городской холм, Дракон остановился. Внизу, покачиваясь на темной воде, стоял дракар с изображением волка на парусах.

— Вулф не мог получить твое письмо так скоро, — сказала Рикка, когда они скакали к крепости. — Я знаю, что Кимбра обладает редким даром, но она не могла прочитать твои мысли.

— Должно быть, что-то случилось, — предположил Дракон, пришпорив Слейпнира...

Кимбра была на кухне с Магдой и другими женщинами. Рикка присоединилась к ним, а Дракон отправился на берег приветствовать брата. Вулф стоял на набережной, бесстрастный, как всегда, и молча смотрел на догорающий костер.

— Магнус? — спросил он, показывая на уголья погребального костра.

Ярл кивнул, не удивившись тому, что его брат в курсе произошедшего. Эту новость сообщили ему, едва он ступил на берег.

— Вначале я хотел похоронить его, но решил, что он не заслужил даже такого клочка земли.

— С Риккой все в порядке?

— Кажется, чувствует себя хорошо. Я увез ее отсюда, когда происходил этот ритуал.

— Я получил письмо от Хоука, — сказал Вулф.

— И разминулся с моим. Пойдем, откроем бочонок меда и поговорим.

Хоук писал в письме, что до Альфреда дошли слухи о противодействии союзу норвежцев и саксов внутри его королевства. Он подозревал в этом Вулскрофта, но не был уверен. Поскольку Дракон благодаря браку с Риккой породнился с этим строптивым мерсианцем, король посчитал, что будет лучше, если об этой новости ему сообщит Вулф.

— Это не новость, — сказал Дракон, когда они сели за стол, поставив перед собой кувшин меда.

Он рассказал брату о том, что ему сообщил предатель. Вулф мрачно выслушал и заметил:

— Мы недооценили Вулскрофта. Я думал, что он просто бузотер и пьяница.

— Я тоже. Вывести его на чистую воду будет непросто.

Вулф кивнул.

— Он владеет большей частью саксонской Мерсии. Если бы он отправился к датчанам... — Не было необходимости завершать эту фразу. Альфред объединил большую часть Англии, чтобы противостоять захватчикам, однако мир, который он установил, был весьма хрупок.

— Он не пойдет к датчанам, — сказал Дракон. — Вулскрофт их ненавидит.

— Откуда тебе это известно? — удивился брат.

Дракон вкратце рассказал слышанную от Рикки историю о налете датчан, о проявленной Вулскрофтом трусости и его решимости сохранить все в секрете.

— Ты можешь представить, чтобы он заключил союз с теми людьми, от которых натерпелся такого позора?

— Едва ли, — согласился Вулф.

И вдруг братья посмотрели друг на друга так, словно их осенила одна и та же мысль.

— В таком случае, — сказал Дракон, — его целью должен быть Альфред... и союз Альфреда с нами.

— Этот лжесвященник Элберт сказал, что мерзкая сука Дора была связана с датчанами.

— Возможно, он лгал...

После окончания разговора у братьев было время насладиться вкусным ужином, приготовленным Кимброй и Магдой, естественно, с участием Рикки, послушать за столом истории, рассказанные Драконом.

Утром, с приливом, когда еще туман над водой не рассеялся, причалы огласились криками, заскрипели весла в уключинах, надулись паруса, и дюжина военных кораблей взяла курс на Англию.

Глава 19

Хоук из Эссекса посмотрел в сторону моря, и ему показалось, что он перенесся во времени на два года назад. Именно тогда военный флот викингов целенаправленно двигался к его берегу.

Он окликнул жену, которая, в конце концов, была норвежка и, как ему было известно, быстро схватывала суть вещей.

— Ты готова согласиться, что Вулф и Дракон — разумные люди?

Криста вынула из ванны сына, завернула брыкающегося малыша в одеяло и подошла к стоящему у окна Хоуку.

— Весьма разумные.

Хоук снова посмотрел на море.

— Что-то их здорово взволновало.

Нацепив меч, он вышел из дома.

Криста поспешила в большой зал, где встретила Рикку и Кимбру. Женщины обнялись, поворковали над Лайоном и Фолконом, обменялись впечатлениями о путешествии, которое, к счастью, обошлось без происшествий. Но Кристу непросто было ввести в заблуждение улыбками. По выражению глаз женщин она чувствовала, что их что-то беспокоит. Ей хотелось помочь им расслабиться.

Подозвав слуг, она отдала им Фолкона и Лайона и заявила:

— Давайте отправимся в сауну, пока ее не заняли мужчины.

Кимбра и Рикка помогли ей приготовить полотенца, душистое мыло и масла. Пока мужчины не вернулись с набережной, женщины поспешили в сауну, устроенную в склоне холма.

Растянувшись на деревянных лежанках, они некоторое время говорили на общие темы. Наконец Криста не выдержала:

— Расскажите подробно, что случилось. Я знаю, что Хоук писал Вулфу об опасениях Альфреда, но почему вы прибыли столь мощной эскадрой?

— Потому что Альфреду может понадобиться помощь, — пояснила Рикка. Она рассказала Кристе о событиях в Лансенде и добавила: — Мне стыдно в этом признаваться, но я думаю, что отец намеревался убить меня и Дракона и представить дело таким образом, будто я погибла, защищая себя.

Если бы он осуществил свой замысел, мир был бы нарушен, а трон Альфреда оказался бы под угрозой.

— Тебе нечего стыдиться, — мягко сказала Кимбра. — Совершенно очевидно — тебя не назовешь дочерью Вулскрофта.

— Никак не назовешь, — энергично подтвердила Криста. — Ты не несешь ответственности за его действия. Вот у меня есть полоумный братец, который пытался объявить меня ведьмой и отказал Хоуку в моем приданом. Но ведь и я не несу ответственности за его идиотизм.

Кимбра уложила пышную массу волос на голове, подвязала их лентой и кивнула:

— Как и я не отвечаю за действия Доры, которая, в конце концов, доводится мне единокровной сестрой. Семейные узы — это хорошо, но надо знать, когда ими следует пожертвовать. — Она дотронулась рукой до скамьи, на которой лежала Рикка, и добавила: — К тому же мы теперь твоя семья и знаем, чего ты стоишь.

Глубоко тронутая, Рикка заморгала, прежде чем сумела ответить. Она знала, что обе женщины говорят чистую правду. Ей было непросто осознать, что теперь она больше не одинока.

— Я беспокоюсь за Дракона, — негромко сказала она. — Он не хочет говорить о моем отце и о том, что случилось, но я боюсь, что он собирается взять все дело в свои руки.

Кимбра и Криста обменялись взглядами.

— Тебя чутье не подводит. Дракон в ярости от того, что пришлось тебе перенести, — заметила жена Вулфа. — В Лансенде я поймала его взгляд — таким взглядом можно гору насквозь пронзить.

Несмотря на жар в сауне, Рикка почувствовала озноб.

— Он едва не погиб из-за меня. Я не вынесу, если это снова случится.

Установилась тишина, нарушаемая потрескиванием дров да шипением пара. Паузу прервала Кимбра:

— Каждая из нас замужем за необычным мужчиной. В них есть что-то такое, что мне даже сейчас трудно объяснить. — Она посмотрела на Кристу. — Ты рассказывала Рикке о Торгольде и Рейвене?

Криста покачала головой.

— Не было времени. — Повернувшись на бок, она оказалась лицом к обеим женщинам. — Торгольд и Рейвен — мои... друзья. Они несколько необычные.

Кимбра засмеялась, Криста с укором посмотрела на нее и продолжила:

— Насколько я помню, я позвала их к себе, когда была ребенком и очень в них нуждалась.

— У Кристы есть способность зазывать, как у меня — чувствовать, что чувствуют другие, а у тебя — чувствовать правду. Вам не кажется странным, что три необычные женщины, наделенные особым даром, замужем за тремя неординарными мужчинами, которых объединяет общая цель — принести мир народам?

— Я не думала об этом, — сказала Рикка, которая до сего момента не знала о даре Кристы и сейчас посмотрела на нее с некоторым удивлением. Все три? Очень странно.

— Я думаю, — проговорила Кимбра, которая определенно размышляла об этом, — что это не просто совпадение. Думаю, мы предназначены быть с ними рядом и должны всеми силами им помогать, чтобы мир из мечты превратился в реальность.

— Хорошая мысль, — заметила Криста.

Рикка кивнула и очень тихо произнесла:

— Блаженны миротворцы.

Кимбра улыбнулась:

— И похоже, мы и есть их счастливый дар. Так что не беспокойся за Дракона, Рикка. Он одержит победу. Мы все будем способствовать этому.

Женщины рассмеялись. Их окутывал пар, то скрывая, то вновь открывая тела. Когда жара сделалась невыносимой, они обмотали себя простынями и в сумерках побежали к реке, окунулись в прохладную воду и стали весело резвиться под зажигающимися на небосклоне звездами.

Вернувшись в крепость, они переоделись и поспешили в зал, где их приветствовали мужья. Все сели за стол. Наливали вино, подавали блюда, играла музыка. Они засиделись до поздней ночи. Луна уже стояла высоко в небе, когда они наконец добрались до благословенных кроватей. День был очень насыщен и прошел слишком быстро...

К полудню начался прилив. Дракары, украшенные гербами с изображением волка и дракона, присоединились к флоту Хоука и взяли курс на королевскую столицу.

Рикка сохранила лишь смутные воспоминания о Винчестере. Она была там совсем маленькой. Больше всего ей запомнился скрипториум, примыкавший к королевскому дворцу. Она зачарованно бродила по огромным залам, пока монахи были на молитве. Именно там у нее родилось желание научиться читать, и это стало тем достижением, которым она до сих пор больше всего гордилась.

До сих пор. Сейчас же предметом ее гордости стало то, что она жена Дракона. Они въехали в Винчестер на лошадях и проследовали по широкой прямой улице до дворца. Высыпавшие из домов люди смотрели на суровые лица воинов, которые шли шеренгами за могущественными лордами, чьи имена то и дело повторяли в толпе. Хоук был хорошо известен в Винчестере, и при виде его знамени раздавались приветственные крики, а вот военачальники викингов для королевской столицы были чем-то необычным. Тягостное молчание сопровождало марш воинов ярлов Скирингешила и Лансенда.

Всадники помчались вперед, чтобы предупредить Альфреда. Он вышел на ступени своего дворца приветствовать гостей. Рикку поразила его ординарная внешность. Он был среднего роста, одет в простую коричневую тунику, на широкие плечи наброшена накидка. Аккуратно подстриженная борода в серебре, а вот взгляд, пронзительный, казалось, принадлежит совсем молодому человеку.

— Давно я хотел встретиться с вами, — сказал король, обращаясь к Вулфу и Дракону, после того как Хоук представил ему ярлов. — Добро пожаловать в мой дворец.

Все правда, подумала Рикка. Однако короля явно интриговала причина появления викингов в его дворце, а может, даже тревожила.

Альфред подозвал к себе полную, приятной внешности женщину, которую он представил как королеву Илсвит. Криста тепло поздоровалась с ней, и женщина ответила ей столь же искренне. Она очень доброжелательно поприветствовала Кимбру и Рикку и пригласила их в свои покои, где гостьи могли отдохнуть и привести себя в порядок.

Когда они появились в большом зале, король был занят оживленной беседой с гостями, однако он тут же прервался и приветствовал дам, которые успели сменить платья и украсить наряды драгоценностями.

— Три жены, — сказал Альфред, — одна лучше другой. И тем не менее брак каждой из вас был сопряжен с опасностью.

— Только в самом начале, — сказала Криста. — Смею заметить, что никто из нас сейчас не жалуется.

Это как раз то, что в этот момент требовалось, подумала Рикка. Лица сидящих за высоким столом приобрели более непринужденное выражение. Она села рядом с Драконом. Ярл сжал жене руку.

— Ваш муж поведал о событиях в Лансенде, — сказал Альфред, обращаясь к Рикке. — Я глубоко сожалею, что вам пришлось пережить подобное.

— В этом нет вашей вины, ваше величество, — пробормотала она и подумала, что всем известно, кто в этом виноват.

— Что касается вашего отца, — деликатно заметил король, — то его деятельность нужно расследовать.

— Он послал человека в Лансенд, — сурово произнес Дракон, — и вступил в заговор с моим лейтенантом, чтобы убить нас обоих. По крайней мере в этом мы уверены.

— Я должен быть уверен во всем, — сказал Альфред и посмотрел на Вулфа. — Вы уверены, что он замышлял против вас всех?

— Вполне возможно, — ответил Вулф. — Отец Элберт заявил, что за спиной Доры стояли датчане, но он не назвал ни одного конкретного имени.

— Он клялся, что не знает, — пояснил Хоук. — Утверждал, что он лишь исполнитель замысла Доры.

Мужчины, в том числе король, переглянулись. Было очевидно, что никто в это не верит. Однако женщины, которые также обменялись между собой взглядами, думали несколько иначе.

— Я стою перед проблемой, — сказал Альфред. Он подался вперед, положил руки на стол и обвел всех глазами. — С кем я имею дело? С разгневанным отцом, сожалеющим о замужестве дочери, который, вероятно, искренне верил, что отдает дочь замуж за человека, способного причинить ей зло, и поэтому стремящимся освободить ее от нежелательного союза? Или с предателем, который хочет нарушить мир между народами, ввергнуть нас в войну, сбросить меня с трона? — Он тяжело вздохнул. — Предателя я могу убить по закону, и люди меня поддержат в этом, как поддержали тогда, когда был убит предатель Юделл. Но в другом случае... — Король снова вздохнул. — Это совсем другое дело.

— Хорошо, — быстро сказал Дракон. — Я решу эту проблему для вас. — Он сделал попытку подняться.

Рикка не старалась скрыть свои чувства. Она схватила мужа за запястье и изо всех сил дернула.

— Садись! — весьма выразительно сказала она и лишь затем чуть помягче добавила: — Я вас прошу, мой господин.

Испытав на какое-то мгновение шок, Альфред засмеялся. Затем раздумчиво покачал головой.

— Вы трое должны знать, как люди вам завидуют. О красоте ваших жен говорят с благоговением, но я рад также видеть, что они не страдают отсутствием мужества.

— Может быть, его даже слишком много, — проворчал Дракон. В этот момент он выглядел не столько сердитым, сколько слегка ошеломленным.

— Если вы убьете Вулскрофта, это лишь добавит новые проблемы, — сказал Альфред. — Нет, нужно действовать в пределах закона.

Дракон медленно опустился в кресло. Рикка положила руки на колени и попыталась изобразить смущение. Дракон заметил это. Он подтянул стул Рикки к себе поближе и положил руку ей на плечи. Довольно-таки тяжелую руку, подумала она, имея в виду его силу и волю. Но Рикка не возражала. Более того, она хотела, чтобы муж был рядом, а не рисковал жизнью, воюя против ее отца.

— Должен быть суд, — сказал Альфред, — где необходимо получить показания обвиняемых. Я знаю, что отец Элберт и леди Дора скажут на суде.

— Вы думаете, они скажут правду? — спросил Хоук.

Король был настроен весьма скептически.

— Их содержат в незавидных условиях. Обещание улучшить условия их содержания может развязать им языки. Однако, — добавил он, — будет трудно определить, говорят они правду или нет.

— Рикка... — Дракон произнес только ее имя, но в нем был заключен вопрос. Он не станет говорить о даре, которым обладает жена, как не станут о нем говорить другие! В этом она была совершенно уверена. Только она одна может сказать королю о том, что она постоянно скрывала. Если решит сказать.

— Ваше величество. — Рикка запнулась, не зная, с чего начать.

Альфред смотрел на нее внимательно и терпеливо, хотя чувствовалась его усталость. Она вдруг подумала о том, что он сделал. Его жизнь была наполнена борьбой, и его целью было видеть Англию объединенной и живущей в мире. Если бы не Альфред, период хаоса и убийств, который так омрачил ее детство, все еще продолжался бы. В этом она была уверена. Король воплощал надежду ее народов, теперь сразу двух — норвежского и саксонского. Она не могла подвести их или его.

— Ваше величество, я обладаю даром отличать правду.

Король перевел взгляд на Дракона. Ярл Лансенда наклонил голову.

— Это так, ваше величество. Рикка способна отличить правду от лжи. Я не могу объяснить этого, но я лично в этом убеждался.

Альфред снова перевел взгляд на Рикку. Усталость его как рукой сняло. Он смотрел на нее взглядом человека, который видел слишком много в жизни, чтобы сомневаться в существовании чудес.

— Ваш отец знает об этом?

Она покачала головой:

— Нет, сир. Я скрывала, иначе меня ждала смерть.

— От рук Вулскрофта?

Ей было больно это признавать, но Рикка сказала:

— Я всегда для него мало что значила.

— Это его потеря, — тихо произнес Альфред. Чуть подумав, он кивнул. — Хорошо, я пошлю за отцом Элбертом и леди Дорой. Послушаем, что они скажут.

— Почему бы не послать за Вулскрофтом? — спросил Дракон, дотрагиваясь до рукояти меча.

— Для чего? — спросил Альфред. — Я готов принять тот факт, что леди Рикка способна отличать правду от лжи, поскольку у меня нет оснований сомневаться в ваших словах. Однако я не хочу, чтобы она оказалась в роли судьи своего отца. Даже если она поймает его на лжи, одного ее слова будет недостаточно, чтобы оправдать его казнь в глазах знати. Должно быть что-то еще.

Рикка кивнула, испытав облегчение. Это было ее заветной мечтой — никогда более не видеть своего отца. Впрочем она понимала, что вряд ли это возможно.

— По крайней мере мы узнаем правду о священнике и леди Доре, — сказала она.

У Рикки было три дня для того, чтобы гадать, какой может быть правда. Три дня, в течение которых Дракон практически не спускал с жены глаз. Он даже пытался сопровождать ее в солнечную комнату королевы, но Илсвит с улыбкой успокаивала ярла.

— Уверяю вас, милорд, леди Рикка будет чувствовать себя здесь в такой же безопасности, как младенец на руках матери. Поверьте, в покои королевы не войдет ни один негодяй.

— Это все так, ваше величество, однако...

— Должно быть, вы не знаете, милорд, у нас был инцидент в прошлом году, когда леди Кристу выкрали из Винчестера. После этого мой муж приложил много усилий для того, чтобы впредь ничего подобного не случалось. — Она показала на стоящих в коридоре стражей. — То же самое вы увидите под моими окнами, лорд Лансенд, и даже надо мной, на крыше. Сюда не залетит случайная птица.

Когда она это говорила, Дракон через открытую дверь увидел ворона, который сидел на подоконнике. Странно, подумал он и увидел, как к ворону подошла Криста и заговорила.

— В скрипториуме появились четыре новые книги, милорд, — сказала королева, не подозревая о том, что происходит у нее за спиной, — одну из них привез молодой священник, друг отца Десмонда, который сейчас в Хоукфорте. Кстати, он любит путешествовать.

После этих слов она закрыла дверь едва не перед самым носом Дракона, хотя и сделала это весьма деликатно. Ярл заколебался. Он окинул взглядом стражей, которые ответили ему тем же, и в конце концов решил взглянуть на новые книги.

Спустя три дня ошеломленный, но счастливый отец Томас готовился к путешествию в легендарную северную страну, чтобы организовать там новый скрипториум. Лорд Дракон с готовностью откликнулся на его просьбу запастись пергаментом, перьями, чернилами и другими необходимыми предметами, и священник носился по Винчестеру, чтобы потратить солидное количество золота, выданное для этой цели. Случилось так, что он первый увидел пленников, но был так поглощен своим заданием, что не обратил на них внимания.

Зато обратила внимание Рикка. Стоя в солнечной комнате у окна, которое выходило на город, она увидела вооруженный конвой, сопровождающий двух всадников, направляющихся ко дворцу. Она ничего не сказала, но внутренне приготовилась к тому, что должно было произойти.

Спустя всего четверть часа, если судить по водяным часам королевы, ее пригласили в большой зал.

— Они здесь, — сказал Дракон без предисловия. Он взял Рикку за руку и привлек к себе. Она кивнула, но ничего не сказала и стала разглядывать мужчину и женщину, которые оставались под бдительным присмотром конвоиров. Мужчина был в одежде священника, хотя и не чувствовалось в нем того света, который идет от человека верующего. Лицо у него было бледное и утомленное, плечи опущены, он постоянно озирался по сторонам. Бросив взгляд на женщину, он тут же резко отвернулся. Если леди Дора и заметила это, она не подала виду. Высокая и сухопарая, строго одетая, она тем не менее держала голову высоко и надменно улыбалась.

Кимбра вошла в зал вместе с Вулфом. Он остановил ее у входа и что-то сказал. Что именно — Рикка не расслышала. Кимбра покачала головой, сделала вдох и прошла в зал. Вулф, нахмурившись, последовал за ней.

Почти тотчас же появились Криста и Хоук. Хоук демонстративно встал между женой и своей единокровной сестрой, и Рикка сразу вспомнила, что Дора пыталась убить Кристу.

— Начнем, — сказал Альфред и посмотрел на отца Элберта. — Священник, отвечай на мои вопросы подробно и правдиво. В этом случае я намерен улучшить условия твоего содержания. Ты меня понял?

Священник закивал. Рикка обратила внимание на его трясущиеся, сцепленные перед собой руки. Она попробовала подойти поближе, но Дракон посмотрел на жену таким взглядом, что она со вздохом остановилась.

— Как зовут датчанина, с которым ты вступил в заговор с целью предотвращения союза между саксами и норвежцами?

У священника задергался правый глаз.

— Я не знаю имени, ваше величество. Клянусь перед всемогущим Богом: мое преступление заключается в том, что я исполнял волю этой женщины, — трясущейся рукой он показал на леди Дору, — которая является слугой дьявола!

Последовал короткий, лающий, презрительный смешок. Все взгляды устремились на Дору. Она еще более выпрямилась, глаза ее ликующе блеснули. Глядя на Альфреда, она заявила:

— Ты глупец, король глупцов, но даже ты должен знать, что это жалкое подобие священника лжет!

Рот Альфреда грозно искривился, но он сдержал свой гнев — огромным усилием воли, подумала Рикка.

— В самом деле, леди? — спросил король. — А что ты знаешь об этом?

Дора обвела взглядом присутствующих. Рикке показалось, что она наслаждается тем, что внимание собравшихся обращено на нее. Дора открыла рот, чтобы что-то сказать, но передумала. Некоторое время молчала, затем спросила:

— Я, господин? Простая женщина? Что я могу знать обо всем этом?

Краем глаза Рикка заметила, как Кимбра вдруг задрожала. Вулф среагировал мгновенно. Он обнял жену и загородил ее от всех. Он что-то настойчиво зашептал ей. Кимбра покачала головой.

Криста увидела это и нахмурилась. В этот момент в зал вошел мужчина. Он был низкого роста, с бочкообразной грудью и большой черной бородой. Он подошел к Кристе, погладил ее по руке и кивнул Хоуку.

— Думаю, что ты недооцениваешь себя, леди Дора, — сказал Альфред. — Я помню то время, когда мы оба были молоды. Ты вовсе не была робкой и глупой женщиной.

По-видимому, в душе Доры снова какое-то время шла борьба, однако на сей раз она не удержалась.

— Верно, господин, не была. Если бы все сложилось иначе... Мой муж дурак и... — Она нахмурилась и замолчала.

— ...был недостоин тебя, — договорил Альфред. — Моим печальным долгом было отправить его в мир иной, когда он поднял против меня мятеж. Ты заслуживаешь лучшего, леди.

— О да, я действительно заслуживаю! Удивительно, что ты понимаешь это. Шла такая борьба...

— Могу себе представить. — Король подался вперед, стараясь уловить каждое ее слово. — Я хотел бы услышать о твоих испытаниях. Вероятно, твои нынешние условия содержания несправедливы.

— Разумеется, несправедливы! Никто даже не потрудился объяснить, почему меня держат в этом кошмарном месте рядом с ужасными монашенками, которые не позволяют мне ничего делать, кроме как есть, спать и молиться.

Хоук возвел глаза к потолку и тихонько произнес:

— Вероятно, потому, что ты попыталась убить мою жену и нашего еще не родившегося ребенка.

Дора разъярилась. Человек, который был ее единокровным братом и который в течение нескольких лет предоставлял ей кров, стал мишенью ее неуемного гнева.

— Выродок! Именно выродок — и больше никто, потому что наш отец был женат только один раз — на моей матери! На моей, а не на твоей или Кимбры! Моя мать владела его сердцем и душой!

— Помогай ему Бог, если это так, — пробормотал Хоук. — Но мне кажется, что ты ошибаешься.

— И кроме того, — продолжала Дора, — я не причиняла никакого зла твоей жене.

Ложь. Она прекрасно знает, что она сделала.

— Ты не помнишь? — спросил Альфред.

— А что мне помнить? — Дора показала на священника, который съежился под ее взглядом. — Вот этот затемнил мой разум! Он играл на моем одиночестве и моей преданности Богу. Он обманул меня лживыми обещаниями.

— Это все сделал отец Элберт?

— Я не делал! — воскликнул священник. Он резко повернулся к Альфреду. — Клянусь, господин, гибелью моей бессмертной души!

Король поднял руку, призывая его замолчать.

— Отвечай мне, леди Дора. Это дело рук отца Элберта или твоих?

— Моих рук? Разве ты не слышал, что я сказала? Разумеется, не моих! — Она гневно отвернулась.

Король встал со своего места и устремил на Дору грозный взгляд.

— Отвечай мне, женщина! Не лги своему королю!

Однако Дора уже уползла в скорлупу своего честолюбия. Она выглянула оттуда холодная, расчетливая и весьма довольная тем, что вызвала гнев и раздражение.

Разговор был закончен, заключенных увели. Остальные остались в зале, чтобы обменяться впечатлениями.

Кимбра была бледна, но держалась мужественно. Она с сочувствием посмотрела на Кристу.

— В ней гнездится страшная болезнь. Это просто чудо, что ей не удалось убить тебя.

— Она была очень близка к этому, — тихо сказала Криста. Хоук обнял жену и привлек к себе. Супруги повернулись к Рикке.

Она сделала глубокий вдох, чтобы успокоиться. Никогда раньше Рикка не ощущала на себе такого пресса отрицательных эмоций и злобы, и дай Бог, чтобы не ощущала впредь.

— Дора безумна, — сказала она. — Мне никогда раньше не приходилось пытаться отличить правду от лжи у сумасшедшего. Но когда она говорила о своем отце, о том, что он не мог любить больше никого, кроме ее матери, она искренне верила в это, и это дало мне возможность оценить остальное. Дора лгала, когда говорила, что не помнит того, что причинила Кристе. Проблема в том, что она так и не ответила на вопрос вашего величества о том, кто виновен в случившемся — она или отец Элберт.

— Верно, не ответила, — устало сказал Альфред. — Я могу напомнить ей об этом, даже подвергнуть пытке. Но что это нам даст?

— Дора настолько пропитана ненавистью и гневом, что я сомневаюсь, способна ли она испытывать какие-нибудь чувства и даже боль, — заметила Кимбра и передернула плечами.

— Кроме того, — добавила Рикка, — я знаю, что отец Элберт говорит правду. Он действительно был в ее руках игрушкой. Он боится ее.

Альфред был настроен скептически, как и другие мужчины.

— Может, он всего лишь искусный лжец.

— Нет, — тихо возразила Рикка, — это не так.

Король немного помолчал и спросил:

— Ваш отец мог бы воспользоваться услугами такой женщины, как Дора?

— Не знаю, — призналась Рикка. — Он презирает всех женщин. Я даже сомневаюсь, что ему может прийти в голову такая мысль: вовлечь женщину в какое-то дело не в его правилах. Но возможно, я ошибаюсь. Дора придерживается таких взглядов и вполне способна выполнять его волю. Может, по этой причине он не стал обращать внимания на то, что она женщина.

— Нам не дано этого узнать, — с сожалением сказал Альфред. Он посмотрел на Дракона. — А без этого я не могу привлечь Вулскрофта к суду.

Вулф придвинулся к брату, положил руку ему на плечо.

— Спокойно...

— Спокойно? Как я могу быть спокойным, если мужчина, который стремится убить мою жену, останется на свободе? — Повернувшись к королю, разгневанный лорд Лансенд заявил: — Не думайте, ваше величество, что союз между нами означает, будто норвежцы будут страдать от рук саксов и не будут думать о компенсации. Клянусь Одином, этому не бывать!

— Боже упаси, чтобы я этого хотел! — воскликнул Альфред. — Но какая польза будет союзу, если меня свергнут с трона лорды, которые сочтут, что один из них умер по прихоти викинга?

Двое мужчин смотрели друг на друга, глаза их сверкали. Рикка почувствовала, что может разразиться беда.

— Нас ввергла в это Дора, — воскликнула она, — и, возможно, мой отец. Будем благоразумны и не станем жертвами их замысла. — Она в отчаянии повернулась к мужу и взмолилась: — Мой господин, я люблю тебя всем сердцем! Каждый миг пребывания с тобой мне дорог, но я готова этим пожертвовать, если это приведет к миру между народами. Ничто другое не может иметь большего значения.

Дракон ничего не ответил. Он как-то странно смотрел на жену. О других она не думала. В этот момент для нее существовал только он. Ей казалось, что она теряет опору, но в этот раз не падает, как тогда со скалы, а взлетает и парит.

— Что ты сказала? — переспросил викинг.

— Лишь то, что нет ничего важнее мира между нашими народами! Я прекрасно понимаю твою злость. Тебе нанесли тяжелое оскорбление, но прошу, подумай, что ты делаешь. Если ты выступишь против моего отца, это значит, что он победил!

Дракон медленно потряс головой, словно желая прочистить ее. Он не спускал взгляда с Рикки, как моряк не спускает взгляда со штурвала в свирепый шторм.

— Оскорбление? Ты думаешь, я хочу убить твоего отца из-за того, что он оскорбил меня? Женщина, пойми, я чуть не потерял тебя! Ты хоть имеешь представление о том, что это значит для меня?

Глаза Рикка округлились, когда Дракон шагнул к ней и крепко схватил за плечи. Он приподнял ее над собой и почти закричал:

— Проклятие, женщина, я люблю тебя! Плевать мне на оскорбления! Для меня главное — чтобы ты была невредима и...

— Любишь? — ошеломленно переспросила Рикка.

— Чтоб тебя Локи забрал, леди, ты не та женщина, с которой легко договориться, ты это знаешь? Ты сильная, мужественная, упрямая, в тебе нет места смирению. А твоя оболочка, твое тело... Ну ладно, не буду об этом! Скажу лишь, что ты прокралась в мое сердце и я лишен всякой воли, чтобы выгнать тебя оттуда, так что даже и не думай о смерти! Я запрещаю тебе это! Ты говорила, что любишь меня?

О Господи, подумала Рикка, похоже, у нее и в самом деле есть крылья. Могучие, сильные крылья, которые уносят ее так высоко, как ей только хочется.

Она улыбнулась, обхватила лицо мужа ладонями и прижалась губами к его рту. И крепко поцеловала на глазах у всех присутствующих. Поцелуй длился довольно долго, и она почувствовала, что задохнулась. Однако она все-таки сумела проговорить:

— Я люблю тебя, господин! Больше жизни и даже больше свободы. Ты для меня самое дорогое на свете!

И на мгновение Рикка увидела, что в глазах ее викинга, лорда Лансенда, блеснули слезы.

Глава 20

Рикка потягивала настоянный на травах чай, который ей принесла Кимбра, и размышляла о событиях, которые произошли в последние дни и часы.

Вулскрофт остался на свободе. Нравилось это или не нравилось, а Дракон все еще продолжал злиться по этому поводу — Альфред ничего не мог сделать. У него не было улик, чтобы судить мерсианца, а без этого любое наказание способно лишь усугубить кризис.

Так что же делать?

Рикка отлично знала, что делать. Задача заключалась в том, чтобы убедить Дракона.

Всякий раз, когда она пыталась коснуться этой темы, он прерывал ее. Он заключал супругу в объятия и начинал такую любовную игру, что она забывала обо всем на свете.

— Нужно найти место, где нет кровати, — пробормотала она под нос, — где нет мягкой соломы, покрытого мохом пляжа, стула, скамьи, стола, поля, дерева или...

Рикка вздохнула и с трудом сдержала улыбку. Главное, что она любила Дракона и была любима. Все остальное, даже Вулскрофт, казалось незначительным.

Однако проблема оставалась нерешенной.

* * *

Утро выдалось прохладное. Погода подавала знак, что грядет смена сезона. Рикке было ясно без подсказок, что через две-три недели на морских путях к северной стране появятся льдины. А стало быть, скоро придется возвращаться домой независимо от того, будет проблема решена или нет.

А что, если она останется нерешенной? Повиснет до следующего года?

У Дракона будет больше причин для того, чтобы убить Вулскрофта, пока предатель снова не нанесет удар.

Улыбнувшись, Рикка потрогала свой пока еще плоский живот. Она никому еще об этом не обмолвилась, однако Криста и Кимбра знали ее секрет, хотя и помалкивали. Надо выбрать подходящий момент, чтобы сообщить об этом своему грозному мужу.

«Скажу после смерти Вулскрофта», — подумала Рикка и удивилась, что так бесстрастно рассуждает о смерти отца. Впрочем, он никогда по-настоящему и не был им. Как выжженное солью поле не дает урожая, так и она не испытывала любви к человеку, который не питал к ней ничего, кроме ненависти.

Он должен умереть, и чем скорее, тем лучше. Но надлежащим образом, как умер предатель Юделл, смерть которого заставила людей сплотиться вокруг своего короля.

В солнечной комнате Кристы было очень уютно. Она была наполнена светом, пахло сухими ароматными травами. Однако за окном картина не выглядела столь благостной. Рикка со вздохом посмотрела на стражей на высокой стене, окружающей Хоукфорт. Наряду с людьми Хоука караул несли также люди Дракона и Вулфа. Ночью и днем, круглые сутки трое военачальников охраняли своих возлюбленных жен. Неподалеку от бухты патрулировали лодки. На холмах за Хоукфортом стояли на посту часовые. Никто не пройдет в крепость без проверки.

А это значит, что они никогда не поймают Вулскрофта.

И Кимбра и Криста это отлично понимали. Рикка видела это по их глазам и знала, что они не заговорят об этом. Решать дело обязана она.

Но как его убедить?

На подоконник опустился ворон. Тот самый, что прилетал каждый день. Если в комнате была Криста, он задерживался, в противном случае быстро улетал. Но не сейчас. Он приподнял свою глянцевитую голову и уставился на Рикку, которая потянулась к сухарику, принесенному Кимброй. Раскрошив его, она медленно протянула руку, чтоб не спугнуть птицу, и высыпала крошки на подоконник.

— Подходи и ешь, — тихонько сказала Рикка.

Ворон поколебался, затем сделал пару шажков и стал клевать. А Рикка вернулась к своим мыслям. Когда крошки были съедены, ворон принялся чистить перья. Рикка рассеянно смотрела на птицу.

— Вот вы где, — сказала Криста, входя в комнату.

Рикка и ворон одновременно подняли головы.

— Рикка, как ты себя чувствуешь?

— Гораздо лучше. Лекарство Кимбры, как всегда, творит чудеса.

— Хорошо... Знаешь, она сейчас внизу и хочет поговорить с тобой.

Рикка была рада чем-нибудь заняться и тотчас же поднялась, чтобы идти. Она думала, что Криста отправится с ней, однако та лишь улыбнулась и прислонилась к окну.

Уже в коридоре Рикке показалось, что она слышит, как Криста с кем-то разговаривает. Это было странно, потому что в солнечной комнате никого не было. Возможно, то был шум ветра, обдувающего высокую башню...

Кимбра была в зале. Она была рада видеть Рикку, хотя и удивилась ее появлению. У ее ног играл Лайон. Рикка присела и стала с интересом за ним наблюдать. Раньше она никогда не уделяла столько внимания детям, сейчас ее интерес к ним явно вырос. Она импульсивно спросила:

— Каково это — иметь малыша?

Кимбра улыбнулась:

— Это чудесно, здорово, потрясающе, поначалу этому с трудом веришь.

Рикка кивнула. Малыш играл вырезанными из дерева животными. Там был его тезка лев, были лошади, медведи, рыбы и птицы...

Криста присоединилась к подругам довольно скоро. Обрадовавшись, что и Рикка и Кимбра в зале, она села в кресло и заявила:

— Торгольд сказал Рейвену, что все на месте.

Кимбра живо кивнула. Она положила руку на плечо Рикки и пояснила:

— Если придет Вулскрофт, его поймают.

Рикка медленно кивнула.

— Нет! Да ты с ума сошла!

Рикка посмотрела на разгневанного викинга, который сверкал глазами, глядя на нее с высоты своего роста, и приказала себе успокоиться. Тем более что так сердится он потому, что беспокоится о ней. А это довольно-таки приятно.

— Это единственно возможный способ решения проблемы, — резонно сказала Рикка.

— Решение? Да это способ накликать беду! У тебя что-то случилось с головой, если ты думаешь, что я когда-либо соглашусь на это.

— Моего отца могут считать разумным человеком, но на самом деле это не так. Он подвержен страстям, а точнее, им владеет одно чувство — гнев. Он захочет покончить с этим и ухватится за этот шанс. — Рикка повернулась к Хоуку и Кристе, которые стояли рядом. — У вас есть неподалеку охотничий домик. Я там уже останавливалась.

— Нет! — поспешно возразил Дракон.

Все они, в том числе Вулф и Кимбра, находились в большом зале. Рикка решила, что это наилучшее место и что сейчас самое подходящее время для того, чтобы поговорить с мужем.

— Другого способа нет! — настаивала Рикка.

— Использовать тебя в качестве приманки? Сумасшествие!

— Не вынуждай меня все рассказать.

— Что рассказать? — спросил Вулф. Он прислонился к колонне и наблюдал за своим братом, испытывая то сочувствие, то изумление.

Скрипнув зубами, Дракон объяснил:

— Что я использовал ее как приманку, чтобы поймать Магнуса. Она едва не погибла.

— Я? А как же ты? — спросила Рикка, моментально забыв о цели разговора. Та кошмарная ночь еще не выветрилась у нее из памяти. — Это ты чуть не погиб! Это тебе пришлось драться с ним. У Магнуса был маврский меч, а ты был безоружен.

Хоук и Вулф обменялись взглядами.

— Так вот, оказывается, как умер Магнус! — сказал Вулф и хмыкнул. — Ну ты силен, брат.

Выход из тупика нашел Хоук.

— Я вынужден признать, что Рикка права. Если Вулскрофта не выманить, проблему не решить.

— Ты хочешь использовать мою жену, — с вызовом начал Дракон.

— Полностью защищенную, — поспешил добавить Хоук, — под нашей мощной защитой. Там есть только одна дорога, лес по обеим сторонам очень густой. Мы можем припрятать сотню человек по обе стороны дороги, и их никто не обнаружит.

Дракон какое-то время молчал, наконец произнес:

— Одной сотни недостаточно.

Сердце Рикки подпрыгнуло от радости, поскольку это была уступка в пользу обсуждаемого плана.

— Не забывай друзей Кристы, — быстро сказала она.

— Каких еще друзей? — недовольно спросил Дракон.

— Несколько сложно все объяснять, — ответил Хоук. — Скажем, у моей жены есть друзья на высокогорье и внизу. Вулскрофт не сможет даже ругнуться, чтобы мы не узнали об этом.

— Все-таки мне это не нравится...

Рикка взяла руку мужа и заглянула ему в глаза. Мягко и в то же время уверенно, со всей убедительностью, она сказала:

— Мы никогда не будем чувствовать себя свободными, пока не решим эту проблему.

Под покровом темноты не сотня, а втрое большее количество воинов тихо выехали из Хоукфорта. Саксы и норвежцы, возглавляемые Вулфом и Хоуком, затаились вдоль дороги, ведущей к охотничьему домику. К рассвету они настолько слились с природой, что птицы, олени, кролики, лисы и прочие обитатели леса стали вести себя так, как ведут обычно, когда никто не нарушает лесной покой.

Вскоре после этого из Хоукфорта выехали Дракон и Рикка. Они не делали секрета из того, куда отправляются. Любой шпион, если он не был глух и слеп, мог об этом узнать.

К полудню они добрались до охотничьего домика. Расседлали Слейпнира и Грэни и поставили лошадей в конюшню. После этого Дракон некоторое время разглядывал дорогу. Не заметив ничего подозрительного, он взял Рикку под руку, и супруги вошли в дом.

Домик был воплощением удобств и покоя, она помнила это еще с того времени. С радостным вздохом сбросив башмаки, Рикка села на край кровати. Улыбнувшись, погладила матрац.

Муж нахмурился. Похоже, это теперь вошло в привычку.

— Мы здесь не для того, чтобы расслабляться, — сказал он.

— Вулскрофта может еще даже не быть в округе. Может потребоваться не один день ожидания.

— Он здесь, — сказал Дракон уверенно. — Он узнал, что произошло в Винчестере, и будет искать способ остановить нас, пока мы не насолим ему еще сильнее.

В душе Рикка тоже в это верила, однако не считала нужным фиксировать на этом внимание. До наступления темноты ничего не случится. В этом она была уверена. А это означает...

— Нам нужно заполнить чем-то несколько часов. Какие идеи на сей счет?

Он понял смысл вопроса, который, похоже, его ошеломил. Засмеявшись, Рикка соскочила с кровати и подошла к мужу.

— Дракон, ну неужели ты собираешься хандрить целый день? Я определенно не собираюсь. У меня слишком свежа память о том, как Магнус намеревался тебя убить, и я просто не хочу думать о смерти. Я хочу радоваться жизни.

— Здесь поблизости три сотни людей...

— Потому-то мы и здесь. — Она приподнялась на цыпочки, укусила мочку его уха и шепотом сказала: — Обещаю, что не буду вопить слишком громко.

Дрожь пробежала по его телу. Поглаживая своими огромными ладонями ей спину, он сказал:

— Воины не хандрят.

— Ну конечно же, не хандрят. Просто я неудачно выразилась. Но ты будешь ходить взад и вперед, выглядывать в окно или принесешь точильный камень из конюшни и станешь точить меч. Или грозно смотреть в бесконечность. Ты совершенно позабудешь обо мне и...

Сам того не ожидая, Дракон засмеялся и притянул Рикку к себе.

— Довольно! Упаси Бог, чтобы я вел себя так грубо...

Они откинули покрывало и медленно раздели друг друга. Впечатления были такими же свежими и волнующими, как и в самый первый раз.

— Помнишь? — проговорила Рикка, проводя губами по мускулистому плечу и затем по крепкой груди. — Я тогда так нервничала...

— В самом деле? Ах, приятно...

— Я никогда не видела никого более красивого, чем ты.

— Нет... красивая ты...

— Ты такой сильный... Почему я не боюсь тебя?

— Ты знаешь, что я скорее умру, чем обижу тебя...

Его руки гладили ее тело, разливая мучительно-сладостные ощущения. Она вцепилась в его плечи, раздвинула и приподняла бедра, приглашая его войти в нее. Он не спешил это сделать, дразня и вынуждая ее корчиться от нетерпения. Наконец Рикка ощутила, как его плоть погружается в ее лоно, и сжала ее своими внутренними мышцами. И тогда смех Дракона сменился стоном наслаждения.

Рикка посмотрела на точеные черты лица мужа. Этот мужчина был более красив, чем вообще имеет на то право любой человек. Его серые глаза были окнами души даже еще более прекрасной, чем телесная оболочка. Рикка внезапно испытала мощный прилив блаженства, вдруг осознав, что она счастлива, ибо любит и любима.

Вырвавшийся из ее груди крик сладострастия был заглушен поцелуем Дракона. Ему показалось, что это волшебство будет длиться вечно и никогда не закончится.

Тем не менее через какое-то время он снова вернулся к действительности. Он лежал на спине, Рикка уткнулась головой ему в грудь, прислушиваясь, как постепенно приходят в норму удары его сердца. Дракон вдруг ужаснулся, что позволил себе отключиться от мыслей о грозящей опасности.

Хотя говорить, что он «позволил себе», было бы неверно. Его чувства к Рикке были неизменны, он думал о ней всегда, независимо от обстоятельств.

Она заснула, и это было хорошо. Чем дольше она будет спать, тем быстрее для нее все это закончится. А это должно закончиться, он должен узнать правду от Вулскрофта любыми способами и представить его лично Альфреду.

День тянулся медленно. Пока Рикка спала, Дракон делал все то, что она и предсказывала: ходил взад-вперед, устремлял взор в бесконечность, где ему виделись картины битв, и даже точил меч на принесенном из конюшни камне. И только забыть о ней он никак не мог — это было совершенно исключено.

А когда Рикка проснулась и села в постели, Дракон посмотрел на ее полные губы и приказал себе забыть все тревожные мысли. Ему казалось, что ведет он себя идеально. Однако когда он стал готовить ужин из запасов, которые были в кладовке, Рикка остановила его, положив руку на его запястье.

— Дракон, — сказала она, — если ты еще раз посолишь жаркое, то нам не запить его и бочонком воды.

Спохватившись, викинг понял, что Рикка права, и чертыхнулся про себя. Пришлось выбросить испорченное жаркое и начать все сначала. Ужинали они поздно, но все-таки ужин состоялся. Дракон был рад, что жена продемонстрировала превосходный аппетит.

— Как хорошо, что твой желудок пришел в норму, — сказал он, когда Рикка заканчивала еду.

Она удивленно подняла голову.

— С чего ты решил, что у меня не все в порядке с желудком?

— В последнее время ты ела неважно.

— Ах да... понимаешь, столько перемен... путешествие... и все такое прочее.

Он кивнул, потянулся за кубком — и вдруг его словно осенило.

— Рикка?!

Она быстро поднялась и стала собирать посуду. Дракон положил руку ей на запястье и мягко, но решительно снова усадил на место. Не спуская с жены пристального взгляда, он спросил:

— Ты ничего не хочешь мне сказать?

— О чем?

— Я задал себе вопрос, какого рода изменения могут вызвать расстройство желудка, и сообразил, что я круглый идиот.

— Вовсе нет! Ты никогда им не был.

— В самом деле? В таком случае почему я не заметил, что у тебя задержалось естественное недомогание? Или это тоже из-за путешествия, жена?

— У некоторых женщин такое бывает.

— Другие женщины меня не интересуют. Интересуешь ты, Рикка. Если ты беременна и не сказала мне об этом, то я...

Она расправила плечи, подняла голову и встретила его взгляд.

— То что ты сделаешь?

— Что? Означает ли это, что...

— Я очень сожалею, Дракон. — По-настоящему испытывая раскаяние, Рикка вздохнула. — Я собиралась сказать тебе. Ждала, когда придет более спокойное время. Не хотела, чтобы ты лишний раз беспокоился.

Глаза викинга сделались круглыми от изумления.

— Ты имеешь в виду мое беспокойство по поводу того, что моя жена и наш ребенок играют роль приманки для убийцы и предателя?

— Я знаю, ты сердит, и ты имеешь на это право. Но если бы я призналась тебе, нас бы здесь не было.

— Это чертовски верно — нас бы здесь не было! — Он встал из-за стола так резко, что стул опрокинулся на пол. Впрочем, Дракон и не заметил этого. Он огромными шагами ходил по комнате.

Рикка ждала, веря в то, что буря минует. И тихонько считала про себя, желая узнать, когда ее муж полностью осознает то, что обнаружил.

Девять... десять...

— Итак, у нас будет ребенок?

Совсем недолго.

Рикка счастливо кивнула.

— Да, будет, и ты будешь удивительным отцом.

Дракон подошел, вытащил жену из-за стола, приподнял и заглянул ей в глаза.

— Боже мой...

Рикка засмеялась:

— Нечему удивляться. Разве мы не делали все для того, чтобы это случилось?

— Это так, и все-таки не верится.

Рикка легонько дотронулась до его лица.

— Должно быть, мы неправильно думаем о чудесах. Мы считаем, что они должны случаться чрезвычайно редко, а на самом деле чудеса такое же обычное дело, как букет полевых цветов, собранных воином... или женщина, у которой рождается малыш.

Дракон сел и еще крепче прижал Рикку к себе. Он несколько раз сглотнул комок в горле, но ничего не сказал.

Наверное, они оставались бы в этой позе еще долго, но тут их уединение оказалось нарушенным. На подоконник открытого окна опустился ворон, потоптался и улетел в сторону багряного заката.

Всадники появились спустя час после того, как стемнело. Их было всего двенадцать человек. Они остановились перед охотничьим домиком, а Огдел подъехал прямо к входной двери и постучал в нее рукоятью меча.

— Выходи, норвежское отродье! Тебя ожидает твоя горячо любимая Валгалла! — Должно быть, это показалось ему перлом остроумия, поскольку он залился громким смехом.

— Заткнись! — приказал сыну Вулскрофт. — Хаконсон! Выходи и умри с мечом в руке. Иначе, клянусь, погибнешь с позором.

Дракон метнул суровый взгляд на Рикку. Выждав некоторое время, он крикнул:

— Если я должен умереть, Вулскрофт, я должен знать за что.

— Выходи! Поговорим.

— Не выходи! — горячо зашептала Рикка. — Это ловушка.

Муж посмотрел на нее с изумлением.

— Разумеется, это ловушка, дорогая. Их двенадцать человек. Они считают, что почти поймали нас.

— Они могут убить тебя раньше, чем кто-либо придет на помощь.

Дракон покачал головой.

— Я не собираюсь подставляться. Но я хочу заставить Вулскрофта кое-что сказать. Это единственный способ. — Он направился к двери, обернулся и добавил: — Ни в коем случае не высовывайся. Понятно?

Рикка послушно кивнула.

Дракон снова обернулся.

— Ты обещаешь не высовываться до того момента, пока я не скажу тебе?

Сердито сверкнув очами, она тем не менее снова кивнула.

Похоже, ее муж научился осторожности, что, в общем, не так уж плохо.

Дракон вынул из ножен свой маврский меч, открыл дверь, шагнул наружу и тут же плотно закрыл ее за собой. Поляну перед домиком освещали факелы, которые держали всадники. Увидев грозного воина, Огден поспешил отступить поближе к отцу. Вулскрофт находился в центре.

— Итак, — насмешливо спросил он, — могучий викинг хочет узнать, почему ему придется умереть.

— Стоило ли так утруждать себя и приезжать сюда, если ты не считаешь меня хорошим зятем.

— Удивительно, как высоко себя ценит это норвежское дерьмо!

— В таком случае в чем причина?

— В чем причина? — переспросил Вулскрофт. Он подался вперед и вперил взгляд в Дракона. В уголках его рта блеснула слюна. — Это месть, болван! Много лет назад я пострадал от рук норвежцев и поклялся, что отплачу за это. Ах, видите ли, Альфред хочет установить мир! Избави Бог нас от фантазий этого слабоумного мужлана!

— Каким образом, убив меня, вы остановите Альфреда?

— Это разрушит любезный ему союз. Люди поймут, что разговоры о мире — это сущий идиотизм. Они поднимутся против него, и его правлению придет конец.

Дракон кивнул.

— Должен признать, что в этом есть определенный смысл. Только плохо, что ты не разрушил этот союз раньше.

— Вовсе не потому, что не хотел этого! Черт бы побрал эту бабу... — Вулскрофт передернул плечами.

— Ты имеешь в виду леди Дору, — сказал Дракон. — Но ты ведь не можешь сказать, что она не пыталась. В конце концов, именно она украла письмо Вулфа к Хоуку, в котором в первую очередь предлагалось заключить союз и шла речь о его браке с леди Кимброй. Она встречалась с тобой, чтобы предупредить о возможных последствиях?

— Мы с ее мужем были хорошо знакомы и во многом имели общие взгляды. Она это понимала.

— И ты заставил ее сфабриковать ответ от имени Хоука, что провоцировало войну. А позже она должна была убить Кристу и обвинить датчан?

— Даже у глупой женщины иногда рождается умная мысль. Но все остальное принадлежит мне.

Вулскрофт приподнялся в седле, горя нетерпением скорее со всем покончить, и поднял руку, отдавая приказ своим людям.

Не слишком справедливый бой, подумал Дракон. Один пеший против одиннадцати всадников. Нет, по-видимому, против десяти, поскольку Огден, похоже, намерен от боя устраниться. Вероятно, он слишком хорошо помнил то, что произошло на дороге, ведущей в Эссекс.

Всадники приблизились к Дракону. Однако он почувствовал, что ими овладевает паника, и подумал, что это может дать ему хороший шанс.

В это мгновение лесную тишину нарушил шум, похожий на завывание ветра и дробь барабанов. Шум нарастал, становился все громче и невыносимее, и люди в ужасе закричали.

Вороны закрыли все небо. Они взлетали с близлежащих деревьев и нападали на всадников, целясь своими клювами им в глаза. А в это время со стороны ближайшей поляны к домику устремилась группа низеньких плотных людей в немыслимых нарядах, с длинными бородами. Они хватали лошадей за поводья, что-то шептали животным, те взвивались на дыбы и сбрасывали всадников на землю. Птицы опустились еще ниже, продолжая атаковать людей. Дракон увидел, как низкорослые люди отпустили лошадей и стали уходить. Один из них, который показался Дракону знакомым, хитро улыбнулся и помахал рукой.

Друзья на высокогорье... и в низине.

Все кончилось очень быстро. Вулф, Хоук и их воины выскочили из засады, окружили и обезоружили Вулскрофта и его воинов. Вулскрофт пытался хорохориться.

— Убьешь меня — значит, уничтожишь любезный твоему сердцу союз! — выкрикнул он.

Сунув в ножны меч, который ему так и не понадобился — поистине мир — чудесное дело! — Дракон шагнул к Вулскрофту.

— Убивать тебя? Упаси бог, мы не собираемся этого делать. Мы будем обращаться с тобой очень любезно. Тебя повезут на суд к королю.

Вулскрофт побледнел, хотя и после этого продолжал изрыгать угрозы:

— У тебя нет никаких доказательств! Нет ничего против меня, кроме твоих слов!

— Есть наши свидетельства, — со спокойной уверенностью заявил отец Томас, появляясь на поляне. А рядом с ним стоял человек, в котором Дракон узнал священника из дома Хоука.

— Мы оба, — сказал отец Томас, — под присягой расскажем то, что слышали здесь в эту ночь. Ты сам осудил себя, Вулскрофт, и Англия это узнает.

После этого много еще чего было сказано, особенно Вулскрофтом, который ругался, сыпал угрозами, пока его связывали и сажали в повозку. С этого начался его путь к тому месту, где должен был состояться справедливый суд. Но это уже не имело значения. Все уже было позади.

Почти...

Глава 21

— Милорд?

Дракон повернулся к человеку, который обратился к нему. Они стояли на причале в Хоукфорте. Свежий ветер полоскал паруса дракаров. Завершались приготовления к отплытию домой.

— В чем дело? — спросил Дракон.

— Тут есть один человек, господин, который только что сошел с корабля из Нормандии. Он находится в таверне и интересуется леди Риккой.

— В самом деле? И как он выглядит?

— Высокий, стройный, похож на ее светлость. Говорит, что он ее брат.

— Разве у Рикки есть брат? — спросил стоявший неподалеку Вулф. При этом он дотронулся до рукояти меча.

— Да, есть, но, насколько я знаю, это человек совсем другого сорта. Ты присмотришь, пока здесь все закончат?

— Да, конечно. Отпускаю тебя.

Чуть позже Дракон поставил кружку эля перед гостем из Нормандии. Молодой человек вздрогнул и поднял глаза. Он был бледнолиц, глаза у него были янтарного цвета, а волосы — с огненным отливом. Если бы Рикка была мужчиной, она наверняка походила бы на него.

Какое счастье, что она не была мужчиной.

— Что привело тебя в Хоукфорт, мой друг? — спросил Дракон, усаживаясь напротив молодого человека.

— Я хотел что-нибудь узнать о своей сестре, леди Рикке Вулскрофт. До меня в Нормандии дошли тревожные слухи о ее судьбе, и я хотел бы удостовериться в ее благополучии.

Дракон спрятал улыбку и сказал:

— Вас зовут...

— Терлоу. А вас...

На сей раз сдержать улыбку Дракону не удалось.

— Вам придется выслушать целую историю.

Спустя примерно час Рикка подняла голову от последнего сундука, который паковала в большом зале, и ей показалось, что она видит сон. Ее возлюбленный муж шел к ней в сопровождении ее любимого брата. Она медленно поднялась на ноги.

— Тер... Терлоу?

Его лицо, столь похожее на лицо Рикки, засветилось от счастья.

— Рикка, дорогая сестра! Я счастлив, что нашел тебя в добром здравии!

Они горячо обнялись, а Дракон смотрел на брата и сестру с таким счастливым выражением лица, будто он сам организовал встречу близнецов.

— Не понимаю, — сказала Рикка, когда обрела способность говорить. В горле у нее стоял комок, слезы блестели в глазах, однако она улыбалась. — Почему ты оказался здесь?

— До меня дошел слух, что ты убежала от брака, который для тебя организовал сам король, — ответил Терлоу и покачал головой. — Ну скажи, Рикка, о чем ты только думаешь? Дракон превосходнейший парень и жених! Как ты могла так поступить?

Через плечо брата Рикка бросила на превосходного парня такой взгляд, который мог бы испепелить любого мужчину. Дракон лишь поднял брови, изображая оскорбленную невинность.

— Все было чуточку посложнее, чем он тебе рассказал.

— Вздор! — возразил Терлоу с уверенностью молодого человека. — Я очень люблю тебя, сестра, но мы оба знаем, что ты можешь иногда быть слегка импульсивной. К счастью, Дракон заверил, что возьмет тебя под свою постоянную опеку.

Рикка засмеялась и протянула руку мужу, который взял ее с улыбкой. Притянув его к себе, она негромко сказала:

— Я тоже буду очень заботиться о нем, брат. — Затем Рикка снова обратила взгляд на Терлоу и осторожно спросила: — А Дракон рассказал тебе...

— Об отце? Да. — Брат тяжело вздохнул. — Я буду молиться о его душе. Не сомневаюсь, что его смерть по дороге в Винчестер была случайностью.

Рикка кивнула, хотя знала, что они никогда в этом не будут уверены. Возможно, Вулскрофт запаниковал, когда попытался бежать. Так или иначе, но было нечто фатальное в том, что он упал с той самой скалы, с которой ранее падала она. Где бы он ни находился сейчас, Рикка молилась о том, чтобы он нашел прощение и искупление грехов.

— А наших братьев отправили в ссылку, — продолжил Терлоу с ноткой удивления. Он все еще не мог переварить тот удивительный факт, что люди, которые постоянно отравляли жизнь ему и Рикке, просто-напросто исчезли.

— А это означает, — тихо сказала сестра, — что ты теперь Вулскрофт. И это счастье для той земли и народа, потому что, уверена, люди будут благоденствовать под твоей опекой.

Терлоу кивнул. Он выглядел слегка ошарашенным такими переменами в его жизни и в то же время преисполнен решимости сделать все наилучшим образом.

Рикка отошла от брата и оказалась в объятиях мужа. В это время в зал вошли Вулф и Кимбра. Вулф нес на руках Лайона, и все трое над чем-то весело смеялись. Вслед за ними появились Хоук и Криста. Фолкон уютно устроился на руках отца.

В этот момент из-за тучи вышло солнце и через верхнее окно наполнило зал золотистым сиянием. На мгновение Рикке показалось, что время замедлило свой ход и почти совсем остановилось. И лишь пылинка в луче солнечного света кружилась и танцевала перед глазами, как бы фиксируя чудо этого остановившегося мгновения, наполненного любовью и покоем.

Дракон поцеловал Рикке руку, и ей показалось, что он словно прикоснулся к ее душе. Время снова включило свой ход, увлекая их за собой, однако она знала, что для них всегда будут существовать подобные моменты. Поистине блаженны миротворцы.

Спускается темнота, но яркие факелы рассеивают мрак ночи подобно тому, как любовь и мечта о мире будут светить в течение всех последующих лет. В далеком-далеком будущем потомки этих трех пар встретятся с новыми вызовами, переживут новые приключения и самостоятельно найдут свое собственное счастье в любви, которая не имеет конца.

По вопросам оптовой покупки книг
издательства АСТ обращаться по адресу:
Звездный бульвар, дом 21, 7-й этаж
Тел. 215-43-38, 215-01-01, 215-55-13

Книги издательства АСТ можно заказать по адресу:
***107140, Москва, а/я 140*, АСТ – "Книги по почте"**

Литературно-художественное издание

Литтон Джози

Вернись ко мне

Редактор В.В. Никоненко
Художественный редактор Н.И. Лазарева
Компьютерный дизайн: Ю.А. Хаджи
Технический редактор Т.В. Сафаришвили
Младший редактор Е.А. Лазарева

Общероссийский классификатор продукции
ОК-005-93, том 2; 953000 — книги, брошюры

Гигиеническое заключение
№ 77.99.02.953.Д.008286.12.02 от 09.12.2002 г.

ООО «Издательство АСТ»
368560, Республика Дагестан, Каякентский район,
с. Новокаякент, ул. Новая, д. 20
Наши электронные адреса:
WWW.AST.RU
E-mail: astpub@aha.ru

ЗАО НПП «Ермак»
115201, г. Москва, 2-й Котляковский проезд, д. 1, стр.32

**Отпечатано с готовых диапозитивов
на Книжной фабрике № 1 МПТР России.
144003, г. Электросталь Московской обл., ул. Тевосяна, 25.**

Тел. /095/ 917-91-41 e-mail: knigist@mail.ru